btb
Aus Freude am Lesen

In der Hamburger Universitätspsychiatrie wird eine Patientin erhängt aufgefunden. Die zuständige Psychotherapeutin Tessa Ravens kann nicht glauben, dass es sich um Selbstmord handelt. Als eine weitere Patientin brutal ermordet wird, scheint sich ihre Befürchtung zu bestätigen. Und auch Kriminalhauptkommissar Torben Koster merkt schnell, dass er hier mit gewöhnlichen Ermittlungsmethoden nicht weit kommt. An Verdächtigen mangelt es nicht, doch welchen Aussagen kann man wirklich trauen und was davon ist paranoide Wahnvorstellung?
Er ist auf Tessas Unterstützung angewiesen, doch die Suche nach dem Mörder wird für beide zur Zerreißprobe …

© Michael Holz

ANGÉLIQUE MUNDT wurde 1966 in Hamburg geboren. Nach ihrem Studium der Psychologie arbeitete sie lange in der Psychiatrie, bevor sie sich 2005 als Psychotherapeutin mit einer eigenen Praxis selbstständig machte. Sie arbeitet ehrenamtlich im Kriseninterventionsteam des Deutschen Roten Kreuz, das Menschen bei traumatisierenden Ereignissen »Erste Hilfe für die Seele« leistet. Über diese Aufgabe sagt sie: »An der Situation kann ich nichts ändern. Aber ich kann den Menschen helfen sie zu überstehen.«

Nacht ohne Angst ist ihr erster Roman und Start einer Serie um die Psychotherapeutin Tessa Ravens und Hauptkommissar Torben Koster. Angélique Mundt lebt in Hamburg.

Angélique Mundt

Nacht ohne Angst

Kriminalroman

btb

MIX
Papier aus verantwortungsvollen Quellen
FSC® C083411
FSC
www.fsc.org

Verlagsgruppe Random House FSC® N001967
Das für dieses Buch verwendete FSC®-zertifizierte Papier
Lux Cream liefert Stora Enso, Finnland.

1. Auflage
Originalausgabe Juli 2013
btb Verlag in der Verlagsgruppe Random House GmbH, München

Umschlaggestaltung: © semper smile, München,
© Shutterstock/Andrey Kuzmin
Satz: Uhl + Massopust, Aalen
Druck und Einband: CPI – Clausen & Bosse, Leck
MI · Herstellung: sc
Printed in Germany
ISBN 978-3-442-74626-2

www.btb-verlag.de
www.facebook.com/btbverlag
Besuchen Sie unseren LiteraturBlog www.transatlantik.de

Für meine Mutter

ERSTER TAG

Eine Nacht ohne Angst wäre schön, dachte Mathilde. Alles schien ruhig. Nur ein Neonlicht am Ende des Flurs flackerte. Sie schlürfte bereits ihren dritten Becher Kaffee, um gegen die Müdigkeit anzukämpfen. Im Dienstzimmer der Station brannte eine von Weihnachten übrig gebliebene Lichterkette. Der Blick durch das große Fenster in die Finsternis war unverstellt. Regen prasselte gegen das Glas und lieferte leise Zwischentöne zu Debussys Klaviermusik von Klassik-Radio.

Ihr Gespräch mit Kiana Chavari, dem schwer traumatisierten Mädchen aus Afghanistan, hatte sie bereits in der Patientenakte dokumentiert. Die Medikamente für den kommenden Morgen waren auf einem Tablett bereitgestellt. Jetzt eine Runde durch die Zimmer, und sie konnte sich ein Nickerchen gestatten. Es herrschte nächtliche, einsame Stille.

Im Gegensatz zu den meisten Kollegen mochte Mathilde die langen Nachtdienste. Meistens konnte sie in Ruhe mit dem einen oder anderen Patienten eine Tasse Tee trinken, zuhören, trösten, einfach Zeit haben. Da machte sie ihr eigenes Ding. Tagsüber standen alle unter Strom, hetzten von Termin zu Termin und machten sich gegenseitig das Leben schwer. Ihr 60. Geburtstag stand vor der Tür und sie hatte sich vorgenommen, sich höchstens noch von ihren Enkeln aus der Ruhe bringen zu lassen.

Aus den Augenwinkeln nahm sie eine Bewegung auf dem Flur wahr. Sie erkannte Kurt Mager. Er huschte mit einem Arm voller Handtücher über den Gang. Er kam aus der

Dusche. Komisch, sie hatte das Wasser gar nicht rauschen hören.

Jede Nacht das gleiche Spiel. Mager wusch sich stundenlang. Tagsüber schrubbte er sich rund zweihundert Mal die Hände. Und nachts benutzte er das Bad auf dem Flur, um seinen Bettnachbarn nicht zu stören. Er hatte es geschafft, sich an ihr vorbeizuschleichen.

Sie schaute auf die Uhr. Zeit für ihren Rundgang. Sie raffte sich auf und stellte ihren Becher in die Spüle. Mager tat ihr leid. Er versuchte, sich den Ekel von seinem Körper zu waschen. Er hatte die Kurve nicht gekriegt. Seit er mit seinen 52 Jahren gefeuert worden war, onanierte er in Sex-Kinos, hatte einen extremen Waschzwang entwickelt und musste sich seiner verkorksten Ehe stellen. Die arme Wurst, dachte sie und zog die Tür des Dienstzimmers hinter sich zu. Sie hielt sich rechts den Gang entlang, zuerst die hinteren Zimmer. Vorsichtig öffnete sie die Tür zu Zimmer 206 und hörte die beiden jungen Frauen, Kiana und ihre Bettnachbarin Katharina Waag, leise schnarchen. Ein Nachtlicht brannte. In den nächsten Zimmern war ebenfalls alles ruhig. In Zimmer 204 schlief Eva Kernt, die gerade einen amüsanten Liebeswahn auf den jungen Assistenzarzt der Station entwickelt hatte. Mathilde musste unwillkürlich grinsen. Doktor Meißner hingegen konnte über die glühenden Liebesbriefe nicht mehr lachen.

Nun das Zimmer des charmanten David Brömme und Kurt Mager. Sollte sie reinschauen? Mager war sicher wach, und dann müsste sie ihn zurechtweisen. Und was sollte das bringen? Lieber gleich zum Zimmer von Isabell Drost und Gabriele Henke. Dank des neuen Studienmedikaments schliefen sie in letzter Zeit ruhig die Nächte durch.

Sie öffnete die Tür und sah Gabriele Henke im schwachen

Licht, das vom Flur her schien, mit angezogenen Beinen auf dem Boden kauernd. Barfuß. Die Fäuste an den Mund gepresst.

»Was ist denn hier los?«

Ein unverständliches Schluchzen kam von der Patientin. Mathilde hockte sich neben sie und berührte sie sanft an der Schulter. Gabriele Henke starrte auf den Boden. Ein zitterndes Häufchen Elend.

»Sie ... aufgewacht«, stammelte sie.

So verstört hatte Mathilde die Frau noch nie erlebt. Sie trug nur ein dünnes Nachthemd, und das Fenster stand offen. Kein Wunder, dass sie zitterte. Ihre knallrot lackierten Fußnägel bildeten einen irritierenden Farbkontrast zum hellgrauen Linoleumboden. Mathilde richtete sich mühsam auf. Ihr lädiertes Knie knirschte. Die Patientin hob langsam eine Hand vom Mund und deutete mit einem Finger vage auf die Badezimmertür.

»Was macht Ihnen Angst? Da ist nichts.«

Zum Beweis machte Mathilde zwei Schritte auf die Badezimmertür zu und drückte den Lichtschalter.

Die Kacheln an den Wänden waren vergilbt. Das solide Bauwerk der 20er Jahre. In der vorderen Ecke tropfte einer der beiden alten Wasserhähne in das große Waschbecken. Ein Handtuch lag nachlässig halb im Becken. Darüber ein großer Spiegel. Nahezu blind. Etwas höher die alten Rohre der Wasserleitungen. Sie führten an der Wand entlang in die hintere Ecke zur Dusche.

»Mein Gott ...« Sie schreckte zurück und wäre fast über Gabriele Henke gefallen. Ihr Gehirn versuchte zu verarbeiten, was ihre Augen bereits sahen. An dem Duschkopf, der aus der Wand ragte, hing Isabell Drost an einem Seidenschal und starrte sie mit weit aufgerissenen Augen an. Der Schal hatte sich tief in den Hals geschnitten und der Kopf hing unnatürlich zur Seite geknickt. Die Zungenspitze quoll aus dem Mund. Im grellen Licht schimmerte das Nachthemd der Patientin makellos weiß. Die Haut an den Füßen hatte bläuliche Flecken. Auf der Badematte lagen Handtücher, Shampooflaschen und Make-up. Hier müsste mal jemand aufräumen, schoss es Mathilde durch den Kopf. Sie nestelte nach ihrem Pieper am Hosenbund und musste mehrmals blinzeln, bevor sie die Tasten erkennen konnte. Sie drückte 66-2, den Code für Lebensgefahr und die Stationsnummer. Tessa Ravens war heute Nacht die diensthabende Ärztin. Sie würde keine Zeit verlieren.

Dennoch durfte sie nicht auf sie warten. Sie riss sich zusammen. Entschlossen schlang Mathilde ihre Arme um den leblosen Körper. Er fühlte sich kühl an. Schlaff. Die dünnen Schenkel an sich gepresst, versuchte sie Isabell Drost anzuheben. Der Seidenschal! Wie sollte sie ihn lösen?

Sie schwankte unter dem Gewicht. »Helfen Sie mir«, stöhnte sie, das Gesicht im Nachthemd der Patientin verborgen. Hinter ihr rührte sich nichts. Mathilde drehte mühsam den Kopf und schrie: »Kommen Sie endlich.«

»Sie ist tot, oder?«

»Ich kann sie nicht mehr lange halten.« Mathilde keuchte vor Anstrengung. »Los, jetzt!«, schrie sie verzweifelt.

Endlich machte Gabriele Henke Anstalten, sich an der Wand hochzuschieben.

»Wir müssen sie hier runterholen.« Mathildes Arme erlahmten.

*

Tessa schreckte aus dem Schlaf, als der Pieper losging. Sie tastete auf dem Nachtschränkchen danach und hätte beinahe die

Lampe umgerissen. Der Code für Lebensgefahr blinkte. Sie war sofort hellwach. Zur Sicherheit schaute sie noch mal auf das Display. Lebensgefahr? Sie griff nach ihrer Hose. Kämpfte mit der Gürtelschnalle. Wo waren die Schuhe? Schnell reinschlüpfen. Mit Kittel und Schlüssel in der Hand stürzte sie aus dem Zimmer und hastete den Flur hinunter. Im Laufen ging sie gedanklich die ersten Notfallmaßnahmen durch. Kreislauf stabilisieren. Blutungen stoppen. Vielleicht ein epileptischer Anfall? Station 2, ihre Station. Mathilde hatte Dienst – sie war doch ein alter Hase. Herzstillstand? Asthmaanfall? War der Notfallkoffer schon vor Ort, oder musste sie ihn aus dem Versorgungsraum holen? Sie nahm die Treppe. Wenn der alte Fahrstuhl stecken bliebe – eine Katastrophe. Sie tastete in der Kitteltasche nach ihrem kleinen Ratgeber für Notfallmedizin. Er war da. Sie riss die Tür zur Station 2 auf, blieb stehen und versuchte ruhiger zu atmen. Keine Panik. Die Station lag still und friedlich da. Eine der Zimmertüren stand offen. Da musste es sein. Tessa machte sich auf einen blutigen Anblick gefasst. Wie bei dem Pulsaderschnitt im letzten Jahr. Der Patient war verblutet, bevor sie ihn gefunden hatten.

Als sie in das Zimmer kam, hörte sie Mathilde im Badezimmer stöhnen. Die Nachtschwester kniete neben einem leblosen Körper im Nachthemd und beatmete ihn.

»Was ist passiert?«

Mathilde hob den Kopf. »Suizidversuch. Sie hing in der Dusche.«

»Ich übernehme. Verständige das Reanimationsteam. Cito.« Erstmals, seit sie in der Klinik arbeitete, gab Tessa Cito, den Code für Lebensgefahr, an die Anästhesisten aus. Hoffentlich war es nicht zu spät.

Sie drängelte sich an Mathilde vorbei, trat eine Shampooflasche zur Seite und kniete sich hin. Mit ausgestreckten Armen versuchte sie, Leben in den reglosen Körper zu pumpen. 18 … 19 … 20 … zehn noch. Jetzt Luft in die Nase. Sie tastete am Hals der jungen Frau. Kein Lebenszeichen. Sie machte weiter. Den Sauerstoffweg zum Gehirn aufrechterhalten. Pumpen um jeden Preis. Nicht nachdenken. Weitermachen.

Sie wusste nicht, wie viel Zeit vergangen war, als sie spürte, wie jemand in das kleine Badezimmer kam. Der Anästhesist. Gott sei Dank. Das schnelle, kräftige Drücken auf den Brustkorb kostete Kraft.

»Adrenalin, schnell … sie reagiert nicht«, presste Tessa unter Anstrengung hervor.

Der Anästhesist suchte nach dem Puls der Frau und leuchtete in die Augen. Tessa pumpte. »Suizidversuch. Strangulation. Wiederbelebungsmaßnahmen seit … ewig … kein Karotispuls, keine Reflexe«, keuchte sie.

»Wir können nichts mehr für die Frau tun. Sie ist tot.« Er drückte ihr kurz die Schulter. »Schauen Sie, es bilden sich bereits Leichenflecken. Es ist zu spät.«

Der zweite Anästhesist hatte nicht einmal den Notfallkoffer abgestellt. Tessa ließ die Arme sinken. Sie schaute in das fleckige Gesicht des toten Mädchens. Die Wimperntusche verwischt, die Augen erloschen. Sie musste geweint haben. Eine Haarlocke hing ihr in die Stirn. Tessa hob eine Hand und strich dem Mädchen das dunkle Haar zurück. Langes, seidiges Haar.

»Armes Mädchen«, murmelte sie.

»Sie klang heute Abend so munter. Sie schläft gut, seitdem sie auf Duoxepin eingestellt ist«, flüsterte Mathilde von der Tür her.

Langsam stand Tessa auf, wischte sich über ihre verschwitze Stirn. Ihre Knie schmerzten. Ein letzter Blick auf das reglose Mädchen.

»Ich muss den Oberarzt und die Polizei verständigen.« Tessa wandte sich an die Anästhesisten. »Vielen Dank für die Hilfe, Kollegen.«

»Es tut uns sehr leid. Ich lasse Ihnen eine Kopie des Einsatzberichts zukommen. Alles Gute, trotzdem.« Der eine nickte ihr kurz zu, dann verschwanden beide so lautlos, wie sie gekommen waren.

»Mathilde, kann ich dich allein lassen? Lass bitte alles so, wie es ist.«

Als sie sich zum Gehen wandte, fiel ihr Blick auf die wimmernde Gestalt, die vergessen auf einem der Betten kauerte.

»Ich kümmere mich um Frau Henke. Geh nur«, sagte Mathilde.

*

Das Summen des Handys weckte Kriminalhauptkommissar Torben Koster. Die Betthälfte neben ihm war kühl und leer. Seine Frau Jasmin war wieder vor ihm aufgestanden. Er vermisste sie. Ihr Gesicht, ihren warmen Körper, ihren Duft. Das Telefon war verstummt. Sein Kollege Liebetrau hatte ihm eine Nachricht hinterlassen. Ein Todesfall in der Psychiatrie der Hamburger Universitätsklinik. Koster quälte sich aus dem Bett. Im Bad beim Blick in den Spiegel guckte ihn ein müder, zerknitterter Fremder an. Kein Wunder, dass Jasmin vor dieser Visage floh. Er nahm sich vor, mehr Zeit mit ihr zu verbringen. Das hatte sie sich früher immer gewünscht. Doch früher war lange her. Inzwischen stand sie bloß noch früher auf.

Der lauwarme Schnellkaffee, zwei Löffel Instantpulver in die Tasse, Tasse unter den Warmwasserhahn, schmeckte so, wie er sich fühlte. Er war hungrig, aber zu müde, um etwas zu essen. Er versuchte sich auszumalen, was ihn erwartete. Psychiatrie. Der Gang zum Seelenklempner war ihm bislang erspart geblieben. Aber was hieß das schon? Er warf sich den Mantel über und machte sich auf den Weg.

Obwohl es nicht einmal Frühstückszeit war, wuselten im Gang der Station 2 haufenweise Menschen. Ein buntes Gemisch aus verschlafenen Patienten, tuschelndem Personal, Polizisten in Uniform und den Kollegen der Spurensicherung in ihren weißen Overalls.

Koster schaute sich in Ruhe um. Er mochte keine Krankenhäuser. Sie rochen komisch, dachte er, während er den Gang hinunter auf eine Tür zuging, hinter der das Zentrum der Aktivität zu liegen schien. Dieser Geruch nach Desinfektionsmitteln und Krankheit. Er versuchte durch den Mund zu atmen, hielt das jedoch nur wenige Atemzüge durch. Dann entdeckte er seinen Kollegen Michael Liebetrau – von ihm »Liebchen« getauft, was auf dem Kommissariat immer wieder für Lacher sorgte. Denn mit seinen stattlichen hundertzehn Kilo und einem Meter vierundneunzig war Liebetrau einen halben Kopf größer und rund zwanzig Kilo schwerer als er selbst. Er schluckte ständig kleine runde Kügelchen, angeblich gegen sein Magengeschwür. Koster schmunzelte innerlich. Liebetrau sah aus wie ein ungehobelter Klotz, und oft benahm er sich auch genau so. Doch Koster kannte ihn anders. Liebchen war weit feinfühliger, als er aussah.

Mit einem »Guten Morgen« schreckte Koster den Kollegen auf. »Und …?«

Liebetrau grunzte und schob sich einige Globuli in den Mund. Dann referierte er aus seinen Notizen.

»Isabell Drost, sechsundzwanzig Jahre, stationär behandelt seit sechs Wochen wegen Depression und Politoxikomanie. Die diensthabende Ärztin hat die Polizei gerufen und angedeutet, dass sie sich nicht sicher sei, ob es Selbstmord war, da das Zimmer durchwühlt aussah. Es gibt keinen Abschiedsbrief. Die Kollegen von der Schutzpolizei waren ebenfalls unsicher. Alle sind unsicher. Wir sollen es mal wieder richten. Die Leiche ist auf dem Weg ins Rechtsmedizinische Institut«, nörgelte er.

»Pokito… was?« Koster runzelte die Stirn.

»Politoxikomanie hat jemand, der wahllos verschiedene Drogen einnimmt«, hörte er eine Stimme hinter sich. Koster drehte sich um und blickte direkt in die warmen braunen Augen einer ungewöhnlich hübschen Frau. Ihre Haut schien gebräunt, mediterraner Typ, mutmaßte er. Kein Make-up, dafür ein zerknittertes T-Shirt und weiße Jeans. Ihr langes schwarzes Haar schimmerte trotz des grellen Neonlichts seidig.

»Tessa Ravens. Ich bin die diensthabende Ärztin der letzten Nacht – ich arbeite auf dieser Station.«

Koster nahm die Hand, die sie ihm entgegenhielt. Ihr Händedruck war warm und fest. »Haben Sie die Tote gefunden?«, fragte er.

Sie schüttelte den Kopf. »Mathilde, unsere Nachtschwester. Sie wartet im Dienstzimmer. Sie ist völlig fertig.« Sie sprach schnell und konzentriert, sah ihn dabei ruhig an. »*Wir* sind völlig fertig.«

Er wandte sich brüsk ab. »Warten Sie im Dienstzimmer.«

Sie drehte sich wortlos um und ging.

»Was sollte das denn? Die Braut ist doch ganz griffig.« Liebetrau grinste anzüglich.

Koster verstand selbst nicht, was ihn an ihr so irritierte.

»Wie geht es deiner Frau und den Kindern, Liebchen?«

Liebchen rollte die Augen. »Ich sage dir, ich kann nur hoffen, dass die Mädels später nicht alle studieren wollen, sonst gehe ich pleite…«

Er verzog den Mund und wurde wieder sachlich: »Es ist, wie sie sagte. Die Nachtschwester hat die Frau gefunden. Sie hing noch. Die Süße von eben hat dann versucht, sie wiederzubeleben. War nichts mehr zu machen.«

Koster nickte und konzentrierte sich wieder auf die Umgebung. Ein langer trister Flur. Und dieser undefinierbare Geruch. Desinfektionsmittel und … Angst? Wahnsinn? Er bekam eine Gänsehaut. Das Dienstzimmer lag strategisch geschickt genau in der Mitte der Station. Von hier konnte man sowohl rechts als auch links den Flur einsehen.

Als sie eintraten, verstummten die Gespräche. Die Ärztin stand mitten im Raum und sprach mit einem Mann im weißen Arztkittel. Koster schätzte ihn auf Mitte vierzig. Er hatte bereits einen deutlichen Bauchansatz und schütteres Haar. Und er steuerte zielstrebig auf Koster zu, als er ihn bemerkte.

»Ich bin der Oberarzt der Station. Magnus Neumann. Doktor Ravens hat mich gleich angerufen.« Er streckte Koster die eine Hand hin und zeigte mit der anderen auf die Ärztin. Dabei trat er so nahe, dass Koster unwillkürlich einen Schritt zurückwich. Er hasste es, wenn Menschen ihm zu dicht auf die Pelle rückten.

»Wir untersuchen den Tod von Frau Drost. Dazu müssen wir mit ihrer Bettnachbarin und der Nachtschwester sprechen. Gibt es einen Raum, wo wir ungestört sind?«

»Na, das muss ja vielleicht nicht sein. Wir wollen doch unsere Patienten nicht verunsichern, nicht wahr?«, sagte Neumann.

»Sie können auf keinen Fall mit Frau Henke sprechen. Sie ist völlig aufgelöst.« Die Ärztin mischte sich ein. »Wir haben ihr ein Beruhigungsmedikament gegeben.«

»Na, dann können Sie ja auf sie aufpassen. Ich mache es kurz. Gehen wir«, sagte Koster und zeigte mit einer abrupten

Geste auf die Tür. Er war jetzt wirklich sauer. Was bildeten die sich hier eigentlich ein? Das war ein Tatort, kein Schmusekurs. Er sah noch, wie sie eine Augenbraue hochzog. Dann wandte sie sich aber an einen jungen Pfleger und bat ihn, die Patientin Gabriele Henke in ihr Büro zu bringen. Wortlos verließ sie das Dienstzimmer. Koster fing Liebchens fragenden Blick auf, zuckte mit den Schultern, und sie machten sich auf den Weg, ihr zu folgen.

Ihr Büro lag am Ende der Station. Der Raum war klein, aber Koster empfand ihn als hell und freundlich. Über die gesamte rechte Wand erstreckte sich ein Bücherregal. Gegenüber der Tür stand ein großer Schreibtisch aus Buchenholz vor dem Fenster. Auf dem Fenstersims bemerkte er eine Sammlung von Muschelschalen, Donnerkeilen und auch ein paar schwarz-weißen Feuersteinen. Eine Sitzecke mit drei braunen Ledersesseln und einem kleinen Tisch vervollständigte das Mobiliar. Auf dem Tisch standen Blumen und eine Kleenexbox. Klar, hier wird viel geweint, dachte Koster. Sie musste das Zimmer mit ihren eigenen Möbeln eingerichtet haben. So sahen doch keine Krankenhausbüros aus, oder? Liebchen ließ sich schnaufend in einen Sessel plumpsen und plauderte derweil mit der Ärztin. Koster ging zum Regal. Er staunte über die vielen Bücher. Entweder wollte sie ihre Besucher einschüchtern oder sie las viel und gerne. Vermutlich beides. Arno Grün »Der Wahnsinn der Normalität« – Hans-Jürgen Möller »Psychiatrie und Psychotherapie« – Lasogga »Notfallpsychologie« – Sabina Spielrein »Eine fast grausame Liebe zur Wissenschaft«. Er kannte keines. Gebildet ist, wer weiß, wo er nachsehen kann, wenn er etwas nicht weiß. So oder so ähnlich hatte es ein Philosoph gesagt. Welcher, fiel ihm gerade nicht ein. Er musste unwillkürlich grinsen. Vielleicht versteckte sie sich auch hinter ihrem Wissen? Dann entdeckte er ganz unten im Regal noch eine ganze Reihe Krimis. Das fand er nun wiederum sympathisch. Er konnte keine privaten Bilder oder Fotos entdecken. Interessant, dachte er, sie will wohl nichts Privates preisgeben.

Die aufgehende Tür lenkte ihn von seiner Inspektion ab. Eine kleine blonde Frau mit blasser Haut und Sommersprossen betrat zögernd das Zimmer. Koster schätzte sie auf Ende vierzig. Er stellte sich und Liebetrau vor, räusperte sich und kam sofort zur Sache.

»Frau Henke, bitte nehmen Sie Platz. Ich habe ein paar Fragen an Sie. Können Sie mir sagen, was heute Nacht passiert ist?«

»Ich wollte doch nur auf die Toilette«, flüsterte sie und strich sich fahrig mit der Hand über den Mund.

»Ist Ihnen an Frau Drost irgendetwas Ungewöhnliches aufgefallen?«

»Ich habe meine Medikamente früh abgeholt, weil ich müde war. Mit dem Studienmedikament schlafe ich endlich. Isabell hat in ihrem Tagebuch geschrieben. Das tut sie jeden Abend.« Sie begann zu weinen. »Das *tat* sie jeden Abend.«

Konnte die Frau auch mal auf seine Fragen antworten? Koster versuchte es weiter. »Wir konnten das Tagebuch nicht finden. Haben Sie es?«

»Isabell nahm ihre Medikamente immer spät und manchmal auch gar nicht ein. Sie hasste die Studie. Ich bin dann irgendwann aufgewacht, weil ich auf die Toilette musste …« Ihre Stimme brach und sie griff schluchzend nach den Taschentüchern auf dem Tisch.

»Können Sie es nicht für jetzt gut sein lassen?« Die Ärztin, die bislang ruhig gegen ihren Schreibtisch gelehnt zugesehen hatte, warf ihm einen strengen Blick zu. Sollte sie doch. Noch war er nicht fertig mit der Befragung.

»Eine Frage noch: Hat Frau Drost angedeutet, dass sie sich das Leben nehmen wollte?«

Die Antwort war kaum zu verstehen. »Wir haben es uns hin und wieder ausgemalt, wie es sein würde, aber wir wollten nicht wirklich. Ich weiß, dass sie leben wollte.«

»Können Sie uns erklären, warum das Zimmer durchwühlt ist?«

Gabriele Henke versteifte sich. »Wo ist denn das Tagebuch? Ich habe keine Ahnung, vielleicht ...«

»Hatte Isabell vielleicht mit einem anderen Patienten Streit?« Koster beobachtete genau, ob sie reagierte.

»Es reicht. Frau Henke ist nicht mehr in der Lage, Ihre Fragen zu beantworten. Kommen Sie, Frau Henke, gehen Sie auf Ihr Zimmer und versuchen Sie, etwas zu schlafen.«

Das Taschentuch immer noch fest umklammernd, erhob sich Gabriele Henke und verließ das Büro. Die Tür klappte hinter ihr zu. Koster ärgerte sich, dass die Ärztin das Ende des Gesprächs bestimmt hatte. »Hat hier keiner gemerkt, dass Frau Drost sich das Leben nehmen wollte?«

Sie warf ihm einen bösen Blick zu. »Wieso gehen Sie von Selbsttötung aus?«, fragte sie scharf. Dann fügte sie etwas versöhnlicher hinzu: »Glauben Sie mir, ich zermartere mir den Kopf, ob ich etwas übersehen habe. Ich habe bei Frau Drost keine akuten Anzeichen von Suizidalität bemerkt.« Sie stockte kurz und fuhr dann entschlossen fort: »Es ergibt für mich keinen Sinn. Warum war das Zimmer durchwühlt? Und dann Erhängen ... Sie erhängt sich doch nicht in ihrem eigenen Zimmer. Sie hätte Frau Henke diesen Anblick erspart. Es ging ihr viel besser mit dem neuen Medikament. Sie wäre zu mir gekommen ...« Sie brach ab.

»Sie denken also an Mord?« Koster wollte, dass sie sich festlegte.

Sie straffte die Schultern und schaute ihn kurz an, bevor ihr Blick wieder ins Leere ging. »Ich weiß es nicht. Ich kann nicht glauben, dass Isabell Drost sich selbst das Leben genommen hat. Können wir bitte morgen weitersprechen?«

Koster nickte.

»Wenn die Spurensicherung fertig ist, klären wir, ob etwas aus dem Besitz der Patientin fehlt«, mischte Liebchen sich erstmals ein. »Das Tagebuch könnte uns helfen«.

»Was für Patienten behandeln Sie hier?«, fragte Koster.

»Wissen Sie, unsere Patienten sind nicht aggressiv oder gewalttätig.« Sie sprach mechanisch. »Wir sind eine gemischt psychiatrische offene Station. Psychosen und Neurosen. Zwänge, Ängste. Mit der neuen Studie allerdings liegt der Schwerpunkt auf der Behandlung depressiver Patienten.«

»Was ist das für eine Studie?« Eigentlich interessierte Koster das gar nicht so genau, aber von dieser Studie war jetzt schon öfter die Rede gewesen.

»Wir testen Duoxepin. Das ist ein neues Medikament, das Depressionen heilen soll. Vielleicht beendet es das Leiden von Millionen Menschen.« Als ob sie dieser Satz die verbleibende Energie gekostet hätte, fuhr sie fort: »Ich bin jetzt fast vierundzwanzig Stunden im Dienst. Ich kann nicht mehr …«

Koster hatte Erbarmen. »Wenn Ihnen noch etwas einfällt …« Er reichte ihr seine Visitenkarte. »Rufen Sie mich an.«

»Bekommt man hier irgendwo ein anständiges Frühstück und ordentlichen Kaffee?«, fragte Liebetrau, während er sich umständlich aus seinem Sessel erhob.

»Im nördlichen Teil des Klinikgeländes.« Die Ärztin zeigte in Richtung Fenster. »Das Ärztekasino müsste gerade öffnen.«

»Das sehen wir uns mal an, ich bin am Verhungern. Der Staatsanwalt muss bis nach dem ersten Kaffee warten. Mach mich doch nicht verrückt«, murmelte Liebetrau im Hinausgehen. Sie gab ihm ein schmales Lächeln mit auf den Weg.

*

David Brömme saß meditierend auf seinem Bett in Zimmer 203. Seine langen Beine hatte er barfuß in den Lotossitz gequält. Durch seine blonden kurzen Haare, die vom Schlaf noch ganz verstrubbelt waren, blitzten Segelohren. Die Hände hatte er vor sich auf die Knie gelegt, während sein Blick ruhelos umherirrte. Was er sah, konnte aber auch jeden deprimieren. Ihn erinnerte das Zimmer mit seinen zwei stählernen Krankenhausbetten und den grauen Nachtschränkchen auf grauem Linoleum an eine Gefängniszelle. Nicht, dass er schon einmal im Gefängnis gewesen wäre, aber so stellte er es sich vor. Der weiß-graue Einheitsbrei wurde an den Wänden von Claude Monet unterbrochen. Doch der eine Druck war im Rahmen verrutscht. Das störte ihn. Konnten sie die Bilder nicht wenigstens anständig aufhängen? Und warum immer Kandinsky oder Monet? Wie in schlechten Hotels. Die »Seinebrücke bei Argenteuil« hing ihm zum Hals raus. Der arme Monet.

Sein linker Fuß war eingeschlafen. Er registrierte es, bewegte sich aber nicht. Er wollte noch etwas länger aushalten und den kribbelnden Schmerz spüren. Und grübeln. Nicht nur über die vergilbten Bilder.

Isabell. Isabell war tot. Er war fast acht Wochen auf der Station und hatte einiges erlebt. Nun hatte Isabell sich erhängt. *Es tut mir leid, Herr Brömme… Wir können nichts mehr für Ihre Mutter tun… Das viele Blut und ihre Augen, ihre weit aufgerissenen Augen, in Angst erstarrt…*

Die Bilder bereiteten ihm Kopfschmerzen. Bereits jetzt kursierten auf der Station Gerüchte: Es soll Mord gewesen sein.

Das war natürlich Unsinn. Isabell hatte sich entschieden. Warum auch nicht? Sie hatte eine Menge Gründe, mit dem Leben abzuschließen. Sie war innerlich vor die Hunde gegangen. Er hatte in den letzten Wochen viel Zeit mit ihr verbracht. Keiner hatte ihre desolate Stimmung bemerkt. Im Leben keinen Blick wert, zollte man ihr im Tod endlich Aufmerksamkeit. Ihr Karma. Sie hatte ihm natürlich nichts von ihrem Entschluss gesagt. Das war in Ordnung. Er hätte sie nicht abgehalten, aber das konnte sie ja nicht wissen.

Ihn wunderte, dass sie es in ihrem Zimmer getan hatte. Diese Rücksichtslosigkeit passte gar nicht zu dem grauen Mäuschen. Die Buschtrommeln behaupteten, ein Fremder sei auf der Station gewesen und habe Isabells Geld und Tagebuch geklaut. Das machte ihn schon neugierig. Ob in dem Buch etwas über ihn stünde? Das Tagebuch hätte er gerne. Er wollte mit der Henke sprechen. Vielleicht wusste sie mehr. Er vermutete, dass sie bereits auf ihn wartete. Sie war gut gebaut, und es machte ihm nichts aus, dass sie über zwanzig Jahre älter und nicht gerade eine Stimmungskanone war. Im Gegenteil: Er mochte ihr trauriges Wesen, die verlorene Seele. Lief da was zwischen ihr und dem Oberarzt? Er glaubte, Blicke aufgefangen zu haben. Eine interessante Frage, der er unbedingt nachgehen wollte. Später.

Er rutschte zur Seite, um seinen Fuß zu entlasten. Sein Blick fiel auf das achtlos über die Stuhllehne geworfene Sweatshirt. Das Logo der Hamburger Universität war ausgewaschen. Dort war er schon über ein Jahr nicht mehr gewesen. Er hatte so einiges aufgegeben. Er vermisste nichts davon. Wenn er versuchte, sich an die schönen Zeiten an der Uni zu erinnern, fiel ihm nichts ein. Irgendwann würde er entscheiden müssen, wie es weitergehen sollte. Der Druck im Kopf nahm zu. Vorboten einer Migräne.

Die Nadelstiche im Fuß zwangen ihn, aufzustehen. Dann konnte er auch zur Henke gehen. Sie hatten ihr bestimmt ein neues Zimmer zugewiesen. Es war nur ein Zimmer frei. Dort würde er es versuchen.

Lautlos schlich er am Aufenthaltsraum vorbei, ohne auf die Gespräche der anderen Patienten zu achten. In der Mitte des Flurs lehnte Katharina Waag, eine junge Borderlinerin, an der Wand. Stocksteif und nur mit einem Nachthemd bekleidet, hielt sie ein Handtuch um den Arm gewickelt, den Blick ins Leere gerichtet. Vermutlich hatte sie sich geritzt und blutete. Ihre Beine sahen aus wie ein verkrustetes Schottenkaro. Er ignorierte sie.

Vor Zimmer 201 blieb er stehen und horchte durch die verschlossene Tür. Nichts. Lautlos öffnete er die Tür einen Spalt und sah den Pflegeschüler Philipp. Der Schwachkopf wühlte im Kleiderschrank. Die Baggy Pants schlotterten um seinen dürren Körper. Brömme zog die Tür leise zu, nur um sie im nächsten Moment geräuschvoll wieder zu öffnen. Philipp stand jetzt mit dem Rücken zum Kleiderschrank und legte vielsagend den Zeigefinger an die Lippen.

»Schhhhh, sie schläft.«

»Wie, sie pennt?« Er hatte seine Stimme erhoben. Es funktionierte, die Gestalt im Bett regte sich.

»Na toll, jetzt haben Sie sie aufgeweckt. Haben Sie nichts Besseres zu tun?«

»Hey, ich komme, um sie zu trösten. Also zieh Leine.«

»Okay, cool, macht doch, was ihr wollt.« Schimpfend zog der Pflegeschüler die Tür hinter sich zu.

Gabriele Henke tauchte aus den Kissen auf und Brömme rückte sich einen Stuhl ans Bett. Sie wirkte mitgenommen. Rot geweinte Augen. Ihr Kopfkissen war feucht und schwarz befleckt von ihrer Wimperntusche.

»Hey, Gabi. Kein guter Tag, was?«

Sie schniefte und war im Begriff zu weinen. Schnell streckte er den Arm aus und nahm ihre Hand. Er hatte kein Bedürfnis, ihre Hand zu halten, er wollte diese Nähe nicht. Aber sie brauchte das jetzt, das war ihm klar. »Ich bleib ein bisschen bei dir.«

»Warum tut jemand so etwas?« Jetzt rollten die ersten Tränen über ihre Wangen, und sie klammerte sich an seine Hand.

»Vielleicht hat sie es jetzt besser.«

»Sie hat es nicht selbst getan«, schnappte sie empört.

»Na ja …«

»Niemals. Sie wäre zu mir gekommen.«

Das bezweifelte er. Isabell hätte sich gerade Gabriele nicht anvertraut. Denn die hätte es nicht für sich behalten können. Eine solche Entscheidung zu treffen brauchte Mut und Ruhe. Keine aufgeregten Therapeuten und Mitpatienten, die sich Sorgen machten.

»Jemand muss im Zimmer gewesen sein und ihr das angetan haben. Und ich … ich lag in meinem Bett und habe nichts gemerkt. Unvorstellbar.«

»Du wärst auf alle Fälle aufgewacht, oder?«

»Mit dem neuen Medikament? Ich hab geschlafen wie ein Stein. Komisch. Wovon bin ich aufgewacht? Nur davon, dass ich auf die Toilette musste?«

Gute Frage. Wenn jemand im Zimmer gewesen sein sollte, musste er ja bereits weg gewesen sein, als sie aufwachte. Wovon also?

»Vielleicht war es ein Irrtum …« Erschrocken schlug sie die Hand vor den Mund.

»Was für ein Irrtum?« Warum sprangen Frauen immer von einem Gedanken zum nächsten? Eben rätselte sie, wovon sie aufgewacht war. Nun glaubte sie, der Mörder hatte sich in der

Zimmertür geirrt? Wie absurd. Hoffentlich wurde sie nicht auch noch hysterisch.

»Vielleicht war *ich* gemeint?« Ihre Stimme klang schrill und panisch.

Er versuchte, seine Gedanken zu ordnen. Warum sollte jemand ihr etwas antun wollen, wenn es Isabell war, die sterben wollte? Oder hatte das eine nichts mit dem anderen zu tun? Am besten er sprach gleich mit Doktor Ravens. Vielleicht konnte sie Gabriele beruhigen. Seine Migräne breitete sich unbarmherzig aus.

*

Koster schaute beeindruckt zu, wie Liebchen sich über sein zweites Schokocroissant hermachte. Er hatte eine besondere Strategie, den Teilchen zu Leibe zu rücken. Erst zog er an beiden Enden, um den Schokoladenkern freizulegen, dann lutschte er diesen genüsslich, bevor er die Reste verschlang. Dann stippte er die Krümel vom Teller. Dazu schlürfte er seinen inzwischen dritten Becher Kaffee. Die menschenleere, futuristisch anmutende und in grellen grün-gelben Farbtönen gehaltene Mensa lenkte Liebchen jedenfalls nicht von seinem Überlebenskampf ab.

Koster zerpflückte sein Croissant und schob es missmutig auf dem Teller herum. Er gierte nach einer Zigarette, aber Rauchen war hier verboten. Er war noch nie in der Psychiatrie gewesen. Die vagen Vorstellungen, die er damit verband, machten ihn eher nervös. Und Ärzte machten ihn nervös. Diese selbsternannten Götter in Weiß. Psychotherapie – das war etwas für die anderen, oder? Er hatte die Angst in den Fluren gerochen. Glaubte er jedenfalls. Rochen Hilflosigkeit und Verzweiflung so? Er hatte das Bild des jungen Mädchens, das im Gang an der Wand gelehnt hatte, vor Augen. Von Kopf bis Fuß angespannt. Arme und Beine voller blutiger Kratzer. Unerreichbar. Seine Tochter war in diesem Alter. Was war mit diesem Mädchen passiert, dass sie sich so von der Welt abwandte?

Und es ärgerte ihn immer noch, dass die Ärztin sein Gespräch mit der Patientin Gabriele Henke unterbrochen hatte. Sie war ganz schön stur. Hoffentlich war sie gut in ihrer Arbeit. Ob sie dem Mädchen helfen konnte?

Das Glockenspiel von Big Ben verscheuchte seine Fragen. Die fettigen Finger abschleckend, klappte Liebetrau sein Mobiltelefon auf.

»Jau.«

Es folgte eine recht einseitige Unterhaltung. Liebetrau grunzte dann und wann etwas in die Muschel, was man mit Wohlwollen als Zustimmung interpretieren konnte. Er legte auf und wandte sich sofort den Resten seines Frühstücks zu.

»Und? Darf man erfahren, was los ist?«, fragte Koster ungeduldig.

»Jau, darf man.« Liebetrau trank einen weiteren Schluck Kaffee. »Die Spurensicherung ist bald fertig. Du sollst dein Handy einschalten. Die Ärztin hat ihnen einen Albtraum hinterlassen. Tausende Fingerabdrücke. Kein Abschiedsbrief. Es fehlt das Portemonnaie.« Er pausierte. »Und – kein Tagebuch. Interessant, oder?«

»Sagte die Bettnachbarin nicht, die Tote habe am Abend darin geschrieben? Wie weit kann ein Tagebuch kommen, wenn sie sich selbst umgebracht hat?«

»Und wenn nicht?« Liebetrau räusperte sich und zog sich die Serviette durchs Gesicht.

»Das Geld fehlt. Jemand war im Zimmer. Wir müssen den Staatsanwalt informieren und eine Obduktion veranlassen.« Koster dachte kurz nach. »Ich muss mit dem Oberarzt sprechen. Und hoffentlich ist der Therapeut der Toten bereits eingetroffen. Der müsste doch mehr wissen.« Koster zögerte. »Und die Patienten. Mit denen müssen wir wohl auch sprechen.«

»Gruselig«, murrte Liebetrau.

»Hast du dich je gefragt, was in einer Psychotherapie passiert? Ich meine, wie es funktioniert?«

»Nö. Ich bin eher ein schlichtes Gemüt, nehm ich an.« Damit schien für Liebchen das Thema erschöpfend behandelt.

Ob Jasmin und er eine Paartherapie machen sollten? Koster wurde plötzlich klar, dass sie bald über ihre Zukunft entscheiden mussten. Um sich von diesen unbequemen Gedanken abzulenken, langte er nach seinem Mobiltelefon, schaltete es an und wählte die Nummer des diensthabenden Staatsanwalts. Valentin Menzel war ein Mann der frühen Morgenstunden. Bestimmt saß er schon an seinem Schreibtisch und verschanzte sich hinter Aktenbergen.

»Menzel«, blaffte eine tiefe Stimme.

»Torben Koster, Mordbereitschaft. Wir haben einen ungeklärten Strangulationstod in der Psychiatrie des Universitätsklinikums.« Er berichtete kurz den Sachstand. »Es gibt keinen Abschiedsbrief, und wir vermissen das Tagebuch der Toten. Die Patientin scheint Probleme mit einer Medikamentenstudie gehabt zu haben.«

»Ich werde mit dem Richter sprechen und die Obduktion anordnen. Besprechung heute Nachmittag 15.00 Uhr in meinem Büro.«

»Klar …«, setzte Koster an, aber er sprach bereits in die tote Leitung.

*

Wieder gingen Koster und Liebetrau durch die Tür mit der Aufschrift Station 2 und dann den langen Korridor entlang. Wieder dieser Geruch. Rechts und links jeweils vier Türen, dann der große Mittelteil mit Dienstzimmer und Aufenthaltsraum, noch einmal vier Zimmer rechts und links. Das junge Mädchen von vorhin lehnte nicht mehr an der Wand. Koster wusste nicht recht, ob er erleichtert oder enttäuscht war. Hoffentlich ging es ihr gut.

Großformatige Bilder unterbrachen die weißen Wände. Er glaubte eine Serie von Landschaften in fröhlichen Wasserfarben zu erkennen. Sie waren abstrakt, die Formen nur vage angedeutet. Und es gab schwarze Gestalten in einem Meer aus Rot. Düster und verstörend. Kunsttherapie. Davon hatte er gehört. Die Türen waren glanzlos grau und wirkten abweisend. Alle geschlossen. Die Wände des Dienstzimmers waren in der oberen Hälfte aus Glas. Man konnte von außen sehen, wer anwesend war und was derjenige tat. Wie Affen im Käfig, dachte er. Die Tür stand offen und Liebchen räusperte sich lautstark, damit der Pfleger, der sich auf einem Stuhl fläzte und gelangweilt in eine Patientenakte schrieb, ihn bemerkte.

»Ah, da sind Sie ja.« Die Kiefer des jungen Mannes mahlten auf seinem Kaugummi. Er sprang auf. »Ich bin Pflegeschüler Philipp und soll Sie zu unserem Oberarzt chauffieren.« Sein Ton war Koster eine Spur zu flapsig. Aber er wollte nicht vorschnell urteilen.

»Zuerst müssen wir mit dem Arzt der Toten sprechen. Also der, der zuständig war für die Untersuchung oder Behandlung oder wie man das nennt.« Liebchen hatte spürbar Mühe, den richtigen medizinischen Jargon zu finden.

»Die Drost wird von unserem Stationspsychologen, ähm, *wurde* von Doktor Nika behandelt. Ich muss checken, ob er da ist.« Er wandte sich ab und tippte eine kurze Nummer ins Telefon. Am anderen Ende wurde anscheinend sofort abgenommen, denn augenblicklich nuschelte er in den Hörer: »Die Polizei steht hier am Check-in.« Nach einer kurzen Pause nickte er und legte auf. »Mir nach.« Er drängelte sich an ihnen vorbei und latschte den Flur hinunter.

Koster fing Liebchens irritierten Blick auf, zog belustigt eine Augenbraue hoch und zuckte mit den Schultern. Sie folgten dem Pflegeschüler bis ans Ende der Station. Dieses Mal hielten sie an der Tür rechts neben dem Büro der Ärztin von heute Morgen. Der Pflegeschüler donnerte gegen die Tür, drehte sich wortlos um und ging.

»Wie ist der denn drauf?«, murmelte Liebetrau.

In diesem Moment öffnete sich die Tür, und der Mann, der Koster nun gegenüberstand, sah genau so aus, wie er sich den typischen, freundlichen »Onkel Doktor« vorstellte. Stationspsychologe Paul Nika hatte graues Haar, ein rundes, rosiges Gesicht und einen gemütlichen Bauchansatz. Hinter seiner randlosen Brille strahlten gütige Augen. Koster schätzte ihn auf Ende fünfzig und konnte nicht anders, als ihn ehrlich anzulächeln. Nika erwiderte das Lächeln und bat sie mit einer einladenden Geste in sein Therapiezimmer.

Koster wunderte sich, dass auch dieses Büro eine eigene Handschrift trug. Er hatte in einem Krankenhaus mehr Bürostandard und weniger Persönliches erwartet. Wie seine Kollegin hatte auch Paul Nika seine eigenen Möbel mitgebracht. Dennoch lagen Welten zwischen den beiden Büros. Hier herrschte asiatisches Flair: Fremde Schriftzeichen an der Wand, Buddhas in allen Formen, Farben und Größen auf dem Schreibtisch und ein Tablett mit zerbrechlich aussehendem Teegeschirr auf einer Anrichte. Zwei Wände waren dunkel gestrichen. Nicht unangenehm. Er konnte sich gut vorstellen, dass man in diesem behaglichen Raum vor der harten Realität flüchten konnte. Patient und Therapeut gleichermaßen.

»Wie Sie sicher gehört haben, ermitteln wir im Todesfall Ihrer Patientin Isabell Drost. Können Sie uns weiterhelfen?«, fragte Koster.

»Entschuldigen Sie, dass ich korrigiere: Ich war nur kurz der Therapeut von Frau Drost. Dann hat meine Kollegin Doktor Ravens die weitere Behandlung übernommen. Sie sollten mit ihr sprechen, wenn sie morgen wieder auf die Station kommt.« Nika sprach langsam und ruhig. Unwillkürlich wirkte sich das auf sein Gegenüber aus. Man konnte gar nicht anders, als sich seinem Tempo anzupassen. »Ich bin erschüttert über diesen Suizid. Es passiert leider immer wieder, dass Patienten sich in der Psychiatrie das Leben nehmen. Sie kommen ja zu uns, weil sie glauben, ihre Gefühle nicht mehr aushalten zu können. Aber bei Frau Drost habe ich nicht damit gerechnet.« Er seufzte. »Offensichtlich eine Fehleinschätzung. Ich hoffe, Tessa macht sich nicht zu viele Vorwürfe. Für einen Therapeuten ist das nicht einfach. Es ist … es macht mich sehr traurig.«

»Sie halten es also für Selbstmord?«, hakte Koster nach. Er hatte nicht mit diesen offenen Worten gerechnet.

»Wer sollte sie umbringen wollen? Und dann in einem Krankenhaus. Wir sind hier, um unser Möglichstes zu tun, unseren Patienten zu helfen, nicht um sie zu töten.«

»Es muss ja niemand vom Personal gewesen sein.«

»Die meisten Patienten haben genug mit sich selbst zu tun. Sie verschwenden keine Gedanken an andere.« Er lächelte traurig.

Koster fragte sich, ob er wirklich so naiv war oder nur ein guter Schauspieler. Er tendierte zu Ersterem.

»Und jemand von außerhalb?«, fragte Liebchen.

»Theoretisch möglich. Allerdings wäre hier ein Fremder mitten in der Nacht aufgefallen. Und aus welchem Grund? Wir haben Frau Drost oft in der Visite erlebt, und da gab es nichts, was darauf schließen ließe, dass jemand ihr nach dem Leben trachtete. Selbst ihre Drogenkontakte waren vergleichsweise harmloser Natur.«

»Kein Dealer, dem sie Geld schuldete? Oder ein verlassener Liebhaber?« Liebchen ließ sich nicht so leicht abschütteln.

»Nicht, soweit ich weiß. Zu ihren Angehörigen hatte sie keinen Kontakt mehr. Die leben irgendwo in Süddeutschland.«

»Wissen Sie von ihrem Tagebuch?«, fragte Koster.

»Frau Drost hat sich viele Gedanken gemacht und die aufgeschrieben. Sie war eher der melancholische Typ. Ich verstehe nicht, warum sie nicht zu Tessa gegangen ist ...« Er nahm die Brille ab und fuhr sich erschöpft mit der Hand über die Augen, wie nach einem langen Arbeitstag. Dabei war es nicht einmal elf Uhr. »Wir hätten es kommen sehen müssen ... Tut mir leid, ich kann Ihnen nicht helfen.«

»Wir kommen sicher noch einmal wieder.« Koster fing den Blick des Psychologen auf und sah die Trauer darin. Als er sich schon zur Tür wandte, hörte er Paul Nika sagen: »Ich werde hier sein, wenn Sie mit mir reden möchten.«

Koster war sich ganz und gar nicht sicher, ob das ausschließlich auf den Fall bezogen war oder ob er es persönlich nehmen sollte.

Im Gang legte er seinem Kollegen die Hand an den Ellbogen.

»Komm, Liebchen, wir machen später weiter. Aus der Psychiatrie läuft uns heute keiner mehr weg, und der Papierkram macht sich auch nicht von alleine. Ich muss hier raus. Mir wird schlecht von diesem Geruch. Warten wir auf die Obduktionsergebnisse.«

»Jau. Wir sehen uns nachher beim Staatsanwalt.« Er nickte Koster aufmunternd zu und machte sich auf den Weg den langen Flur hinunter.

Koster fuhr in den Hamburger Hafen. Entgegen jeder Wahrscheinlichkeit fand er sogar einen Parkplatz. Er wollte in ein kleines Café nahe den Magellanterrassen. Dort saß er mit den backsteingotischen Lagerhauskomplexen der Speicherstadt im Rücken, vor sich die dümpelnden Schuten auf dem Fleet, und blickte in den wolkenverhangenen, aber inzwischen trockenen Himmel. Möwen zogen kreischend ihre Runden. Er atmete die leicht salzige Luft ein und genoss den Wind auf dem Gesicht. Hier unten wehte immer eine Brise. Es war Niedrigwasser, daher hatten die Möwen leichtes Spiel, sich Abfälle aus dem Fleet zu picken. Zum ersten Mal an diesem Tag konnte er entspannen.

Nach einer Zigarette und einem starken Espresso rief er Alexander Clement an. Clement war Professor im Rechtsmedizinischen Institut und sein bester Freund. Alexander war zudem der Einzige, der von seinen Eheproblemen mit Jasmin wusste. Seinem Freund von seinen Sorgen zu erzählen half ihm dabei, sich zu sortieren. Alexander sagte meist wenig dazu, aber was er sagte, war genau richtig.

»Ich habe die Obduktion noch nicht angefangen. Du bist zu früh dran, Torben. Hier ist viel los. Zwei ältere Herrschaften und ein Verkehrsunfall, dann kommt deine Tote. Morgen Vormittag hast du das Ergebnis. Ich bin verabredet, oh ja, und das heißt, ich werde diese heiligen Hallen pünktlich verlassen.«

»Kenne ich sie?«

»Nein. Eine wissbegierige und kluge Studentin. Eine bezaubernde Studentin. Sie steht auf mich.«

»So was gibt es nicht.«

»Weißt du, es gibt ein Leben neben der Arbeit.«

»Eine Studentin ist viel zu jung für dich.«

»Ich bin neurotisch. Ich brauche viel Bestätigung«, sagte er lachend.

»Ruf mich an, wenn du Ergebnisse hast. Und … viel Spaß.« Lächelnd hielt er sein Gesicht in die wenigen Sonnenstrahlen, die es dann und wann durch die dichten grauen Wolken schafften. Tief inhalierte er den Rauch seiner Zigarette.

*

Als er wenige Minuten nach 15.00 Uhr vor dem Büro von Staatsanwalt Menzel eintraf, trabte Liebchen schon ungeduldig vor der Tür auf und ab. Er wirkte sichtlich erleichtert, als er Koster erblickte. Anscheinend bekümmerte ihn die Vorstellung, alleine in die Höhle des Löwen zu müssen. Liebchen war eben sensibler, als seine Statur vermuten ließ. Die adrette Vorzimmerdame jenseits ihrer besten Tage winkte sie sofort durch. Koster klopfte an die angelehnte Tür.

Menzel war ein Riese. Selbst hinter seinem Schreibtisch. Alles an ihm war überdimensioniert. Und doch wirkten seine Gesichtszüge so fein und freundlich, dass die Enttäuschung umso größer war, wenn man herausfand, dass er gänzlich ohne Charme und Humor auf die Welt gekommen war. Man sagte, dass er ein Pedant war, ein Krümelspalter, ein unermüdliches Arbeitstier. Mit Mitte vierzig war er bereits weit oben in der Hierarchie angekommen. Gerüchte handelten ihn als nächsten Kandidaten für die Oberstaatsanwaltschaft. Er war sich nicht zu schade, die Akten selbst auf die kleinsten Hinweise durchzugehen. Es war schon ein paarmal vorgekommen, dass er die Polizei auf entscheidende Details aufmerksam gemacht hatte, die zum Durchbruch eines Falles beigetragen hatten. Koster schätzte ihn deshalb sehr, hatte schon oft mit ihm zusammengearbeitet. Doch trotz dieser häufigen Treffen war es ihm nie gelungen, eine engere Beziehung zu ihm aufzubauen.

»Hat die Rechtsmedizin schon mit der Obduktion begonnen?«, fragte Menzel statt einer Begrüßung und ohne von seiner Akte aufzusehen. Er schien nicht in bester Stimmung. Aus leidvoller Erfahrung wusste Koster, dass man sich ihm jetzt vorsichtig nähern sollte.

»Nein, so schnell sind die nicht«, sagte er.

»Hat die Presse Wind bekommen?«

»Wir haben eine kurze Pressemeldung rausgegeben.«

»Gut.« Menzel guckte das erste Mal hoch. »Wissen wir etwas über das Motiv des Suizids?«

»Tja, ob es ein Suizid war, ist nicht sicher«, sagte Koster. »Sich zu erhängen ist zwar typisch, aber es gibt auch Unklarheiten.«

»Die wären?« Menzel lehnte sich in seinem Stuhl zurück und runzelte die Stirn. Nun hatte Koster seine ganze Aufmerksamkeit.

»Die Therapeutin sagt, dass die Patientin keine Suizidabsichten geäußert habe und in dieser Hinsicht unauffällig war. Wir haben keinen Abschiedsbrief gefunden, und warum sollte sie sich ausgerechnet in ihrem eigenen Zimmer erhängen? Warum ist sie nicht in den Keller gegangen? So musste ihre Bettnachbarin sie finden. Das war nicht sehr rücksichtsvoll.«

»Vielleicht wollte sie nur sterben und nicht nett sein. Nicht jeder Selbstmörder schreibt einen Abschiedsbrief«, mischte sich Liebchen ein.

»Es fehlt das Portemonnaie der Toten. Und dass das Tagebuch nicht aufzufinden ist, bleibt merkwürdig«, erwiderte Koster.

»Haben Sie mit den Patienten gesprochen? Was wissen die?«, fragte Menzel nachdenklich und sah Koster direkt an.

Koster kam sich plötzlich albern vor, dass er die Patientengespräche mied. »Nur mit der Bettnachbarin der Toten. Aber die wusste nichts.«

»Sprechen Sie mit den anderen Patienten. Seien Sie ein bisschen menschlich, dann erfahren Sie sicher etwas.« Menzel überraschte ihn mit seiner Antwort. Dann wandte er sich wieder seinen Akten zu. »Ich informiere Sie, wenn der Obduktionsbefund eintrifft.«

Mehr hatte er dazu offenbar nicht zu sagen.

ZWEITER TAG

Tessa hatte schlecht geschlafen. Im Gegensatz zur nicht besonders erholsamen Nacht war dieser Aprilmorgen so strahlend schön, als wolle er ihren verzweifelten Vortag auslöschen. Sie überlegte, ob sie frühstücken oder lieber um die Alster joggen sollte. Die Sonne gab den Ausschlag. Während sie auf dem Alsterweg den Enten auswich, versuchte sie ihren Laufrhythmus zu finden und einen freien Kopf zu bekommen. Doch heute wollte es nicht gelingen. Ihre Gedanken drehten sich immer wieder im Kreis. Was hatte Isabell in den letzten Stunden und Minuten vor ihrem Tod gedacht? Wie hatte sie sich gefühlt? Tessa wusste, dass sie darauf niemals eine Antwort erhalten würde und ihre Phantasien sie nur quälten. Und doch konnte sie sich dem Sog aus Versagensgefühlen und Enttäuschung nicht entziehen. Sie konnte einfach nicht glauben, dass Isabell sich selbst erhängt hatte. Sie hatte doch mit ihr über Suizidgedanken gesprochen. Und sie waren sich einig gewesen, dass dieser Notausgang kein guter Weg war. Sie hatten sogar einen Notfallplan erstellt. An den hätte Isabell sich gehalten. Es konnte kein Suizid sein. Sah das denn niemand? Oder machte sie sich nur etwas vor, um sich weniger schuldig zu fühlen? Isabell hatte Tessa versprochen, sich nichts anzutun. Was war ihr Versprechen wert gewesen? War es naiv von ihr, einem Patienten zu trauen, der ihr das versprach? Die Zweifel nagten unaufhörlich. Es stimmte schon, was Mascha Kaléko einmal geschrieben hatte: *Den eigenen Tod, den stirbt man nur – doch mit dem Tod der anderen muss man leben.*

Zurück in ihrer Wohnung reichte es gerade noch für eine Dusche. Sie hasste es, zu spät zu kommen. Also fiel das Frühstück aus. Wie so oft in letzter Zeit. Ihr Spiegelbild zeigte ihr heute Morgen ein trauriges und müdes Gesicht. Ihre braunen Augen wirkten im Licht der Badezimmerlampe fast bernsteinfarben. Dabei hatte sie schokoladenbraune Augen. Heute allerdings mit dicken Augenringen. Kein Wunder. Sie wusste zwar, dass andere sie durchaus als schön bezeichneten, aber heute sah sie im Spiegel nur die Selbstzweifel. Mit einem Lächeln versuchte sie davon abzulenken. Schluss jetzt. Es war wirklich keine Zeit für eine Bestandsaufnahme. Sie musste sich verdammt beeilen.

Im Dienstzimmer der Station 2 waren die Kollegen bereits für die Morgenbesprechung versammelt. Tessa griff nach einem Becher Kaffee und quetschte sich gerade zu Paul Nika auf die Bank, als Oberarzt Neumann in den Raum wehte.

»Wenn ich um Ruhe bitten darf.«

Schwungvoll ließ er seinen Kalender auf den Tisch knallen. Die Gespräche erstarben. In dem kleinen Raum saß ein Teil des Teams dicht gedrängt. Tessa sah in die Runde, ihr Blick stoppte bei Mathilde. Wie hatte sie den Tod von Isabell Drost verkraftet? Sie sah müde aus, dennoch wirkte sie wie ein Fels in der Brandung. Neben ihr saß Holger Buchholz, der Sozialarbeiter der Station. Er studierte intensiv die Sportseiten der BILD-Zeitung. Tessa musste schmunzeln. Die Kollegen zogen Holger immer wieder damit auf, dass er Bildung an den falschen Stellen suchte. Die beiden Assistenzärzte Meißner und Kirschnig sowie der junge Pflegeschüler Philipp komplettierten das Team an diesem Morgen.

»Ich möchte die Teambesprechung dazu nutzen, die traurigen Vorkommnisse des gestrigen Tages zu besprechen und unseren Umgang damit abzustimmen«, fuhr Neumann fort. Er räusperte sich. »Wie Sie wissen, hat sich Isabell Drost gestern Nacht stranguliert. Das war nicht vorauszusehen. Ich bitte Sie alle, entsprechend beruhigend auf die anderen Patienten einzuwirken.« Sein nervöses Räuspern war heute Morgen besonders ausgeprägt. »Wir können in dieser Phase der Duoxepin-Studie keine ... äh ... Zwischenfälle auf der Station gebrauchen. Die klinische Erprobung soll in den nächsten Wochen abgeschlossen werden. Falls also mehr Beruhigungsmedikamente eingesetzt werden müssen ...« Er sah die beiden Assistenzärzte auffordernd an. Die nickten stumm.

Tessa spürte, wie Paul sich zu ihr lehnte. »Gibt es keine Suizidkonferenz?«, flüsterte er fassungslos. Tessa war genauso irritiert. Das übliche Vorgehen war eine Fallvorstellung durch den behandelnden Therapeuten und eine Analyse der Ereignisse. Hätte man etwas besser machen können? Hatte man Hinweise übersehen? Konnte sich das Team von Schuldgefühlen entlasten und die Ängste vor einem weiteren Suizid auf der Station reduzieren? Es war das Gesetz der Serie, vor dem man in der Psychiatrie einen Heidenrespekt hatte. Das Dümmste war, nicht darüber zu sprechen, den Mut zu verlieren. Und was, wenn es gar kein Suizid war?

Tessa hielt es nicht länger aus. »Können wir wirklich sicher sein, dass es Selbstmord war? Ich meine das verschwundene Tagebuch, das Geld, das fehlt ...«

»Daran gibt es aus meiner Sicht keinen Zweifel«, wiegelte Neumann ab. »Aber Sie haben recht, es macht einen schlechten Eindruck. Daher erinnere ich Sie an Ihre Schweigepflicht – vor allem gegenüber der Presse. Hat das jeder verstanden?«

»Ich habe noch nicht verstanden. Ich meine, es ist nicht annähernd so klar ...«

Der Oberarzt unterbrach sie rüde. »Mir scheint, der Rest

des Teams schätzt es anders ein. Aber wenn Sie meinen, können Sie Ihre Version der Kriminalpolizei erzählen. Sie führen die Herren später durch die Station. Fassen Sie sich kurz und sorgen Sie dafür, dass der Stationsablauf nicht gestört wird. Ich mache Sie persönlich dafür verantwortlich.« Sein heftiges Räuspern mündete in beklemmender Stille.

Tessa starrte ihn zornig und schockiert an. Neumann grämte sich nicht über Isabells Tod, sondern darüber, dass seine Studie gestört werden könnte. Sie wollte sich gerade Luft machen, als sie unter dem Tisch Pauls warnenden Händedruck auf ihrem Schenkel spürte. Sie schluckte trocken und blieb stumm.

»So, wenn wir dann weitermachen können … Lassen Sie uns die Termine für diese Woche abstimmen.« Neumann griff nach seinem Kalender und redete weiter.

Doch Tessa bekam gar nicht mehr mit, was er sagte. In ihren Ohren rauschte es. Dieser Angriff war völlig unnötig gewesen. Was war mit Neumann los? Eine Kriegserklärung? Worum, verdammt noch mal, kämpften sie hier? Sie glaubte doch auch an das Medikament. Es wirkte. Genau deswegen musste man davon ausgehen, dass Isabell Drost sich nicht selbst umgebracht hatte. Merkte er denn nicht, dass hier was nicht stimmte? Sie war wütend. Und sie hatte keine Ahnung, was sie ihm getan hatte. Aber sie war entschlossen herauszufinden, was passiert war. Tessa hatte sich einmal versprochen, alles in ihrer Macht Stehende zu tun, um Suizide zu verhindern. Dann würde sie doch nicht anfangen, bei einem Mord wegzusehen. Noch dazu an ihrem Arbeitsplatz. Da hatte er bei ihr den falschen Knopf gedrückt. Den absolut falschen.

Wieder spürte sie Pauls Blick. Sie erwiderte ihn entschlossen und streckte den Rücken. Ein amüsiertes Lächeln huschte über seine Lippen.

Neumanns »Ich mache Sie persönlich dafür verantwortlich«, ließ sie immer noch vor Wut kochen. In ihrem Büro nahm sich Tessa eine Patientenakte und blätterte lustlos darin. Sie hatte noch zehn Minuten bis zur nächsten Therapiesitzung und hätte sich vorbereiten müssen. Stattdessen drehte sie ihren Stuhl Richtung Fenster und schaute in den wolkenverhangenen Himmel. In Gedanken war sie sowohl bei der gerade beendeten Teamsitzung als auch bei diesem Koster. Warum beschäftigte sie sich mit dem Kommissar? Das Gespräch mit ihm gestern ging ihr in allen Einzelheiten durch den Kopf. Sie hatte die Spannung im Raum fast körperlich gespürt. Er beobachtete gut und wertete nicht. Das war ihr sympathisch. Und seine Stimme klang warm … Andererseits waren einige Bemerkungen ihr gegenüber richtig grob gewesen. Was sollte das?

Sie nahm eine ihrer Muscheln von der Fensterbank in die Hand. Es war eine kleine, vom Meerwasser nahezu blank gewaschene Herzmuschel. Sanft und glatt. Tessa liebte es, an den Nord- oder Ostseestränden nach besonders schönen Steinen und Muscheln Ausschau zu halten. Sie hatte auch wundervolle Donnerkeile gefunden. Stille Zeugen der Naturschönheit. Ihr Gegenpol zum Wahnsinn des Alltags.

Vermutlich konnte Kommissar Koster sie nicht leiden. Warum sonst hätte er ihr so spöttisch »Wiedersehen, Frau Doktor« hinwerfen sollen? Wenn nur seine Stimme nicht so warm gewesen wäre.

Sie würde heute Abend darüber nachdenken. Nun beanspruchte Kiana Chavari ihre ganze Aufmerksamkeit. Tessa öffnete die Akte und fing an, Neumanns Bericht über die neue Patientin aus Afghanistan zu lesen. Doch ihre Gedanken schweiften erneut ab.

Magnus Neumann entwickelte sich zum Problem für sie. Er

war seit neun Monaten auf der Station, zuständig für die große Studie des neuen Antidepressivums. Wenn sie ehrlich war: Sie mochte ihn nicht. Er war kein Vorbild. Er war kalt. Er versuchte nicht zu verstehen. Nahezu voyeuristisch schien er sich am Leid der Patienten zu ergötzen. War sie fair? Er war ein guter Forscher. Außerdem hatte er sich vor sie gestellt, als vor ein paar Wochen der Ehemann einer Patientin seinem Ärger lautstark Luft gemacht hatte. Er hatte herumgeschrien, dass es seiner Frau immer noch schlecht ginge. Tessa wäre offensichtlich unfähig, ihr zu helfen. Neumann hatte den Mann beruhigt und ihm erklärt, dass Psychotherapie nun mal keine Autowerkstatt sei, in der man nur an der richtigen Schraube drehen musste und alles sei wieder gut. Immerhin. Trotzdem, sie konnte ihn nicht respektieren. Und nun dieser offene Angriff. Ihr Blick blieb an einem Donnerkeil hängen.

Schluss jetzt, die Patientin wartete. Also: Was hatte Neumann über sie geschrieben?

Die nach eigenen Angaben 18-jährige Kiana Chavari kommt in Begleitung ihres älteren Bruders zur Aufnahme. Dieser ist während des ganzen Gesprächs anwesend und berichtet überwiegend. Kiana Chavari schaut zunächst stumm zu Boden, bringt sich später stockend ins Gespräch ein. Beide sprechen gut Deutsch. Die Mutter sei Deutsche gewesen. Der Bruder beschreibt in aller Ausführlichkeit die Ängste seiner Schwester. Sie leide unter Albträumen. Angstanfälle würden mehrmals täglich auftreten und seien von starken Symptomen wie Zittern, Übelkeit und Schwindel begleitet. Er könne ihr nicht helfen, versuche nur in ihrer Nähe zu bleiben. Ohne ihn gehe sie nirgendwohin, er sei ihr ständiger Begleiter. Die Patientin antwortet erstmals auf direkte Nachfrage: »Ich erlebe immer wieder diese Tage. Ich kann

die Geräusche und die Bilder nicht loswerden.« Sie fühle sich hilflos und ausgeliefert. Genauso belastend seien ihre Träume, in denen immer wieder Erinnerungen an Tote aufkommen. So erlebe die Patientin selbst einen sonnigen Tag als unangenehm: »Ich hasse die Sonne. Sie erinnert mich an Mazar-i-Sherif, dort schien immer die Sonne.«
Der Bruder erzählt, dass sie aus Afghanistan geflüchtet seien, wo ihre ganze Familie ermordet worden sei.
Die Schwester habe Angst vor Menschen. Höre sie, dass jemand hinter ihr geht, befürchte sie, dass ihr jemand etwas antun wolle. Sie sagt: »Es ist unerträglich zu leben. Ich habe Angst, verrückt zu werden.«
Die Patientin lebt mit ihrem Bruder in einem Asylheim. Das Asylantragsverfahren ist immer noch nicht entschieden. Ihre aufenthaltsrechtliche Lage ist demnach ungeklärt, und beide betonen ihre Angst vor einer Abschiebung.

Tessa seufzte und blätterte weiter, warf einen Blick auf das nächste Formular. Der Oberarzt hatte viele Kreuze gemacht:

Herabgesetzte Konzentration, Grübeln, Ängste, Trauma, Flashbacks, Dissoziation, pseudo-paranoide Symptome, Depression, Hoffnungslosigkeit, Antriebslosigkeit, Schlafstörungen, Gewichtsverlust…

Und so weiter und so weiter. Über den Bruder stand dort nichts mehr. Dann fiel Tessa eine kaum leserliche Randnotiz von Neumann ins Auge.

Eventuell simuliert die Patientin, um sich einen Aufenthaltsstatus zu sichern?

Tessa starrte ungläubig auf die gekritzelte Notiz. Sie explodierte. Dieser schleimige Widerling. Wie konnte er dem Mädchen unterstellen, zu simulieren?

Tessa sprang auf, sie wollte Neumann sofort zur Rede stellen. Sie stieß sich schmerzhaft an der Tischkante und fegte dabei den kleinen Aktenberg vom Tisch. Es klopfte an der Tür. So ein Mist.

»Einen Moment«, rief sie und begann hektisch die Akten einzusammeln. Immer mit der Ruhe, ermahnte sie sich selbst. Schön der Reihe nach. Erst atmen, dann die Patientin, dann der Widerling.

»Frau Chavari, kommen Sie herein, bitte.« Tessa musste sich Mühe geben, dass man ihr den Abscheu über Neumann nicht anhörte.

Die Patientin setzte sich wortlos auf die äußerste Kante des Sessels nahe der Tür und schaute zu Boden. Sie sah in ihren Jeans und dem dicken Strickpullover sehr jung und verletzlich aus. Ihr schwarzes Haar wurde im Nacken straff von einem Gummiband zusammengehalten. Die Hände lagen gefaltet in ihrem Schoß. Schicksalsergeben.

Tessa nahm das Bild in sich auf. Sie überlegte, wie sie anfangen sollte. Inzwischen atmete sie wieder normal, aber sie wusste, dass sie viel zu angespannt war, um diesem Mädchen etwas vorzumachen.

»Ich habe gerade die Notizen meines Kollegen über Sie gelesen. Haben Sie heute Nacht schlafen können?«

Kiana schüttelte den Kopf.

»Sie müssen sehr erschöpft sein«, sagte Tessa.

Kiana schaute kurz hoch, als ob sie nicht glaubte, dass sich tatsächlich jemand für ihr Befinden interessierte.

»Ja.«

Mehr kam nicht. »Können Sie mir trotzdem ein bisschen

von dem erzählen, was Ihnen passiert ist?« Tessa sprach bewusst leise und langsam, um ihr Zeit zu geben.

»Bitte, können Sie mich duzen? Ich komme mir sonst so komisch vor«, wisperte sie.

»Gerne. Kiana, ich möchte verstehen, wie es dir geht und was dir passiert ist.«

»In mir ist nichts, was nicht mit der Vergangenheit verbunden wäre.«

»Erzähl mir ein bisschen über deine Vergangenheit. Wo bist du aufgewachsen?«

»In einem kleinen Dorf in der Nähe von Mazar-i-Sherif, im Norden von Afghanistan.« Sie hielt ihre Hände fest, als ob sie sich selbst daran hindern wollte, wegzulaufen.

»Hast du außer deinem Bruder noch mehr Geschwister?«

Sie nickte. »Ich hatte eine ältere Schwester. Ich war die Jüngste.«

»Wie war es früher – als du Kind warst?«, fragte Tessa.

»Mein Vater war Arzt. Er hat in Deutschland studiert und in Hamburg meine Mutter kennengelernt. Ich bin in Afghanistan eingeschult worden. Es war schön dort. Ich habe mit meinen Geschwistern gespielt und gelacht. Wir haben uns um die Tiere gekümmert. Meine Schwester war hübsch, jeder mochte sie. Dann kamen die Taliban, und alles änderte sich. Wir lachten kaum noch. Wir durften nicht mehr lachen. Ich verstand es nicht. Erst später. Dann verstand ich.«

Das Mädchen sprach nahezu akzentfreies Deutsch. Tessa ließ die Worte auf sich wirken. Es schien, als sammelte sich Kiana für das, was sie erzählen wollte.

»Was ist passiert?«

»Ich war auf dem Weg nach Hause. Von der Schule. Wir durften nicht mehr in die Schule. Aber … manchmal ging ich trotzdem hin, um zu sehen, ob sie noch da war. Ich habe gern gelernt.« Ihre Stimme war kaum zu verstehen, so leise sprach sie.

»Erzähl weiter«, bat Tessa.

Kiana atmete tief ein. »Ich habe zuerst gar nicht verstanden, was passiert. Sie waren zu dritt. Taliban. Ich hatte solche Angst. Ich hätte nicht in den Jeep steigen dürfen. Ich dachte, ich muss sterben. Hinterher ließen sie mich einfach liegen.«

Tessa beobachtete die Veränderung, die in der Patientin vorging. Die Hände zitterten ganz leicht, sie schwitzte und war sichtbar angespannt. Die Stimme war höher geworden. »Hast du es deiner Mutter erzählt?«

»Sie hat mir verboten, mit jemandem darüber zu sprechen. Niemand darf es erfahren, am wenigsten mein Vater oder mein Bruder. Ich bin beschmutzt.«

Tessa schwieg. Das Mädchen hatte also keine Hilfe bekommen. Im Gegenteil, es kamen noch Schuldgefühle hinzu. Wieso hatte sich die Mutter diesem Regime unterworfen?

»Keiner hat dir geholfen?«

»Jeder sieht mich böse an. Selbst hier lassen sie mich nicht in Ruhe. Jeder weiß es doch, oder? Alle wissen es! Damit kann ich nicht mehr leben – sowenig wie Isabell.«

»Warte, warte. Das verstehe ich nicht. Wer lässt dich nicht in Ruhe?«

Keine Antwort.

»Wie meinst du das mit Isabell? Denkst du daran, dir das Leben zu nehmen?« Tessa war klar, dass sie auf dünnem Eis stand. Sie durfte Kiana nicht so mit Fragen bedrängen. Andererseits musste sie wissen, was in ihr vorging.

»Ich kann nicht. Meine Schwester, sie war stark. Ich habe nur Schuld und Schande über meine Familie gebracht. Mein Bruder darf nichts erfahren, sonst lebt auch er in Schande.« Ihr Kopf ruckte hoch. »Sie werden ihm nichts sagen, oder?«

Ihre Stimme bebte und die Hände flatterten ziellos auseinander.

»Nein, natürlich nicht«, sagte Tessa ernst. »Wie hast du es geschafft, zu überleben?«

»Wir trauten uns nicht mehr auf die Straße. Meine Schwester rief uns regelmäßig aus der Stadt an. Sie und ihr Mann verließen nur selten die Wohnung. Sie war am Telefon, als die Männer kamen. Die Verbindung brach ab. Später erzählten sie uns, sie sei vom Balkon gestürzt. Dort habe sie sich ohnehin nicht aufhalten dürfen. Meine Eltern wurden kurz danach verhaftet. Wir haben sie nie wieder gesehen. Irgendwann bekamen wir einen Brief, dass sie gestorben seien.«

Sie berichtete mit monotoner Stimme, als ob es nicht ihr passiert war und sie nur aus einem Buch vorlesen würde. Eine Art Selbstschutz?

»Ein Onkel hat mich und meinen Bruder aufgenommen und in seinem Haus versteckt. Später hat uns ein Freund meines Vaters zur Flucht nach Deutschland verholfen. Auch hier haben wir uns lange vesteckt. Jetzt leben wir im Asylheim. Das ist alles, was Sie wissen müssen.« Erstmals blickte sie Tessa in die Augen. »Was soll ich tun, wenn man mich zurückschickt?«

Tessa hatte keine Antwort. Stattdessen stellte sie eine Gegenfrage.

»Kiana, wie lange bist du schon auf der Flucht?«

Die Patientin zuckte nur stumm die Schultern und senkte wieder ihren Blick. Tessa ärgerte sich über ihre erbärmliche Frage. Dieses junge Mädchen brauchte Schutz und Antworten. Und Tessa war in ihrer eigenen Hilflosigkeit feige ausgewichen.

*

Koster rutschte nervös im Sessel herum. Wieder saßen sie im Büro von Tessa Ravens. Insgeheim hatte er auf ein Signal von ihr gehofft, auf irgendein Zeichen, vielleicht ein Lächeln? Aber sie hatte ihn und Liebetrau distanziert begrüßt. Dann eben nicht.

Liebchen hingegen schien nichts zu bemerken. Er sah aus, als wolle er aus seinem Sessel so bald nicht wieder aufstehen. Einen Moment lang herrschte Stille.

»Vielen Dank, dass Sie Zeit für uns haben. Sie könnten uns mit Hintergrundinformationen helfen, damit wir besser mit Ihren Patienten ins Gespräch kommen«, sagte Koster ungewohnt steif.

»Natürlich. Ich habe ohnehin Anweisungen von meinem Oberarzt.« Sie stockte. »Ich möchte auch wissen, was passiert ist.« Koster spürte, dass sie etwas zurückhielt. Er hätte gerne alles gehört, aber es fiel ihm schwer, einen Anfang zu finden.

»Frau Henke wartet schon«, sagte sie.

Chance verpasst. »Warum ist sie hier Patientin? Was hat sie eigentlich?«

»Depressionen.«

Koster fragte sich, warum sie so distanziert war. »Wie äußert sich das, ich meine, warum hat sie welche?«

»Das sind zwei Fragen, richtig?« Der Anflug eines Lächelns umspielte ihre Mundwinkel. Wenigstens hatte er sie mit seinen ungeschickten Fragen zum Schmunzeln gebracht.

»Menschen mit Depressionen haben Stimmungsprobleme«, fuhr sie fort. »Meist sind sie niedergeschlagener Stimmung, manchmal auch gereizter Stimmung. Sie interessieren sich für nichts mehr. Ihnen fehlt der Antrieb, sich zu ganz alltäglichen Dingen aufzuraffen.«

»Das kenne ich«, sinnierte Liebchen und steckte sich eines von seinen Magenkügelchen in den Mund. Ich auch, dachte

Koster und meinte damit seine Frau. Hatte Jasmin Depressionen? Wenn er sie fragte, antwortete sie nur, es ginge ihr gut. Er konzentrierte sich wieder auf das Gespräch.

»Na, ich hoffe nicht, dass Sie das kennen.«

Sie lächelte Liebetrau an. Aha, Liebchen bekam also ein richtiges Lächeln.

»Diese Art Freudlosigkeit ist für die Betroffenen schwer auszuhalten. Frau Henke lag nachts wach und grübelte, schlief tagsüber und hatte keine Kraft mehr, den Haushalt zu erledigen. Sie hatte seit Langem keine Freunde mehr. Sie war traurig und verzweifelt. Einerseits. Andererseits leer und hoffnungslos.« Sie hielt einen Moment inne. »Sie fasste den Plan, sich das Leben zu nehmen. Sie wollte sich von einer Brücke stürzen. Nur die Tatsache, dass ein Passant die Polizei informierte, hat das verhindert.«

»Ist verzweifelt besser als hoffnungslos?« Koster wollte mehr wissen. Die Therapeutin hatte es geschafft, in ihm ehrliches Interesse zu wecken, obwohl ihm diese Seelenklempnerei noch nie ganz geheuer gewesen war.

»Nicht besser. Vielleicht aktiver. Resignation ist immer destruktiv und gegen sich selbst gerichtet. Frau Henke hat schon einmal einen Suizidversuch mit Tabletten unternommen. Damals war ihre Tochter noch klein.«

»Sie wollte ihr Kind allein zurücklassen?« Liebchen klang erbost.

»Es gab ja noch einen Vater. Aber über den Vater ihrer Tochter spricht sie nicht. Sie hat damals in Dresden gewohnt – auf den Arztbericht warte ich immer noch. Frau Henke ist verschlossen. Sie grübelt und schweigt. Ich nehme an, sie fühlt sich wertlos und glaubt, dass niemand ihr helfen kann.«

»Und? *Können* Sie ihr helfen?«, fragte Liebchen.

»Am Tiefpunkt kann man nicht tiefer fallen – zumindest

theoretisch.« Ihre Stimme klang sanft. »Selbsttötung ist kein Ausweg. Es ist die Entscheidung, die auf der Überzeugung basiert, dass es keinen anderen Weg mehr gibt. Wir versuchen, ihr die Türen zu zeigen. Öffnen muss sie sie selbst.«

Liebchen nickte nachdenklich. Koster dachte an Jasmin. Niemand sagte etwas.

»Und sie bekommt den neuen Wirkstoff aus der Medikamentenstudie«, unterbrach die Ärztin die Stille. »Wie auch Isabell Drost. Wir hoffen, dass das Duoxepin bald anschlägt.« Sie verzog hilflos den Mund.

Es klopfte.

Koster beeilte sich zu fragen, ob sie bei Frau Henke irgendetwas beachten müssten.

»Nein, seien Sie einfach freundlich zu ihr.«

Die blasse Frau mit den langen blonden Haaren und dem ausdruckslosen Gesicht, die er bereits gestern kennengelernt hatte, kam grußlos herein. Er lächelte ihr deshalb aufmunternd zu und bot ihr einen Stuhl an.

»Ich hoffe, Sie haben sich erholen können?«, begann er.

»Nein«, antwortete sie mit verkniffenen Lippen.

Kein besonders geschickter Einstieg, das musste er ja selbst zugeben. Und dennoch ... »Ist Ihnen noch etwas eingefallen?«

»Ich hab nichts getan. Was soll ich hier?«

Nach knapp fünfundzwanzig Jahren als Polizist wusste Koster, dass Menschen, die sich unverhofft mit der Polizei konfrontiert sahen, sich als Erstes fragten, was sie falsch gemacht hatten. Aber warum wollte sie nicht helfen? Andererseits war ihm auch bewusst, dass die starken Gefühle, denen Zeugen von Gewalttaten ausgesetzt waren, ihr Erinnerungsvermögen massiv behindern konnten. Am besten versuchte er sie behutsam in die Erinnerung und in einen harmloseren Kontext zurückzuführen. Das wirkte bei den meisten Zeugen.

»Wann sind Sie morgens aufgewacht?«

»Isabell stand immer vor mir auf. Sie ging Duschen, und ich hörte ein bisschen Radio.«

Koster nickte, um sie zum Reden zu ermuntern.

»Frühstück gibt es ab acht Uhr. Wir treffen uns eigentlich alle im Aufenthaltsraum.«

»Wer fehlte?« Koster sah, wie die Wangen der Patientin zu glühen begannen. Sie senkte schnell den Kopf und knetete ihre Hände.

»Wie kommen Sie darauf, dass jemand fehlte?«

»Ist nicht schlimm. Wer fehlte?«, fragte Koster.

»Es fällt eben auf, wenn David fehlt. Er bringt uns zum Lachen«, flüsterte sie.

»Haben Sie ihn später gesehen?«, fragte er.

»Der Tag lief wie immer.«

»Sie sagten gestern, Frau Drost habe in ihr Tagebuch geschrieben, und Sie seien dann eingeschlafen?«, hakte Koster nach.

Sie nickte stumm.

»Erinnern Sie sich, wovon Sie aufgewacht sind?«, fragte er.

»Vielleicht war er im Zimmer – und ich … ich hatte keine Ahnung. Es macht mir Angst.« Sie sprach mehr zu sich als zu ihm oder den anderen.

»Was haben Sie gesehen?« Koster musterte die Zeugin, der sichtbar unwohl in ihrer Haut war. Sie schnaufte durch die Nase und wirkte, als quälte sie die Erinnerung.

»Ein Schatten? Es war Licht im Zimmer. Ich glaube, die Tür war offen. Ich war halb im Schlaf.«

»Ein Schatten?« Koster lehnte sich vor und reichte ihr ein Taschentuch. Sie nahm es wortlos.

»Ich weiß nur, dass ich Isabell sah. Ich musste aufs Klo.«

»Wissen Sie, wie lange Sie vor dem Badzimmer gesessen haben?«

Sie schüttelte den Kopf.

Er fragte sich, wieso sie still vor der Leiche ihrer Freundin gesessen hatte. Würde nicht jeder sofort anfangen zu schreien?

»Warum haben Sie nicht um Hilfe gerufen?«

»Damit er zurückkommt?«

»Wer? Vor wem haben Sie Angst?« Koster rutschte auf seinem Sessel nach vorne.

»Sie hatte ihr Nachthemd an. Isabell hätte sich doch richtig angezogen. Jemand muss ihr das angetan haben.« Sie blickte ihn mit aufgerissenen Augen an. Die Angst umgab sie wie eine unsichtbare Aura. Er meinte, sie förmlich riechen zu können. So kam er nicht weiter.

»Ich danke Ihnen für den Moment.« Koster drückte kurz ihre Hand.

Lag es an ihm oder an diesem ungewöhnlichen Ort? Koster merkte, dass er hier mit seiner üblichen Zeugenbefragung nicht zum Zuge kam. »Wenn jemand im Zimmer war, könnte das die Unordnung und das fehlende Portemonnaie erklären. Sogar das verschwundene Tagebuch«, sagte er, nachdem Gabriele Henke gegangen war. Tessa Ravens stand an ihrem Schreibtisch gelehnt und beobachtete ihn und Liebchen still.

»Nur weil die Tür ein bisschen offen stand?« Liebchen war nicht so schnell zu überzeugen. »Vielleicht hat die Nachtschwester sich geirrt, und die Tür war nicht zu, sondern nur angelehnt. Sie hat in viele Zimmer geschaut. Wie will sie die eine Tür von der anderen unterscheiden? Nein, das reicht mir nicht.«

Die Therapeutin mischte sich ein. »Die Angst behindert ihre Erinnerung.«

Das war auch seine Einschätzung. Koster freute sich, dass sie seinen Eindruck teilte, und nickte zustimmend.

»Vielleicht ist sie traumatisiert. Das wissen wir erst in ein paar Wochen. Bis dahin sind ihre eigenartigen Reaktionen vollkommen normal.« Sie schien zu zögern. »Sie sollten mit einem unserer anderen Patienten sprechen. Er duscht gerne nachts im Bad auf dem Flur. Vielleicht kann er sich erinnern, ob die Tür offen stand?«

Koster fing ihren Blick auf. Zum ersten Mal schien er ihn zum Nachfragen einzuladen. Er fühlte ein kurzes Ziehen in der Magengegend.

»Bitte«, sagte er.

Der korrekt in Hemd und Anzug gekleidete Patient, der wenig später das Zimmer betrat, bedachte die Hand, die Koster ihm hinstreckte, nur mit einem bedauernden Lächeln. Er zog sich mit dem Fuß einen Stuhl heran, setzte sich gerade hin und schaute erwartungsvoll in die Runde.

»Herr Mager, Doktor Ravens hat uns berichtet, dass Sie nachts das Bad auf dem Stationsflur benutzen. War das auch gestern Nacht der Fall?«, fragte Koster.

»Das Bad im Flur ist sehr viel ordentlicher. David hält überhaupt keine Ordnung in unserem Bad.« Leiser ergänzte er: »Und ich wollte David nicht stören.«

»Haben Sie irgendetwas Ungewöhnliches bemerkt?«

»Nein, alles wie immer: Das Bad zu kalt und zu wenig heißes Wasser.« Er schickte einen entschuldigenden Blick in Richtung der Therapeutin.

»Wie war Ihr Verhältnis zu Isabell Drost?«, fragte Koster.

»Wie meinen Sie das?«

»Wie verstehen Sie es denn?«

»Sie müssen Ihre Frage präzise stellen. So klingt es, als ob wir ein intimes Verhältnis hatten.« Seine Stimme klang streng. »Ich habe gerade wirklich andere Probleme, als die Reste meiner Ehe in Schutt und Asche zu legen, indem ich ein Verhältnis mit einer depressiven, Drogen konsumierenden Mitpatientin beginne. Ich löse meine Konflikte, indem ich mich selbst ins Unglück stürze. Immer noch besser, als Unglück über meine Familie zu bringen, oder?«

Koster stutzte. Konnte man so viel Distanz zu seinen Problemen haben und dennoch keine Lösung finden? Er musste unwillkürlich an Jasmin denken und daran, wie sie gewesen war, als sie sich kennengelernt hatten.

Er hatte sich sofort in ihre unbändige Energie und ihre fließenden Bewegungen verliebt. Sie tanzte damals im John-Neumeier-Ballett, und er hatte gerade in den Kriminaldauerdienst gewechselt. Jede freie Minute verbrachten sie zusammen. Er zeigte der jungen Berlinerin Hamburg, und bald konnten sie sich ein Leben ohne den anderen nicht mehr vorstellen. Die schnelle Hochzeit war da nur konsequent.

Dann ihr Unfall hinter der Bühne. Er war im Publikum, als sie das Pas de deux des Brautpaares aus Giselle tanzte. Er erinnerte sich genau: Wie er vor lauter Stolz regelrecht ergriffen war. Wie dieses wunderbare Wesen über die Bühne schwebte. Sie tanzte so voller Anmut, und ihr Partner wirbelte sie durch die Luft, als wäre sie eine Feder. Dann der tosende Applaus. Es war wunderbar. Erst als er sie nach der Vorführung in ihrer Garderobe suchte, erfuhr er, dass sie die Treppe von der Bühne in den Garderobenbereich hinuntergestürzt war. Eine Unachtsamkeit. Eine lächerliche Sekunde war sie abgelenkt gewesen. Da sollte doch ein Eisbeutel auf dem Knie reichen, oder? Doch es stellte sich heraus, dass das Knie für immer geschädigt blieb.

Als Jasmin kurz darauf schwanger wurde, freute er sich unbändig. Seine Tochter Linda war heute schon sechzehn. Zwei Jahre später kam Leon zur Welt, und ihr Familienglück hätte perfekt sein können. Aber Jasmin war eine Künstlerin. Eine zum Stillsitzen verdammte Tänzerin. Die Rolle der Mutter und Ehefrau hatte sie nicht ausgefüllt, und sie hatte sich nie richtig damit anfreunden können. In den folgenden Jahren hatte sie sich mehr und mehr in sich selbst zurückgezogen. Das hatte sie zu der Frau gemacht, die morgens vor ihm aufstand und abends nicht auf ihn wartete. Der resignierte Schatten der Frau, die sie vor langer Zeit gewesen war.

Welche Fehler hatte er gemacht? Er wollte sie beschützen. Er wollte Verständnis für sie aufbringen. Um der Kinder willen. Doch mehr und mehr musste er zugeben, wie einsam er geworden war.

»Entschuldigung, aber Sie hören mir ja gar nicht zu, Herr Kommissar«, sagte Kurt Mager irritiert. »Geht es Ihnen nicht gut?«

Koster zuckte zusammen. Mager hatte recht. Er riss sich zusammen, schüttelte seine Erinnerungen mit einem Seufzer ab und fragte den Patienten, ob ihm etwas zur gestrigen Nacht einfiele.

»Das Einzige, was mir noch … Aber das ist sicher unwichtig.«

Koster zog fragend eine Augenbraue hoch.

»Als ich gerade zum Duschen wollte, sah ich den Pflegeschüler auf dem Stationsgang. Er hatte wohl Nachtdienst. Ich bin erst wieder zurück ins Zimmer. Er sollte mich nicht sehen.«

Als Mager kurz darauf ging, verbog er sich, um die Türklinke mit dem Ellenbogen zu öffnen.

»Tut mir leid. Auf Wiedersehen.« Ein Blick wie von einem geprügelten Hund.

»Warum entschuldigt er sich dauernd?« Liebetrau wandte sich an die Ärztin, nachdem die Tür zugefallen war.

»Herr Mager hat Zwänge. Und er schämt sich dafür. Er weiß, dass es Unsinn ist, aber die Angst ist größer.«

»Das verstehe ich nicht. Geht es ihm so schlecht?«, fragte Liebetrau nach.

»Sein HZI ist sehr hoch, ja, es geht ihm schlecht.«

»Sein HZI?«, echote Liebetrau. »Ist das ansteckend?«

»'tschuldigung, wir Psychiater stehen auf Abkürzungen.« Sie lächelte ihn an. »HZI bedeutet Hamburger-Zwangs-Inventar. Ein Fragebogen, der Zwänge misst. Kurt Mager hat seinen Job verloren. Er hat es seiner Frau verschwiegen. Den Tag vertrödelt, so getan, als sei alles in Ordnung. Schulden gemacht. Ihm wuchs alles über den Kopf. Dann war er einmal in einem Sex-Kino. Seither hat er Angst, sich mit Aids angesteckt zu haben. Nur waschen hilft.«

»Soll er einen Aids-Test machen«, meinte Liebetrau trocken.

»Hat er. Aber er kann seine Phantasien nicht einfach abschütteln und zum Alltagsgeschehen übergehen. Vom Kopf her weiß er, dass er sich nicht angesteckt haben kann. Aber er fühlt sich weiterhin bedroht. Er findet nur kurz Entspannung, wenn er sich wäscht, wenn er vermeidet, irgendetwas anzufassen, an dem er sich entweder selber anstecken könnte oder andere ansteckt. Er hält sich für eine Gefahr. Vielleicht haben Sie bemerkt, dass er vermieden hat, irgendetwas zu berühren?«

»Deswegen also«, sagte Koster.

»Das ist doch schizophren. Er weiß, dass es Unsinn ist, und tut es trotzdem?«, fragte Liebetrau und schüttelte den Kopf.

»Schizophrene sind immer überzeugt von ihren wahnhaften Gedanken und Ideen. Sie meinen, böse Mächte steuern sie. Sie erkennen nicht, wie wirklichkeitsfremd das ist. Wollte man ihnen die Wahnvorstellungen ausreden, würden sie uns für verrückt halten.« Sie hielt einen Moment inne und fuhr dann fort: »Zwangspatienten leiden unter ihren Befürchtungen. Sie fühlen sich schuldig. Die Frau von Kurt Mager ist ausgezogen, nachdem sie alles herausgefunden hat. Die Kinder hat sie mitgenommen. Vorläufig. Er gibt sich die Schuld. Und so versucht er sich reinzuwaschen. Mehr als zweihundert Mal am Tag.«

*

Alle Blicke waren auf die Tür gerichtet, als Koster und Liebetrau das Besprechungszimmer des LKA 41 im Polizeipräsidium betraten. Neben Ralf Meyer aus der Kriminaltechnik und Professor Alexander Clement aus der Rechtsmedizin war noch der junge Kommissar Malte Jacobi anwesend. Ihre Jacken hingen achtlos über den Stuhllehnen, und vor jedem stand ein Becher Kaffee. Koster und Liebetrau setzten sich.

»So, dann können wir anfangen? Ich schlage vor, wir tragen zunächst den Stand der Ermittlungen zusammen«, sagte Koster. »Also: Gestern Morgen wurde in der Psychiatrie der Universitätsklinik eine Leiche aufgefunden. Strangulation. Es sieht nach Suizid aus, aber ein Fremdverschulden kommt theoretisch auch infrage. Für einen Suizid spricht, dass die Ausführung möglich war. Wenn ich den Bericht der Spurensicherung richtig verstanden habe, gab es keine Schleifspuren an der Kleidung, richtig?« Koster schaute Richtung Ralf Meyer, der zustimmend nickte. »Also hat sie niemand mit Gewalt ins

Bad gezwungen.« Koster lehnte sich in seinem Stuhl zurück. »Die Schubladen der Nachtschränke standen offen. Als ob jemand etwas gesucht hat. Das könnte die Tote theoretisch auch selbst gewesen sein. Die Zeugin Gabriele Henke hat ausgesagt, dass die Zimmertür angelehnt gewesen sei. Es fehlen das Portemonnaie und das Tagebuch der Verstorbenen. Das könnten Anhaltspunkte für Fremdverschulden sein.« Er konnte sich einfach kein klares Bild davon machen, was in dieser Nacht vorgefallen sein mochte. Vielleicht war das typisch für die Psychiatrie. Eben nicht normal.

»Alexander kannst du uns aus rechtsmedizinischer Sicht helfen?« Koster wandte sich an seinen Freund.

»Nichts …«, begann der Rechtsmediziner und wiegte langsam den Kopf, »deutet auf einen Mord hin.«

Alles sprach aus seiner Sicht dafür, dass Isabell Drost auf den Hocker gestiegen war, sich den Seidenschal in einer laufenden Schlinge um den Hals gelegt hatte, um anschließend den Hocker wegzustoßen, sodass die Schlinge sich unbarmherzig zuzog und ihr die Halsgefäße abdrückte. Es gab keine Abwehrverletzungen. Der Rechtsmediziner legte sich auf die Zeit zwischen 2.00 und 5.00 Uhr früh als Todeszeitpunkt fest. Zirka 5.30 Uhr hatte die Nachtschwester die Frau gefunden. Wie lange Gabriele Henke da schon vor der Toten gesessen hatte, blieb ihr Geheimnis.

»Faserspuren?«, fragte Liebchen.

»Wir haben Faserspuren an ihren Händen gefunden. Sie hat sich das Tuch selbst um den Hals gelegt.«

»Drogen?« Liebchen hakte die Punkte in seinem Notizbuch ab.

»Dem toxikologischen Befund zufolge war sie clean«, antwortete Clement geduldig.

»Okay. Aus meiner Sicht sind keine Fragen mehr offen. Da

hat keiner nachgeholfen.« Liebchen blickte entschlossen in die Runde.

»Warum hat sie keinen Abschiedsbrief hinterlassen?«, traute sich der junge Kommissar Malte Jacobi zu fragen.

»Vielleicht steht alles im Tagebuch. Wenn das auftaucht, löst sich alles in Wohlgefallen auf, na ja, oder so ähnlich. Außerdem schreibt nicht jeder Selbstmörder einen Abschiedsbrief.« Liebchen wollte keinen Einwand in letzter Sekunde gelten lassen. »Nichts deutet auf ein Verbrechen hin. Also können wir Feierabend machen.«

Koster lächelte. Sein Kollege wollte nach Hause. Dort wartete seine Familie auf ihn. Anders als bei ihm.

»Gut, ich informiere den Staatsanwalt und fahre morgen in die Klinik. Euch einen schönen Feierabend.« Koster schloss die Runde.

DRITTER TAG

Die Morgenrunde hatte endlos gedauert. David Brömme spürte die Anspannung, die auf der Station lastete, fast körperlich. Die langatmigen Berichte der anderen Patienten über deren Albträume interessierten ihn nicht. Wo war Gabriele? In ihrem Zimmer jedenfalls nicht. Da hatte er als Erstes nachgesehen, als sie nicht zur Runde erschien. Er eilte die Treppen hinunter, um draußen auf dem Gelände nach ihr zu suchen. Er stoppte abrupt in der Eingangshalle, als er sie in einer der Telefonecken kauern sah. Er näherte sich vorsichtig und setzte sich zwei Kabinen weiter auf den Stuhl, nahm den Hörer ab und tat so, als ob er telefonierte. Sie schien nichts um sich herum zu bemerken. Er hörte sie deutlich und lauschte ungeniert.

»Du hast dein Versprechen nicht gehalten. Du hast gesagt, du meldest dich. Wir wollten reden. Nichts. Hast du dich je gefragt, wie ich mich gefühlt habe, als du damals vom Erdboden verschwunden warst? Hast du dich das gefragt?«, zischte sie in den Telefonhörer. Sie schien ihre Erregung nur mühsam in Zaum halten zu können. »Nein, so viel Mitgefühl hast du nicht, nicht wahr? All die verlorenen Jahre. Du bist so feige.« Ihre Stimme zitterte. Sie straffte die Schultern und bekam ihre Tonlage wieder in den Griff. »Du musst mich endlich zur Kenntnis nehmen, hörst du? Ich habe mit Isabell darüber gesprochen.« Sie fing an zu weinen. »Die arme Isabell. Warst du bei uns im Zimmer?«

Am anderen Ende der Leitung schrie jemand, jedenfalls

konnte Brömme erstmals Laute hören. Gabriele Henke ließ sich davon nicht beeindrucken. »Ja, ja, schon gut. Isabell hat gesagt, du musst bezahlen. Für mich. Für unsere Tochter. Du hast genug Geld. Ich will es endlich besser haben. Ich wollte dir nie schaden, aber ich bin die Mutter deines Kindes – vergiss das nicht.«

Also der Exmann, dachte Brömme. Klang nicht so, als ob der mit stolzgeschwellter Brust seinen Vaterpflichten nachgekommen wäre.

Er spähte zu ihr hinüber. Gabriele Henke nickte. »Gut, bis nachher. Ich werde da sein. Enttäusche mich nicht.«

Das Gespräch war beendet.

Er duckte sich zur Seite, aber das war unnötig, sie hatte ihn nicht bemerkt.

*

Tessa saß in ihrem Büro vor einer Schale Milchkaffee und dachte über die bevorstehenden Aufnahmegespräche nach. Sie hoffte, dass heute nicht zu viele neue Patienten kämen, denn das würde ihren ganzen Tagesplan durcheinanderwerfen. Es klopfte. Katharina Waag stand in der Tür. Die 18-Jährige tippelte von einem Fuß auf den anderen und sah Tessa schüchtern an. Diese Standunruhe könnte eine unerwünschte Nebenwirkung des Medikaments sein, dachte Tessa. Sie würde die Medikation des jungen Mädchens überprüfen müssen.

»Kann ich kurz mit Ihnen quatschen?«

»Aber nur kurz, ich muss mich um die Neuaufnahmen kümmern. Komm rein.«

»Ich komme wegen Isabell.« Sie wippte wieder von einem Fuß auf den anderen, würgte an ihrem nächsten Satz. »Ich glaub, ich hab Mist gebaut.«

Tessas Neugier war geweckt. Sie stand hinter ihrem Schreibtisch auf und lehnte sich gegen die Fensterbank.

»Sie dürfen es nicht den Bullen sagen, nur Ihnen zeige ich es. Klar? Wenn Sie was erzählen, streite ich alles ab.«

»Immer mit der Ruhe. Ich weiß ja gar nicht, worum es geht. Erzähl erst mal weiter«, versuchte Tessa sie zu beruhigen.

»Es geht um das Zeug, das ich manchmal so schreibe. Ich meine, die anderen sind ziemlich gaga hier, nur Isabell verstand meine Texte.«

Tessa nickte ihr aufmunternd zu.

»Also, das da hab ich Isabell vor drei Tagen gegeben. Wollte nur mal hören, was sie sagt.« Sie kramte einen zerknitterten Zettel aus ihrer Jeanstasche. »Es gefiel ihr. Echt. Sie hat auch Geschichten in ihr Tagebuch geschrieben. Aber ich hab doch nicht geahnt, dass sie … dass sie es dann auch tut. Das konnte ich nicht wissen, oder?« Sie hielt Tessa zitternd das Papier hin.

Du stehst vor dem Spiegel, das Kind ist nicht da.
Das Leben war schön, bis er dich sah.

Dein Schrei bleibt stumm, dein Leiden still.
Der Druck steigt stetig, weil er es so will.

Das Messer ist scharf, fährt glatt durch die Haut.
Nie willst du ihm nah sein, nie seine Braut.

Es dauert nicht lang, der Schmerz tut dir gut.
Mach einfach weiter, hab noch mehr Mut.

Nur wenig tiefer musst du noch schneiden.
Dann brauchst du nicht mehr zu leiden.

»Bin ich schuld?« Die ängstlich zitternde Stimme holte Tessa in die Realität zurück.

»Mein Gott, Katharina... es ist... Nein, du bist nicht schuld.«

Das junge Mädchen stürzte auf sie zu und schmiegte sich in ihre Arme. Tessa war für einen kurzen Moment erschrocken, umarmte sie dann aber ebenso fest und streichelte ihr Haar. »Es geht nicht um Schuld. Aber ich möchte mit dir über deine Texte sprechen. Kannst du mehr Gedichte zur nächsten Sitzung mitbringen?«

Sie wand sich aus Tessas Armen. »Ich verzieh mich dann mal.« Plötzlich war sie wieder der unnahbare und verschlossene Teenie und verschwand.

Tessa kam die Sehnsucht des Mädchens seltsam vertraut vor. Die Liebe, die sie nie erfahren hatte. Katharina Waag war ein einsames Mädchen. Als uneheliche Tochter einer Prostituierten wurde sie schon seit ihrer Geburt von Pflegestelle zu Pflegestelle verschoben. Mit drei Jahren nahm ein kinderloses älteres Ehepaar sie bei sich auf, und endlich sollte alles besser werden. Aber schon ein Jahr später folgte ein älterer Pflegebruder und eroberte den Prinzenthron. Er war der Sonnenschein der Familie, bekam die ungeteilte Aufmerksamkeit der Pflegeeltern. Katharina geriet in den Hintergrund. Schon in der Grundschule begannen die Schwierigkeiten. Sie fing an, die anderen Kinder zu beklauen, um sich in der Pause etwas Süßes kaufen zu können. Taschengeld bekam sie nicht. Erst als man feststellte, dass sie außergewöhnlich gut Volleyball spielte, bekam sie Anerkennung – von ihrer Pflegefamilie und den Mädchen ihrer Klasse. Sie schaffte sogar den Sprung auf die Realschule.

Doch dann erlitt der Pflegevater einen schweren Schlaganfall. Katharinas Pflegemutter war völlig überfordert, griff zum Alkohol, lag schließlich nur noch mit ihrer Schnapsflasche im Bett. Aus panischer Angst, in ein Heim zurückzumüssen, übernahm Katharina den Haushalt. Sie vernachlässigte ihr Volleyballtraining und versuchte, nach außen die heile Welt zu spielen. An ihrem dreizehnten Geburtstag meldete sich überraschend ihre leibliche Mutter. Erschöpft und voller Hoffnung auf ein besseres Leben, zog Katharina zu ihr. Dass das ein fataler Fehler war, erkannte sie zu spät. Als der neue Freund der Mutter begann, das Mädchen sexuell zu missbrauchen, wohnte sie gerade mal zwei Monate bei ihnen.

Mit ihren achtzehn Jahren war sie depressiv, verletzte sich mit Rasierklingen, trank übermäßig viel Alkohol und hatte bereits einen Selbstmordversuch hinter sich.

Tessa griff nach der Patientenakte von Katharina Waag und las den letzten Eintrag, den sie gemacht hatte:

Die frühe emotionale Instabilität, die die Patientin in Pflegeheimen und der Pflegefamilie erfuhr, führten zu Bindungsstörung, Selbstunsicherheit und gestörter Identitätsentwicklung. Keine Beziehungsperson konnte der Patientin dauerhaft emotionalen Halt bieten. Sie erfuhr kaum Möglichkeit zu erlernen, wie man Emotionen reguliert, Selbstfürsorge aufbaut und sich um soziale Kontakte kümmert. In der demütigenden sexuellen Gewalterfahrung hat sie »gelernt«, dass sie nichts wert ist, niemand ihre Grenzen und ihre körperliche Integrität respektiert. Sie ist misstrauisch, erwartet nichts Gutes von ihren Mitmenschen und lässt niemanden an sich heran.

Ein Schicksal, so beschissen wie viele hier, dachte Tessa. Sie wollte gerade einen Satz zu dem Gedicht der Patientin aufschreiben, als ein Klopfen an der Tür ihre Gedanken unterbrach.

David Brömme. Er müsse kurz mit ihr sprechen. Und er kam auch direkt zum Punkt: »Isabell wollte tot sein. Sie war der unglücklichste Mensch, den ich je kennengelernt habe.«

»Wie kommen Sie darauf?« Tessa wusste, dass das die Frage war, die er hören wollte. Sie wusste aber nicht, ob er von Isabells Plänen gewusst und dennoch nichts gesagt hatte. »Hat sie mit Ihnen über ihre Absichten gesprochen?« Ihr wurde ganz flau im Magen.

»Nein, sie hätte nie mit mir gesprochen. Damit hätte sie mich in die Lage eines Mitwissers gebracht.«

So lange sprach er selten an einem Stück. »Es klingt, als ob Sie Isabells Weg akzeptiert haben?«

»Sie hatte ein Recht auf freie Wahl. Sie hat es bestimmt in ihrem Tagebuch erklärt. Haben sie es nicht gelesen?«

Tessa runzelte die Stirn. »Das Tagebuch ist verschwunden.«

»Ich dachte, Sie wüssten vielleicht, wo es ist.«

»Nein, warum fragen Sie?«

Brömme sah sie nur enttäuscht an, drehte sich um und ging. Tessa starrte ihm konsterniert nach. Was wollte er eigentlich? Kam heute jeder in ihr Büro spaziert, knallte ihr Schuldgefühle und Vorwürfe auf den Tisch und rannte wieder raus?

*

In den folgenden Stunden war sie vollauf damit beschäftigt, als diensthabende Ärztin alle Patienten aufzunehmen, die ohne Anmeldung in der Klinik erschienen. Sie lief gerade mit einer neuen Patientenkarte zurück in ihr Zimmer, als sie Paul auf dem Gang traf.

»Du siehst angeschlagen aus«, sagte er.

»Ach ja!« Sie seufzte. »Heute will sich alles, was die WHO an Diagnosen hergibt, bei mir vorstellen.«

»Verstehe.« Paul grinste.

Tessa eilte zurück in ihr Büro. Angefangen hatte es in der Früh mit einer schüchternen Frau, die solche Angst vor Menschen hatte, dass es ihr nie gelungen war, Freundschaften zu schließen. Alles war ihr peinlich, und sie war felsenfest überzeugt, dass andere schlecht über sie dachten. Der klassische Fall einer sozialen Phobie. Gestern hatte sie, nach über zwei Jahren in der gleichen Sportgruppe, das erste Mal von sich aus ein Gespräch angefangen. Es war grauenhaft verlaufen. Die Frau hatte ihr von ihren Eheproblemen erzählt, und dazu hatte sie natürlich gar nichts sagen können. Was wisse sie schon von Beziehungen. Sie hielt sich für eine totale Versagerin und hatte sich schon eine Flasche Wein und Schlaftabletten besorgt. Tessa nahm sie auf die Station auf und war zuversichtlich, der Frau helfen zu können.

Die Polizei brachte außerdem einen offensichtlich manischen Patienten, den sie auf der Eppendorfer Straße aufgegriffen hatten, als er gerade an einer ausgefallenen Ampel den Berufsverkehr regelte. Die Beamten kamen nicht umhin zuzugeben, dass er seine Sache gut gemacht hatte. Nur war er nackt, und draußen regnete es mal wieder. Und überhaupt habe er nicht mit sich reden lassen. Da hätten sie nicht mehr gewusst, was sie mit ihm machen sollten.

Ihr gegenüber gab der Nackte sich äußerst charmant. Er sah nicht ein, warum er seinen Adonis-Körper in Kleidung verhüllen sollte. Auch ihn nahm Tessa auf die Station auf. Für die Kollegen in der Kinder- und Jugendabteilung meldete sie einen zarten Jungen von sieben Jahren, der das Bein seiner Mutter nicht mehr losließ und kein Wort sagte. Die Mutter berichtete, dass er seit Wochen alles Mögliche in sich hineinschlinge. Alles, nur keine Lebensmittel. Seit zwei Tagen bevorzugte er die Tapete im Kinderzimmer. Eine Pica im Kindesalter. Eine Störung, bei der die Kinder nicht essbare Substanzen schlucken. Ohne Rücksicht auf ihren Magen. Als der Junge anfing zu weinen, rief sie einen Pfleger, um ihn mit seiner Mutter in die Kinderabteilung bringen zu lassen.

Jetzt musste sie nur noch den Befund ihres letzten Patienten in die Formulare für die Krankenkassenbürokraten eintragen, dann konnte sie endlich Mittagspause machen. Sie dachte an das gerade geführte Gespräch mit Patrick Bollmus. Er war ein alter Bekannter auf der Station. Solange er seine Medikamente regelmäßig nahm, ging es ihm gut. Dann wurde er die Nebenwirkungen leid und setzte die Medikamente ab. Meist schlug die Psychose innerhalb kurzer Zeit wieder zu.

»Wissen Sie, weshalb Sie hier sind?«, hatte Tessa den ungepflegt wirkenden Bollmus gefragt. Er schien sie nicht wiederzuerkennen.

»Ich habe lange gewartet.« Der bärtige Mann rutschte auf dem Stuhl hin und her und warf von Zeit zu Zeit seine langen Haare mit einer ruckartigen Bewegung nach hinten.

Tessa vermied Augenkontakt mit ihm. Bollmus sollte sich sicher fühlen, und psychotische Patienten mochten keinen direkten Blickkontakt.

»Es tut mir leid, dass Sie warten mussten. Also: Sie haben am Arbeitsplatz mit falschem Namen wichtige Papiere unterschrieben, und Ihre Kollegen fanden Ihr Verhalten auffällig. Sie haben ihnen Briefe und E-Mails geschrieben, die einige Mitarbeiter sehr beunruhigt haben.«

»Das war nur ein Scherz. Nicht so gemeint.«

»Auch die Drohungen?«, fragte Tessa.

»Nur ein kleiner Spaß. Ehrlich.«

»Und die Unterschriften?«

»Habe ich Ihnen erzählt, dass ich auch einen Doktortitel habe?«

»Nein. Welchen?« Tessa lehnte sich in ihrem Stuhl zurück und beobachtete den jungen Mann, der zu schwitzen begonnen hatte. Sein Vollbart war ausgefranst und ungepflegt. Auf seinem T-Shirt entdeckte sie Flecken. Vielleicht vom letzten Mittagessen. Wie lange das wohl zurückliegen mochte? Er wirkte noch ausgemergelter als bei seinem letzten Aufenthalt.

»Doktor Nomen est omen«, sagte er mit einem heftigen Nicken.

»Hhhmm. Herr Bollmus, hören Sie in der letzten Zeit Stimmen?«

»Welche Stimmen?«

»Stimmen, die andere nicht hören können. Die Ihnen etwas sagen oder befehlen wollen?«, fragte Tessa nach.

»Ich habe den Herrn gesehen. Ganz dicht stand er neben mir«, sagte er und starrte sie mit weit aufgerissenen Augen an. Dann fuhr er feierlich fort: »Hiermit möchte ich Ihnen die Medaille ›Heiliger Pater Pio‹ schenken. Mögen Sie den Beistand dieses bedeutenden Heiligen erfahren, wenn Sie es dringend brauchen. Möge Ihnen das ewige Licht leuchten. Bitte beten Sie dafür, dass mir andere Menschen nichts Böses antun. Amen.«

Tessa lehnte sich vor und schaute Bollmus das erste Mal wieder direkt in die Augen.

»Herr Bollmus, wir müssen über Ihre Medikamente sprechen. Geht das?«

»Ich habe gesündigt in Gedanken, Worten und Werken, durch meine Schuld. Darum bitte ich die heilige Jungfrau Maria, alle Engel und Heiligen, für mich zu beten bei Gott unserem Herrn. Der Herr mit den blonden Locken. Bitte stehe mir mindestens so stark wie die heilige Jungfrau Maria bei.

Bitte retten Sie mindestens drei Menschen das Leben, ich verlange es freundlich von Ihnen. Lassen Sie nicht alle sterben.«

Es war schwer, zu ihm durchzudringen. Doch Tessa ließ nicht locker: »Ich möchte, dass Sie Ihre Medikamente morgens und abends regelmäßig nehmen. Okay? Sie dürfen nicht damit aufhören. Sonst kommen die Stimmen.« Er quälte sich vermutlich maßlos, wenn er glaubte, sich derart versündigt zu haben.

»Die Medikamente machen mich so müde«, antwortete Bollmus, plötzlich ganz bei ihr.

»Das ist eine häufige Nebenwirkung. Aber das Zyprexa wirkt gut bei Ihnen. Ich möchte es nicht wechseln. Andere Medikamente haben schlimmere Nebenwirkungen. Bitte probieren Sie es.«

»Aber Sie müssen endlich etwas unternehmen«, insistierte er.

»Das tun wir. Bald ist es besser. Ich rufe jemanden, der Ihnen zeigt, wo Sie sich ausruhen können.«

»Nur, wenn ich ein eigenes Bett bekomme.«

»Abgemacht.«

Pflegeschüler Philipp holte den Patienten aus ihrem Therapiezimmer ab, um ihm ein Zimmer auf der Station zuzuweisen. Jetzt konnte sie endlich eine Pause machen. Sie hatte bereits leichte Kopfschmerzen vor Hunger.

Plötzlich ertönte ein durchdringender kurzer Schrei. Tessa zuckte hinter ihrem Schreibtisch zusammen. In der Stille danach lauschte sie, ohne zu atmen. Dann sprang sie auf, riss ihre Zimmertür auf und blickte den Flur hinunter. Auf Höhe des Aufenthaltsraumes versammelten sich die herausströmenden Patienten und verstellten ihr die Sicht. Sie drückten sich an die Wände, schubsten den Nachbarn vor und wollten sich verstecken, aber gleichzeitig etwas sehen. Sie hörte einen Pfleger bitten, Platz zu machen. Tessa betete, dass es kein weiterer Suizidversuch war. Wenn erst einmal einer anfing ... Sie rannte los. Schob die ersten Patienten zur Seite, um zur Ursache des Tumults zu kommen. Sie konnte noch immer nicht ausmachen, wo genau der Ursprung lag.

»Wir haben gleich unsere Therapiesitzung«, sprach sie Kurt Mager von der Seite an. Er tickte auf seine Armbanduhr. »Um 14.30 Uhr. Das ist in einundzwanzig Minuten. Genau in einundzwanzig Minuten.«

»Lassen Sie mich durch. Was ist passiert?«

»Etwas Entsetzliches. In zwanzig Minuten. Kommen Sie pünktlich. Sie wissen, wie sehr ich warten hasse«, quengelte er und tickte wieder auf das Uhrglas.

Tessa drängelte weiter. Sie hatte jetzt keine Nerven für Magers Kontrollzwang. Sie versuchte über die Köpfe einen Blick nach vorne zu erhaschen. Offensichtlich war neben der Küche im kleinen Lagerraum etwas passiert. Tessa ahnte, dass etwas Schreckliches geschehen war. Ein Pfleger zwängte sich kreidebleich durch die Menge. Bevor sie ihn zu fassen bekam, teilte sich vor ihr die Patiententraube.

In dem kleinen Lagerraum stapelten sich Wasserkästen, Stühle und Kartons. Rechts war ein schmaler Lastenfahrstuhl. Die Türen standen offen. Tessa hielt den Atem an. Ein Frauenschuh lag vor dem Fahrstuhl. Daneben eine Haarspange. Eine Hand auf ihrer Schulter ließ sie zusammenzucken. Tessa drehte sich um. Paul stand vor ihr. Sein Blick war unergründlich, er schüttelte nur den Kopf, sagte kein Wort. Seine Hand fühlte sich schwer auf ihrer Schulter an. Sie zwang sich, in den Fahrstuhl zu sehen. Hinter dem einsamen Schuh ergossen sich lange blonde Haare auf den Boden. Der Kopf merkwürdig zur Seite verdreht. Die Augen geschlossen. Die Lippen kirschrot. Seltsam, schoss es Tessa durch den Kopf, sonst trug sie nie Lippenstift. Eine Hand lag unter ihrer Wange. Überall war Blut. Woher kam so viel Blut? Tessa schwindelte. Gabriele Henke lag wie ein Embryo gekrümmt halb im Fahrstuhl, halb davor. Als ob sie schliefe. Tessa machte einen Schritt nach vorne und zwang sich, genau hinzusehen. Der Hals war eine einzige klaffende Wunde. Nahezu durchtrennt. Sie sah Glasscherben. Scherben einer zerschmetterten Wasserflasche. Ihr Magen verkrampfte sich.

Schmerzhaft spürte sie wieder Pauls Hand auf ihrer Schulter, er zog sie nach hinten.

»Tessa, tu dir das nicht an!«

Doch sie konnte den Blick nicht mehr lösen. Die blutigen Scherben. Eine Welle Ekel ergriff sie. Sie hielt sich die Hand vor den Mund. Tränen liefen ihr über die Wangen. Gabriele Henke war ihre Patientin. Paul zog sie energisch aus dem Lagerraum. Ein Brechreiz schüttelte sie. Sie übergab sich einfach auf den Gang.

Kurt Mager trat unvermittelt neben sie. »Gleich geht es Ihnen besser, ja? Wir haben doch Therapiesitzung. Und Sie müssen sich noch die Zähne putzen. Sonst ist das eklig.« Wieder das Ticken auf der Armbanduhr. Tessa würgte weiter. Die anderen Patienten blieben in respektvollem Abstand. Einige weinten. Andere lachten verängstigt. Paul strich ihr sanft über den Rücken. Murmelte dabei beruhigend auf sie ein. Der Tod überstieg alle Grenzen. Er ängstigte sie alle gleichermaßen.

*

Koster stand mit den Händen in den Taschen vor der toten Gabriele Henke. Neben ihm fragte Liebchen Informationen von einem der Schutzpolizisten ab, die den Tatort gesichert hatten. Er hatte auch schon Alexander Clement verständigt. Das lag nahe, befand sich doch die Rechtsmedizin auf dem gleichen Gelände. Alexander war sofort an den Tatort geeilt. Er hatte Koster nur kurz zugenickt und weiter konzentriert in sein Diktiergerät genuschelt. Die Männer der Spurensicherung in ihren weißen Kapuzenoveralls huschten geschäftig hin und her. Einer schoss Fotos vom Tatort. Das grelle Blitzlicht durchzuckte den kleinen Lagerraum.

»Mit der zerbrochenen Flasche hat er die Halsarterie getroffen«, raunte ihm Alexander zu. »Er muss sie direkt am Lastenfahrstuhl angegriffen haben. Die Leiche wurde nicht mehr bewegt.«

»Er?« Koster hob eine Augenbraue.

»Na ja, ich mein' ja nur.« Sein Freund zuckte mit den Achseln und wandte sich wieder dem Leichnam zu.

»Alexander, wir brauchen schnell alle Informationen über Todeszeitpunkt und so weiter. Lange kann sie ja nicht hier gelegen haben.« Kosters Stimme klang angespannt. »Wer hat sie gefunden? Wer hat sie zuletzt gesehen? Wann? Wo?« Er redete mehr mit sich selbst als mit den anderen. Was um alles in der Welt machte die Frau im Lastenfahrstuhl? Er fragte sich, was er übersehen hatte. Zwei Tote in drei Tagen. Das war doch kein Zufall. »Wir müssen einen Überblick über Patienten und Personal bekommen. Liebchen, tu mir den Gefallen und verschaff dir einen Überblick, wer wann wo war. Nicht, dass wir jemanden übersehen. Ich will alle Hintergrundinformationen. Und übrigens, die Akte Isabell Drost bleibt offen.«

»Warum?«, fragte Liebetrau. »Das war eindeutig Selbstmord.« Dabei betonte er jedes Wort.

»Am Ende vielleicht. Aber was war vorher? Ich will verstehen, was hier los ist, verdammt noch mal. Wer bringt eine Patientin in der Psychiatrie um? Jemand von außerhalb? Ein generervter Pfleger? Oder ist einem Patienten die Sicherung durchgebrannt?« Seine Kiefer mahlten. »Wir müssen herausfinden, wer Zugang zum Lastenfahrstuhl hat und ob man einen Schlüssel braucht. Warum war der offen? Die Spurensicherung soll sich beeilen.«

In diesem Moment kam Staatsanwalt Menzel in den kleinen Lagerraum. Er blieb bewegungslos in der Tür stehen, nur sein Blick huschte hin und her. »Was für ein Schlamassel.«

»Das kann man wohl sagen«, erwiderte Koster.

»Ich ordne gleich die Obduktion an, und ich möchte zeitnah über alles informiert werden. Am besten kümmere ich mich um die Presse.«

Koster nickte, dankbar, keine Vorhaltungen anhören zu müssen. »Ich brauche eine Durchsuchungserlaubnis für die Wohnung der Toten. Da fahre ich sofort hin. Liebetrau beginnt mit den Befragungen auf der Station.«

»Gibt es Verwandte?«, fragte Menzel.

»Eine Tochter. Maria Rosenstein. Ich lasse gerade prüfen, wo sie wohnt«, sagte Liebchen. »Das Handy geht zur Auswertung. Hier ist der Haustürschlüssel – und ein kleiner Kalender. Sie hat sich in den letzten Tagen drei Mal mit einer *Alba* getroffen. Vermutlich eine Freundin.« Er gab Koster den Schlüsselbund.

»Finde raus, wer das ist«, bat Koster. »Und ruf alle anderen aus dem Adressverzeichnis an. Was sind das für Leute?«

Koster ließ seinen Blick über die verbliebenen Patienten wandern, die von Absperrbändern zurückgehalten im Türrahmen des Aufenthaltsraumes standen. Leere Blicke. Er bekam eine Gänsehaut.

»Liebchen, nimm Doktor Ravens mit, wenn du mit den Patienten sprichst. Sie entspannt die Atmosphäre. Ich komme dazu, sobald ich aus Henkes Wohnung zurück bin«, sagte er.

Auf der Fahrt kurbelte er die Scheiben seines Dienstwagens auf beiden Seiten ganz nach unten. Er brauchte Luft. In der Psychiatrie hatte er ständig das irrationale Gefühl, zu ersticken. Das lag sicher nicht nur an dem Krankenhausgeruch. Er steckte sich eine Zigarette an und inhalierte tief. Das war zwar auch keine Lösung, aber tat gut.

Lange brauchte er nicht, um ins Schanzenviertel zu kommen. Er parkte im Halteverbot direkt vor dem Altbau, in dem Gabriele Henkes Wohnung lag. Das Gebäude war in einem schlechten Zustand. Der Putz bröckelte von der Fassade, die alte Holztür war voller Graffitis und die Briefkästen verbeult. Jemand hatte seiner Wut freien Lauf gelassen. Die alten Holzfenster waren klein und von der Witterung zersetzt. Einen Anstrich hatte das Haus seit Jahrzehnten nicht mehr gesehen. Das Treppenhaus roch nach Zigarettenrauch und irgendetwas Undefinierbarem. Zwiebeln und Kohl? Koster schloss die Tür zur Wohnung auf. Der Geruch drinnen war nicht viel besser. Muffig und abgestanden. Hier hatte lange keiner gelüftet. Er tastete nach dem Lichtschalter. Der Flur erstrahlte in hellem Licht. Kaltes Licht. Immerhin der alte Dielenboden strahlte eine gewisse Wärme aus. Vom lang gezogenen Flur gingen zwei Zimmer ab. Davor eine kleine Küche und gleich rechts ein winziges Bad. Koster grub ein Paar Latexhandschuhe aus seinen Manteltaschen aus, während er langsam durch die Wohnung ging und sich umsah. Sie lebte alleine. Er versuchte, sich die kleine blonde Frau hier vorzustellen. Wie sie nach Hause kam, ihre Jacke an die Garderobe hing. Er drehte sich um Richtung Wohnungstür. Es gab keine Garderobenhaken. Keinen Tisch oder Schrank im Flur. Wo legte sie ihre Post ab und wo deponierte sie den Haustürschlüssel? Nur ein kleiner Spiegel hing an der Wand. Diese Bleibe hatte etwas Provisorisches. Das erste Zimmer war ihr Schlafzimmer.

Er blieb an der Tür stehen, um seine Eindrücke aufzunehmen. Ein ungemachtes Bett. Auf dem Nachttisch ein Weinglas, eine heruntergebrannte Kerze. Ein Glas. Sie musste vor Kurzem hier gewesen sein. Alleine. Er notierte sich im Geiste, dass er die Ärztin fragen wollte, ob die Patienten einfach so die Klinik verlassen durften? Kein Buch oder eine Zeitschrift. Hatte sie einfach nur mit einem Glas Wein im Bett gelegen? Das Rollo am Fenster war hochgezogen. Leise drang der Verkehrslärm herauf. Autohupen und ein knatterndes Mofa. Er ging zum Fenster. Der Blick nach draußen ging auf die belebten Straßencafés des Schulterblatts. Einige Tapfere saßen trotz der Kälte draußen. Vielleicht nur, um zu rauchen. Auch vom Fenster aus ergab sich kein neues Bild des traurigen Schlafgemachs.

Die Wohnung machte insgesamt einen verwahrlosten Eindruck. Als Hartz-IV-Empfängerin hatte sie kein Geld für teure Einrichtung übrig gehabt. Aber da war noch mehr. Die Atmosphäre zog ihn förmlich herunter. Er fühlte sich einsam. Im Wohnzimmer lag die Morgenpost auf dem verblassten blauen Teppichboden. Der *Tod in der Psychiatrie – tötete Isabell D. sich selbst?* hatte es auf die Rückseite geschafft. Gabriele Henke war also tatsächlich zu Hause gewesen. Ein großer Fernseher und ein Korbsessel davor, auf dem eine weiße Wolldecke lag. In der Ecke eine Stehlampe und eine kleine Kommode. Auf alt getrimmt. In den Schubladen Behördenpost, Reklame, Kontoauszüge. Eine ungeöffnete Stromrechnung. Sonst nichts. Keine Bilder an den Wänden, keine Fotos. Kaum Bücher. Nichts lud zum gemütlichen Lesen ein, dachte Koster. Kein Schreibtisch.

Die Küche wirkte etwas freundlicher. Am Kühlschrank hingen farbenfrohe Kinderbilder. Vielleicht hatte sie Enkel? Er begann zu zählen. Es waren insgesamt fünfzehn Bilder. Tusche und Wachsmalkreide. Koster musste lächeln. Ein schöner Farbklecks in dieser tristen Behausung. Auf dem großen runden Küchentisch stand ein Teller mit einem Becher darauf. Daneben zwei Stapel Papier. Er blätterte lustlos darin und begann ein paar Seiten zu überfliegen. Zu seiner Überraschung fand er sich in wissenschaftlichen Abhandlungen zu Antidepressiva wieder. Im zweiten Stapel fand er Beschreibungen einer Stichprobe, Zahlenkolonnen, Rechnungen. Nachdem er das Deckblatt gefunden hatte, konnte er es der Studie von Oberarzt Neumann zuordnen. *Duoxepin – der Wirkstoff der Zukunft. Gehören Depressionen der Vergangenheit an?*

Was zum Teufel sollte das denn? Daneben lag ein aufgeschlagenes Wörterbuch Englisch-Deutsch. Gabriele Henke hatte offenbar versucht, sich einen englischen Artikel zu übersetzen. In dem Text waren viele Wörter mit Bleistift unterstrichen und übersetzt. Besonders weit war sie nicht gekommen. *Background on suicidality as a risk of antidepressant treatment.* Was wollte sie damit? Wie war sie da überhaupt dran gekommen? Koster klemmte sich die Papiere unter den Arm. Das wollte er sich genauer ansehen. Er zuckte zusammen, als es plötzlich an der Tür klingelte. Während er den Türsummer drückte und die Spurensicherung polternd die Treppe raufkommen hörte, stieß er mit dem Fuß an etwas. Er blickte zu Boden. Ein Telefon mit Anrufbeantworter. Hinter der Eingangstür. Merkwürdiger Ort. Das Lämpchen blinkte. Er drückte auf ›play‹. Rauschen. Piep. Eine alte Nachricht. Knacken. »Das lasse ich mir von dir nicht gefallen, du Schlampe.« Rauschen.

*

Zurück auf der Station fand er Liebchen im Dienstzimmer.

»Wie weit seid ihr mit den Befragungen?«

»So gut wie durch. Bislang nur Fehlanzeigen. Doktor Ravens wartet mit dem Patienten David Brömme. Der Pflegeschüler hat erzählt, dass Brömme gestern Morgen lange bei Gabriele Henke am Bett Händchen gehalten hat. Und dann gibt es einen neuen Patienten namens Bollmus. Der ist um die Mittagszeit auf die Station gekommen. Wie war's in der Wohnung?«

»Erzähl ich dir später. Sprich du mit Bollmus, ich nehme Brömme«, sagte Koster kurz angebunden.

Die Therapeutin rief ihn sofort herein, als ob sie auf Koster gewartet hatte. Er nickte ihr kurz zu und wandte sich dann dem attraktiven Mann zu, der im Sessel neben ihr saß und ihn freundlich anblickte.

»Sie sind David Brömme?« Er zeigte ihm seinen Dienstausweis. »Kommissar Koster, Mordkommission. Sie haben Gabriele Henke gestern früh besucht?« Er setzte sich. Er merkte sofort, dass seine Anspannung und Nervosität sich auf den jungen Mann übertrugen. Koster ermahnte sich, mehr Ruhe zu bewahren.

»Ja.«

»Warum?« Knapp konnte er auch sein.

»Ich habe sie auf der Station kennengelernt.«

Koster bemerkte Brömmes unglücklichen Blick Richtung Tessa Ravens.

»Sie brauchte Trost«, ergänzte Brömme.

»Was für ein Mensch war sie?«

»Ein netter.«

»Ein bisschen genauer, bitte.« Koster merkte, dass es ihm ganz und gar nicht gelang, ein paar freundliche Worte zu finden. Das Gespräch glich eher einem Duell, einem Kräftemessen. Was war nur los mit ihm?

»Sie war eine nette Frau. Nicht mehr und nicht weniger. Ein

bisschen hysterisch vielleicht. Es gibt nur wenige Frauen, die in sich ruhen.«

Wieder fing Koster einen Blick des Patienten in Richtung der Therapeutin auf. Die belohnte ihn mit einem kurzen Lächeln. Es war nur ein Moment, dennoch glaubte er, ein unsichtbares Band zwischen den beiden zu spüren. Er fühlte sich ausgeschlossen. Seine Laune sank weiter.

»Was denken Sie über die Morde auf der Station?«

»Isabell hat sich das Leben selbst genommen.«

»Woher wollen Sie das wissen? Waren Sie dabei?« Er ließ seinen Unmut am Patienten aus.

»Nein, natürlich nicht.« Brömme zögerte. »Wir müssen Menschen den eigenen Willen lassen, ihr Leben zu beenden, wenn es nicht mehr lebenswert ist.«

»Isabells Leben war lebenswert!« Tessa Ravens mischte sich energisch ein. »Jedes Leben ist wertvoll.«

»Diese Einschätzung muss jeder selber vornehmen«, konterte Brömme unberührt.

»Isabell ging es viel besser mit dem neuen Medikament. Mein Gott, sie hat mir in die Hand versprochen, sich nichts anzutun …«, sagte sie.

Koster beobachtete diesen kleinen Disput nahezu erleichtert. Mit einem Mal fühlte er sich nicht mehr ganz so ausgeschlossen aus der scheinbaren Harmonie.

»Herr Brömme, wo waren Sie heute Mittag?«, fragte Koster.

»Brauche ich ein Alibi?« Brömme schien irritiert, weniger von Kosters Frage als vom plötzlichem Ausbruch der Ärztin.

»Erzählen Sie einfach, wo Sie waren.«

»Frühstück, Medikamentenausgabe, Morgenrunde. Die übliche Routine.«

»Haben Sie Gabriele Henke gesehen oder mit ihr gesprochen?«

»Sie war nicht beim Frühstück. Ich habe sie weggehen sehen. Sie schien eine Verabredung zu haben.«

»Woraus schließen Sie das?« Er stellte die richtigen Fragen, aber ein komisches Gefühl rumorte in ihm. Brömmes Antworten waren … Ach, er wusste es nicht.

»Sie war aufgebrezelt.«

»Wissen Sie, mit wem sie verabredet gewesen sein könnte?«

»Keine Ahnung.« Brömmes Blick ging an ihm vorbei ins Leere.

Koster überlegte. Ein schneller Themenwechsel wäre vielleicht ein Überraschungsmoment.

»Nehmen Sie ebenfalls an der Medikamentenstudie teil?«

»Ja.«

»Wie kommen Sie damit zurecht?«

Brömme zögerte.

»Helfen die Medikamente Ihnen?«, hakte Koster noch einmal nach.

»Gut. Mir geht es gut.«

»Warum sind Sie in Behandlung?«

»Hören Sie auf!«, fauchte die Therapeutin ihn plötzlich an.

Was war denn jetzt schon wieder? Er konnte an seiner Frage nichts Problematisches erkennen.

»Nein, ist schon gut. Kann er ruhig wissen.« Brömmes Körper spannte sich.

»Und?« Koster dauerte das alles zu lange. Er beugte sich vor.

Brömmes Anspannung schien zuzunehmen. Koster blickte Tessa ratlos an.

»Herr Brömme spricht nicht über die Nacht, in der er seine Mutter verlor.« Sie schluckte. »Sie wurde ermordet.«

*

Nachdem David Brömme gegangen war, herrschte Stille. Koster ging einfach zum Fenster und öffnete es ungefragt. Zu viel Testosteron in der Luft.

»Darf ich eine rauchen?«, fragte er. Ihre hochgezogenen Augenbrauen waren auch eine Antwort.

»Warum sind Sie so wütend?«, fragte sie.

»Also wirklich: Die Mutter ermordet! Warum erfahre ich das erst jetzt? Hat er sie umgebracht?« Er war stinksauer.

»Nein, herrje, es war der Liebhaber der Mutter. David Brömme wohnte noch zu Hause, etwas außerhalb Hamburgs. Seine Mutter bat ihn, früh nach Hause zu kommen. Sie wollte … egal. Doch er kam spät. Zu spät. Es hatte wohl Streit gegeben und viel Alkohol. Der Mann hat ihr ein Messer in den Bauch gerammt. David Brömme musste mitansehen, wie seine Mutter starb.«

Koster spürte förmlich, wie sie nach Worten rang.

»Es ist ein Jahr her, und er kam erst in Behandlung, nachdem er alles verloren hatte. Seinen Studienplatz. Die Reste seiner Welt.« Wieder machte sie eine Pause. »Es ist alles so irreal.«

»Stimmt.« Er lächelte schief. »Ich frage mich, ob ich was übersehen habe. Zwei Tote in drei Tagen … Erzählen Sie mir, auf welche Weise Sie David Brömme behandeln? Vielleicht die Kurzversion.«

Sie hielt sich dran. »Schuld. Es geht häufig um Schuldgefühle. Sie sollten mit Paul Nika sprechen. Er ist der Therapeut von Herrn Brömme.«

»Was ich nicht verstehe, ist seine kühle Art.« Koster überlegte. »Ich meine, ist er nicht entsetzt, wenn in seiner Nähe jemand ermordet wird – so kurz nach dem Tod seiner Mutter? Es müsste ihm nahegehen, oder?«

»Tut es bestimmt. Ein Lächeln bedeutet manchmal dasselbe wie Tränen. Vielleicht schützt er sich.«

»Wie halten Sie es nur aus?«, fragte Koster erschöpft.

»Was meinen Sie?«

»Na, das ganze Elend. Die schrecklichen Geschichten. Jeden Tag.«

»Tun Sie doch auch.« Sie überlegte. »Die Geschichten sind nicht das Schlimmste. Die ständige Auseinandersetzung mit den Gefühlen ist viel schwerer auszuhalten. Es gibt Tage, da bin ich nur mit Angst und Verzweiflung konfrontiert. Mit Wut und Hilflosigkeit. Es passiert nichts Schönes. Und ich muss alle diese Gefühle in mir aufnehmen, sie verarbeiten und mitfühlen. Ja, manchmal leide ich auch mit. Mal mehr, mal weniger. Dann gehe ich nach dem Dienst laufen.« Sie schaute aus dem Fenster, sprach mehr zu sich selbst. »Am Anfang spüre ich meine Muskeln und Sehnen, weil sie noch nicht warm sind. Die ersten zehn Minuten können hart sein. Manchmal möchte ich dann umkehren, aber mein Körper nimmt den Rhythmus auf. Danach mein Kopf. Ich trete den Frust des Tages einfach in den Grund, auf dem ich laufe. Dann fließen meine Gedanken, und die Probleme schrumpfen ganz von alleine. Mein Kopf wird frei. Ich habe den Wunsch, ewig weiterzulaufen, bis ich merke, dass ich bereits angekommen bin.«

»Sprechen Sie weiter«, murmelte er. Er wünschte, sie würde noch viel mehr über sich erzählen.

»Es lässt sich nicht immer alles verstehen, was die Patienten uns offenbaren. Manchmal muss ich nur spüren. Ab und zu verstehe ich gar nichts. Ich versuche, neugierig zu bleiben. Das hilft. Und bisweilen gibt es nichts mehr zu verstehen, nur zu akzeptieren.« Sie lachte kurz auf. »Das ist sehr vage, entschuldigen Sie.«

»Nein, es interessiert mich. Sehr sogar. Ich ärgere mich über mich selbst. Die Ermittlungen sind … es fällt mir nicht leicht.« Er schüttelte den Kopf.

»Mir macht es Angst.« Tessa wirkte nachdenklich. »Aber Sie können ihren Ärger benutzen, um den Mörder zu finden. Isabell Drost hat sich nicht umgebracht. Und Gabriele Henke auch nicht.«

»Wie viele Ihrer Patienten haben sich das Leben genommen?«, fragte Koster.

»Es wäre das erste Mal. Aber ich kann nicht glauben, dass Isabell Drost sich selbst das Leben genommen hat. Ich habe immer Angst vor diesem Moment gehabt. Und sollten Sie tatsächlich recht behalten mit Ihrer Selbstmordtheorie, dann …« Sie hielt kurz inne. »Ich weiß theoretisch, dass es Unsinn ist, sich Vorwürfe zu machen, dass ich im entscheidenden Moment nicht für sie da war. Darüber zu grübeln, ob ich etwas übersehen habe, Falsches gesagt habe und so weiter. Da ließe sich immer etwas finden, was ich gegen mich auslegen könnte. Ich fühle mich nur so schrecklich hilflos.« Sie schaute Koster in die Augen. »Verstehen Sie?«

Er sagte nichts. Er nickte nur. Er konnte sie nur zu gut verstehen.

»Ich versuche, mich ständig daran zu erinnern, dass Menschen die Verantwortung für die Entscheidung zum Leben oder Sterben alleine tragen. Meine Einstellung dazu ist nicht relevant. Ich darf den Respekt für sie als Menschen nicht verlieren, nur weil ich ihre Entscheidung nicht gutheiße und mich mit Schuldgefühlen quäle. Ich wünschte nur, ich könnte erfahren, ob sie mit ihrer Entscheidung ausgesöhnt war und es die erhoffte Erlösung brachte. Aber das werde ich nie erfahren.« Sie blinzelte, um ihre Tränen zurückzuhalten.

»So habe ich das noch nie gesehen«, sagte Koster. »Für uns Kriminalbeamte ist die Leiche ein Gegenstand, den wir beschlagnahmen. Genauso wie die Abschiedsbriefe oder die Tagebücher. Es sind Indizien, die uns helfen über das weitere

Vorgehen zu entscheiden. Entscheiden wir als Todesursache auf Suizid, geben wir die Indizien, die Briefe, Tagebücher und den Leichnam frei. Dann geht es nicht mehr um Schuld.«

»In der Therapie geht es häufig um Schuld. Schuld und Scham«, sagte sie. »Vorhin war eine andere Patientin hier, um mir ein Gedicht zu zeigen. Über den Tod. Sie glaubt, sie hat Isabell auf die Idee gebracht, sich etwas anzutun. Sie fühlt sich schuldig.«

Er verspürte den Impuls, sie in den Arm zu nehmen. Das fehlte ihm gerade noch. Er musste einen Mörder finden!

*

Um Mitternacht schleppte sich Tessa erschöpft durch ihre kleine Dachgeschosswohnung, um sich ein Glas Wein aus der Küche zu holen. Das hatte sie sich verdient. Der alte Dielenboden knarrte, als sie barfuß ins Wohnzimmer zurücktappte, um einige Kerzen auf dem Sofatisch anzuzünden. Sie mochte es, wenn Kerzen diffuses Licht verbreiteten. Gerade als sie überlegte, ob sie es sich mit dem Glas Wein in der Badewanne bequem machen sollte, klingelte es an der Tür.

Sie blickte zur Uhr. Wer mochte so spät noch vorbeikommen? Kommissar Koster hatte nach ihrem Gespräch noch einmal angerufen und ihr auf dem Anrufbeantworter eine Nachricht hinterlassen. Er wollte ihr Unterlagen vorbeibringen, die er in Gabriele Henkes Wohnung gefunden hatte und die sie sich unbedingt anschauen sollte. Allerdings hatte er nichts davon gesagt, dass er die zu ihr nach Hause bringen wollte.

Vorsichtig öffnete sie die Tür und hörte im Treppenhaus schnelle Schritte heraufeilen. Dann stand David Brömme vor ihr in der schwachen Treppenhausbeleuchtung.

»Was machen Sie denn hier? Woher wissen Sie überhaupt, wo ich wohne?«, fragte sie überrascht.

»Sie haben mal zu mir gesagt, ich soll zu Ihnen kommen, wenn Sie etwas für mich tun können.«

»Aber so war das nicht gemeint. Ich kann Sie nicht reinlassen. Sie müssen gehen.«

»Ich brauche fünf Minuten, es geht um Gabriele Henke.«

Damit hatte er sie. Sie war zu neugierig und zu erschöpft, um sich mit ihm zu streiten. Sie trat einen Schritt zur Seite und ließ ihn seufzend herein. Er ging wortlos direkt ins Wohnzimmer durch und setzte sich auf das kleine Sofa.

Tessa ging in die Küche, um Zeit zu gewinnen. Sie bereute bereits, ihn hereingelassen zu haben. Ihre verdammte Neugier. Es war nicht ihre Aufgabe, herauszufinden, wer Gabriele Henke ermordet hatte, sondern Kosters. Oder hoffte sie vielleicht auf seine Aufmerksamkeit? Koster … Sie riss sich zusammen. Jetzt war nicht die Zeit für eine Selbstanalyse. Sie wollte sich anhören, was Brömme zu sagen hatte, und zusehen, dass er schnell wieder ging.

Als sie mit zwei Gläsern Wasser zurückkam, saß er reglos auf dem Sofa und hatte nicht einmal seine Jacke ausgezogen. Wortlos nahm er das Glas und starrte hinein. Das Kerzenlicht warf flackernde Schatten auf sein Gesicht. Er sah jung und verletzlich aus. Tessa griff nach dem Schalter der Stehlampe und beendete die romantische Beleuchtung.

»Machen wir es kurz. Ich dürfte hier gar nicht mit Ihnen sitzen, Sie sind ein Patient.« Sie versuchte, die Situation zu retten.

»Ich bin nicht Ihr Patient. Sie sind nicht meine Therapeutin.« Für ihn schien es einfach. Doch es gab Regeln, und Tessa war nicht wohl dabei, sie zu brechen.

»Wenn Sie etwas über den Mord an Gabriele Henke wissen, dann sollten Sie zur Polizei gehen.«

»Ich glaube, sie hatte Streit mit ihrem Ex. Wenn wir den finden …«

»Woher wissen Sie das?«, fiel sie ihm ins Wort. Sie wünschte, er würde endlich sagen, was er zu sagen hatte.

Als ob er erraten hätte, was ihr durch den Kopf ging, setzte er nach: »Okay, ich habe ein Telefonat belauscht. Sie hat ihn erpresst.« Brömme schien um seinen nächsten Satz zu ringen. »Ich bin nicht gut im Reden ... Ich mag die See. Wissen Sie, Gabriele war wie raue See, kurze Wellen, Schaumkronen, böiger Wind, rauschende Gischt. Das kann gefährlich sein. Man kann leicht untergehen.«

»Gabriele Henke hat nie über einen Exmann gesprochen. Erpressung ... ich weiß nicht. Sprechen Sie mit der Polizei.«

»Vielleicht hat sie ihn wieder getroffen?«

»Das wäre möglich«, entgegnete sie lahm und fragte sich, ob die Idee seiner paranoiden Phantasie entsprungen sein konnte.

»Sie sind wie eine spiegelglatte See, glitzernd, klare Luft. Man glaubt, man könne bis zum Grund sehen. Aber man täuscht sich. Die See ist viel tiefer und dunkler, als man glaubt. Selbst die Oberfläche ist kaum erfasst«, flüsterte er. »Gabriele hat sich mit jemandem verabredet. Ich habe es gehört.«

Dachte sie eben noch, dass sie nur müde war, so fühlte sie sich jetzt ausgelaugt bis auf die Knochen. Sie konnte nicht mehr denken und vor allem nicht mehr reden.

»Gehen Sie, Herr Brömme. Bitte.«

Er erhob sich wortlos, und Sekunden später hörte Tessa die Haustür ins Schloss fallen.

Sie wollte einfach nur in Ruhe gelassen werden. Ihr war alles zu viel. Ein möglicher Selbstmord. Der Streit mit Neumann. Kommissar Koster. Der grauenhafte Mord an ihrer Patientin! Und jetzt noch ein Patient auf ihrem Sofa. Sie löschte das Licht der Lampe und blieb im flackernden Schein der Kerzen ratlos zurück.

Torben Koster saß zu Hause auf seinem Balkon. Er hatte sich eine Flasche Weißwein, ein Glas und die Zigaretten mit rausgenommen. Die Zigarette tat gut. Der Wein auch. Jasmin war bereits schlafen gegangen, und die Kinder übernachteten mal wieder bei Freunden. Er sah sie nur noch selten. Es war weit nach Mitternacht. Der Fall forderte ihn nicht nur zeitlich. Er hatte ihn mehr mitgenommen, als er wahrhaben wollte. Die vielen Patienten, mit denen er in der Klinik konfrontiert wurde, irritierten ihn. Der leere Blick des Mädchens auf dem Gang. Kurt Mager mit seinem Waschzwang, der sich schuldig fühlte, weil er glaubte, für seine Familie versagt zu haben. Und dann die Therapeutin, die ihm nicht mehr aus dem Kopf gehen wollte. Tessa, Tessa Ravens … Ihm gefiel der Name, er hatte etwas Weiches. Er seufzte leise. Sie hatte etwas in ihm berührt. Schuld und Scham, darum dreht sich alles, hatte sie gesagt. Hatte er sich auch schuldig gemacht? Als Ehemann und Vater? Von der Straße drang schwach ein vereinzeltes Hupen herüber.

Er hatte seine Familie vernachlässigt. Gemeinsame Aktivitäten waren eine Seltenheit, und Jasmin hatte recht, wenn sie sich beschwerte, dass er seine Kinder zu selten sähe. Inzwischen waren sie mitten in der Pubertät und fanden ihn nur noch peinlich. Wann hatte er den Kontakt zu ihnen verloren? Er hatte es besser machen wollen als seine Eltern mit ihm. Nun stand er an der gleichen Abzweigung, obwohl er auf einem ganz anderen Weg hierhergekommen war. Gab es nur diesen einen Weg? Er schüttelte den Kopf und goss sich ein zweites Glas Wein ein. An der Häuserfront gegenüber öffnete sich ein Fenster, aber hinter dem Vorhang konnte er niemanden sehen.

Er hatte vorgehabt, heute mit seiner Frau zu reden. Jasmin hatte nicht auf ihn gewartet. Sie wartete schon lange nicht mehr. Auch der letzte Rest Zärtlichkeit war verflogen. Für ihn gab es keine Liebkosung mehr, keine nette Geste oder ein Lachen. Und viel schlimmer: Sie redeten nicht mehr miteinander. Sie gingen sich aus dem Weg. Hatte er sich nicht genug bemüht? Und Jasmin? Er war einmal so stolz auf sie gewesen. Dann hatte sie mit dem Tanzen aufhören müssen, und damit schien langsam etwas in ihr gestorben zu sein. Und auch in ihm.

Er knöpfte sich die Jacke zu. Trotzdem fror er. Nicht nur wegen der Kälte auf dem Balkon. Dennoch blieb er sitzen und schenkte sich das dritte Glas Wein ein. Er hatte geglaubt, in Jasmin seine Traumfrau gefunden zu haben. Harmonie und Seelenfrieden inklusive. Damit hatte er anscheinend falschgelegen. Jasmin hasste seine Arbeit. Er durfte ihr nicht davon erzählen, konnte sie nicht mehr begeistern. Und sie? Sie hatte sich auch nicht um ihre Ehe gekümmert. Beide hatten sie ihre Hausaufgaben nicht gemacht. Er griff nach seinem Glas und stieß dabei an den Tisch. Das Klirren des zersplitternden Glases hallte durch den Innenhof. Scheiße, dachte er.

Gegenüber ging ein Licht an, doch hinter ihm blieb alles dunkel. Jasmin war nicht aufgewacht.

VIERTER TAG

Gabriele Henkes Tochter hatte sich für den frühen Vormittag bei Tessa angekündigt. Sie kam mit dem Zug aus Dresden. Koster würde sie am Bahnhof abholen und ins Rechtsmedizinische Institut bringen. Tessas Blick schweifte über den Schreibtisch und blieb am Anrufbeantworter hängen. Ob sie alleine käme? Am Telefon hatte sie nichts von einer Begleitung erwähnt. Was konnte Tessa ihr Tröstliches sagen? Sie versuchte, Brömmes Besuch von gestern Abend zu verdrängen und sich auf die bevorstehende Begegnung zu konzentrieren. Gab es Linderung, wenn die eigene Mutter ermordet worden war? Soweit Tessa wusste, hatte die Tochter ihre Mutter gedrängt, in die Klinik zu gehen. Und wenn sie sich deshalb die Schuld gab? Oder dem Krankenhaus? Wieder diese verflixte Schuld. Tessa drehte sich mit ihrem Bürostuhl zum Fenster. Zu ihren Muscheln, die auf der Fensterbank verstreut lagen. Erinnerungsstücke an ihre endlosen Spaziergänge an der Ostsee. Jedes Stück verknüpft mit einem besonderen Menschen. Sie nahm eine der großen Muscheln, um sie sich ans Ohr zu halten. Sie hörte das Rauschen des Meeres. Die hatte sie gefunden, kurz nachdem sie ihre Arbeit im Kriseninterventionsteam des Deutschen Roten Kreuz angetreten hatte. An der Muschel zu lauschen sollte sie nach den traurigen Einsätzen an den Strand zurückführen. Es war die Muschel für die Familie, die sie bei einem ihrer ersten Einsätze kennengelernt hatte. Das Kriseninterventionsteam leistete Erste Hilfe für die Seele. Für die Überlebenden von traumatisierenden Ereignissen, für die Opfer von Gewaltverbrechen. Für die Angehörigen, die ihre Lieben durch den unerwarteten Tod verloren hatten. Es waren stets die schwärzesten Stunden eines Lebens, wenn Tessa gerufen wurde. Sie versuchte dann zu helfen, die schrecklichen Ereignisse zu verarbeiten.

Ihre größte Angst war die vor dem plötzlichen Kindstod. Gott sei Dank war es ihr bislang erspart geblieben, einer Mutter das Herz zu brechen, indem sie ihr den Säugling aus dem Arm nehmen musste, um ihn in einen kalten Zinksarg zu legen.

In der Psychiatrie sah sie die traumatisierten Opfer erst Monate oder Jahre später. Sie hatten keinen Beistand in der Not bekommen. So wenig wie David Brömme nach dem gewaltsamen Tod seiner Mutter. Einen besonders schönen Donnerkeil hatte sie an dem Wochenende im Sand gefunden, als man ihn ins Krankenhaus eingeliefert hatte.

Die Ärzte versuchten damals seine Mutter ins Leben zurückzuholen. Die Polizei war damit beschäftigt, den Täter vorläufig festzunehmen. Um den geschockten, blutverschmierten David Brömme, der seine Mutter in den Armen gehalten hatte und nun lethargisch auf dem Sofa saß, kümmerte sich niemand. Verwandte gab es nicht. Die wenigen Bekannten, die er aus der Uni hatte, waren mit der Situation überfordert, die Nachbarn fühlten sich nicht zuständig. So blieb er allein zurück. Tessa seufzte.

Ihre Gedanken wanderten zurück zu ihrem Einsatz am Weihnachtsmorgen vor einigen Jahren. Die Polizei hatte sie frühmorgens aus dem Bett geklingelt. Ein Todesfall im Containerhafen. Ein Arbeiter war in seinem Gabelstapler einem Herzinfarkt erlegen. Er war noch keine vierzig Jahre alt gewesen. Die Werkssanitäter waren sofort vor Ort. Die Rettungskräfte der Feuerwehr Minuten später. Und dennoch hatten die

Ärzte ihn nicht reanimieren können. Er hinterließ eine Frau und vier Kinder. Die Polizei bat um Begleitung bei der Überbringung der Todesnachricht. So hart konnten die Kerle gar nicht sein, dass sie den schweren Gang zur Familie alleine antraten. Kurze Zeit später stand sie mit zwei Polizeibeamten in einem fremden Treppenhaus und wartete darauf, dass eine Mutter die Tür öffnen würde, um ihr dann mit wenigen Sätzen ihre heile Welt zu zerstören. Es öffnete ein etwa zehnjähriger Junge. Er sah die Polizei und knallte die Tür gleich wieder zu. Es war kein Wort gesprochen worden. Sie blickten sich ratlos an. Dann ging die Tür erneut auf, und ein Jugendlicher mit erstem Flaum am Kinn schaute sie fragend an. Hielt ihren Blicken stand. Die Mutter sei nur kurz zum Einkaufen, da noch etwas für die Feiertage fehlte. Sie würde gleich wieder da sein. Drinnen würgten die Polizisten an den Worten. Schnell, ohne Umschweife, mussten sie auf den Punkt kommen. Sonst kam Hoffnung auf. Und Hoffnung gab es nicht mehr. Der Vater war tot. Herzinfarkt. Es war keine Rettung mehr möglich gewesen. Der Kleine brach in Tränen aus, sein großer Bruder nahm seine Hand. Die beiden Jungs hatten verstanden. Die Schwester schlief noch unschuldig im Nebenzimmer, das jüngste Kind hatte die Mutter mitgenommen. Als die Haustür aufging, stürzten sich die Jungs weinend auf die Mutter. Es traf sie unvorbereitet, rücksichtslos, schutzlos. Aber sie war tapfer. Um ihrer Kinder willen. Tessa blieb und half die Erinnerungen an den Vater in Gedanken und Erzählungen zusammenzusetzen. Versuchte Gefühle zu spüren und einen Ausdruck dafür zu finden. Sie hielt das ohnmächtige Schweigen und das herzzerreißende Schluchzen aus. Stunden später organisierte sie, dass die Familie ihren Ehemann und Vater noch einmal sehen durfte. Ein letzter Abschied in der Rechtsmedizin, um die Wirklichkeit des Verlustes zu begreifen. Tessa wusste, dass die Fragen, ob man aus der Wohnung ausziehen müsse, wo das Geld herkommen solle, nicht herzlos, sondern begreifbar waren. Die Frage hingegen, wie die Kinder ohne ihren Vater weiterleben sollten, war es nicht.

Nach solchen Einsätzen kehrte sie müde und demütig in ihre eigene kleine Welt zurück. Dann versuchte sie die alltäglichen Dinge des Lebens zu genießen. Streckte sich in einem heißen Vollbad aus. Nahm sich Zeit bei ihrem Abendessen, zündete sich eine Kerze an und ließ ihre Gedanken wandern.

Ihr fiel auf, dass sie noch nie zu einem Tötungsdelikt gerufen worden war. Vielleicht wäre sie Torben Koster dann schon viel früher begegnet. Fast ein bisschen schade, dachte sie und schüttelte gleich den Kopf. Wie makaber …

Sie gab sich einen Ruck und stand auf. Die Muschel legte sie vorsichtig zurück zu den anderen. Sie musste los, wenn sie nicht zu spät kommen wollte.

*

»Nein, ich kann nicht«, sagte Jasmin Koster.

»Na, komm. Das haben wir schon lange nicht mehr gemacht«.

Vor Koster auf dem gedeckten Frühstückstisch stand eine Schale Müsli mit Obst und Milch, ihm gegenüber saß seine Frau mit der Zeitung in der Hand. Auf ihrem Teller lagen nur ein paar Apfelschnitze. Wie konnte sie davon satt werden, ging es ihm durch den Kopf.

»Es wäre doch schön, wenn wir uns zum Mittagessen treffen könnten. Und danach vielleicht noch einen Kaffee trinken? Nur wir zwei? Wie früher?«

Als Ergebnis seiner nächtlichen Grübeleien wollte er sich mehr Mühe geben. Er sehnte sich danach, einen Weg zu Jasmin zu finden. Er wollte doch sein Leben mit ihr teilen, nicht nur das Obst, oder?

Sie verschanzte sich immer noch hinter der Zeitung. Er starrte auf die Schlagzeile und wartete auf ihre Antwort. *Verrückter Killer tötet in der Psychiatrie.* Geschmacklos. Wie sein Müsli.

»Nein, ich kann heute Mittag nicht. Komm doch ausnahmsweise zum Abendessen nach Hause.« Ihr Ton war schnippisch. »Dann siehst du auch deine Kinder mal wieder. Vielleicht erkennst du sie ja noch?«

»Du hast ja recht.« Er versuchte mit seiner Hand über den Frühstückstisch zu reichen, um ihr den Arm zu streicheln. Sie nahm die Arme vom Tisch und legte die Zeitung weg. Außerhalb seiner Reichweite. Er griff wieder nach dem Löffel.

»Weißt du, ich habe es satt auf dich zu warten. Ich möchte, dass du für mich da bist. Dass du für *uns* da bist. Verlässlich. Verstehst du?«

»Ich stecke gerade in einer Morduntersuchung. Ich kann nicht immer … ich … gib uns noch eine Chance. Wenn ich den Fall geklärt habe, könnten wir in den Urlaub …«

»Du steckst immer in irgendeinem Fall«, sagte sie bitter.

»Du hast eben einen Kriminalkommissar geheiratet, keinen Buchhalter.« Er merkte, wie seine guten Vorsätze schwanden.

Jasmin griff nach einem Stück Apfel, biss ab und legte ihn auf den Teller zurück. Verhungerte sie in der Ehe mit ihm? Er spürte, wie die Traurigkeit in ihm hochkroch und ihm den Hals zuschnürte. Sein Löffel fiel klirrend in die Schale zurück.

»Komm heute Abend. Ich koche für uns.« Sie verschanzte sich wieder hinter der Zeitung.

»Gerade heute Abend …« Weiter kam er nicht, bis sie ihm in die Parade fuhr.

»Siehst du, genau das meine ich. Es passt dir nie. Andere

sind immer wichtiger als deine Familie. Ich habe dieses Hinhalten so satt. Du bist wirklich jämmerlich.« Sie stand auf und sah ihn an. In ihrem Blick lag viel mehr als Wut. Abscheu. »Komm einfach heute Abend«, fügte sie leise hinzu.

Koster starrte sie fassungslos an. Das waren also ihre Bedingungen. Ultimatum und Versprechen zugleich. Verhandelt wurde nicht. Schon gar nicht mit ihm. Dann konnte er genauso gut gehen. Obwohl er noch Hunger hatte.

Draußen war die Luft klarer, aber genauso kühl.

*

Die Rechtsmedizin hatte einen direkten Zugang zur Seitenstraße. Schließlich sollten die Leichenwagen nicht über das Klinikgelände rollen. Von außen ahnte niemand, was sich in den Kellergewölben verbarg. Tessa öffnete die Tür und guckte durch die Glasscheibe des Empfangs. Gott sei Dank, der nette Student hatte heute Morgen Dienst. Der Summer, der ihr die Tür zum geschlossenen Bereich öffnete, ertönte, noch bevor sie etwas sagen konnte. Der Student schenkte ihr ein reizendes Lächeln dazu.

»Sie können gleich runtergehen. Professor Clement wartet auf Sie.«

Der Chef höchstpersönlich wollte anwesend sein, wenn sie sich von Gabriele Henke verabschiedeten? Bestimmt nicht ihretwegen. Vielleicht war ein Mord in der Psychiatrie sogar für diesen erfahrenen Mann etwas Besonderes.

Tessa stieg die Stufen in die Kellergewölbe hinunter, und mit jedem Schritt verstärkte sich der schwere süßliche Geruch, der in jede Pore drang. Dann stand sie in der sogenannten Annahmestelle. Hier betteten die Präparatoren die Toten, die die Bestatter brachten, auf Stahlliegen um, registrierten, entkleideten und wogen sie. Dann kamen sie in Kühlkammern, die platzsparend in die Wände eingelassen waren. Manchmal fuhr man die Leichname auch direkt in die gekachelten Sektionssäle. Kein Tageslicht drang herein. Helles Neonlicht blendete die Augen. Keine frische Luft. Nur eine zu kalt eingestellte Klimaanlage.

Professor Clement kam strahlend auf sie zu, schwang von Weitem ein Klemmbrett mit Formularen. Frohsinn an diesem Ort?

»Da sind Sie ja. Schön, Sie einmal persönlich kennenzulernen. Ich habe schon viel von Ihnen gehört.« Er grinste und zeigte dabei eine Reihe blendend weißer Zähne. Der rechte Schneidezahn stand ein wenig schief, als habe er die Perfektion nicht ausgehalten.

»Von mir gehört? Von wem?«, fragte Tessa irritiert. Sie hatte den Chef der Rechtsmedizin bislang nicht persönlich kennenlernen dürfen. Oder: Gott sei Dank nicht. Dabei hatte sein Lachen etwas Gewinnendes, und er wirkte ehrlich erfreut sie kennenzulernen.

»Ich bin seit Ewigkeiten mit Torben Koster befreundet. Wir haben über den Fall gesprochen. Dabei fiel Ihr Name. Häufig.« Er zog die Augenbrauen hoch und Tessa spürte, wie ihr die Röte in die Wangen stieg. Was um alles in der Welt hatte der Kommissar ihm erzählt? Bevor Tessa ihren Gedanken in eine unverfängliche Frage formulieren konnte, sprach Professor Clement schon weiter.

»Wir können gleich anfangen. Frau Henke wird gerade zurechtgemacht. Wollen Sie sie sehen?«

»Ja. Natürlich.«

Er deutete auf eine geschlossene Tür zu seiner Rechten. Dort ging es in den Verabschiedungsraum. Ein Raum, der für die Angehörigen direkt aus der Empfangshalle über eine Treppe zu erreichen war und in dem sie von ihren Lieben Abschied nehmen konnten. Von den dahinterliegenden Kellerräumen bekamen sie nichts mit. Als die Tür aufging, wirkte der Raum nach dem grellen Neonlicht nahezu heimelig. Sanftes Licht, orangefarbene Wände, ein Kreuz an der Wand. Ein paar Stühle. In der Mitte ein Holzkasten. In diesen Kasten war die Stahlliege geschoben und deren Ränder mit einer Decke verdeckt. So sah es aus, als ob Gabriele Henke in einem Sarg läge.

Sie trug ein weißes Leichenhemd. Der brutal durchschnittene Hals war mit einem Verband abgedeckt. Nahezu liebevoll hatte sich der Präparator bemüht, die Verletzungen zu verbergen. Er legte gerade ein paar Plastikblumen auf die Leichendecke.

»Keine Plastikblumen, bitte«, sagte Tessa.

Gabriele Henke sah friedlich aus. Würdevoll. Tessa trat nahe an sie heran. Die Hände waren unter der Decke versteckt.

»Können wir die Arme über die Decke legen?«

Der Präparator nickte wortlos und bettete die Arme vorsichtig um. Er schien zu ahnen, dass sie mehr als nur eine ärztliche Kollegin war. Ein Telefon summte leise in der Kitteltasche des Professors, der neben ihr stand.

»Torben. Er kommt runter«, sagte er nach einem Blick auf das Display. Schon hörte sie leise Schritte auf der Treppe.

»Doktor Ravens.« Koster nickte ihr kurz zu, während er dem Rechtsmediziner lächelnd auf die Schulter klopfte. »Die Tochter ist da. Maria Rosenstein.«

»Gut, gehen wir hoch und erklären ihr, was auf sie zukommt«, sagte Clement.

Oben angekommen stellte er sich der zerbrechlich wirkenden Frau vor, die ihn aus großen Augen anstarrte. Die Begrüßung fiel leise aus. Die Worte nur ein gemurmeltes Flüstern.

»Wenn Sie gleich zu Ihrer Mutter gehen, möchte ich, dass Sie auf keinen Fall den Verband an ihrem Hals abnehmen. Die Staatsanwaltschaft hat den Leichnam noch nicht freigegeben, sodass Sie sie bitte nur sehr vorsichtig berühren ...«

Dass sie der Tod ihrer Mutter schwer mitgenommen hatte, stand außer Zweifel, doch Maria Rosenstein bewahrte Fassung. Als Tessa näher kam und ihr Beileid aussprach, sah sie die Ähnlichkeit mit der Mutter. Wo wohl der Vater von Maria Rosenstein war? Tessa hörte den Ausführungen des Professors nicht mehr zu, sie hatte nur Augen für das verstörte Wesen ihr gegenüber.

»Sind Sie so weit?«, fragte Clement.

Wieder war die geflüsterte Antwort kaum zu verstehen. Instinktiv nahm Tessa die Hand der jungen Frau, und sie gingen nebeneinander die Treppe hinunter. Maria Rosenstein blieb vor der Tür stehen. Die typische Reaktion aller, die diesen Raum zum ersten Mal betraten. Eingeschüchtert, voller Bangen auf den Anblick, der sie erwartet.

Als sie ihre Mutter sah, riss sie sich von Tessas Hand los und schrie kurz auf. Tessa schob ihr einen Stuhl hin, auf den Maria Rosenstein sich kauerte und die Hand ihrer Mutter streichelte. Tessa stand still neben ihr. Zu sagen gab es nichts, nur die Trauer zu teilen. Die beiden Männer blieben im Hintergrund. Leise gemurmelte Fragen webten sich von Zeit zu Zeit in das Wimmern der Tochter. »Warum? Warum nur?« Auch darauf gab es nichts zu sagen.

Die Hand der Tochter wanderte zum Kinn ihrer Mutter, wo sie liebevoll das kleine Grübchen liebkoste. Das war gut. Anders konnte niemand begreifen, warum die Mutter, mit der man vor wenigen Tagen noch telefoniert hatte, die ihren Enkel hatte sehen wollen, die für einen da gewesen war, nie wieder lächeln würde.

Plötzlich drehte sich Maria Rosenstein zu den beiden Männern um.

»Ich möchte die Haare meiner Mutter. Darf ich ihr Haar abschneiden?«

Koster und Clement sahen sich ratlos an. Dann zuckte der Rechtsmediziner mit den Schultern. »Also, ja, meinetwegen.«

Maria Rosenstein fing an, leise zu singen. Ein Wiegenlied für die tote Mutter. Langsam bewegten sich die Hände der Tochter, um aus den Haaren der Mutter einen Zopf zu flechten. Dann nahm sie Alexander Clement die Schere aus der Hand, die er in der Zwischenzeit geholt hatte, und schnitt den Zopf mit einer entschlossenen Bewegung ab. Sie ließ die Schere fallen und fing endlich an zu weinen.

*

Später saßen sie zu dritt in einem Konferenzraum des Instituts. Karg eingerichtet mit einem großen ovalen Tisch und Stühlen drum herum. Die Wände schmucklos weiß. Maria Rosenstein wollte Kosters Fragen beantworten. Sie hatte darum gebeten, dass Tessa dabeiblieb. Und Tessa hatte ihr diese Bitte nur zu gern erfüllt. Sie hoffte, etwas mehr über die verschlossene Gabriele Henke zu erfahren.

»Was war Ihre Mutter für ein Mensch?«, fragte Koster.

»Wissen Sie, meine Mutter hatte es nie leicht. Sie hat mich allein großgezogen. Meinen Vater kenne ich nicht. Wir hatten nie Geld.« Maria Rosenstein fuhr sich mit der Hand durch die kurzen blonden Locken. »Bis heute nicht.« Fahrig nestelte sie aus ihrer Handtasche eine Zigarettenpackung.

»Darf ich?«

Koster zuckte mit den Schultern. »Wir machen das Fenster auf. Das geht schon.«

Mit zitternden Fingern zündete sie sich eine Zigarette an,

atmete tief ein und blies den Rauch Richtung Fenster. Sie bot Koster und Tessa auch eine an. Der Kommissar nahm das Angebot lächelnd an.

»Es ging meiner Mutter schlechter in den letzten Monaten. Als sie sich von der Brücke … Ich habe sie gedrängt, sich stationär behandeln zu lassen. Ich habe darauf bestanden …« Ihre Stimme versagte. »Ich weiß nicht, wie ich es meinem Sohn beibringen soll. Er ist doch erst vier Jahre. Ermordet. Wie soll er verstehen, dass seine Oma nicht wiederkommt?« Sie schaute zu Tessa. »Wenn sie nur nicht hierhergekommen wäre, dann würde sie noch leben.«

»Wir wissen nicht, was passiert ist. Und warum es passiert ist.« Koster schaltete sich ein, bevor Tessa antworten konnte. »Die Ermittlungen stehen noch ganz am Anfang. Deshalb brauchen wir Ihre Hilfe. Ist in letzter Zeit irgendetwas Ungewöhnliches passiert?«

Maria Rosenstein drückte ihre Zigarette auf dem Fenstersims aus und steckte den kleinen Stummel fürsorglich zurück in die Packung.

»Meine Mutter litt seit Jahren an Depressionen. Ich kann mich nicht erinnern, sie je richtig glücklich gesehen zu haben. Sie zog erst vor ein paar Monaten von Dresden nach Hamburg. Sie wollte einen Tapetenwechsel. Erhoffte sich einen Neuanfang. Ich war dagegen. In Dresden hatte sie wenigstens mich und ihr Enkelkind.« Sie sah die beiden eindringlich an. »Sie litt immer schlimmer.«

»Warum Hamburg?«, fragte Koster.

»Ihr gefiel die Nähe zum Meer. Sie war einmal mit meinem Vater an der Nordsee gewesen. Das hatte sie erzählt. Wissen Sie, meine Mutter hat sich nie davon erholt, dass er sie verlassen hat. Sie hatte gerade angefangen zu studieren, als sie mit mir schwanger wurde. Er hat sie sitzengelassen. Sie hat ihr

Studium abgebrochen und ist arbeiten gegangen, um für uns zu sorgen.« Sie schüttelte den Kopf und streichelte sich selbst tröstend über den Arm. »Ich bin schon mein Leben lang sauer auf meinen Erzeuger. Meine Mutter nicht. Sie hat ihn geliebt. Irgendwie. Verziehen hat sie ihm nicht, und ihr Herz war blockiert für jeden anderen Mann. Aber sie hat es probiert.« Sie puhlte eine neue Zigarette aus der Packung und zündete sie gierig an.

»Hat sie Ihren Vater nie wieder gesehen?«, fragte Tessa. Ihr fielen sofort massenhaft Fragen ein, die sie gerne gestellt hätte. In der Therapie hatte Gabriele Henke nichts von diesem Mann erzählt. Sie hatte das Thema vermieden und sich herausgewunden, wenn Tessa es direkt angesprochen hatte.

»Vielleicht war sie zu stolz. Oder sie hat ihn nicht gefunden. Ich weiß es nicht. Ich kenne nicht einmal seinen Namen. Auf meiner Geburtsurkunde …« Sie starrte Koster erschrocken an. »Jetzt erfahre ich nie mehr, wer mein Vater war. Meine Mutter hat ihr Geheimnis mit ins Grab genommen.« Sie lachte auf und schüttelte dann resigniert den Kopf. »Wer tut ihr denn so etwas an? Warum sind solche gefährlichen Patienten nicht weggeschlossen? Es ist alles so unwirklich.«

Tessa holte ein Taschentuch aus ihrer Jacke und reichte es ihr. »Unsere Patienten sind nur für sich selbst gefährlich.«

»Ach ja, und wer hat dann meiner Mutter das angetan?«, fuhr sie Tessa an. »Was soll ich denn den Reportern sagen? Die rufen ständig bei mir an.«

Koster wirkte sichtbar beunruhigt. »Die Presse? Geben Sie keine Interviews. Geben Sie keine Kommentare. Wenn Sie wollen, geben Sie eine schriftliche Pressemitteilung an die DPA. Am besten über Ihren Anwalt. Haben Sie einen Anwalt?«

»Ein Freund meines Mannes ist Anwalt. Vielleicht kann

er ...« Sie schniefte in das Taschentuch. »Meine Mutter wollte glücklich sein, einmal genug Geld haben, um sich ein paar Wünsche erfüllen zu können. War das denn zu viel verlangt?« Maria Rosenstein verlor ihre mühsam aufrechterhaltene Selbstbeherrschung.

*

Es war bereits Mittag, als sie sich vor dem Institut von Maria Rosenstein verabschiedeten. Es ging ein leichter Wind, doch die Sonne hatte es noch nicht durch die Wolkendecke geschafft. Dennoch zeigten die Bäume erste Knospen, wo vor einer Woche triste, kahle Zweige waren. Es hätte nach Frühling riechen sollen. Doch Koster hatte den Geruch der Toten in der Nase. Er legte den Kopf in den Nacken, drehte ihn vorsichtig und versuchte seine Verspannung zu lösen, während er neben Tessa über das Klinikgelände ging. Er steckte sich eine Zigarette an und inhalierte tief.

»Wie geht es Ihnen?«, fragte sie.

»Sind Sie jetzt meine Therapeutin?«, erwiderte Koster unnötig scharf und blieb stehen. Er hatte genug von dieser Seelenklempnerei. Er wollte nicht jedes Gefühl ständig hinterfragen.

Tessa schaute ihn stirnrunzelnd an. »Es ist schwer, den Schmerz der Angehörigen auszuhalten. Wir haben wenige Rituale, die uns bei der Trauer helfen. Kennen Sie den Film *Nokan – Die Kunst des Ausklangs?*«

»Nie gehört.« Koster schüttelte den Kopf. Er bereute seine abweisende Reaktion auf ihre gut gemeinte Frage.

»Ein japanischer Film. Es geht um einen jungen Mann, der einen Job sucht und zufällig in einem Bestattungsinstitut landet. Weil er das Geld braucht, bleibt er. Dann entdeckt er die ungeahnte Würde des Nokan-Zeremoniells.« Sie lächelte. »Sie müssen sich den Film ansehen. Es geht um Abschied nehmen. Um die Ruhe, mit der sie die Verstorbenen vor den Augen der Angehörigen waschen, kleiden und schminken. Ich kann es nicht beschreiben. Es ist würdevoll, fast zärtlich. Die Begleitung auf der letzten Reise. Ich wünschte, wir hätten ein nur annähernd so tröstliches Ritual.« Sie seufzte leise. »Bei uns ist alles rund ums Sterben ein Tabu. Der Tod ist uns fremd geworden. Als passiere es nur den anderen.«

Er ließ seine Schultern kreisen und versuchte sie zu lockern. Sie hatte gefragt, wie es ihm ging. Eigentlich wollte er doch ganz gerne mit ihr darüber sprechen.

»Es ist ein meditativer Film. Oder ein melancholischer. Wie man will. Und er hat wundervolle Cello-Musik.«

Nein, der Moment war verstrichen. Unsinnigerweise fühlte er sich enttäuscht. Sie gingen einen kleinen, von Bäumen gesäumten Weg entlang, der zwischen der Rückseite der Frauenklinik und dem Institut für Medizingeschichte lag. Plötzlich öffnete sich der Weg in eine kleine Lichtung, und sie standen vor einem Teich. Grüne Schlingpflanzen bewucherten den Rand der steinernen Einfriedung. Eine Bank lud zum Verweilen ein.

»Wollen wir uns einen Augenblick setzen?«

»Darf ich einmal ziehen?«, fragte Tessa mit einem schüchternen Lächeln und deutete auf seine Zigarette.

»Sie rauchen doch gar nicht.« Er lächelte zurück. Vielleicht wollte sie eine Friedenspfeife rauchen.

»Wir haben keine Verdächtigen, oder? Nichts, was uns erklären könnte, warum jemand Gabriele Henke das Leben nimmt.« Sie zog an der Zigarette und gab sie ihm nicht zurück.

Koster machte sich schmunzelnd eine neue an. Definitiv eine Friedenspfeife. Er fühlte sich schon viel besser.

»Das ist doch Wahnsinn. Erst Drost, jetzt Henke«, fuhr sie fort, zog die Füße auf die Bank und umschlang ihre Knie.

»Wir?«, fragte er gespielt streng. »Sie gehen immer noch davon aus, dass der Tod von Isabell Drost kein Suizid war?«

»Sie etwa nicht?«

»Nein. Die Spurenlage und die Obduktion lassen keine andere Interpretation zu. Wir haben alles geprüft. Es tut mir sehr leid, aber Ihre Patientin hat sich das Leben selbst genommen. Ich bin noch nicht dazu gekommen, es Ihnen persönlich zu sagen.«

Ihr Blick nagelte ihn förmlich an der Bank fest. Er musste sich zwingen, ihm standzuhalten. Als sie endlich weitersprach, war es wie eine Erlösung. »Ich will es wohl nicht glauben. Es muss irgendeinen Zusammenhang zu dem Mord geben!«

»Im Moment sind alle verdächtig. Es könnte jeder gewesen sein, der Zugang zur Station hatte. Ich bin sicher, dass jemand etwas gesehen hat. Das kann nicht unbemerkt abgelaufen sein.« Er spekulierte weiter. »Glauben Sie, wir können so etwas wie eine Vollversammlung einberufen? Patienten und Personal? Dann könnte ich ein paar Fragen stellen, und vielleicht ergibt sich aus der Dynamik etwas.«

Die Wolkendecke brach auf, und das plötzliche Sonnenlicht, das in den Zweigen der umstehenden Bäume spielte, hinterließ auf dem Wasser Lichtreflexe, die wie ein Tanz wirkten.

Tessa lachte. »Ja, Dynamik kann ich Ihnen garantieren.« Sie stellte ihre Beine zurück auf den Boden und drückte die Zigarette aus. »Die war gut.«

»Manchmal habe ich auch gute Ideen«, sagte Koster und grinste. Beide schwiegen und genossen für einen Moment die erste Wärme der Frühlingssonne, die einen Vorgeschmack auf den Sommer gab. Wieder kämpfte er gegen den Wunsch an, sie zu berühren.

»Erzählen Sie mir etwas über Ihren Eindruck von Gabriele Henke. Was Sie glauben – nicht, was Sie wissen«, fragte Koster, um sich abzulenken.

»Sie war unendlich einsam. Ihr Herz von einer alten Liebe belagert.« Tessa zog fröstelnd die Schultern hoch, und ihr Blick ging in die Ferne. Sie musste an ein Zitat von Camus denken, das ihr im Gedächtnis geblieben war: *Mitten im Winter habe ich erfahren, dass es in mir einen unbesiegbaren Sommer gibt.*

»In Gabriele Henkes Leben gab es keinen Sommer«, sagte sie.

*

Oberarzt Neumann hatte Kosters Wunsch nach einer Vollversammlung rasch umgesetzt. Am späten Nachmittag strömten Patienten und Personal in den Aufenthaltsraum der Station. Die Atmosphäre war unruhig und seltsam aufgeheizt. Vielen Patienten schien die Nähe zueinander unangenehm. Koster nahm sich selbst da nicht aus. Einige der Patienten versteckten sich in den Tiefen der Sessel oder hinter den wenigen Grünpflanzen. Neumann bat zum wiederholten Male um Ruhe. Nur langsam erstarb das Getuschel. Koster ließ seinen Blick in die Runde schweifen. Am Fenster stand eine greise Frau. Barfuß. Sie redete gestikulierend auf einen imaginären Gesprächspartner ein. Wo waren ihre Schuhe, fragte er sich und versuchte seine Schultern zu lockern. Aus der Nackenverspannung waren heftige Rückenschmerzen geworden. Dieser Fall tat ihm nicht gut.

»Meine Damen und Herren, ich möchte Ihnen die Kommissare Koster und Liebetrau vorstellen, die den Tod von Frau Henke untersuchen. Ich bitte Sie, gut zuzuhören und die Fragen der Herren zu beantworten.«

Koster spürte schmerzhaft einen Ellbogen in der Seite und

wirbelte herum. Ein ausgemergelter Typ mit Bart raunte ihm ein »Willkommen im Himmel der Hölle« zu und strich seine langen Haare aus dem Gesicht. Koster hatte keine Ahnung, wie er darauf reagieren sollte, und beließ es bei einem kläglichen Grinsen. Er trat die Flucht nach vorne an.

»Vielen Dank, dass Sie gekommen sind. Es tut mir sehr leid, was auf der Station passiert ist. Meine Aufgabe ist es, denjenigen zu finden, der Frau Henke ermordet hat. Ich glaube nicht, dass das Verbrechen unbemerkt geschehen konnte. Ich bitte Sie, sich bei uns zu melden, wenn Sie etwas gesehen oder gehört haben. Egal was.« Koster sah in der Runde nur verschlossene Gesichter. »Wer von Ihnen hat die Tote entdeckt?« Nach und nach gingen Hände in die Luft. Viele Hände. Das konnte nicht sein. »Bitte, wer …?«

Ein lautes Wehklagen unterbrach ihn. »Heilige Mutter Gottes, Jungfrau Maria. Er war da, das Ende naht …« Alle Köpfe drehten sich in die Richtung der Stimme. Es war der Mann, der Koster mit dem Ellbogen angestoßen hatte.

»Herr Bollmus, bitte, jetzt nicht.« Die Stimme des Oberarztes war schneidend. Das kümmerte den Patienten wenig. Zwar klagte er leiser, dafür aber schneller, dabei zupfte er sich seinen Bart.

So funktioniert das nicht, dachte Koster und blickte seinen Kollegen ratlos an. Liebchen zuckte mit den Schultern und startete seinerseits einen Versuch. »Es ist doch so: Ihre Mitpatientin ist hier auf der Station ums Leben gekommen. Irgendjemand muss doch etwas gesehen haben. Helfen Sie uns.«

Koster fühlte sich zunehmend unwohl. Das lief ganz und gar nicht so, wie er es sich erhofft hatte.

Die Stimme des Patienten Bollmus setzte zu einem Crescendo an: »Oh, oh, Mutter Gottes. Der Albus kommt. Selig-

und heiliggesprochen. Er war da. Ich habe ihn bei ihr gesehen. Oh, oh. Ich habe sie gefunden.« Er drängelte sich mit zur Decke gestreckten Armen an den anderen Patienten vorbei und kam direkt auf Koster zu. Koster konnte den feindseligen Blick fast spüren und wich erschrocken zurück.

»Mon dieu«, feixte Paul Nika, der neben Koster auftauchte. Koster fand das nicht lustig, war aber froh, den Psychologen neben sich zu wissen. Dann hörte er, wie Oberarzt Neumann eine Krankenschwester anwies, den Patienten Bollmus auf sein Zimmer zu bringen. Gleichzeitig ergriff Liebetrau wieder das Wort. »Kennt jemand Frau Henkes Freundin Alba?«

Im Nachhinein vermochte Koster nicht zu sagen, ob Liebchens Frage oder die Tatsache, dass die Krankenschwester den Patienten grob aus dem Aufenthaltsraum bugsierte, der Katalysator war. Plötzlich schrien sich die Patienten gegenseitig an. Einige wiegten klagend den Oberkörper hin und her, andere schimpften vor sich hin. Eine Stimme übertönte den Lärm: »Wer schützt uns denn?«

Dann brach Chaos aus. Durchdringende, spitze Schreie erhoben sich. Die Patienten fingen an, sich gegenseitig zu schubsen, und jemand trat Koster auf den Fuß, während er gleichzeitig nach hinten gestoßen wurde, sodass er fast das Gleichgewicht verlor. Mühsam rappelte er sich auf, während die ersten Patienten auf dem Fußboden miteinander rangelten. Das Personal schrie Anweisungen, auf die niemand hörte, und über diesem ganzen Geräuschteppich hörte er immer wieder das »Wer schützt uns denn?«. Koster drehte sich um, um herauszufinden, wer der Schreihals war, als er neben sich sah, wie eine Frau sich kreischend und wehklagend ihre Haare ausriss. Daneben schlug ein alter Mann mit voller Wucht seinen Kopf gegen die Wand. Er sprang auf ihn zu, packte ihn von hinten und zog ihn zurück. Nur so konnte er ihn daran hindern, sich schwer zu verletzen. Dankbar übergab er den Mann an zwei Pfleger, die sich ihren Weg zu ihm gebahnt hatten. Eine andere Patientin sprach beruhigend auf die Frau ein, die jetzt wenigstens nicht mehr an ihren Haaren riss. Er stand schockiert und hilflos mitten im Raum. So etwas hatte er noch nie erlebt. Das hatte er nicht gewollt.

Was hatte er nur angerichtet?

Nachdem die Patienten sich beruhigt hatten und auf ihre jeweiligen Zimmer gebracht worden waren, bat Koster das Personal in den Dienstraum der Station. Kopfschüttelnd stand er neben Liebetrau.

»Ehrlich, Liebchen, ich bin schon den verschiedensten Menschen begegnet. Tätern, Opfern, Zeugen oder Verdächtigen. Aber so was ist mir noch nicht untergekommen. Was habe ich nur angerichtet?«

»Mir musst du auch einen Dolmetscher besorgen, der mir das erklärt!«

Sein Kollege schien sich sichtlich unwohl zu fühlen. Er wischte sich mit dem Arm über die Stirn und steckte sich ein Globuli nach dem anderen in den Mund. Selbst Oberarzt Neumann sah mitgenommen aus. Er wollte gerade antworten, als sein Handy klingelte und er entschuldigend das Gespräch annahm.

»Sie wollten es ja dynamisch«, sagte Tessa mit einem amüsierten Lächeln.

»Haben Sie meinen Kalender gesehen?«, fragte Neumann, während er telefonierte. Hektisch streifte sein Blick durch den Raum.

»Wer ist denn Alba?«, fragte Tessa Richtung Koster und ignorierte Neumann.

»Wir vermuten eine Freundin von Gabriele Henke. Jedenfalls hat sie sich in den letzten Tagen mit ihr getroffen, und wir möchten mit ihr sprechen.« Koster beruhigte sich langsam. »Kennen Sie sie?«

»Nein, nie gehört den Namen. Sie vielleicht, Doktor Neumann?«

Der hatte seinen Kalender offenbar gefunden, denn er blätterte hektisch darin. Gleich, signalisierte er. Offenbar fand er dann, was er suchte, denn er schrie fast in den Hörer, dass das Passwort *Oktober16* sei und die Telekom sich bitte schön mit der Freischaltung beeilen solle.

»Soll ich Ihnen eine von meinen Magentabletten geben?«, fragte Liebetrau den Oberarzt fürsorglich, nachdem dieser aufgelegt hatte. »Sie sind ganz grün im Gesicht. Mir ist auch schlecht.«

»Ich muss mich um das Chaos kümmern, das Sie angerichtet haben.« Neumann klappte seinen Kalender zu und stapfte verärgert aus dem Dienstzimmer, bevor Liebetrau ihm das Fläschchen mit seinen Globuli geben konnte.

Der zuckte nur mit den Schultern und gönnte sich selbst noch eines der Kügelchen.

»Komm Liebchen, ich muss raus hier«, sagte Koster.

Auf dem Weg zum Treppenhaus kamen sie am Lagerraum vorbei und fanden die Tür nur angelehnt. Da der Tatort noch immer abgesperrt und beschlagnahmt war, hätte diese Tür fest verschlossen sein müssen. Die Spurensicherung hatte noch kein grünes Licht gegeben. Koster und Liebetrau warfen sich einen warnenden Blick zu. Koster gab der Tür einen sachten Schubs, und sie öffnete sich. Bei dem Anblick, der sich ihnen bot, entfuhr Liebetrau ein lautes »Sind Sie wahnsinnig?«, bevor er sich korrigierte und barsch nachlegte: »Was tun Sie da? Hören Sie sofort auf damit!«

Vor ihnen kniete Kurt Mager auf allen vieren und schrubbte mit einem Lappen den Fußboden.

Der Aufschrei schien ihn sichtlich aus dem Konzept gebracht zu haben. Erschrocken stotterte er: »Ich … so dreck… dreckig … ich … ich … nur ein … ein … wenig sau… sauber machen. Eklig hier. ’tsch … ’tschuldigung.«

»Nee, das glaub ich nicht! Das hier ist ein Tatort, Mann! Hoch jetzt und raus hier!«, schrie Liebchen und wies mit ausgestrecktem Arm auf den Gang. »Wir beide unterhalten uns jetzt mal in Ruhe.«

Mager wischte ein letztes Mal mit dem Tuch über den Boden und stand kleinlaut auf. Mit gesenktem Kopf stand er vor ihnen wie ein Schuljunge, der beim Klauen erwischt worden war.

Koster schüttelte stumm den Kopf und seufzte. »Deine Show.«

*

Koster war entnervt. Die Vollversammlung hatte sie keinen Schritt weiter gebracht, viel schlimmer, sie hatte in einem Desaster geendet. Und dann noch ein Patient, der den Tatort säuberte und Spuren verwischte. Er hatte Hunger, wollte ein schnelles Essen mit einem Spaziergang verbinden, um seinen Kopf frei zubekommen. Er fuhr an die Alster und parkte das Auto am *Cliff*. Dort trank er Espresso, gönnte sich einen Salat und marschierte dann das westliche Ufer hinunter Richtung Innenstadt. Eine Reihe von Joggern überholte ihn und erinnerte ihn daran, dass er schon lange keinen Sport mehr gemacht hatte. Die Therapeutin joggte auch. Tessa … Ständig musste er an sie denken. Vielleicht sollte er mehr für seine Fitness tun? In Höhe des Germania Ruderclub drehte er um und kehrte zum Auto zurück. Rudern, das wäre doch etwas für ihn …

Zurück im Präsidium, wartete Liebetrau mit einem breiten Grinsen auf ihn. Das bedeutete gute Neuigkeiten. Er hatte sich offenbar keine Pause gegönnt.

»Du freust dich ja wie ein Schneekönig«, sagte Koster.

»Ohne mich wärst du aufgeschmissen.« Liebchen lachte zufrieden auf, bevor er fortfuhr. »Kurt Mager. Putzt den Tatort. Ohne Worte. Der wollte doch DNA vernichten, da wette ich drauf. Dem habe ich ordentlich eingeheizt. Und erinnerst du dich noch, dass er uns erzählt hat, dass er den Pflegeschüler in der Nacht, als Isabell Drost starb, auf der Station gesehen hatte?«, fragte er.

»Ja, als er vom Duschen kam, oder so ähnlich?«

»Als er zum Duschen *ging*. Er wollte das Kerlchen vermeiden und ging zunächst zurück ins Zimmer.«

»Ich verstehe nicht, was daran jetzt so spannend ist?« Koster runzelte die Stirn. »Warum sollte er nicht auf der Station sein?«

»Sag ich doch: Ohne mich wärst du verloren.« Sein Grinsen wurde noch breiter. »Also gut. Das Jungchen hatte gar keinen Dienst. Ich bin die Diensteinteilungen der letzten Tage durchgegangen. Er arbeitet nicht in der Nachtschicht. Und die Henke glaubte, jemanden im Zimmer gesehen zu haben, stimmt's? Und sie hatte Angst. Und keine zwei Tage später ist sie tot. Punkt. Punkt. Punkt.«

»Da ist ja wohl ein Fleißkärtchen fällig«, sagte Koster vergnügt. »Das soll er uns erklären. Mal sehen, was er zum Tod von Gabriele Henke zu sagen hat. Den Spaß überlasse ich dir.« Koster wusste um Liebetraus Geschick in Vernehmungen. »Aber sieh zu, dass du ihn am Leben lässt.«

»Jau. Er sitzt bereits im Verhörzimmer.« Liebetrau pfiff leise vor sich hin, wandte sich ab und ging mit schweren Schritten voraus.

Koster blieb kurz auf dem Flur vor dem Vernehmungsraum stehen, blickte durch das Sichtfenster und musterte den Pflegeschüler in Ruhe. Philipp trommelte ungeduldig mit den Fingern auf der Resopalplatte des Tisches. Er sah verdammt jung aus. Seine dunklen Augenringe, die abgekauten Fingernägel und sein Untergewicht sprachen allerdings eher dafür, dass er schon viel erlebt hatte.

Koster folgte seinem Kollegen ins Verhörzimmer und stellte sich von innen gegen die Tür. Liebchen hatte sich dem jungen Mann gegenüber an den Tisch gesetzt und begann ohne Umschweife.

»Sie sind Philipp Michalik? Achtzehn Jahre alt? Ist das korrekt?«

»Was soll ich hier, Mann? Kein Ort zum Chillen.«

»Sind die Angaben korrekt?« Liebchens Ton klang eine Spur schärfer, und Koster schmunzelte innerlich. Wenn Liebetrau diese Richtung einschlug, blieb für ihn nur die Rolle des guten Cops. Vielleicht später.

»Ja, doch.«

»Sie wohnen bei ihrer Mutter, Fuhlsbüttler Straße?«

»Korrekt, Mann.«

»So. Sie werden als Zeuge zum Tod von Isabell Drost vernommen. Klar?«

Der Junge nickte.

»Sie sind Pflegeschüler im Universitätskrankenhaus. Was genau bedeutet Pflegeschüler?«, fragte Liebetrau.

»Das bedeutet, dass ich in der Pflege knechten muss, wenn ich nicht haufenweise Asche im Lotto gewinne.«

»Wie lange sind Sie schon in der Psychiatrie?«

»Kurz. Dachte, da könnte ich es ein bisschen ruhiger angehen lassen. Auf den Somato-Stationen is' viel Action. Ist nicht so mein Ding.«

»Ach ja, was ist denn so *dein Ding*?«

Koster fragte sich, ob es zu Liebchens Strategie gehörte, einfach zum Du überzugehen, oder ob er es nicht durchhielt, den jungen Mann zu siezen. Eine Strategie hatte er jedenfalls, da war Koster sicher.

»Ich cruise gerne durch die Nacht und halte Ausschau nach ein wenig Spaß und Bräuten. Lebensfreude nennt man das.«

»Ach ja. Und was hast du in der Nacht von Isabells Tod auf der Station gemacht? Nach welcher Braut hast du da Ausschau gehalten?«

»He, was soll das denn? Nach gar keiner.« Seine Stimme überschlug sich fast.

Koster sah, wie er seine schweißigen Handflächen an seiner Hose abstreifte. Langsam schien dem Pflegeschüler warm zu werden. Er ging hinter ihm auf die andere Seite des Raumes. Ein Auge des Jungen zuckte nervös, als er sich nach Koster umdrehte. Liebetrau feuerte die nächste Frage ab.

»Du bist gesehen worden. Was hast du dort gemacht?«

Philipp schwieg.

»Warst du bei Drost und Henke im Zimmer?«

»Nein! Scheiße. Ich war bei … hören Sie, ich komme in Teufels Küche, ehrlich, Mann.« Er wand sich auf dem Stuhl. Auf seiner Stirn glänzte Schweiß.

»Du *bist* in Teufels Küche«, herrschte Liebetrau ihn an. »Was glaubst du, was das hier ist? Bei wem warst du?«

»Ey, Mann, ich hab ein Alibi – oder wie man das nennt.«

»Ich höre.«

»Das dürfen Sie nicht den Docs verraten, ja? Sonst sag ich gar nix mehr.«

»Jungchen, wenn du Dreck am Stecken hast, ist der Oberarzt dein geringstes Problem.«

Der Pflegeschüler sackte etwas in sich zusammen und antwortete kleinlaut: »Ich grabe da ein bisschen an Kiana rum. Die ist eine total scharfe Braut.«

»Kiana?«

»Die Kleine aus Afghanistan. Sie ist … wir … wir hängen gerne zusammen ab, Mann.« Er schien zufrieden mit sich. »Fragen Sie sie.«

»Wann hast du die Henke das letzte Mal gesehen?«

»Als wir sie gefunden haben.«

Liebetrau blaffte: »Das ist nicht witzig. Wann?«

»Am Morgen. Bei der Medikamentenausgabe. Ehrlich.«

Koster hatte genug gehört. Sollte er ruhig ein bisschen schmoren. Das Alibi ließ sich überprüfen. Er gab Liebetrau ein Zeichen, die Vernehmung zu beenden.

»Pass auf, wir sprechen uns morgen wieder. Komm um 18.00 Uhr.« Er erklärte ihm knapp, dass er noch kurz warten müsste, bis ihm jemand seine Aussage zur Unterschrift vorlegen würde. Dann könne er gehen. Philipp drehte sich mit flackerndem Blick nach Koster um und schien es kaum fassen zu können, dass er nach Hause durfte.

»Er lügt«, sagte Liebetrau, nachdem der Pflegeschüler gegangen war. »Hast du seine Augen beobachtet?«

Koster schüttelte den Kopf.

»War ganz einfach. Auf die simplen Fragen nach seiner Person und nach üblichen Erinnerungen wanderten seine Augen immer nach links. Als ich ihn fragte, was ein Pflegeschüler so macht, musste er nachdenken – seine Augen wanderten nach rechts. Verstehst du?«

»Kein Wort.«

»Erinnerst du dich nicht mehr an die Fortbildung letztes Jahr?« Liebchen verdrehte die Augen. »In Travemünde. Neurolinguistisches Programmieren. Weißt du nicht mehr, wie uns dieser Psycho-Schnösel seine Videos gezeigt hat. Das kann man prima in der Vernehmung anwenden.«

»Dass du das kannst!«, sagte Koster und nickte ihm anerkennend zu. Liebchen schaffte es immer wieder, ihn zu überraschen.

Sein Kollege strahlte triumphierend. »Jau. Auf meine Fragen nach seinem Alibi hat er sich nicht erinnert, sondern nachgedacht. Er hat uns Mist erzählt. Und er hat geschwitzt. Anzeichen von Stress. Das Jungchen hatte Angst, sich zu verraten.«

»Nur, warum? Was hatte er mit Drost und Henke laufen? Oder geht es um etwas ganz anderes?« Koster kribbelte es im Magen. Endlich eine erste Spur. Er blickte auf seine Uhr. Kurz vor 18 Uhr. Wenn Liebchen die Obduktion übernähme, könnte er den lästigen Papierkram erledigen und würde es vielleicht sogar noch rechtzeitig nach Hause schaffen.

»Liebchen, tust du mir den Gefallen und fährst zur Obduktion. Die müsste schon laufen. Ich war heute Morgen mit ihrer Tochter bei der Verabschiedung, ich kann nicht zusehen, wie Alexander sie aufschneidet. Das pack ich nicht. Wir treffen uns dann später zur Lagebesprechung, ja?«

»Geht klar.«

Auf Liebchen war Verlass.

*

Tessa blätterte in ihren Notizen. Sie hatte eine weitere Doppelsitzung mit Kiana Chavari verbracht und wusste inzwischen mehr über die Symptome, die das Mädchen quälten. Kiana litt an einer komplexen Posttraumatischen Belastungsstörung. Und nun war ein Mord geschehen. Dabei war sie im Krankenhaus, um sich endlich sicher fühlen zu können. War sie sicher? Selbst wenn der Mord an Gabriele Henke nichts mit Kiana zu tun haben sollte, konnte sie es dem Mädchen nicht zumuten, sich schon wieder mit Mord und Totschlag zu konfrontieren. Gestern hatte sich die Kleine tapfer gehalten. Was dachte Kiana über den Mord an Henke? Die Gefahr der Retraumatisierung war groß. Die erlittenen Qualen waren in Kianas Gedächtnis wild durcheinandergewürfelt. Wie in einem Schrank, in den man nur schnell alles hineinwirft, ohne Ordnung, ohne System. Die Tür schließt kaum noch, und von Zeit zu Zeit fällt etwas heraus. Die herausfallenden Erinnerungsstücke sind belastend und mit Angst, Verzweiflung und starken Körpersymptomen verbunden. Jede erneute reale Gefahr könnte ihr Gehirn nicht verarbeiten. Damit wäre Kiana nun wirklich nicht geholfen. Tessa überlegte krampfhaft, wo das Mädchen sonst behandelt werden könnte. Durch den Asylantrag hatte Kiana Residenzpflicht und durfte die Stadt nicht verlassen. Eine Behandlung in Hamburg käme also nur im Bundeswehrkrankenhaus infrage. Dort kannte man sich zwar bestens mit Kriegstraumata aus, aber die Präsenz von Soldaten dürfte für das Mädchen kaum die richtige Umgebung sein. Es war wie verhext.

Tessa schrieb sich die Fragen auf ihr Stundenprotokoll für heute. Was wollte sie ansprechen? Einen Teil der Kindheit hatte Kiana in Deutschland verbracht. Es ging ihnen hier gut, doch weil der Vater in der Fremde so litt, war er mit seiner Familie kurz vor der Machtübernahme der Taliban zurückgekehrt. Er war der irrigen Hoffnung gewesen, dass sein Land ihn brauchte. Er hatte die Horrormeldungen über die Warlords nicht geglaubt und hegte zeitweilig sogar die Illusion, die Taliban brächten eine Verbesserung. Vor Ort allerdings zerstob dieser Traum rasch. Es folgten Jahre der Unterdrückung. Eines Tages dann der fatale Fehler: Der Vater wehrte sich, als Tugendwächter seine Frau bestrafen wollten, weil sie nicht züchtig bedeckt die Straße betreten hatte. Als man die Eltern verhaftete, brachte eine Hausangestellte die Kinder zu einem Onkel.

Das hatte Tessa aus den Erzählungen des Mädchens ergründen können. Wenn sie von den guten Zeiten mit ihren Eltern erzählte, huschte für einen flüchtigen Augenblick ein Lächeln über ihr Gesicht.

Kaum waren Kiana und ihr Bruder bei dem Onkel in scheinbarer Sicherheit, fing der Horror erst richtig an. Der Onkel war ebenfalls unter Druck. Er versuchte, die Kinder in den Iran zu schaffen. Das scheiterte. Dann begann »Operation Enduring Freedom«. Der Onkel und seine Familie kamen dabei um. Kurz davor hatte er Kontakt zu einem Deutschen von Ärzten ohne Grenzen aufgenommen. Der Mann kannte Kianas Vater aus der Zeit in Deutschland und brachte Kiana und ihren Bruder wie durch ein Wunder in Sicherheit. Nach Deutschland. Ins Gelobte Land. Hier landeten sie im Asylheim.

Tessa machte sich eine Notiz, dass sie Kiana fragen wollte, wie ihr Bruder mit den Verlusten umging? Ob sie darüber sprachen, wenn er zu Besuch kam. Vielleicht war er sogar auf der Station gewesen, als Henke starb? Schluss jetzt, schalt sie sich, du fängst bereits an, jeden zu verdächtigen. Die beiden hatten wirklich genug Grauenhaftes erlebt. Warum nur kam der Asylantrag nicht durch? Nur weil die Geburtsurkunden fehlten? Tessa schmiss den Kugelschreiber hin. Man durfte sie nicht nach Afghanistan abschieben. Das wäre Irrsinn. Aber durfte Tessa sie hier auf der Station behalten?

Wo war Kiana eigentlich? Sie kam sonst nie zu spät. Sie wollte gerade zur Tür gehen und Kiana holen, als es klopfte. Zehn Minuten zu spät. Vor der Tür standen Pflegeschüler Philipp und Kiana.

»Sie hat sich geschnitten. War nicht tief.« Philipp machte es kurz wie immer.

Das Mädchen setzte sich schweigend und schaute zu Boden. So begann jede Therapiesitzung. Es war, als müsse sie erst langsam im Therapiezimmer ankommen. Sich sammeln. Sich sortieren für die Reise in die Hölle, die ihre Vergangenheit war.

»Ist das eine Reaktion auf den Tod von Gabriele Henke?«, fragte Tessa und deutete auf Kianas Hand.

»Ich wollte vergessen. Deshalb.« Sie versteckte ihren bandagierten Arm.

»Ich wollte sowieso mit dir darüber sprechen, ob du dich hier noch sicher fühlst«, sagte Tessa.

Kiana schwieg.

»Ich habe überlegt, ob es vielleicht für dich besser wäre, in ein anderes Krankenhaus zu wechseln.«

»Ich lasse das Licht in der Nacht brennen. Katharina hat nichts dagegen«, wisperte Kiana. »Ich will nicht woandershin.«

»Ich könnte versuchen, dich in ein anderes Krankenhaus verlegen zu lassen.«

»Ich möchte hierbleiben. Bei Ihnen. Ich will nur vergessen. Mehr nicht.«

»Kiana, du kannst nicht vergessen. Deine Symptome gehen nicht von alleine weg. Du hast Gewalt und Tod so hautnah erlebt, dass du sie heute in dir selbst spürst. Die Erinnerungen sind in deinem Trauma-Gedächtnis gespeichert. Manchmal schaffst du es, sie zu unterdrücken, aber dann überfallen dich die Gefühle erneut, und wenn die Spannung nicht mehr auszuhalten ist, verletzt du dich selber. So wie gerade eben.«

Tessa nahm die hingehauchte Zustimmung der Patientin als Aufforderung, weiterzusprechen. »Selbstverletzendes

Verhalten ist wie ein Druckventil. Es ist wichtig, dass wir die Auslöser finden. Du hast gesagt, dass du die Sonne hasst und sie meidest. In deinem Zimmer bleibst. Die Sonne ist also ein Auslöser für deine Erinnerungen. Dein Gedächtnis will dich warnen. So nach dem Motto: ›Pass bloß auf, dass es dir nicht wieder passiert.‹ Aber du musst unterscheiden lernen zwischen Auslösern, die ungefährlich sind, und solchen, die eine wirkliche Bedrohung darstellen. Die Sonne ist nicht gefährlich.«

»Aber es fühlt sich doch so an.«

»Ja, das glaube ich. Es gehört zu den Symptomen. Diese plötzlichen Erinnerungen, die du hast, als ob es *jetzt* gerade passiert, Flash-backs nennen wir das. Die Albträume, deine Schreckhaftigkeit, dein Vermeidungsverhalten, all das sind typische Symptome einer Posttraumatischen Belastungsreaktion. Deine intensiven Gefühle … Ich möchte dir helfen. Die Gefühle sind so stark, dass du dich ihnen ausgeliefert fühlst und dich schneidest. Aber du kannst lernen, dich diesem Gefühl nicht hinzugeben, sondern *gegen* das Gefühl zu handeln.«

Kiana hatte zugehört, sah aber nicht im Mindesten beruhigt aus. Tessa machte es aber auch viel zu kompliziert.

»Für dich ist die Welt nur unsicher und schlecht. Und der Mord an deiner Mitpatientin bestätigt dich in deiner Einstellung. Und es ist ja auch unvorstellbar. Aber es hat nichts mit dir zu tun. Du brauchst ein eigenes Leben. Eine Ausbildung und Freunde.«

Unvermittelt hielt Kiana sich den Bauch, als ob sie große Schmerzen litt. Sie wiegte sich leicht vor und zurück. Etwas in Tessas Worten hatte eine Erinnerung ausgelöst. Aus dem Nichts.

»Was ist los?«

Kiana schaute auf. Ihr Mund war angespannt verzogen. Hart.

»Hier sind die Männer auch nicht besser. Er weiß es und benutzt es…« Kiana holte tief Luft. Tessa wartete auf die Erklärung. Aber was immer Kiana hatte sagen wollen, der Augenblick verstrich, und sie schlug die Hände vors Gesicht.

Tessa ließ sie eine Weile, bevor sie fragte: »Von wem sprichst du?«

»Ich muss jetzt gehen, die Zeit ist um.«

»Wie bitte?« Tessas Blick suchte die Uhr. »Warte.« Das Mädchen war einfach aufgestanden. Sie war auf der Flucht. »Kiana, alles wird gut«, sagte Tessa hilflos.

Kiana schaute an der Tür für eine Sekunde zurück, und Tessa wusste, dass das junge Mädchen ihr nicht glaubte. Kein einziges Wort.

Tessa blieb mit ihren Zweifeln allein zurück. Sie öffnete das Fenster, um zu lüften. Das Zimmer und ihre Gedanken. Beim Blick auf das Fensterbrett fiel ihr ein, dass sie noch keinen Stein für Kiana gesammelt hatte. Es war keine Zeit gewesen, an den Strand zu fahren. Und vermutlich blieb das Mädchen nicht lang genug, als dass Tessa den richtigen Stein oder eine Muschel für sie fände. Sie nahm einen dunklen Donnerkeil in die Hand. David Brömme. Mit ihm musste sie dringend sprechen. Der gestrige Abend durfte nicht unkommentiert bleiben. Sie schloss die Augen, atmete tief die frische Luft ein. Eine Zigarette wäre jetzt schön. Sie schmunzelte und schloss das Fenster. Schließlich war sie Nichtraucherin.

Wenig später saß David Brömme ihr gegenüber im Sessel und sah sie mit großen unschuldigen Augen an. Er ließ keine peinliche Stille entstehen, sondern gab ihr das Gefühl, alles richtig gemacht zu haben. Plötzlich wusste sie nicht mehr, warum sie eigentlich so ein Drama daraus machte, dass er ihre Hilfe suchte.

»Ich wollte mit Ihnen über gestern Abend sprechen. Ich möchte nicht, dass sich das wiederholt. Meine Wohnung ist meine Privatsphäre. Da haben Patienten keinen Zutritt.« Ihre Stimme war nicht so fest, wie sie sich das gewünscht hatte, denn Brömmes Blick à la »ich hab doch nichts getan« verfehlte nicht seine Wirkung. »Ich habe ein Privatleben. Verstehen Sie?«

»Natürlich. Sorry. Ich wusste nicht, zu wem ich gehen sollte, und ich war sicher, dass Sie sich kümmern. Sie suchen den Ex von Gabriele. Und ich helfe Ihnen.«

»Das können wir getrost der Polizei überlassen, die brauchen unsere Hilfe nicht«, erwiderte Tessa. Das musste er doch verstehen, oder?

»Doch, die brauchen sie. Hier drinnen kommen nur wir beide an Informationen. Sie haben gesehen, was passiert, wenn die Polizei reden will. Die Vollversammlung war ein totaler Flop.«

Damit hatte er allerdings recht. Innerhalb dieses Mikrokosmos konnte die Polizei wenig ausrichten.

»Ich spreche noch einmal mit der Tochter von Gabriele Henke. Ansonsten lassen wir alle in Ruhe, okay?«

Brömme kniff die Augen leicht zusammen. »Und wenn es kein Fremder war, sondern jemand vom Personal?«

»Quatsch! Außerdem bin ich Therapeutin, kein Sheriff.« Tessa holte tief Luft und sprach aus, was sie dachte und nicht hätte sagen sollen. »Ich kann verstehen, dass Sie besonders verstört sind über den gewaltsamen Tod von Henke, aber es besteht kein Zusammenhang zum Tod Ihrer Mutter.«

Bei ihren Worten blinzelte Brömme erstaunt. »Sie machen

sich Sorgen um mich.« Sein Tonfall war fast zärtlich. »Haben Sie nie Angst?«, fragte er.

So wie er ihr gegenübersaß und ehrlich daran interessiert schien, wie es ihr ging, hätte sie ihm am liebsten etwas von sich erzählt. Von ihren Minderwertigkeitsgefühlen und den Sorgen, keine gute Therapeutin zu sein. Aber dann riss sie sich zusammen und erinnerte sich, welche Rolle sie ihm gegenüber hatte.

»Jeder Mensch hat Ängste ...«

Als hätte Brömme sofort gespürt, dass sie ihm keine persönliche Antwort geben wollte, unterbrach er sie.

»Angst, vielleicht die Nächste zu sein?«

Tessa antwortete nicht. Bisher hatte sie keine Sekunde daran gedacht, auf irgendeine Art in die Geschehnisse involviert zu sein. Aber vielleicht hatte David Brömme recht. Es gab keinen Grund, Gabriele Henke zu ermorden. Kein Motiv. Und wenn es kein Motiv gab ... Sie bekam eine Gänsehaut. Warum hatte sie vor ein paar Tagen geglaubt, ihre Welt wäre in Ordnung? Das war keine normale Woche. Nicht mal für die Psychiatrie.

*

Die Tür zum Ermittlungsraum flog auf. Liebchen trug einen Becher Kaffee und einen Teller voller Kekse vor sich her.

»Ich komme gerade von der Obduktion. Dieser Kaffee und diese köstlichen Kekse stehen unter Personenschutz. Hände weg.« Er ließ sich in den Bürostuhl plumpsen.

Die Kollegen Jacobi und Meyer lösten ihre Blicke von der Pinnwand mit den Tatortfotos und setzten sich schmunzelnd an den langen Konferenztisch. Koster saß bereits neben Staatsanwalt Menzel.

»Liebchen unterzuckert«, sagte der Kriminaltechniker Ralf Meyer todernst. »Gebt dem Affen Zucker, sonst bekommt er einen Insulinschock«. Alle grinsten breit. Liebchen grunzte nur missmutig.

»Setzt euch. Es ist spät. Bringen wir es hinter uns. Was hat die KTU für uns herausgefunden?« Koster lenkte die Aufmerksamkeit auf Meyer, der in seinen Papieren blätterte.

»Wir haben haufenweise Fingerabdrücke. Das war zu erwarten in einem viel benutzten Raum. Auf der Flasche waren sie verwischt. Da ist nichts zu machen.«

»Na, großartig«, nuschelte Liebchen mit vollem Mund.

Der Kollege fuhr unbeirrt fort. »Die übrigen Abdrücke sind schon durch den Rechner des BKA gegangen, leider gab es keine Übereinstimmung.«

»Gab es Fußspuren?«, fragte Koster.

»Nein, nichts Verwertbares. Der Täter muss aufgepasst haben, nicht mit dem Blut in Kontakt zu kommen. Aber wir haben DNA an der Leiche gefunden. Man müsste einen Abgleich machen. Bringt mir ein Kleidungsstück oder DNA zum Vergleich, und ich sage euch, ob derjenige die Tat begangen hat.«

»Liebchen, wie war's bei der Obduktion?« Koster war heilfroh, dass sein Kollege ihm diesen Gang abgenommen hatte.

»Das Protokoll war noch nicht fertig, geht aber heute noch an die Staatsanwaltschaft.« Liebetrau nickte Richtung Staatsanwalt Menzel. »Die äußere Besichtigung hat eine weitere Verletzung ergeben. Die Frau muss heftig auf den Hinterkopf geknallt sein. Sie war vermutlich ohnmächtig und ist dann verblutet. Die innere Besichtigung hat nichts Neues ergeben. Die Frau war gesund. Todesursache war das Verbluten durch die Halsverletzung in Kombination mit Ersticken durch Bluteinatmung. Beides. Was zuerst zum Tod geführt hat, lässt sich nicht bestimmen. Spielt obendrein keine Rolle. Die Kopfverletzung alleine wäre nicht tödlich gewesen.«

»War der Täter Rechts- oder Linkshänder?«, fragte Koster.

»Eindeutig Rechtshänder«, ergänzte Liebetrau. »Die toxikologischen Untersuchungen auf Alkohol und Drogen dauern an.«

»Und der genaue Todeszeitpunkt?«, fragte Malte Jacobi.

»Wenn ich das alles richtig kapiert habe, dann sind zwischen Eintritt des Todes und Auffinden der Leiche maximal zwei Stunden vergangen. Die Körpertemperatur war kaum gesunken.«

»Das ist doch schon mal was. Es kommen also alle Patienten und das Personal infrage, die an diesem Morgen auf der Station waren«, sagte Koster. »Vielleicht sollten wir einfach einen Gentest von allen machen?« Sein fragender Blick Richtung Staatsanwalt Menzel blieb unbeantwortet.

»Plus den X-Faktor«, warf Malte Jacobi ein.

»Den Was-Faktor?«, fragte Koster verblüfft.

Jacobi errötete. »Na ja, ich meine denjenigen, der nur kurz auf der Station war. Der Arzt einer anderen Station, die Krankenschwester, die was geholt hat, der Patient, der einen anderen besucht, der Sporttherapeut, Handwerker, Kurierfahrer …«

Koster schaute Jacobi lächelnd an. »Dann weißt du ja, was du als Nächstes zu tun hast. Finde raus, ob Handwerker, Kuriere, Sporttherapeuten oder wer auch immer auf der Station waren. Wir müssen anfangen, jedes einzelne Alibi zu prüfen. Wer war wo in den besagten zwei bis drei Stunden.«

»Ein minutengenaues Bewegungsprofil?« Jacobi sah Koster entsetzt an. Der zuckte nur die Achseln. »Tu, was du kannst.« Dann wandte er sich an Liebchen. »Liebchen, hast du noch was? Ich meine außer deinen Schoko-Keksen, die du wirklich mit uns teilen solltest?«

Schützend hielt dieser die Hand über seinen Teller und

nahm schnell einen Schluck Kaffee. Als ob ihm jemand seinen Becher wegnehmen wollte.

»Die Handyauswertung war langweilig. Keine Gespräche in den letzten Tagen. Vorher nur Familie und Guthaben-Abfrage. Mit den Freunden ging es auch schnell. Da gibt es nämlich keine. Jedenfalls nicht in Hamburg. Nur diese Freundin, diese Alba, die hab ich nicht gefunden. Die scheint keiner zu kennen.«

»Ach Mist, da hätte ich heute Morgen die Tochter noch fragen können. Hab ich vergessen. Aber sie kommt noch mal auf die Station zu Doktor Ravens, um die Sachen ihrer Mutter abzuholen. Vielleicht weiß sie, wo wir diese Alba finden können.« Er nickte Liebchen zu. »Wir fahren gleich morgen früh hin. Ihr anderen kümmert euch um die Alibis. Vor allem das von diesem Pflegeschüler Philipp.«

»Keine Sorge, da kümmert sich Vati höchstpersönlich drum«, sagte Liebetrau in einem Tonfall grimmiger Entschlossenheit.

Koster sah auf die Uhr. Schon nach acht. Er hatte es wieder nicht rechtzeitig nach Hause geschafft. Verdammter Mist. Klappte denn wirklich gar nichts? Er brauchte ein Erfolgserlebnis. Irgendeines.

»Und was ist mit den Speichelproben. Von allen?«, fragte Koster Menzel noch einmal.

Der nahm sich Zeit für eine Antwort. »Ich gebe Ihnen achtundvierzig Stunden. Wenn Sie bis dahin keine konkrete Spur auf den Täter haben, empfehle ich dem Richter die Speichelprobenentnahme zum DNA-Abgleich. Bis dahin möchte ich die Patienten nicht unnötig beunruhigen. Es sind keine normalen Verdächtigen. Achtundvierzig Stunden. Machen Sie was draus.«

FÜNFTER TAG

Koster stand im Dienstzimmer der Station 2 und schaute sich suchend nach Tessa um. Krankenschwester Mathilde hockte am Tresen und schrieb eifrig in die Patientenkurven.

»Wissen Sie, wo ich Doktor Ravens finden kann«, fragte er.

Sie brauchte ein paar Sekunden, bis sie den Kopf hob und ihn über den Rand ihrer Lesebrille hinweg ansah.

»Die ist noch nicht zurück. Ist seit heute Nacht im Einsatz. Zuletzt rief sie von der neurochirurgischen Intensivstation an. Versuchen Sie es auf ihrem Handy. Haben Sie die Nummer?«

Er schüttelte den Kopf. »Was ist das für ein Einsatz?«

»Tessa arbeitet im Kriseninterventionsteam des DRK, wussten Sie das nicht?«

Koster schüttelte den Kopf. »Nein, aber das KIT kenne ich. Komisch, dass ich ihr nie begegnet bin.«

»Sie ist noch nicht so lange dabei. Es gab eine üble Schlägerei im Stadtpark. Die Polizei hat sie zur Betreuung der Augenzeugin an den Unfallort gerufen. Dann sind sie ins Krankenhaus.« Während sie das sagte, schrieb sie eine Telefonnummer auf einen Zettel und reichte ihn an Koster weiter. »Das ist ihr Diensthandy, das funktioniert auch auf den Intensivstationen.«

»Danke.« Koster kam ein Gedanke. »Dann würde ich gern stattdessen mit Doktor Nika sprechen. Wo erwische ich den?«

»Der müsste in seinem Zimmer sein. Nummer 208. Finden Sie alleine hin? Dann könnte ich weiterarbeiten. Es ist viel zu tun dieser Tage.«

Wem sagt sie das, dachte Koster und nickte ihr zu.

Zur gleichen Zeit saß Tessa mit der verstörten Ehefrau des Opfers im Warteraum der neurochirurgischen Intensivstation. Die Polizei hatte sich kurz vor Mitternacht bei ihr gemeldet. Im Stadtpark war ein Mann von drei Unbekannten so schwer zusammengeschlagen worden, dass er auf der Intensivstation um sein Leben rang. Die Ehefrau hatte alles mitangesehen und stand unter Schock. Die Polizei hatte Tessa um psychologische Unterstützung für die junge Frau gebeten.

»Was ist denn das für eine Welt, in der man spazieren geht und dann ins Koma geprügelt wird?« Die Verzweiflung stand ihr ins Gesicht geschrieben. Zitternd fuhr sie sich durch die kurzen Haare. Ihr Mann lag nur wenige Meter entfernt, hinter einer Glasschleuse, und eine ganze Armee von Ärzten kämpfte hektisch und hoch konzentriert um sein Überleben. Tessa hatte einen kurzen Blick auf ihn werfen können. Die Ärzte hatten ihn stundenlang operiert, und nun lag er mit geöffneter Schädeldecke da, grauenhaft zugerichtet und an viele Geräte angeschlossen. Unvorstellbar, die Ehefrau zu ihm zu lassen. So mussten sie warten, bis eine Ärztin ein paar Minuten Zeit fand, der Angehörigen die entscheidende Prognose über Leben und Tod zu überbringen. Inzwischen war es früher Vormittag, und obwohl Tessa wusste, dass hinter den Türen hektisches Treiben herrschte, war im Warteraum nichts davon zu spüren. Gespenstische Ruhe. Tessa wich nicht von der Seite der zwischen Aggression und tiefster Verzweiflung schwankenden Frau. Auch die drei Beruhigungstabletten vermochten nichts auszurichten. Zu stark pulsierte das Adrenalin in ihrem Körper.

»Wir haben doch gar nichts getan. Wir saßen einfach nur auf einer Bank, als die Kerle uns anmachten. Jens stand auf. Er wollte mich nur verteidigen«, flüsterte sie. »Sie haben einfach zugehauen. Immer wieder.« Nach einem kurzen Moment schrie sie voller Hass: »Wie von Sinnen haben sie auf ihn eingeprügelt. Ich hab versucht sie wegzuziehen, aber …«

»Sie hätten nichts …« Tessa kam nicht zu Wort.

»Jens krachte mit dem Kopf auf die Bank. Nie werde ich das vergessen. Es knackte, als ob ein trockener Ast bricht. Und das viele Blut. Es ging alles so schnell. Warum hat die Polizei die Täter noch nicht? Ich hab denen gesagt, wie die Kerle aussahen. Diese Mörder.«

Koster war etwas mulmig zumute, schon so bald wieder mit dem Psychologen zu sprechen. Er war sich immer noch seiner Worte bewusst. *Ich werde hier sein, wenn Sie mit mir reden möchten.* Er hatte das Gefühl gehabt, dass Paul Nika seine persönliche Krise erspürt hatte. Das war natürlich Unsinn, aber …

Gestern Abend war er zu spät nach Hause gekommen. Jasmin hatte ihm eine Szene gemacht und angekündigt, dass sie mit den Kindern für ein paar Tage zu ihren Eltern fahren würde. Er hatte sie nicht umstimmen können. Sie wollte Abstand. Abstand zu ihm, um über ihre Ehe nachzudenken. Nun, vielleicht hatte sie recht?

Auf dem Weg zu Nikas Büro hielt er Ausschau nach dem Mädchen mit den aufgeritzten Armen und Beinen. Aber er konnte sie nicht entdecken. Die Gänge waren seltsam leer. Wie ausgestorben. Er musste über seinen Freud'schen Versprecher lächeln. Gut, dass die Seelenklempner das nicht gehört hatten. Es hätte eine wahre Orgie an Deutungen ausgelöst, die sicher alle darauf hinausliefen, dass mit seinem Seelenheil etwas ganz und gar nicht stimmte.

Fast wäre er mit Kurt Mager zusammengestoßen. Mager starrte ihn entsetzt an.

»Hab ich Sie berührt? Sind Sie verletzt? O Gott, das wollte ich nicht.« Aufgeregt knetete Mager seine Hände.

»Nein, nein, alles in Ordnung. Wir haben uns nicht berührt. Ganz ruhig. Es ist alles in Ordnung.« Koster versuchte vergeblich, ihn zu beruhigen. Mager schaute sofort weg, als ihre Blicke sich kreuzten.

»Waschen Sie sich. Sie müssen schnell mit Sterillium spülen, das desinfiziert. Gehen Sie, schnell, schnell, schnell.« Er verhaspelte sich, als er immer schneller sprach.

Koster verharrte stumm. Ein erwachsener Mann. Ein Kerl Anfang fünfzig, der plötzlich zum hysterischen Nervenbündel mutierte, weil er glaubte, Koster berührt und mit wer weiß was angesteckt zu haben. Koster fiel nichts ein, womit er ihn beschwichtigen konnte. Plötzlich drehte sich Mager um und ging einfach weg. Ließ ihn ohne eine Erklärung stehen. Nun verstand er gar nichts mehr.

Seufzend schaute sich Koster um. Er stand auf Höhe des Lagerraumes mit dem Lastenfahrstuhl, in dem man Gabriele Henke gefunden hatte. Drückte Mager sich schon wieder in Tatortnähe rum?

Der Angriff auf die Patientin war sicher nicht geplant gewesen, sonst hätte der Täter einen anderen Ort gewählt. Da hier die Getränkekisten für die Patienten lagerten, hätte jederzeit jemand hereinkommen können. Was, wenn Gabriele Henke geschrien hätte. Damit wäre der Täter ein großes Risiko eingegangen. Nein, Koster war sich sicher, diese Tat war nicht geplant. Das deutete auf eine gewisse Enthemmung des Täters hin. Oder eine besondere Kaltblütigkeit? Denn andererseits waren es vom Lagerraum nur wenige Schritte bis zur Eingangstür der Station. Jeder Fremde hätte gute Chancen gehabt, unbemerkt in den Raum rein- und wieder rauszukommen. So kamen sie nicht weiter. Er setzte seinen Weg über die Station fort.

Er hatte Glück. Das Schild *Bitte nicht stören – Therapiege-*

spräch, welches Koster schon einmal an Nikas Tür gesehen hatte, hing gerade nicht. Er klopfte und hörte kurz darauf jemanden »Herein« rufen. Langsam öffnete er die Tür. Paul Nika saß hinter seinem Schreibtisch und schrieb. Seine Brille war halb die Nase heruntergerutscht. Er blickte auf und lachte Koster an.

»Erlösen Sie mich von den Formularen. Die Bürokratie treibt mich in die Frühpensionierung«, sagte er und wies auf die Sitzgruppe.

»Ich habe gestern mit Ihrer Kollegin und dem Patienten Brömme gesprochen. Ich hätte gerne mehr über ihn erfahren. Immerhin hat jemand seine Mutter ermordet.«

»Setzen Sie sich doch erst mal. Zigarette?«

Tessa sah die Frau, die in grüner OP-Kleidung auf sie zusteuerte, zuerst.

»Mein Name ist Miriam Müller-Sievers. Ich bin die behandelnde Ärztin. Sind Sie die Ehefrau?«, fragte sie an die aufgelöste Frau gewandt. Die Ärztin mit dem blonden Pagenkopf gab beiden die Hand und sprach schnell weiter. »Ihr Mann hat ein schweres Schädel-Hirn-Trauma erlitten und liegt im Koma. Wir haben ihn operiert, aber er ist instabil und schwebt in Lebensgefahr. Es tut mir leid.«

Die Worte kamen schnell, direkt und so gnadenlos, dass selbst Tessa tief einatmen musste. An ihrer Seite stammelte die Ehefrau: »Aber er wird doch wieder?«

»Das ist völlig offen. Es wird Tage, wenn nicht Wochen dauern, bis wir Genaueres sagen können. Ich muss sofort wieder zu ihm. Wir tun, was wir können.«

Die Frau sackte in sich zusammen. Bereits im Weggehen drehte sich die Ärztin noch einmal zu Tessa um und warf ihr ein entschuldigendes »Tut mir leid, darum müssen Sie sich kümmern« hin. Und das tat Tessa. Wenn eine Ärztin eine Patientin liegen ließ, um an das Bett eines anderen zu eilen, dann war Tessa klar, wie schlecht es um das Opfer stehen musste. Sie half der Frau auf einen Stuhl, gab ihr einen Schluck Wasser, hielt ihre Hand. Mehr konnte sie für die arme Frau nicht tun.

Paul Nika lehnte sich im Sessel zurück und kramte in aller Ruhe eine Zigarettenpackung aus seiner Jackett-Tasche.

»Das ist verboten. Macht deshalb doppelt Spaß.« Um seine warmen Augen kräuselten sich vergnügt Krähenfüße.

Koster fand, dass Nika seinen im Raum verteilten Buddhas glich, so wie er die eine Hand genüsslich auf seinem Bauch ausruhte und mit der anderen seine Zigarette hielt, wie einen Diamanten, den er im Sonnenlicht blitzen lassen wollte. Koster gefiel das. Er blickte dem dünnen Rauchfaden der Zigarette hinterher.

Der Psychologe nickte, warf Koster die Packung zu und wartete, bis er sich ebenfalls eine angezündet hatte.

»David Brömme. Ein schüchterner Junge. Wuchs unter schwierigsten Bedingungen auf. Keine heimelige Kindheit mit gedecktem Apfelkuchen im Ofen, während die Kinder im Garten Fußball spielen.« Er sprach mehr zu sich selbst als zu Koster. Und der ließ ihn reden, ohne zu unterbrechen. Koster erfuhr so über die Scheidung von David Brömmes Eltern in dessen fünftem Lebensjahr. Der Vater, der durch Fehlzeiten glänzte und keinen Kontakt zu seinem Sohn hatte. Die Mutter, die völlig verbittert schlecht über den Vater sprach und die ihren Sohn abwechselnd vernachlässigte und vereinnahmte. Noch nicht schulreif, aber schon der Mann im Haus. Brömme entwickelte sich zu einem ernsten und verschlossenen Jungen. Er liebte seine Mutter innig. Aber er konnte nicht verhindern, dass der Alkohol in ihr gemeinsames Leben einzog. Je älter er wurde, umso mehr stieß die Mutter ihn weg in ihrem Hass gegen Männer. Er hatte keine Geschwister. Niemanden, mit dem er seine Last hätte teilen können. Für Freunde blieb keine Zeit. Trotzdem liebte er seine Mutter abgöttisch. Arrangierte sich mit ihren wechselnden Liebhabern und der zunehmenden Verwahrlosung der Wohnung. Er stumpfte ab. Gleichzeitig machte er einen exzellenten Schulabschluss. Er begann sogar zu studieren. Schaffte sich alle Möglichkeiten, um aus dem Sumpf zu fliehen. Trotzdem konnte er sich von seiner Mutter nicht lösen, fühlte sich verantwortlich für sie. Dann die Nacht, in der er zu spät nach Hause kam.

Was ihm noch geblieben war, wurde ihm endgültig genommen. David Brömme zog sich zurück. Der Ehrgeiz für sein Studium versiegte. Mit einer letzten Kraftanstrengung dann die Einweisung in die Klinik.

Nun kannte Koster also die ganze Geschichte. Sie rauchten beide schweigend und hingen einen Moment ihren Gedanken nach.

»Und der Liebhaber? Hat er seine Strafe bekommen?«, unterbrach Koster die Stille schließlich.

»Ja, ja, der wurde verurteilt. Aber das löste Brömmes Problem nicht.«

»Vielleicht sinnt er auf Rache?« Koster erlebte das immer wieder. »Schließlich nahm ein besoffener Kerl ihm die Mutter.«

»Wer weiß, vielleicht sinnt er auf Rache.« Der Psychologe schien mit seinen Gedanken woanders.

»Wie hat sich das auf seine Psyche ausgewirkt?«, fragte Koster.

Es dauerte eine Weile, bis Nika antwortete. »Nun, eine Posttraumatische Belastungsstörung hat er nicht entwickelt, aber er sitzt zwischen Baum und Borke fest. Er will seine Mutter wiederhaben, und er will sich von ihr lösen.« Er drückte seine Zigarette im Aschenbecher aus. »Ja, genau, er will wieder lieben, wie er seine Mutter geliebt hat.«

Die Frau in Jeans und Lederjacke, die mit einer großen Plastiktüte mit der Aufschrift *Patientensachen – streng vertraulich* in der Hand auf sie zukam, gab Tessa mit einem Nicken das Zeichen, aufzustehen. Sie nahm sie beiseite, stellte sich als Kriminalbeamtin vor und erzählte, dass die Kollegen inzwischen eine Reihe von Zeugen aus dem Stadtpark vernommen hatten. Die Täter seien auf der Flucht gesehen und gut beschrieben worden. Das gäbe Anlass zur Hoffnung, sie bald zu finden. Es habe wohl ein Wortgefecht gegeben. Es wäre wichtig zu erfahren, worum es gegangen sei, aber das könne zur Not warten, bis die Ehefrau vernehmungsfähig sei. Ob Tessa sagen könne, wann das der Fall sei?

»Nein, das kann ich nicht. Ich möchte die Frau auf eine Station aufnehmen. Wenigstens für eine Nacht. Sie ist ganz alleine, und niemand kann sich um sie kümmern. Vielleicht kommen Sie morgen wieder?«

Tessa gab ihr eine Visitenkarte und wollte wissen, ob jemand gesehen hatte, was genau geschehen war.

»Worüber die Männer in Streit geraten sind, konnte niemand sagen. Es ging schnell. Und Alkohol war sicher mit im Spiel. Es gab ein Handgemenge. Dann hat ein Faustschlag das Opfer ausgeknockt. Er ist mit dem Kopf ungebremst auf die Lehne der Bank geknallt. Daher der vielfache Schädelbruch.« Die Frau schüttelte traurig den Kopf. »Ein Wunder, dass er noch lebt.«

Koster verstand nicht, was Nika meinte. »Und warum sucht er sich dann nicht eine nette Frau? Er sieht doch gut aus.«

»Na ja, seine Mutter hat ihn entweder ignoriert oder ausgenutzt. Sie hat ihn oft tagelang allein gelassen. Sie hat ihn manipuliert und instrumentalisiert für ihren Hass gegen seinen Vater. Entschuldigen Sie die harten Worte, aber manchmal muss man die Dinge beim Namen nennen. Brömme kann ihr das nicht mehr vorwerfen, er darf ihr nicht einmal böse sein, denn sie kann ja nichts für ihren Tod. Im Gegenteil. Er muss sie bedauern. Aber das kann er nicht gut.«

»Warum nicht?«, fragte Koster.

Der Psychologe schüttelte unmerklich den Kopf. Sein Gesichtsausdruck spiegelte ehrliches Bedauern wider. »Eigentlich muss er einem leidtun.«

»Eigentlich?«

Doch Koster erhielt keine Antwort.

*

Tessa hatte nur den Wunsch nach einer heißen Tasse Kaffee. Die letzten Stunden waren erbarmungslos gewesen. Sie brauchte eine Pause. Sie steuerte direkt auf das Dienstzimmer zu, als Schwester Mathilde herauskam und sie anlachte.

»Da bist du ja. Du wirst sehnsüchtig erwartet. Kommissar Koster hat dich gesucht.«

»Kann ich erst mal einen Kaffee bekommen?«, fragte Tessa.

»Im Dienstzimmer ist noch welcher. Aber da sitzt der andere, du weißt schon, dieser grobe Kerl.« Mathilde verzog den Mund. »Er hat versucht, mit Kiana Chavari zu sprechen, und die ist total ausgerastet.« Sie wandte sich zum Gehen. »Kaffee ist frisch. War's sehr hart?«

»Grauenhaft. Was meinst du mit ausgerastet? Geht es Kiana gut?«

»Sieh selbst. Ich muss mich beeilen – Pflegeleitungskonferenz.« Sie verdrehte die Augen und marschierte los.

Im Dienstzimmer fand sie Liebetrau, der nachdenklich in seinen Becher starrte.

»Ist noch Kaffee übrig? Ich brauche dringend einen.« Tessa hob die Kanne hoch und war froh über das Gewicht. Wortlos reichte ihr Liebetrau einen Becher und die Milchtüte.

»Schwarz. Wie dieser Morgen.«

»Hab's schon gehört. Stadtpark. Schlimme Sache.« Er schien mit seinen Gedanken woanders. »Das Mädchen hat geschrien. Die ist total ausgetickt.«

»Warum schlägt jemand einem völlig Fremden den Kopf ein? Das verstehe ich nicht«, entgegnete Tessa.

»Warum flippt das Mädchen einfach aus, wenn ich nur eine harmlose Frage stelle? Das verstehe *ich* nicht.«

Tessa musste lächeln. Da saß dieser hünenhafte Mann. Komplett ratlos. Bezwungen von einem zierlichen Mädchen, das sich kaum traute, das eigene Zimmer zu verlassen.

»Wir hätten was Anständiges lernen sollen«, sagte Tessa. »Floristin oder etwas in der Art. Zarte Blumen, wohlduftend, hübsch anzusehen, stumm. Lavendel, Sonnenblumen, Rosen …«

»Rosen haben Dornen«, erwiderte Liebetrau, und plötzlich mussten beide schmunzeln.

»Was wollten Sie von Kiana?« Tessa fühlte die belebende Wirkung des Koffeins.

»Ihr Pflegeschüler hat gesagt, er wäre in der Nacht von Drosts Tod bei dem Mädchen gewesen. Ich muss sein Alibi überprüfen.«

Tessa lachte. »Philipp bei Kiana? Niemals. Das ist absurd.« Ihr verging das Lachen bei dem bösen Blick, den der Kommissar ihr zuwarf. »Glauben Sie mir, das Mädchen ist so traumatisiert, dass der alleinige Anblick eines großen und massigen Kerls, wie Sie es sind, lebendige Wiedererinnerungen auslöst. Dazu gehören auch heftige Emotionen. Sie hätte niemals mit einem Mann allein Zeit in ihrem Zimmer verbracht. Und die Station hat sie überhaupt noch nicht verlassen, seit sie bei uns ist.« Tessa trank einen großen Schluck Kaffee. »Wollen wir sie noch einmal zusammen sprechen?«, fragte sie versöhnlich. »Sie werden sehen, Kiana trifft sich mit niemandem.«

»Was dann aber nicht gut für Philipp Michalik wäre«, entgegnete Liebetrau.

Daran hatte Tessa nicht gedacht. »Wozu braucht er ein Alibi?«

»Er war in der Nacht auf der Station, obwohl er keinen Dienst hatte.«

»Heißt das, Sie glauben mir?«

»Ihnen glauben?« Liebetrau wirkte irritiert.

»Na, dass Isabell Drost sich *nicht* selbst das Leben genommen hat.« Tessa stockte. Sie hoffte auf Zuspruch. Einerseits. Andererseits bedeutete das einen weiteren Mord … und Koster hatte gesagt …

»Ich mach nur meinen Job ordentlich, sonst nichts«, murrte Liebetrau. »Es war Selbstmord. Aber die Glaubwürdigkeit Ihres Pflegeschülers lässt zu wünschen übrig. Und wer einmal lügt …«

»Ich dachte, Sie … Egal. Lassen Sie uns zu Kiana gehen. Vielleicht kann ich *meinen* Job machen, und wir helfen uns gegenseitig?«

Das Friedensangebot nahm Liebetrau lächelnd an.

Kiana kauerte auf dem Sofa im Aufenthaltsraum. Die junge Katharina Waag saß neben ihr und strich ihr behutsam über den Rücken, David Brömme saß im Sessel vor ihr. Im Hintergrund lief dramatische Musik. Tessa erkannte den Walkürenritt aus Richard Wagners Oper. Die Klänge gaben der ganzen Szenerie eine Dramatik, die Tessa nach den nächtlichen Ereignissen nicht ertragen konnte. Sie lief zur Musikanlage und drehte den Ton ab. In der plötzlichen Stille ruckte Kianas Kopf hoch, und sie erstarrte wie ein Reh im Scheinwerferlicht.

»Guten Morgen. Ich will nicht stören, Kiana, aber der Kommissar behauptet, du hättest ein Verhältnis mit Philipp. Das ist Unsinn, oder?«

»So subtil wie ein geworfener Pflasterstein.« Liebetrau stöhnte. »Das hätte ich auch gekonnt. Und dann noch eine Suggestiv-Frage.«

»Sorry. Für mehr reicht's heute nicht mehr.« Tessa hockte sich vor Kiana. Katharina Waag blickte Kiana ebenso entsetzt an wie Liebetrau Tessa. »Wir gehen den kurzen Weg, ja, Kiana? Geradeheraus. Du kannst mir vertrauen.«

Alle hielten gespannt den Atem an. Nach der aufpeitschenden Musik wirkte Kianas leise Stimme wie das Maunzen einer jungen Katze.

»Philipp ist immer nett zu meinem Bruder. Mein Bruder kennt doch niemanden. Manchmal gehen die beiden zusammen etwas trinken. Gestern kam Philipp zu mir und verlangte von mir, für ihn zu lügen. Ich soll sagen, dass er in der Nacht, in der Isabell starb, bei mir auf dem Zimmer war.« Ihre Stimme klang etwas fester. Als ob es ihr guttäte, die Lüge loszuwerden. »Ich hatte nie etwas mit ihm.«

»Himmeldonnerwetter, das ist das reinste Irrenhaus. Das Jungchen lügt«, rief Liebetrau. »Ich hab's gewusst. Den kauf ich mir.«

»Aber warum lügst du für Philipp?«, fragte Tessa vollkommen ratlos.

Sie erhielt keine Antwort.

Stattdessen rief jemand hinter ihr: »Gut gemacht«. Sie drehte sich um und sah Koster zusammen mit Paul in der Tür stehen. Die beiden mussten bereits eine Weile zugehört haben. »Danke«, sagte er freundlich zu ihr.

»Warum erzählt Philipp so etwas Albernes?« Tessa hatte die Tragweite der Aussage des Mädchens nicht verstanden.

»Das fragen wir *ihn*«, sagte Koster. »*Sie* wollte ich fragen, ob Maria Rosenstein heute vorbeikommt, um die Sachen ihrer Mutter abzuholen?«

»Keine Ahnung. Vielleicht. Sie hat nichts davon gesagt.« Tessa war irritiert. Der plötzliche Umschwung zu Maria Rosenstein verwirrte sie nur noch mehr.

»Ich wollte sie fragen, welche Freundin ihrer Mutter Alba heißt, aber ich kann sie auch anrufen.« Koster zögerte einen Moment, und mit Blick auf die Patienten fuhr er kryptisch fort: »Ich habe Ihnen die Unterlagen mitgebracht, über die wir gesprochen haben. Ich freue mich, wenn Sie bald reinschauen.«

Tessa nahm den dicken Umschlag, den er ihr entgegenhielt, und seufzte. »Das mache ich gleich. Ich brauche sowieso eine Auszeit.«

»Ob diese Unterlagen eine Auszeit bedeuten, wage ich zu bezweifeln, aber … Ich rufe Sie heute Nachmittag an. Dann sehen wir, wie weit Sie gekommen sind.« Dann zwinkerte er Liebetrau zu. »Komm Liebchen, bringen wir's hinter uns.«

*

David Brömme hatte geholfen, Kiana auf ihr Zimmer zu bringen, damit sie sich ein bisschen ausruhen konnte. Das Mädchen war vollkommen überfordert mit der Situation. Aber das waren sie wohl alle auf die eine oder andere Art. Er nahm sich seinen i-Pod vom Bett und startete Johann Sebastian Bach.

Die melodiösen Streicher taten ihm gut, denn in seinem Kopf rasten die Gedanken.

Philipp hatte Kiana zu einem falschen Alibi angestiftet. Interessant. Wozu brauchte der Schwachkopf ein Alibi? Was hatte er nachts auf der Station gewollt? In der Nacht von Isabells Selbstmord. Er kam sicher nicht in seiner Freizeit in die Psychiatrie spaziert, um ihnen süße Träume zu wünschen. Entweder hatte er tatsächlich eine Verabredung – und die sicher nicht mit Kiana – oder er war ohnehin im Haus gewesen. Hier hatte er aber keinen Dienst. Und mit wem hätte er verabredet sein sollen? Brömme hatte keine besonderen Beziehungen zwischen Philipp und den Patienten bemerkt. Der Warmduscher hatte nicht viel für sie übrig. Brömme war sich sicher, dass er die Patienten verachtete. Und er war faul. Auf internistischen Stationen hätte er mehr arbeiten müssen. Von einigen Patienten wusste er, dass ihnen Geld abhandengekommen war. Das hatten sie Schwester Mathilde gesteckt. Kurt Mager hatte ihm erzählt, dass er die Türklinken mit Sagrotan abwischen musste, weil Philipp wieder im Zimmer gewesen war. Und er selbst hatte ihn erwischt, wie er in Henkes Schrank gestöbert hatte. Sollte da ein Zusammenhang bestehen? Brömme tigerte im Zimmer auf und ab. Genau, der Typ beklaute die Patienten. So musste es sein. Er stoppte. War Philipp bei Isabell im Zimmer gewesen? Hatte er seine wieseligen Finger im Spiel gehabt bei Isabells Suizid? Nein, Isabell hätte sich nichts von so einem sagen lassen. Aber vielleicht war das die Erklärung dafür, dass das Zimmer durchwühlt war. Hatte er tatsächlich eine Tote beklaut? So abgebrüht war er nicht, oder doch? Brömme musste lächeln.

Er schaltete die Musik aus. Er wollte zu Tessa Ravens gehen. Vielleicht nahm sie ihn jetzt endlich ernst.

Durch die spaltbreit offene Tür sah er sie über Papiere gebeugt, die verstreut über den Schreibtisch lagen.

»Kann ich kurz stören?«, fragte er. Sie hob den Kopf, und für einen winzigen Moment hatte er den Eindruck, dass sie genervt war.

»Natürlich, gerne«, antwortete sie.

Nein, er hatte sich getäuscht, ihr Lächeln war bezaubernd wie immer.

»Mir ist da ein Gedanke durch den Kopf gegangen, den ich mit Ihnen besprechen möchte.« Er setzte sich auf den Stuhl ihr gegenüber an den Schreibtisch. So fühlte er sich mit ihr auf Augenhöhe. »Einigen Patienten ist Geld geklaut worden.« Er hörte, wie sie tief Luft holte. Gut, jetzt hatte er ihre ganze Aufmerksamkeit. »Ich habe da eine Theorie.« Er legte eine Pause ein. Das steigerte die Dramatik. Leider fragte sie nicht nach. Also weiter im Text. »Philipp braucht Geld. Er ist jede Nacht auf Piste. Und tagsüber drückt er sich in den Patientenzimmern herum. Da braucht man doch nur eins und eins zusammenzählen.« Er machte wieder eine kunstvolle Pause. Diesmal hakte sie nach.

»Woher wissen Sie, dass er oft in den Zimmern ist?«

So wie sie das betonte, gefiel ihm das gar nicht. Als ob sie ihm nicht glaubte. »Weil wir ihn gesehen haben.«

Sie ging nicht darauf ein. Dann musste er eben deutlicher werden. »Vielleicht war er ja in der Nacht von Isabells Tod in ihrem Zimmer? Vielleicht hat er deshalb Kiana für ein Alibi gebraucht? Wär doch möglich.«

»Das ist eine schwere Anschuldigung. Das Krankenhauspersonal weiß, dass Diebstahl zur sofortigen Kündigung führt. Haben Sie ihn beim Stehlen erwischt? Was sagt denn Schwester Mathilde dazu?«

Er konnte es nicht fassen. Sie kaufte es ihm nicht ab. Sie

nahm ihn nicht ernst. Er war richtig sauer. Das war doch alles total logisch. Aber keiner sah das Offensichtliche. »Keine Ahnung, was Schwester Mathilde dazu sagt. Sie glauben ja wohl nicht, dass die das mit Patienten bequatscht.«

»Nein, wohl nicht… Erst erzählen Sie mir von Gabriele Henkes geheimnisvollen Exmann, jetzt, dass Philipp in Isabells Zimmer war. Ich komm da nicht mehr mit.« Sie stützte die Ellbogen auf dem Tisch auf und presste die Finger gegen die Schläfen. »Können wir morgen noch mal darüber reden?«

Sie sah wirklich erschöpft aus. Aber da musste sie jetzt durch.

»Natürlich. Ich laufe ja nicht weg.« Die Bemerkung hatte er sich nicht verkneifen können. Zwar war er nicht per Gerichtsbeschluss hier, trotzdem konnte er nicht einfach rausmarschieren. Er warf ihr einen letzten Blick zu. Sie erwiderte ihn mit müden Augen. Er hatte das Gefühl, dass er sich in ihnen verlieren konnte.

*

Tessa ließ sich das Gespräch Satz für Satz noch einmal durch den Kopf gehen. Könnte David Brömme recht haben, dass Philipp die Patienten beklaute? Oder machte er sich nur wichtig? Noch ein Skandal? Wem konnte sie überhaupt noch trauen? Sie spürte die Angst irgendwo in ihrem Hinterkopf lauern. Sie musste mit Mathilde sprechen. Und mit dem Oberarzt. Darauf freute sie sich genauso wie auf einen Besuch beim Zahnarzt. Aber alles zu seiner Zeit. Das musste warten.

Sie sah in die Studienunterlagen, die Koster in Henkes Wohnung gefunden hatte. Es war Tessa ein Rätsel, wie sie an diese Papiere gekommen war. Es war das Studienprotokoll – die genaue Beschreibung des Ablaufs der Medikamentenstudie. Und die Stichprobendokumentation. Dazu bereits veröffentlichte Artikel anderer Autoren, die eigentlich nichts mit der Studie zu tun hatten. Tessa legte sie zunächst zur Seite, fragte sich aber, was Gabriele Henke daran interessiert hatte? In den Artikeln ging es um Suizidalität und Persönlichkeitsveränderung als Nebenwirkung von Antidepressiva. Hatte sie geargwöhnt, dass das neue Studienmedikament als eine Nebenwirkung die Selbstmordgefährdung erhöhte? Ihres Wissens war es seit Studienbeginn zu keiner außergewöhnlichen Zunahme von Selbstmorden gekommen. Und Isabell Drost? Ja, vielleicht. Auch auf anderen Stationen hatte es in den letzten Monaten Suizide gegeben. Aber nicht all diese Patienten nahmen das neue Medikament ein. Hier war der letzte Ort für die Verzweifelten. Manchmal ließ sich auch mit größter Menschlichkeit nicht verhindern, dass die, die den Sinn des Lebens suchten, den Notausgang nahmen.

Es hatte Tessa Jahre gekostet zu verstehen, dass ihre Schuldgefühle ihre Kräfte überforderten. Wer war sie, dass sie Entscheidungen anderer infrage stellen durfte? Die Entscheidung, sich nicht mehr spüren zu wollen. Keine Schmerzen oder Erniedrigung mehr aushalten zu können. Sie versuchte zu verstehen, ob eine Erkrankung vorlag, die die Entscheidungen des Menschen derart beeinflusste, dass er ohne Depression zu einem anderen Schluss gekommen wäre. Diese Menschen verdienten größtmöglichen Schutz vor sich selbst. Aber es gab auch die anderen. Die, die sich entschieden hatten, anderswo nach einem Sinn zu suchen. Waren sie bei klarem Verstand, musste sie sie ziehen lassen. Tessa wusste, dass nicht alle Kollegen diese Haltung teilten. Es war ein Tabu, darüber zu sprechen. Sie versuchte nur, sich ihren Respekt vor den Gefühlen, Gedanken und Handlungen ihrer Patienten zu bewahren. Gerade wenn sie unliebsame Entscheidungen treffen musste. Jemanden in einem Zimmer einzusperren, ihn per Video zu beobachten und alle scharfen Gegenstände außerhalb seiner Reichweite zu bringen, war ein massiver Eingriff in die Selbstbestimmung.

Immer wieder fühlte sie sich elend, wenn sie solche Anordnungen geben musste. Inzwischen hatte sie verstanden, dass wir alle mit der einen oder anderen Schuld aufwuchsen. Tessa selbst hatte von ihrer Mutter eingetrichtert bekommen, dass der Vater gegangen sei, weil die Verantwortung für zwei kleine Kinder zu groß war. Dass »gegangen« in ihrem Fall hieß, dass der Vater sich selbst das Leben genommen hatte, erfuhr sie erst viel später. Auch, dass seine Hausarztpraxis schlecht lief und er mit Depressionen kämpfte, erzählten ihr andere Menschen.

An guten Tagen sagte sich Tessa, dass sie stolz darauf sein müsse, dass es ihr gelungen war, sich aus dieser Schuld-Falle zu befreien. Weitestgehend. Und nur an guten Tagen. Wenn keiner da war, der die Erinnerungen wachrief. Wie ihr Bruder Sascha. Jetzt dachte sie schon wieder an ihn. Erst gestern hatte sie überlegt, ihn anzurufen. Sonst sprachen sie sich mitunter monatelang nicht.

Kurz blitzte die Erinnerung an die langen Nachmittage vor ihrem Wohnhaus in der Sozialbausiedlung auf. Dorthin hatten sie umziehen müssen, nachdem der Vater »gegangen« war und die Mutter sich das gepflegte Einfamilienhaus nicht mehr leisten konnte. Dreckige Straßen, lungernde Kids, verbitterte Mütter. Mit ihnen hatte keiner gespielt. Sie und ihr Bruder waren anders. Keinen Vater, eine bestenfalls unkonventionelle, schlimmstenfalls verrückte Mutter. Die anderen Kinder hatten Angst vor Sascha. Er reagierte aggressiv auf ihre Missachtung und verschaffte sich mithilfe seiner Fäuste Respekt. Es spielte trotzdem keiner mit ihnen. Es war eine einsame Kindheit.

Tessa schüttelte die Erinnerung ab, setzte sich gerade hin.

Zurück zu den Studienunterlagen. Die Studie lief seit neun Monaten. Hundertfünfzig Fallbehandlungen waren dafür vorgeschrieben. Wie viele hatte Neumann jetzt? Fast komplett. So viele? In der kurzen Zeit? Wie hatte er das geschafft? Sie fing an auf einem Notizzettel die Namen ihrer Patienten zu kritzeln, die das Medikament bekommen hatten. Niemals käme sie auch nur auf fünfzig. Wie konnte das sein? Sie blätterte weiter vor in den Unterlagen, um die Chiffre-Kennzeichnung mit den Behandlungsdaten zu vergleichen. Mitten in den Chiffrelisten lag ein handgeschriebener Zettel:

ABLA: ICD = 934? / DSM = 41913?

Tessa konnte ihn nicht den Chiffrelisten zuordnen. Sie erkannte sofort die Kürzel ICD und DSM. Das ICD-10 war das Internationale Klassifikationssystem aller Krankheiten. Herausgegeben von der Weltgesundheitsorganisation. Jede Diagnose wurde hier durch eine Zahlenreihe verschlüsselt. DSM stand für Diagnostic and statistical manual of mental disorders. Was nichts anderes war als das analoge Klassifikationssystem der Amerikaner. Die hatten natürlich ein eigenes herausgebracht. Tessa kannte die meisten vierstelligen Klassifikationsnummern des ICD auswendig. So wurde beispielsweise im ICD die Depression unter F32 oder F33 verschlüsselt. Zwei weitere Ziffern präzisierten dann die Art der Depression. Aber 934? Diese Nummer sagte ihr nichts. Tessa nahm sich das ICD-10 und schlug unter F9 nach. Sie fand F93.3 *Emotionale Störung mit Geschwisterrivalität* und musste unwillkürlich kichern. Damit waren doch nicht hoffentlich sie und ihr Bruder Sascha gemeint? Unsinn. F93.4 gab es nicht. Diese Nummer war nicht vergeben. Merkwürdig. Und im DSM? Da gab es überhaupt keine Verschlüsselung, die mit 419 anfing.

Was sollte das? Die Fragezeichen hinter den Ziffern hatten die höchste Berechtigung. Welcher Patient hatte das Chiffre ABLA bekommen und diese merkwürdigen Diagnose-Codes? Alles Unsinn. Und doch, irgendetwas klingelte bei Tessa. Sie kam nur nicht drauf. Sie packte den Zettel beiseite. Damit wollte sie sich später beschäftigen.

Am einfachsten wäre es, wenn sie an die Originaldaten käme. Wer gab die Daten ein? Die Sekretärinnen sicher nicht. Oberarzt Neumann selbst? Er hatte keinen Assistenten in der Studie integriert. Alles war zur Chefsache deklariert worden. Sie war froh gewesen, dass sie nicht mit Neumann zusammenarbeiten musste. Jetzt fiel ihr auf, dass das ein ungewöhnliches Prozedere war. Dann musste Neumann alle Daten auf seinem Laptop haben. Wie sollte sie darankommen? Ob sie ihn fragen konnte? Sie hörte ihn schon mit süffisanter Stimme antworten: *Liebe Frau Doktor Ravens. Sie erfahren die Ergebnisse der Studie früh genug. Überzeugt Sie die bisherige Wirkung nicht?*

Und sie musste zugeben: Er hätte recht. Die Wirkung war erstaunlich. Die Patienten hatten außer ein paar anfänglichen Magen-Darm-Problemen keine Nebenwirkungen. Sie blühten förmlich auf. Einige schossen vielleicht sogar etwas über das Ziel hinaus. Aber das sollte ihnen gegönnt sein. Und doch schien es diesen Unterlagen nach so, als ob mit den Daten etwas nicht stimmte. Die Fallzahlen waren auf jeden Fall zu hoch. Hier musste sie recherchieren. Und wenn die geschönt waren? Das wäre eine Katastrophe.

Alleine kam sie nicht weiter. Sie landete wieder bei Sascha. Er war das Zahlengenie in der Familie. Wissenschaftlicher Mitarbeiter am Institut für Medizinische Informatik. Tessa konnte nichts damit anfangen, aber er schien sich wohl zu fühlen. Ob er ihr helfen würde? Sie wollte ihn anrufen. Aber vorher brauchte sie die Originaldaten. Ohne die konnte selbst Sascha nicht weiterhelfen.

Wieder meldete sich eine vage Erinnerung, und während sie aus dem Fenster sah, reifte ganz langsam ein Entschluss in ihr. Heute in der Abendübergabe wollte sie es versuchen.

*

Er hatte sie angerufen und gefragt, ob sie sich nicht außerhalb der Klinik treffen könnten. Der Krankenhausgeruch setzte ihm zu. Und schließlich konnte sie ihm auch in einem netten Café von ihren Recherchen berichten, oder? Vielleicht kannte sie sogar die *Caffèteria*?

Koster verstand sich selbst nicht mehr. Gegen die Klinik sträubte sich alles in ihm, doch die Therapeutin holte er in sein Lieblingscafé. Ob das klug war?

Wenig später saßen sie sich vor zwei Schalen Milchkaffee gegenüber. Sie sah anders aus in dieser Umgebung. Strahlender. Und er war froh, dass sie nicht zur der Sorte Frau gehörte, die aus der Bestellung ihres Kaffees eine Odyssee durch sojageschwängerte, fettfreie Milch mit Zimtgeschmack machte.

»Woher kennen Sie denn die *Caffèteria*?«, fragte sie. »Ich liebe die *Caffèteria*. Die roten Lederbänke und die Zeitungsständer erinnern mich an den alten Wiener Landtmann zu Zeiten Sigmund Freuds. Vielleicht waren wir schon einmal zur gleichen Zeit hier, ohne voneinander zu wissen.«

Das bezweifelte er. An ihr Strahlen hätte er sich erinnert. »Was sagen Sie denn zu den Unterlagen, die ich Ihnen gegeben habe?«, fragte er stattdessen.

»Die Dokumente sind unglaublich. Das muss man sich mal vorstellen …« Mit einer weit ausholenden Geste verlieh sie ihren Worten Ausdruck, als ob sie über ihre nächste aufregende Urlaubsreise in ein exotisches Land sprach.

Koster konnte sich nicht konzentrieren. Er bemerkte eine lang gezogene Narbe im Handteller ihrer rechten Hand. Die war ihm bislang nicht aufgefallen. Woher kam eine Narbe an dieser Stelle?

»Die Fallzahlen … hören Sie zu?«

Er spürte ihre Hand auf seinem Arm, und ein Schauder durchzuckte ihn. »Woher haben Sie die?« Er nahm ihre Hand und drehte sie um.

Sie riss die Hand weg und versteckte sie unter dem Tisch.

»Das ist unwichtig.« Ihr Ton war scharf.

Er sah sie an und wusste, dass dieser Punkt nicht zur Diskussion stand. »Was ist mit den Fallzahlen?«, lenkte er wieder ein.

»Die Fallzahlen stimmen nicht. Er hat so viele Patienten in der kurzen Zeit dokumentiert, dass ich nicht sehen kann, woher die stammen sollen. Aber um das exakt zu recherchieren, bräuchte ich die Rohdatenmatrix und die Chiffrezuordnung.«

»Matrix?«

»Jede einzelne Information zu den Studien-Patienten wird in Zahlen ausgedrückt. Diese Zahlenkolonnen werden in eine einzige Tabelle eingetragen. Aber … ich darf einen Kollegen nicht reinreiten. Und wenn da was faul ist, dann gibt es Regeln. Ich müsste es dem Ombudsmann melden.«

»Bitte, wem?«, fragte Koster.

»Ombudsmann. Ein unparteiischer Forscher. Er prüft die Studien«, erklärte sie ungeduldig.

Er musste so verwirrt aussehen, wie er sich gerade fühlte. Dass seine Ratlosigkeit nicht nur dem Fachjargon, sondern auch seinen Gefühlen für sie geschuldet war, konnte sie ja nicht ahnen.

»Der Ombudsrat ist eine Institution, die einen Verdacht

auf wissenschaftliches Fehlverhalten prüft«, fuhr sie fort und schrieb dabei mit beiden Händen Gänsefüßchen in die Luft. »Man geht nicht einfach hin und schwärzt einen Kollegen an. Das bleibt innerhalb der Universität.«

»Wie praktisch. Eine Krähe hackt der anderen kein Auge aus.« Es musste sich missmutig und ätzend anhören. Dabei galt sein Ärger nicht ihr, sondern sich selbst. Jedes Mal, wenn er mit ihr zusammen war, verwirrte sie ihn. Er fühlte sich zu ihr hingezogen, wollte sie sehen, und gleichzeitig machte es ihn wütend.

»Hören Sie, dass ich die Unterlagen hinter dem Rücken meines Oberarztes gelesen habe und dass wir hier sitzen und darüber reden, macht mich zu einer Nestbeschmutzerin. Verstehen Sie das?« Sie errötete.

»Warum tun Sie es dann?« Warum hielt er nicht seinen Mund, er versaute alles. Was, wenn sie ging?

Betretenes Schweigen breitete sich wie ein Tuch über sie aus. Und es war nicht sein Verdienst, dass sie zurück ins Gespräch fanden.

»Ich habe Ärzte kennengelernt, denen die Forscherkarriere wichtiger ist als das Wohlergehen ihrer Patienten. Ich habe mir geschworen, in Ärzten nie Halbgötter in Weiß zu sehen. Wenn Neumann also Scheiße baut, werde ich reden. Nestbeschmutzung hin oder her.« Sie seufzte. »Ach, warum erzähle ich Ihnen das alles überhaupt?«

Er war ein Idiot. Sie offenbarte ihm ihre Gefühle, und er schaffte es, sie immer wieder vor den Kopf zu stoßen. Er fühlte sich schlecht. »Danke.« Er sah ihr in die Augen. »Danke für Ihre Offenheit.«

Sie nickte nur. »Vielleicht interessiert es Sie, dass ich heute mit David Brömme gesprochen habe? Er behauptet, dass auf der Station Geld geklaut wird. Der Pflegeschüler Philipp sei auffällig oft in den Zimmern angetroffen worden. Es hat angeblich Beschwerden bei Schwester Mathilde gegeben.«

»Warum hat sie uns nichts gesagt? Herrje, es geht um Mord, kapiert das keiner?« Koster schüttelte entnervt den Kopf.

»Vielleicht ist das nur Gerede. Brömme hat Probleme mit Nähe und Distanz. Im Moment sucht er meine Nähe. Vielleicht möchte er sich nur wichtigmachen.«

Sie schien selbst zu zweifeln. Und wenn sie als Therapeutin ihrem Patienten nicht glaubte, warum sollte er es tun?

»Pflegekräfte haben ihren eigenen Ehrenkodex. Lassen Sie mich mit Mathilde sprechen. Ich habe einen guten Draht zu ihr.« Sie rührte nachdenklich in ihrem Milchkaffee. »Ich frage Mathilde, ob er Springer war. Vielleicht erklärt das, warum Philipp nachts auf der Station war.«

»Fallzahlen, Matrix, irgendwelche Ombudsmänner. Jetzt Springer. Für ein Gespräch mit Ihnen braucht man ein Lexikon.«

»Das ist ganz simpel. Jede Station ist nachts nur mit einer Nachtschwester besetzt. Das ist extrem wenig. So gibt es für das ganze Haus noch eine Pflegekraft extra, die über die Stationen geht und aushilft, wo immer Hilfe nötig ist. Verstehen Sie? Der Springer gehört zu keiner Station.«

Er hob die Augenbrauen und nickte.

»Kommissar Liebetrau hat die Dienstpläne der Station geprüft. Aber nicht die des ganzen Hauses, oder? Und nur da steht der Springer drauf.« Sie zögerte für ein paar Sekunden. »Und wenn Philipp als Springer im Haus war, könnte er auf der Station gewesen sein. Er könnte – und ich sage *könnte* – im Zimmer von Drost und Henke gewesen sein.«

Koster schüttelte ungläubig den Kopf. »Der junge Mann hat uns eine Menge zu erklären. Wir sprechen ihn heute Abend. Danke für die Information. Und ja, bitte versuchen Sie Ihr

Glück bei Schwester Mathilde. Wenn Sie nicht weiterkommen, greife ich ein.«

»Dafür brauchte Philipp dann Kiana. Als Alibi«, sagte sie.

»Das Wohlergehen Ihrer Patienten ist Ihnen wirklich wichtig, nicht wahr? Ich bewundere das sehr.« Er strich ihr wie beiläufig über die Hand, die vor ihm auf dem Tisch lag.

Ein erstes Lächeln huschte über ihr Gesicht.

Als er es sah, fühlte er ein Ziehen in der Brust.

*

Die Szene ähnelte der am Tag zuvor. Wieder saß Liebetrau dem jungen Pflegeschüler an dem zerschrammten Tisch im Polizeipräsidium gegenüber. Koster hielt sich erneut im Hintergrund. Philipp sah in der Neonbeleuchtung blass und ausgemergelt aus. Koster kam es vor, als ob das Selbstbewusstsein des Jungen über Nacht geschrumpft und der flapsige Tonfall nur Trotz und Gewohnheit war. Er hatte mit Liebetrau über das gesprochen, was er von Tessa erfahren hatte. Sie hatten gemeinsam beschlossen, Philipp hart zuzusetzen. Er sollte sich buchstäblich drehen und winden, bis er auspackte.

Liebetrau schob langsam das Aufnahmegerät noch etwas näher an den Pflegeschüler heran, richtete es akribisch aus. Er warf dem Jungen einen Blick zu, dann schaltete er das Aufnahmegerät an und vergewisserte sich, dass das rote Aufnahmelicht leuchtete.

Einen Moment war Stille. Dann benannte Liebetrau bedächtig aber deutlich die anwesenden Personen, Uhrzeit und das Datum. Er belehrte den Pflegeschüler, dass er erneut als Zeuge zum Tode Isabell Drosts vernommen würde.

Philipp schrumpfte noch weiter in sich zusammen.

Einen Zusammenhang zum Tod von Gabriele Henke

erwähnte Liebetrau nicht. Das ließ sich nicht herleiten. Noch nicht.

»Möchtest du einen Anwalt sprechen?«, fragte Liebchen freundlich.

»Ich brauch doch keinen Anwalt. Ich hab mit Isabells Tod nichts zu tun. Nada.«

»Wir haben dein Alibi überprüft.« Liebchen schaute Philipp erwartungsvoll an.

»Na, sehen Sie, dann ist ja alles paletti.« Der Junge lächelte matt.

»Kiana Chavari sagt, sie habe dich in dieser Nacht sicher nicht gesehen. Und sie hätte keine wie auch immer geartete Beziehung zu dir.« Er zog die Augenbrauen hoch, als freute er sich auf die Antwort, mit der Philipp versuchen würde, sich aus der Situation zu manövrieren.

»Oh.«

Liebetrau nickte und beugte sich träge vor. »Genau. Sie sagt, du hättest sie erpresst, für dich zu lügen.«

»Oh.« Philipps Gesicht hatte inzwischen eine grünliche Blässe angenommen.

Liebetrau nickte erneut. »Jetzt frage ich mich natürlich, warum du dir ein Alibi verschaffen wolltest. Das brauchst du nur, wenn es etwas zu verheimlichen gibt, nicht wahr? Und was könnte das sein?«

Stille.

»Das nennt man Nötigung. Darauf steht in besonders schweren Fällen sogar Freiheitsstrafe …« Liebchen ließ das Ende des Satzes im Raum schweben.

»Ich muss nicht mit Ihnen sprechen, Mann. Ich will doch einen Anwalt. Ihr redet ganz wirres Zeug.« Der Pflegeschüler machte Anstalten aufzustehen.

Erstmals mischte sich Koster ein: »Sie können Ihren Anwalt anrufen, Herr Michalik. Aber erzählen Sie uns erst, wo Sie in der Nacht als Springer überall tätig waren. Sie waren doch Springer, oder?«

Philipp nickte zerknirscht.

»Warum haben Sie uns das nicht gleich gesagt?«, fragte Koster.

Philipp schien seinen Wunsch nach einem Anwalt über diese einfache Frage zurückzustellen. Er räusperte sich. »Station 2 hatte mich nicht angefordert … na ja … Ich hatte nicht viel zu tun. Es war nix los. Ich bin eine Runde durchs Haus gecruist.«

»Warst du auf Station 2?«, fragte Liebetrau.

Stille. Philipp schaute sich nach Koster um. Sein Blick flog zwischen den beiden Kommissaren hin und her. Ihm zitterten die Hände, als er seine Zigarettenpackung aus der Hosentasche fingerte und sich eine anzünden wollte.

»Hier ist Rauchen verboten«, sagte Liebchen streng.

Philipp drehte die Zigarette zwischen den Fingern und begann stockend zu erzählen. Er war in der Nacht über die Stationen gegangen. Das ein oder andere Mal hatte er tatsächlich den Nachtschwestern ausgeholfen. Auf Station 2 war er niemandem begegnet. Er war in den Aufenthaltsraum gegangen.

»Was hast du da gemacht?«, fragte Liebetrau.

Philipp zuckte die Schultern und hielt den Kopf gesenkt.

»Kannst du bitte richtig antworten. Für das Aufnahmegerät. Danke.«

Die Zigarette hatte sich mittlerweile aufgelöst, und er schob die Tabakkrümel auf dem Tisch hin und her. Zuerst zu einem kleinen Haufen, den er dann zerstörte, nur um wieder alles zusammenzuschieben. So als müsse er seine Gedanken auch in die richtige Struktur bringen.

»Manchmal lassen Patienten in den Aufenthaltsräumen was liegen. Oder beim Telefon«, sagte er, ohne hochzuschauen.

»Liegen lassen?«, hakte Liebetrau nach.

»Ich bin knapp bei Kasse.«

»Weiter.«

»Bei Drost und Henke stand die Tür offen. Ich wollte einen Blick reinwerfen. Ob alles ok ist und so.« Er seufzte. »Ich sah Isabell Drost. Ich … ich … bin abgekaspert«, stotterte er.

»Erhängt im Badezimmer?« Koster stieß sich von der Wand ab. Er konnte nicht glauben, was er da hörte.

»Ja, am Schal.« Die Stimme war nur noch ein Flüstern.

»Warum haben Sie sie nicht runtergeholt?«, schrie Koster ihn an. »Vielleicht hätten Sie sie retten können.« Der mahnende Blick seines Kollegen ließ ihn hilflos die Schultern hochziehen und sich angewidert abwenden. Sonst ließ er sich nicht so gehen, aber der Junge machte sich das Leben wirklich einfach.

Philipp ließ den Kopf hängen und starrte auf seine Hände. Koster sah förmlich, wie die Coolness zerfloss. Zurück blieb ein kleiner, abgerissener Junge, der ein zu großes Sweatshirt und ausgetretene Turnschuhe trug. Ein Kind, das man am liebsten seiner Mutter in den Arm gedrückt hätte. Seine ganze Art war Tünche. Fassade eines vom Leben überforderten Jungen ohne Zukunftspläne. Kosters Wut wich Hilflosigkeit.

Philipp stotterte: »Ich … ich … hatte d…« Er war kaum zu verstehen. »Ich hatte sie … nicht gleich gesehen. Das Bett war leer. Ich dachte, sie ist eine … rauchen.« Stockend berichtete er, wie die offene Schublade des Nachtschränkchens ihn ins Zimmer gelockt hatte. Er hatte der Versuchung nicht widerstehen können. Dabei hatte er auf Gabriele Henke geachtet und sich eine Ausrede überlegt, falls sie aufwachen sollte. Aber sie rührte sich nicht. Bei seinem Rückzug hatte er einen flüchtigen Blick ins Badezimmer geworfen und Isabell dort hängen sehen. Er hatte vor Schreck alles fallen gelassen. Das Geräusch und sein erstickter Schrei mussten zu Gabriele Henke durchgedrungen sein. Sie fing an, sich im Bett zu rühren und zu stöhnen. Automatisch hatte er die Sachen gegriffen und war in Panik aus dem Zimmer gerannt. Danach hatte er sich nicht mehr getraut zurückzugehen.

»Du bist Krankenpfleger«, sagte Liebetrau, und sein Vorwurf war nicht zu überhören.

»Ich … hatte Angst. Ich habe noch nie eine Tote gesehen.« Philipp schien seine Gegenwehr aufgegeben zu haben.

»Was hast du aus dem Nachtschrank mitgenommen?«, fragte Liebetrau.

»Das Tagebuch und Geld. Es ist alles in meinem Spind. Ich wollte das Tagebuch eigentlich lesen, aber ich konnte es doch nicht anrühren.«

»Für Sensibilitäten ein wenig spät, oder?« Liebetrau schien unversöhnlich.

Philipp schüttelte stumm den Kopf. Er hatte aufgehört, die Tabakkrümel hin und her zu schieben. Alles an ihm drückte Resignation aus.

»Hast du irgendjemanden gesehen?«, mischte Koster sich noch einmal ein. Ihm wurde bewusst, dass der Patient Brömme tatsächlich die richtigen Schlüsse gezogen hatte und sie mit Tessa statt mit ihm durchgesprochen hatte. Das ärgerte ihn maßlos.

Philipp antwortete nicht.

Koster bat Liebetrau, das Tagebuch so schnell wie möglich zu sichern. Liebetrau nickte und fragte: »Womit hast du Kiana Chavari dazu gebracht, dir ein Alibi zu geben?«

Keine Antwort.

Die Neonröhre summte. Koster überlegte gerade, ob er Liebchen alleine weitermachen lassen sollte, als Philipp erneut zu erzählen begann. Er berichtete von gemeinsamen Touren mit dem Bruder von Kiana Chavari. Er hatte ihn auf der Station kennengelernt, und sie lagen auf einer Wellenlänge. Philipp hatte ein Gespräch zwischen Kiana und ihrer Bettnachbarin Katharina Waag mitbekommen, in der sie erzählte, was ihr in Afghanistan passiert sei. Dass sie Schande über die Familie gebracht habe und ihr Bruder das nie erfahren dürfte. Philipp schien es damals irrelevant. Doch als er voller Angst, beschuldigt zu werden, nach einem Ausweg suchte, fiel ihm die Geschichte wieder ein. Er drohte Kiana, alles ihrem Bruder zu erzählen, wenn sie nicht für ihn log und aussagte, dass er in der Nacht bei ihr gewesen sei. Kiana willigte panisch ein.

»Was soll das heißen, ›Schande für die Familie‹?«, fragte Koster verwirrt.

»Sie wurde von den Taliban vergewaltigt«, antwortete Philipp.

Liebetrau schüttelte den Kopf. Seine Abneigung stand ihm ins Gesicht geschrieben. Doch das konnte Philipp nicht sehen. Er hatte den Kopf lange nicht mehr gehoben.

»Das darf ihr Bruder nie erfahren, sonst muss er Kiana verstoßen. Oder so ähnlich. Sie hat die Familienehre beschmutzt, glaub ich.«

»Wie bitte?«

»Ich habe keine Ahnung, Mann. Ich weiß nur, dass Kiana ein großes Gewese drum gemacht hat, nachdem es ihr rausgerutscht war. Katharina durfte auf keinen Fall etwas verraten, logo …«

»Wir prüfen das«, sagte Koster.

»Hat Gabriele Henke gewusst, dass du das Tagebuch und

das Geld genommen hast?«, fragte Liebetrau, während er sich ein paar seiner Globuli in den Mund steckte.

»Sie hat nichts geschnallt. Sie schlief. Ich hab keine Ahnung, was mit der Henke passiert ist. Glauben Sie mir, ich habe wirklich keinen Schimmer.«

Und Koster glaubte ihm tatsächlich.

SECHSTER TAG

Nachdem Tessa gestern bereits den ersten Teil ihres unausgegorenen Plans in die Tat umgesetzt hatte, konnte sie die halbe Nacht nicht schlafen. Sie brütete über der Entscheidung. Hinterher konnte sie zumindest nicht mehr behaupten, dass es eine Kurzschlusshandlung war.

Sie hatte alle Argumente ein Dutzend Mal durchgespielt. Es lief immer wieder auf das eine Ergebnis hinaus: Es war falsch, und es war dumm. Sie war hin- und hergerissen, voller Angst, und trotzdem stand sie jetzt am frühen Vormittag im Erdgeschoss der Klinik vor der Schleuse zum Labortrakt. Bereit, ihre berufliche Zukunft aufs Spiel zu setzen. Nur um Neumann nicht mit einer Fälschung davonkommen zu lassen? Sie hatte an das Medikament geglaubt, aber ihre Zweifel wuchsen. Irgendetwas stimmte nicht. Nur was? Keine gute Grundlage für eine Entscheidung.

Aber wenn Neumann tatsächlich die Medikamentenstudie fälschte, konnte sie einfach nicht still danebensitzen und den Mund halten. Und wenn es sie ihren Job kostete. Dann war das eben so. Sie wollte mit dem leben können, was sie tat und getan hatte. Und sie war nicht bereit, mit Menschenleben zu experimentieren.

Die erste Hürde war die Tür zum Labortrakt. Für diese Tür gab es keinen Schlüssel. Sie war mit einem modernen Codeschloss gesichert. Tessa glaubte die Zahlenkombination zu kennen. Paul hatte sie einmal mitgenommen, als sie beide mit Neumann in dessen Büro verabredet gewesen waren. Er hatte die Zahlen eingetippt, und sie hatte sie sich automatisch gemerkt. Ohne lange darüber nachzudenken. Ihr fiel auf, dass sie sich nie gefragt hatte, woher er den Code kannte? Stand er so eng mit Neumann?

Tessa drückte die 1045 und betete, dass die Ziffern sich in der Zwischenzeit nicht geändert hatten. Das grüne Lämpchen leuchtete. Schnell schlüpfte sie durch die Tür. Vor ihr lag ein langer Flur. Es war niemand zu sehen. Rechts und links eine Tür nach der anderen. Neumanns Büro lag irgendwo in der Mitte auf der rechten Seite. Tessa hatte extra ihren weißen Arztkittel angezogen, um keine Fragen zu provozieren, falls ihr jemand begegnete. Auf der Station kam sie ohne dieses Machtsymbol aus. Es ängstigte die Patienten. Hier verschaffte es ihr hoffentlich die Legitimation, den Gang hinunterzuhuschen. Sie ging so langsam wie nötig, um die Namensschilder auf der rechten Seite lesen zu können. Auf den Türen klebten manchmal Zettel mit Aufschriften wie *Kein Zutritt ohne Mund- und Augenschutz* oder *Achtung, Röntgenstrahlen*. Dann stand sie vor Neumanns Bürotür. Ihr Herz klopfte wie verrückt. Noch konnte sie zurück. Alles abbrechen. Denn hier wartete die nächste Hürde auf sie. Der Einlasscode zu seinem Büro. Den hatte sie nicht. Aber sie hatte eine Idee.

Gestern in der Abendübergabe hatte es sofort geklappt. Neumann hatte wie immer seinen Kalender auf dem Tisch liegen gelassen, als er eine kurze Visite bei einem Patienten gemacht hatte. Tessa war mit dem Kalender auf die Toilette geeilt. Sie wusste genau, was sie suchte, irgendwo in diesem Kalender mussten Neumanns Passwörter stehen. Sie erinnerte sich noch sehr gut an sein Telefonat mit der Telekom, als sie nach der Vollversammlung im Dienstzimmer gestanden hatten. Das Passwort sei *Oktober16,* hatte er nach einem Blick in den Kalender gesagt. Also mussten seine Passwörter in dem Kalender stehen. Als ihr klar wurde, dass sie mitten in einer Krankenhaustoilette stand und hektisch in dem geklauten Kalender ihres Oberarztes nach dessen Passwörtern suchte, zögerte sie einen kurzen Moment. Wie tief war sie gesunken? Trotzdem suchte sie weiter. Und landete einen Volltreffer. Es gab eine vollständige Liste mit Passwörtern. Eine Goldgrube. Von PIN-Nummern für sein Mobiltelefon, EC-Karte, Bibliotheksausweis, Internetportal bis hin zu Passwörtern für Paypal, i-Tunes und Laptop. Tessa brauchte nur drei Passwörter. Die schrieb sie sich auf ein Stück Toilettenpapier. Schwitzend war sie zurück ins Dienstzimmer geeilt und hatte unbemerkt den Kalender zurücklegen können. Es war nicht mal jemand im Raum gewesen. Kinderleicht. Und doch das Schwerste, was sie je getan hatte.

Angesichts der Tatsache, dass Neumann eine gesamte Liste mit Passwörtern angelegt hatte, musste Tessa ihn entweder für komplett bescheuert halten, oder die Passwörter waren noch nicht die richtigen Passwörter. Er konnte sie verschlüsselt haben. Als Forscher würde er einen Code wählen. So wie jeder Arzt es gewohnt war, seine Patientendaten zu anonymisieren. Doch welchen Code würde Neumann benutzen?

Tessa hatte sich drei Passwörter auf das Toilettenpapier geschrieben: ICD, DSM und SSRI für Labortür, Bürotür und Laptop. Klar, der Mann war so einfallslos, dass er sämtliche Passwörter aus seinem beruflichen Alltag rekrutierte.

In der Nacht hatte sie stundenlang überlegt, ob sie es wagen sollte. Und was passieren würde, sollte sie erwischt werden. Na ja, am Ende hatte sie eigentlich mehr Zeit damit verbracht, die Passwörter zu entschlüsseln. Und das war im Grunde ganz leicht. Neumann war einfach zu durchschauen. Für die Türen brauchte Tessa Zahlen, keine Wörter oder Buchstaben. Sollte Neumann die Zugangscodes einfach nach seinen geläufigsten

Wörtern verschlüsselt haben? Sie »übersetzte« ICD in die Zahlen der Reihenfolge im Alphabet. I wurde zu 9, C zu 3 und D zu 4. Kaum hatte sie die Ziffern notiert, blitzte eine Erinnerung auf. Und verschwand genauso schnell wieder. Weiter. D wurde zu 4, S wurde zu 19 und M wurde zu 13. So weit, so gut. SSRI. Natürlich, sein geliebter Studienwirkstoff. SSRI wurde zu 19 19 18 9. Und nun? Nach einem weiteren Glas Wein wurde ihr der Zusammenhang endlich bewusst. Der Zettel aus Gabriele Henkes Unterlagen! Auf dem Zettel hatte jemand begonnen, ebenfalls die Buchstaben in Zahlen zu übersetzen. Wie war sie an diese Passwörter gekommen?

Außerdem fiel Tessa plötzlich noch etwas auf. Unter Telekom hatte in Neumanns Kalender *September15* als Passwort gestanden. Am Telefon hatte er jedoch deutlich *Oktober16* gesagt. Neumann hatte den uralten Trick genommen! Jede Zahl *plus 1*. Dann wurde aus 9 3 4 plötzlich 10 4 5 und diese Zahlenfolge erkannte sie als Eingangscode zum Labor wieder.

Nun stand sie also hier vor der Bürotür, um herauszufinden, ob Neumann einfallslos war oder sie unendlich naiv. Fast hoffte sie, dass es nicht funktionierte. Dann wäre ihr die Entscheidung abgenommen, und sie könnte so tun, als hätte sie Neumann gesucht. Sie konnte zurück auf die Station gehen, und alles wäre gut. Stimmte ihre Vermutung, wäre sie einen Schritt weiter. Einen Schritt, von dem sie gar nicht sicher war, ob sie ihn gehen wollte. Sie holte den Zettel aus der Kitteltasche, um sich zu vergewissern. Dabei hatte sie die kurze Reihe längst auswendig gelernt und hielt den Zettel gefaltet in der Hand, während sie die Zahlen eingab.

ABLA: ICD = 9 3 4? / DSM = 4 19 13?
12121: 10 4 5/5 20 14
SSRI=19 19 18 9 wird zu 20 20 19 10??

Sie tippte 52014 in das Zahlenfeld des Schlosses zu Neumanns Bürotür ein. Nichts geschah. Es war der falsche Code. Das wäre auch alles zu einfach gewesen. Tessa war enttäuscht und erleichtert zugleich. Dann fiel ihr etwas ein. Sie probierte es noch einmal mit der Kombination 52014 und drückte anschließend die Raute …

Sofort leuchtete das grüne Lämpchen auf. Mein Gott, sie hatte tatsächlich Magnus Neumanns Code gefunden. Plus 1. So einfach war es manchmal im Leben. Über den Zusammenhang Neumann und Henke mochte sie jetzt lieber gar nicht nachdenken. Sie wollte durch die Tür, als ihr vor lauter Aufregung der Zettel aus der Hand fiel und zu Boden segelte. Tessa bückte sich danach und ließ dabei die Tür los. Himmel! Im letzten Moment drückte sie aus der Hocke ihre Schulter gegen die Tür. Sie musste sich am Türgriff festhalten, als sie wieder hochkam. Ein Blick in den Flur beruhigte sie etwas. Er war immer noch leer. Schnell ging sie rein, schloss die Tür hinter sich und ließ ihren Blick durch den Raum schweifen. Alles war, wie sie es bei ihren wenigen Besuchen gesehen hatte. Leichter Schweißgeruch lag in der Luft. Die geschlossenen Fenster boten eine Aussicht in den Hinterhof. Tessa hatte das Gefühl, nicht genügend Sauerstoff zu bekommen. Egal. Sie musste sich beeilen. Neumann sollte zwar mindestens zwei Stunden lang weg sein, doch so lange wollte sie nicht bleiben. Er war vor dreißig Minuten zum Studentenunterricht aufgebrochen, aber sie konnte nicht sicher sein, dass er nicht unverhofft zurückkam.

Sie setzte sich an seinen Schreibtisch, versank fast in dem ledernen Sessel. Tessa zog sich Latexhandschuhe über, die sie auf der Station eingesteckt hatte. Eine paranoide Maßnahme, aber sie hatte Angst. Große Angst. Und diese Handschuhe reduzierten ihre Angst zumindest um ein hauchdünnes bisschen. Sie klappte den Laptop auf und drückte den Startknopf. Leider lag kein Kalender auf seinem Schreibtisch. Der war im Übrigen penibel aufgeräumt. Sie zog Schublade für Schublade auf, während der Laptop hochfuhr. Tessa förderte Probeausdrucke von Artikeln, Protokolle von Oberarztkonferenzen und haufenweise Blister von verschiedenen Medikamenten zutage. Die Protokolle hätte sie gerne gelesen, aber dafür war jetzt definitiv nicht der richtige Augenblick. Eine innere Stimme in ihr schrie, dass sie sofort aufhören sollte. Dass sie schnell weglaufen sollte, solange sie noch konnte. Sie war froh, dass sie Latexhandschuhe trug, denn ihre Hände fühlten sich klatschnass an. Sie blätterte sich durch die Hängeregister im unteren Ausziehschrank. Patientenunterlagen, noch mehr Protokolle, Rechnungen und Quittungen für das Labor, Werbeprospekte. Werbeprospekte? Für Laborratten. Herrje! Sie hielt für ein paar Sekunden inne und warf einen Blick in den Katalog. Man konnte Ratten bestellen. Mit Kopfschmerzen. Mit und ohne Rückgratverkrümmungen. Züchtungen im Namen der Forschung. Auf einmal war sie froh, dass sie mit dieser Seite der Medizin nichts zu tun hatte.

Ich muss herausfinden, was er verheimlicht, sagte sie leise vor sich hin. Sie nahm ihren Mut zusammen. Der Laptop war immer noch nicht vollständig hochgefahren. Sie warf einen Blick in den Papierkorb. Papiere mit dem Briefkopf der Pharmafirma, die das Studienmedikament entwickelte. Sie faltete sie und steckte sie in die Innentasche ihres Kittels. Sie hatte keine Zeit hineinzulesen, und doch sagte ihr die Intuition, dass alles, was mit dem Studienmedikament zusammenhing, wichtig war. Später wollte sie sich ansehen, was sie da herausgefischt hatte. Die Spreu vom Weizen trennen. Der Cursor auf dem Monitor blinkte im Fenster für das Passwort. Während sie nachdachte, ob sie wirklich diesen letzten Schritt gehen wollte, steckte sie bereits ihren USB-Stick ein. Okay, Zweifel waren unangebracht, emotional hatte sie sich längst entschieden. Also weiter.

Mit der 1045 war sie in den Labortrakt gekommen. Und die Kombination 52014 hatte ihr seine Bürotür geöffnet. Blieben ABLA und SSRI. Beide zusammen waren zu lang als Passwort für einen Computer. Tessa tippte 12121 ein und ließ ihren Zeigefinger eine Sekunde über der Entertaste schweben, bevor sie energisch draufklopfte.

Nichts. Ihr kam es vor, als blinkte der Cursor sie hämisch im leeren Feld für das Passwort an. Wie oft konnte man ein falsches Passwort eingeben? Hatte der Laptop eine eingebaute Sperre – wie die Geldautomaten bei der Bank? Ihr lief der Schweiß den Rücken runter. Weiter. Nächster Versuch. Vielleicht die anderen Ziffern. 20201910 – und Enter.

Sie war drin. Fast hätte sie aufgeschrien. Sie konnte es kaum fassen. Doch die Fenster bauten sich vor ihren Augen auf. Wie zum Teufel war Gabriele Henke an diese Informationen gekommen? Darüber musste sie später in Ruhe nachdenken. Jetzt schnell. Was sollte sie kopieren? Sie öffnete den Ordner *Eigene Dateien* und überflog dessen Inhalt. Es waren an die dreißig Unterordner zu sehen. Sie fing an, alles auf den Stick zu ziehen, was nach Studie aussah. Es dauerte und dauerte. Ewig. Einem letzten Ordner konnte sie nicht widerstehen: *Privat*. Auch den kopierte sie und sah die virtuellen Blätter fliegen. Plötzlich hörte sie Schritte im Gang. Näher kommend. Sich entfernend. Sie atmete so flach sie nur konnte. Das war natürlich Unsinn. Wie sollte sie jemand durch die geschlossene Tür atmen hören? Man würde sie zuerst sehen – nicht hören. Sie hob den Kopf und scannte blitzschnell, ob es ein Versteck gab, falls jemand hereinkam. Nein, nichts. Sie könnte es im Schrank versuchen. Aber der war natürlich nicht leer. Mist. Schneller. Schnell raus.

Plötzlich ertönte ein »Plong«. Sie riss vor Schreck fast den Laptop vom Tisch. Der Lautsprecher war an. Eine E-Mail war hereingekommen. Der E-Mail-Account. Wie könnte sie den kopieren? Sie hatte keine Ahnung. Das führte zu weit, oder? Sie spürte ihr Herz donnern.

Wieder langsame Schritte im Gang. Sie wusste nicht, was sie tun sollte. Saß wie paralysiert da. Die Schritte waren für Neumann zu langsam. Warte, ermahnte sie sich. Die Schritte kamen näher. Stoppten vor der Tür. Sie hyperventilierte, wollte ihrem Fluchtinstinkt nachgeben und einfach aufspringen, aber ihre Beine waren wie gelähmt. Dann entfernten sich die Schritte.

Tessas Nerven waren zum Zerreißen gespannt. Sie hielt es nicht länger aus. Sie schloss alle Ordner. Die E-Mails konnte sie eben nicht mitnehmen. Sie jetzt zu lesen kam nicht infrage. Sie ließ den USB-Stick auswerfen. Dann dauerte es ewig, bis der Laptop endlich vollständig runtergefahren war. Sie klappte ihn zu. An der Tür drehte sie sich noch einmal um und vergewisserte sich, dass alles so aussah wie vorher. Sie hatte nichts verschoben, nichts liegen gelassen. Sie lauschte. Auf dem Gang schien es leer. Sie öffnete vorsichtig die Tür. Niemand da. Sie zog die Handschuhe aus und eilte den Gang hinunter Richtung Ausgang. Sie öffnete die Labortür und stieß fast mit einem dicklichen Mann mit Nickelbrille zusammen, der die Arme voller Ordner hatte. Zwei fielen polternd zu Boden.

»Herrje, können Sie nicht aufpassen.«

»Entschuldigung.« Mehr brachte sie nicht heraus. Ihre Eingeweide zogen sich zu einem Knäuel in der Magengegend zusammen. Sie bückte sich, um nach den Ordnern zu greifen. Plötzlich blickte Tessa direkt in die blauen Augen des dicken Mannes.

»Geht es Ihnen gut?«, fragte der Mann.

Tessa konnte seinen schlechten Atem riechen. »Ja, wieso?«

»Ihnen steht ja der Schweiß auf der Stirn. Und Sie sind ganz blass.«

»Es ist warm hier drin. Ich hab alles im Griff«, log Tessa.

»Na, dann lassen Sie bitte meine Ordner los.«

Tessa hatte nicht bemerkt, dass sie beide an einem Ordner zogen. Sie ließ ihn los, als ob sie sich daran verbrannt hätte. »Natürlich. Schönen Tag noch.« Sie drängelte sich an ihm vorbei durch die Tür in die Eingangshalle.

Als sie diese durchquerte, um zum Treppenhaus zu gelangen, hielt sie abrupt inne. Vor den Fahrstühlen standen zwei Polizisten. Wie konnten die so schnell da sein? Ihr wurde schlagartig kalt. Erst dann sah sie den zierlichen Mann, der zwischen den beiden Polizisten stand. Er trug Handschellen. Vermutlich brachte die Polizei nur einen Verdächtigen zur forensischen Begutachtung. Sie waren nicht ihretwegen hier. Wie töricht von ihr. Sie gab ihrem Fluchtinstinkt nach und rannte ins Treppenhaus.

*

Als Tessa in ihr Büro zurückkam, hatten ihre Hände noch nicht aufgehört zu zittern. Am liebsten hätte sie die Tür von innen abgeschlossen. Stattdessen lehnte sie sich dagegen und dankte Gott, dass sie niemandem auf dem Flur begegnet war. Sie musste sich beruhigen. Jetzt sofort. Sie nahm den USB-Stick aus ihrer Hosentasche und überlegte, was sie damit tun sollte. Sie würde die Daten zur Sicherheit an ihre private E-Mail-Adresse senden. Den Stick verstecken. Sie sah, dass das Lämpchen ihres Anrufbeantworters blinkte: Acht neue Nachrichten. Die mussten warten.

Zuerst wollte sie Sascha anrufen. Sie brauchte ihn für die

Auswertung der Daten. Wenn es Unregelmäßigkeiten geben sollte, wären die gut versteckt. Ihre Statistik-Kenntnisse reichten nicht aus, um solche raffinierten Details aufzuspüren. Würde ihr Bruder ihr helfen? Das hing vermutlich davon ab, wie sehr ihn sein momentanes »Lieblingsspielzeug« fesselte. Schnell wechselnde Affären waren sein Markenzeichen. Nur nicht festlegen. Vielleicht konnte sie ihm ein paar ernsthafte Momente abtrotzen. Und sie musste Torben Koster anrufen. Irgendwann musste sie ihm beichten, was sie getan hatte. Vielleicht konnte sie damit warten, bis Sascha einen Fund gemacht hatte?

In ihrem Computer-Postfach warteten neunzehn neue E-Mails. Erst Sascha. Als sie zum Hörer griff, bemerkte sie den Post-it-Zettel, der dort klebte.

Melde Dich bei mir! Wir müssen dringend reden! Paul.

Später – auch Paul musste jetzt warten.

Obwohl sie sie selten benutzte, kannte Tessa die Telefonnummer ihres Bruders auswendig. Sascha nahm sofort den Hörer ab, und seine Stimme klang, als ob er direkt neben ihr stünde. Sie schlug einen freundlich-fröhlichen Ton an und fragte, wie es ihm ginge. Er fiel nicht darauf rein.

»Schwesterchen, was willst du? Das ist kein Höflichkeitsanruf, das höre ich an deiner Stimme.«

»Zwei unserer Patientinnen sind tot. Es war Mord. Zumindest bei der einen. Hast du davon gehört?«

»Natürlich. Ihr seid das Stadtgespräch. Steckst du in Schwierigkeiten?«

Tessa blieb fast die Luft weg. »Ich hab nichts damit zu tun«, fauchte sie.

»Dann ist ja gut. Wo komme ich ins Spiel?«

»Ich brauche deine Hilfe. Es geht um unsere Studie. Ich habe die Rohdatenmatrix, aber kann sie nicht gut genug rechnen. Ich verstehe zu wenig davon.«

»Wieso willst du die Daten rechnen? Ist das nicht das Projekt deines Chefs?«

Es war sinnlos, ihm etwas vorzuheucheln. »Ich hab sie geklaut.«

»Nicht in Schwierigkeiten, nein?« Der Spott in seiner Stimme war nicht zu überhören. »Das klingt spannend. Ich bin dabei. Ich komme heute Abend zu dir. Mit Hunger.«

Seufzend legte Tessa auf. Tat sie das Richtige? Sie kämpfte um Richtig und Falsch. Hoffentlich kam sie der Antwort heute Abend näher. Wenn sie schon dabei war, dann konnte sie genauso gut das nächste leidige Gespräch hinter sich bringen. Nicht nur sie hatte geklaut. Angeblich bestahl jemand die Patienten. Sie griff zum Telefon, um Schwester Mathilde zu sich zu bitten.

*

Wenig später wusste sie, dass Schwester Mathilde tatsächlich versuchte herauszufinden, ob Philipp die Patienten bestahl. Nichts war mehr, wie sie es noch vor ein paar Tagen kannte. Und dennoch lief der Alltag irgendwie weiter. Die Patienten wollten ihre Therapiegespräche. Mord hin oder her.

Tessa wollte in der heutigen Therapiesitzung mit Kiana eine Imaginationsübung ausprobieren. Sie hatte zusammen mit Paul überlegt, welchen Behandlungsweg sie einschlagen sollte. Sie hatten sich entschieden, Kianas Bitte nachzugeben und sie nicht in ein anderes Krankenhaus zu verlegen. Beide waren sich einig, dass die Stabilisierung der Patientin die unbedingte Voraussetzung war, überhaupt mit der eigentlichen Traumabearbeitung beginnen zu können. Sie hatte Pauls Warnung noch im Ohr. Sollte Oberarzt Neumann tatsächlich dafür sorgen, dass Kiana die Station verlassen musste, durfte Tessa auf keinen Fall mit der Traumakonfrontation beginnen. Sie würde Kiana auf halbem Weg hängen lassen und so ihre Situation noch verschlimmern. Solange, bis klar war, wie viel Zeit ihr mit der Patientin bliebe, solange galt es, die Patientin weitgehend zu stabilisieren. Mehr nicht. Und nicht weniger. Tessa seufzte. Und dann dieser Vorfall mit Philipp und dem falschen Alibi. Dass er sie erpresst hatte, hatte wahrscheinlich den letzten Funken Vertrauen in Kiana ausgelöscht. Tessa konnte es immer noch nicht glauben, dass Phillip das arme Mädchen unter Druck gesetzt hatte. Sie war so zerbrechlich, so labil.

Auch heute saß das Mädchen verschreckt und elend im Sessel. Hielt kaum Augenkontakt aus.

»Kiana, heute möchte ich mit dir eine Imaginationsübung machen. Eine Übung, die dir helfen soll, dich selber besser beruhigen zu können.«

»Was ist Imagination? Davon habe ich noch nie gehört.«

»Imagination ist das Vorstellen von Bildern vor deinem inneren geistigen Auge. Wir haben körperliche Entspannung geübt. Heute sollst du mit geschlossenen Augen innere Bilder entwickeln. Ähnlich wie Traumbilder. Aber dieses Mal kannst du die Bilder beeinflussen und nach deinen Wünschen ausschmücken und verändern. Es sollen gute Bilder sein. Schöne Bilder. Wir wollen einen inneren sicheren Ort für dich finden. Einen Ort zum Wohlfühlen.«

Tessa erklärte ihr, was der innere sichere Ort sein könnte. Mit einfachen Worten beschrieb sie, dass diese Imaginationsübung dazu diente, dem Grauen der Erinnerungen etwas Selbstberuhigendes entgegenzusetzen.

»Wollen wir es ausprobieren? Du kannst jederzeit die Augen

öffnen und aufhören, wenn es dir unangenehm wird«, sagte Tessa.

Kiana schluckte, rang sichtbar mit sich und nickte dann. Sie nahm ihr Halstuch ab und legte es sich auf den Schoß. Die Hände darin vergraben.

»Ich bitte dich, die Augen zu schließen. Versuch dich zu entspannen. Halt in deinem Inneren Ausschau nach einem sicheren Ort. Einem Ort, an dem du dich wohl fühlst, den nur du allein betreten kannst. Wenn unangenehme Bilder auftauchen, geh einfach weiter auf der Suche nach einem guten Ort. Lass unangenehme Bilder vorbeifließen wie Blätter auf dem Wasser eines Bachlaufs.« Tessa stoppte und suchte nach Anzeichen der Entspannung bei Kiana. Die saß ruhig und mit geschlossenen Augen da. Gut, dachte Tessa, sie lässt sich darauf ein.

»Manchmal ist der Ort so weit weg, dass man nicht weiß, wie man dorthin gelangen kann. Dann ist vielleicht ein Boot oder ein Flugzeug oder ein magischer Zauberstab hilfreich. Du kannst alles benutzen, was dir hilft, an deinen sicheren Ort zu gelangen.« Tessa machte eine Pause, um der Patientin genug Zeit zu geben, sich auf die Suche zu machen.

»Gib mir ein Zeichen, wenn du das Gefühl hast, dass du einen sicheren Ort gefunden hast. Fühlst du dich dort ganz und gar wohl, sicher und geborgen? Jetzt kannst du bestimmen, welche Lebewesen an diesem Ort sein dürfen. Ich rate dir allerdings, keine Menschen zu deinem Ort einzuladen. Es soll *dein* Ort sein. Aber vielleicht gibt es liebevolle Helfer und Begleiter, Wesen, die dir alle Liebe und Unterstützung geben, die du brauchst.«

Hatte sie tatsächlich ein kleines Lächeln im Gesicht der jungen Afghanin bemerkt? Tessa war sich nicht sicher, so flüchtig war der Moment gewesen.

»Beschreib mir deinen Ort. Spüre, wie es deinem Körper damit geht, an diesem inneren sicheren Ort zu sein. Was siehst du?… Was hörst du?… Was riechst du?… Was spürst du auf der Haut?… Ist die Temperatur angenehm? Verändere sie, wenn es nötig ist.« Tessa warf einen Blick auf die Uhr. Schon zwanzig Minuten. Sie hätte nie gedacht, dass Kiana sich so bereitwillig darauf einlassen würde. Sie freute sich.

»Wie ist deine Atmung?… Wie geht es deinem Bauch? Tut es dir gut? Wenn nicht, ändere es. Du kannst an deinem Ort zaubern. Du kannst dir alles wünschen, was du magst. Genieße deinen sicheren Ort. Jetzt brauchst du noch ein Zeichen, eine Geste für dich selber, mit dessen Hilfe du jederzeit an deinen sicheren Ort gehen kannst. Führe diese Geste jetzt aus, damit dein Körper sich daran erinnert. Spür noch einmal, wie gut es dir an diesem sicheren Ort geht… und dann öffne die Augen und komm zurück ins Therapiezimmer.«

Nach einer Weile schlug Kiana die Augen auf und sah Tessa verwundert an. Dann lächelte sie. »Es war schön dort.«

»Tatsächlich? Das freut mich. Sehr.« Tessa war unendlich erleichtert. Kiana hatte die Fähigkeit, zu phantasieren, sich einen besseren Ort auszumalen, als sie ihn in der Realität je erlebt hatte. Nicht jeder Mensch hatte diese Fähigkeit. Manche mussten sich sehr anstrengen, andere hatten nur unter Hypnose Zugang zu diesem Teil ihres Unterbewusstseins. Kiana hatte sich einen Ort erschaffen, der auf einem anderen Planeten lag. Sie konnte sich auf dieser Erde keinen sicheren Ort mehr vorstellen. Das machte nichts. Ihr Ort lag in einer besseren Welt. Dorthin konnte sie gehen, wenn die schrecklichen Bilder der Vergewaltigung oder der Flucht vor den Taliban übermächtig wurden. »Wir üben diese Reise an den sicheren Ort, okay?«

Kiana nickte nur, und mit einem Blick auf die Uhr begann

sie auf dem Sessel nach vorn zu rutschen. Die Stunde war wie im Flug vorbeigegangen. Tessa wollte ihr gerade zum Abschied zulächeln, als sie erstarrte. Etwas in der Bewegung von Kiana weckte eine Erinnerung. Kiana merkte nichts davon. Sie war gerade dabei, sich ihr Halstuch umzuwickeln. Mit beiden Händen zog sie ihre langen schwarzen Haare unter dem Tuch hervor. Das war es. Tessa wusste es in dieser Sekunde. Isabell Drost hatte ihre langen Haare *über* dem Seidentuch gehabt, als sie sich erhängte. Außerhalb der Schlinge. So wie jede Frau sofort ihre Haare unter einem Tuch hervorholte. Hätte jemand anderes Isabell erhängt, wären die Haare *in* der Schlinge gewesen. Koster hatte recht. Es war Selbstmord!

*

Sie trafen sich abermals in der *Caffèteria*. Es regnete. Tessa hatte das Gespräch wieder und wieder durchgespielt. Sie hatte ihre Gedanken zu sorgfältig konstruierten Sätzen geformt. Sie musste ihm so viel erzählen. Doch als sie ihn durch die Stuhlreihen auf sich zukommen sah, vergaß sie alles wieder. Er grinste sie schief an. Seine schwarzen, mit erstem grau durchsetzen Haare glänzten feucht vom Regen. Er trug einen schwarzen Rollkragenpulli zur Jeans. Der warme Ausdruck in seinen braunen Augen sorgte dafür, dass sie sich noch schuldbewusster fühlte.

»Ich bin zu spät«, sagte Koster. Es klang nicht wie eine Entschuldigung.

Während er sich einen Milchkaffee bestellte, schaute Tessa, ob sich an den umliegenden Tischen jemand für ihr Gespräch interessierte. Es achtete niemand auf sie. Am Nachbartisch saß eine Frau Mitte dreißig, die an ihrer weißen Bluse nestelte und den Salzstreuer auf dem Tisch hin und her schob. Sie wartete offensichtlich auf jemanden. Sie war sorgfältig geschminkt, und Tessa vermutete, dass sie auf einen Mann wartete. Wieder griff die Frau sich in die Haare, schickte einen verstohlenen Blick zur Tür. Ein Liebhaber? Oder jemand, der es einmal gewesen war?

Als der Milchkaffee vor ihm stand, konnte sie es nicht länger hinauszögern. Was sie getan hatte, war unentschuldbar. Wie würde er reagieren? Sie war mindestens so angespannt wie die Frau am Nachbartisch.

»Ich sag am besten gleich, wie es ist«, platzte sie heraus. »Ich habe Daten gestohlen. Ich habe sie auf meinem USB-Stick. Daten über die Medikamentenstudie.« Ihr Blick flackerte zwischen Koster und ihrer Kaffeeschale hin und her. Das war's dann wohl mit ihren sorgsam zurechtgelegten Erklärungen. Sie spürte förmlich, wie sich sein Körper auf ihre Worte hin verspannte. Er sagte nichts. Sie redete schnell weiter. »Ich muss wissen, was los ist. Er hatte die Daten auf seinem privaten Laptop im Büro. Das ist nicht erlaubt. Neumann verheimlicht etwas … ich wollte …« Verdammt, wo waren all die guten Sätze, wenn man sie mal brauchte?

»Sie sind in den Computer Ihres Oberarztes eingebrochen?« Sein zorniger Blick traf Tessa mit voller Wucht. Er packte seine Kaffeetasse und sie sah, dass seine Knöchel weiß wurden. »Was treiben Sie eigentlich, Tessa?« Seine Stimme klang, als ob er sich nur mühsam zurückhalten konnte. »Sie dringen in das Büro Ihres Vorgesetzten ein, klauen irgendwelche Daten, die vermutlich nicht einmal zu unserem Fall gehören. Sie bringen sich in Teufels Küche! Und Sie informieren mich nicht, sondern lassen mich dastehen wie einen Idioten, der einer potenziell Verdächtigen Ermittlungsinterna anvertraut hat …«

»Potenziell Verdächtigen?«, unterbrach Tessa ihn. Sie starrte ihn fassungslos an. »Ich habe gerade wertvolle Informationen besorgt.« Sie war schockiert, dass er ihr nicht vertraute. Immerhin hatte er es *unseren Fall* genannt.

»Bis ich weiß, wer Gabriele Henke umgebracht hat, ist jeder verdächtig. Das wissen Sie. Und trotzdem informieren Sie mich nicht? Starten einen Alleingang. Was, wenn Ihr Oberarzt ein Mörder ist?«

Tessa schluckte, ihre Kehle zog sich zusammen. Er hatte ja recht. Konnte er es damit nicht gut sein lassen? Sie versuchte so zerknirscht wie möglich auszusehen.

Es schien zu wirken. Er legte mit einem Seufzer beide Handflächen resigniert auf die Tischplatte.

»Verdammt... Und wenn er dich erwischt hätte? Es ist gefährlich, Tessa. Verstehst du das?«

Tessa war gerührt von seinem plötzlichen Übergang zum *du*. Es bedeutete ihr mehr als alle sorgenden Worte. »Er war im Studentenunterricht. Er war beschäftigt. Könnt ihr ihn nicht mal richtig verhören?« Sie traute sich kaum, ihn auch zu duzen. Ihr Herz klopfte bis zum Hals.

»Das überlässt du mir, ja? Glaubst du, ich will nicht wissen, wer deiner Patientin das angetan hat?«

Seine Stimme klang immer noch gepresst. Er tat ihr leid, aber sie musste die Daten einfach nachrechnen. Um jeden Preis. Irgendwo musste es eine Erklärung geben.

»Er hat Studien in seinem Schreibtisch gehabt, die sich alle mit Suizidalität und Persönlichkeitsveränderung als Nebenwirkung von Medikamenten beschäftigen. Das kann kein Zufall sein.«

»Warum nicht? Das ist sein Job. Er testet ein neues Medikament. Er prüft Nebenwirkungen. Was hast du eigentlich gegen deinen Oberarzt? Ist er dir im Weg? Willst du seinen Job?«

Tessa wich zurück, als hätte er sie geohrfeigt. »Ich kann's nicht fassen, dass du mich das fragst.«

»Tut mir leid«, entschuldigte er sich. »Ich bin Kriminalbeamter und muss zuerst das Schlechte im Menschen annehmen«, sagte er leise, fast als schäme er sich dafür. Er blickte aus dem Fenster und schüttelte leicht den Kopf.

»Das geht mir anders: Ich glaube an das Gute im Menschen«, erwiderte Tessa traurig. »Ich muss zurück in die Klinik.« Sie hatte Angst, mehr zu sagen, weil ihre Stimme sie verraten könnte.

»Ich zahle.« Auch er klang resigniert.

Sie nickte und verließ das Café. Sie hatte einen neuen Koster kennengelernt. Der einfühlsame Ermittler zog sie in den Bann. Nun gab es den misstrauischen Koster. Der nervte. Aber er duzte sie, und das war schön. Auch wenn sie gestritten hatten.

Draußen blieb sie einen Moment unentschlossen auf dem Bürgersteig stehen. Es regnete in Strömen. Sie zog die Schultern hoch und rannte zur Klinik.

*

Koster blieb noch eine Weile in der *Caffèteria* sitzen, bestellte einen weiteren Kaffee. Sein Auto stand ein paar Querstraßen entfernt, und er hatte wenig Lust, klitschnass zu werden. Einen Schirm wollte er nicht. Er musste nachdenken, wie es weitergehen sollte. Gestern Abend noch hatte er zuversichtlich auf den heutigen Tag geblickt. Heute verletzte er für Tessa das Dienstgeheimnis, und sie machte sich strafbar. Er biss die Zähne zusammen. Sie waren kaum ein Stück weitergekommen. Sie wussten, dass der Pflegeschüler Philipp in der Nacht das Zimmer von Drost und Henke auf der Suche nach Geld durchstöbert hatte. Ganz schön abgebrüht, der Junge. Liebchen wollte heute mit ihm seinen Spind öffnen und das Tagebuch holen. Danach stünde Philipp ein sehr unangenehmes

Gespräch mit der Pflegedienstleitung und dem Chefarzt bevor. Seine Ausbildung in der Klinik konnte er sich abschminken. Traurig war er nicht gewesen. Koster hatte darüber hinaus an ihm kein Fünkchen Schuldbewusstsein gegenüber der afghanischen Patientin Kiana Chavari erkennen können. Immerhin hatte er sie als falsches Alibi missbraucht.

Er trank seinen Espresso aus und sehnte sich nach einer Zigarette. Tessa wusste noch nichts von der Vernehmung des Pflegeschülers. Nein, mit ihr konnte er so nicht weitermachen. Er konnte sie nicht in seine Ermittlungstätigkeit einweihen. Wohin das führte, hatte er gerade gehört.

Vor knapp einer Woche hatte er sie kennengelernt und seitdem stellte er zunehmend infrage, woran er vorher nicht einmal leise Zweifel hatte äußern wollen. Die Patienten irritierten ihn. Seine Routinen griffen nicht mehr. Eben noch war er ärgerlich auf Tessa, dann enttäuscht, jetzt wünschte er sich nur noch, sie käme zurück und sie könnten noch einen Kaffee zusammen trinken. Er hätte sie nicht so anfahren dürfen.

Das Telefon unterbrach seine Tagträume. Die Melodie hatte er Liebchen zugeordnet. Sekunden später zogen nicht nur am Himmel immer mehr Wolken auf. Liebchen hatte keine guten Neuigkeiten: Philipps Spind war aufgebrochen und das Tagebuch erneut verschwunden. Dieses verdammte Tagebuch. Wer wusste davon? Er spürte eine undefinierbare Angst um Tessa. Er bekam eine Gänsehaut.

Da half es auch nicht viel, dass Liebchen ihm begeistert von einem Tobsuchtsanfall erzählte, den die Krankenschwester Mathilde hingelegt hatte, nachdem er sie über einige Ergebnisse von Philipps gestriger Vernehmung in Kenntnis gesetzt hatte. Liebchen meinte lachend, die Frau sei ganz nach seinem Geschmack. Na, wenigstens einer schien sich zu amüsieren.

Was sollte er mit dem Geständnis von Tessa machen? Er

konnte nur versuchen, sich rückwirkend einen Durchsuchungsbeschluss zu besorgen. Sollte Tessa etwas finden, musste er sowieso an den Computer von Neumann. Er wusste, was zu tun war. Die 48 Stunden waren vorbei. Das Tagebuch blieb verschwunden. Er kam nicht voran. Er würde bei Staatsanwalt Menzel die Gentests anfordern. Er hatte Angst um Tessa. Eine ganz und gar unprofessionelle Angst. Es war persönlich geworden.

Morgen war die Beerdigung von Gabriele Henke. Wenn der Amtsrichter schnell war, konnten sie schon danach den Patienten und dem Stationspersonal die Speichelproben abnehmen. Spätestens übermorgen. Das Ergebnis würde zwar ein paar Tage auf sich warten lassen, aber dann wüssten sie sicher, wer der Täter war. Hoffentlich konnte er bis dahin alles unter Kontrolle halten.

*

Tessa warf einen Blick in den Backofen. Der Lasagne ging es gut. Sie hatte sich ein Glas Chardonnay eingegossen. Er schmeckte herrlich. Irgendetwas stimmte nicht mit Neumanns Daten. Und Gabriele Henke hatte das gewusst. Davon war Tessa inzwischen überzeugt. Ob Sascha kam? Bei ihm konnte man nie sicher sein. Aber er hatte neugierig geklungen, sodass er den Weg finden sollte. Wenn Neumann tatsächlich die Studiendaten gefälscht hatte, war das ein Skandal. Sie war nicht so naiv zu glauben, dass der Chefarzt ihr dafür auf den Rücken klopfte. Das war ihr egal. Sie wollte wissen, was Neumann für ein Spiel trieb. Sie sah sich um. Der Tisch war gedeckt. Der Laptop hochgefahren. Die Daten geladen, und alle Papiere lagen bereit. Als hätte ihr Bruder das gewusst, klingelte es in diesem Moment an der Haustür. Sie schaltete die Temperatur im Ofen runter und ging öffnen.

Sascha schlenderte die Stufen hoch, als ob er beim Schaufensterbummel wäre. Ach, Sascha, schoss es ihr bei seinem Anblick durch den Kopf. Nur um mich wissen zu lassen, wie unwichtig ich dir bin? Doch Tessa nahm sich vor, ihm heute Abend keinen Anlass für einen Streit zu bieten. Sie wollten arbeiten.

»Du kommst genau richtig. Essen ist bald fertig. Schön, dass du es geschafft hast!«

»Gut, ich habe mächtig Hunger. Schaust gut aus, Schwesterchen. Wie immer.« Er holte eine Flasche Wein unter seinem Trenchcoat hervor. »Mein Beitrag zum Festschmaus.« Er feuerte den Mantel auf das Sofa und steuerte direkt auf den Laptop zu. Ließ seinen Blick über die Papiere schweifen. Schob sie hin und her. Dann rieb er seine Hände aneinander, ließ sie kreisen und knacken wie ein Klavierspieler vor dem Konzert. Jetzt spielten sie virtuos auf der Computertastatur.

»Das ist eine schöne Rohdatenmatrix. Hübsch. Sehr hübsch. Und das Studienprotokoll. Interessant.«

Sascha schien richtig Freude daran zu haben, sich durch die Dateien zu klicken. Tessa kannte ihren Bruder gut genug, um zu wissen, dass er für die nächsten Augenblicke nicht ansprechbar war. Sie ging in die Küche und goss ein weiteres Glas Chardonnay ein. Als sie wieder zurückkam, blickte Sascha vom Bildschirm auf.

»Die Studie ist ja schon in Phase 3«, sagte er. »Wenn alles hinhaut, kann die Pharmafirma bald die Marktzulassung beantragen. Da steckt eine Menge Geld drin. Eine Riesenmenge Geld.«

Tessa stellte ihrem Bruder kommentarlos das Glas Weißwein hin. Das nahm er sofort und schnalzte nach einem Schluck anerkennend mit der Zunge. »Hast du ein paar Oliven dazu?«, fragte er.

»Es ist ein Antidepressivum auf Serotonin- und Noradrenalin-Basis. Es soll Duoxepin heißen«, sagte Tessa.

»Wie einfallsreich«, meinte Sascha ironisch. »Die Biopsychiater glauben, das Temperament wäre eine Sache von Neurotransmittern. Eine Prise Serotonin und Dopamin, gemischt mit etwas Noradrenalin … aber so einfach ist das nicht.«

»Ich bin kein Biopsychiater. Das weißt du. Ich bin …« Tessa kam nicht dazu, ihren Satz zu Ende zu sprechen.

»Die Idee ist ein alter Hut. Wieso ein neues Medikament? Wir haben genug selektive Serotonin-Wiederaufnahmehemmer. Vom Noradrenalin will ich gar nicht erst anfangen.« Er wandte sich fragend um. »Oliven?«

»Ich habe keine Ahnung. Ist das wichtig?«

»Absolut. Oliven verstärken den guten Geschmack des Weines.«

Tessa stand wortlos auf und ging in die Küche.

»Die Pharmafirmen betreiben leider kaum noch Grundlagenforschung. Damit verlieren sie langsam ihre Kompetenz, innovative Produkte zu erfinden«, rief Sascha hinter ihr her. »Wenn ihr wieder nur ein Nachahmerprodukt habt, eine einfache Variante altbewährter Wirkstoffe, dann kann die Pharmafirma nur Geld scheffeln, wenn sie ein paar ausgefuchste Marketingstrategien hat.«

»Ich verstehe kein Wort«, sagte Tessa und stellte eine Schale mit schwarzen Oliven auf den Tisch. Auch wenn sie ihr Studium eigentlich ganz erfolgreich abgeschlossen hatte und sich für eine gute Ärztin hielt, vor Saschas Fachwissen kapitulierte sie regelmäßig. Es war fast schon unheimlich, wie gut er sich auskannte.

»Na, ich spreche von billigen Studien. Was in der Regel gefälschte oder bestenfalls manipulierte Studien meint. Ich spreche davon, Risikodaten zu verschweigen. Damit alle glauben, sie hätten die Wunderpille in der Hand.«

Tessa hob fragend eine Augenbraue. Und ihr Bruder ließ sich nicht zweimal auffordern, sein Wissen preiszugeben. Er berichtete, dass man den Umsatz der Pharmaindustrie bis zum Jahr 2020 auf weltweit 1,3 Billionen US-Dollar schätzte. Ob ihr klar sei, welch riesiger Markt die Pharmaindustrie sei? Ob sie sich vorstellen könne, wie groß die dahinterstehende Lobby sei? Dabei kamen nicht jedes Jahr tolle neue Medikamente auf den Markt. Genau genommen waren in den letzten Jahrzehnten kaum irgendwelche neuen Wirksubstanzen auf den Markt gekommen. Das wusste sie sicher nur zu gut aus eigener Erfahrung.

»Verstehst du jetzt, warum ein weiteres Medikament, eine Kombination aus bereits bekannten Medikamenten, dennoch einen Riesengewinn abwirft?«, fragte er.

»Aber warum gibt sich Neumann für einen Betrug her?«

»Noch wissen wir nicht, ob dein Oberarzt den Daten auf die Sprünge geholfen hat. Aber wenn … dann kann er mitverdienen. Vielleicht will er in die Pharmaindustrie? Als Arzt verdient man da verdammt gut. Wusstest du, dass die Pharmafirmen für Werbebudgets bis zu einer Milliarde Dollar zur Verfügung haben! Eine Milliarde Dollar. Comprende? Da fällt ein Häppchen für einen gefügigen Arzt ab. Im Grunde ist man selber schuld, wenn man nicht für die arbeitet.«

»Kannst du herausfinden, ob die Daten manipuliert sind?«

»Vielleicht sollte ich auch für die … das Leben kann recht teuer sein.« Er griff nach seinem Weinglas. »Ich schaue mir zuerst mal die ganzen Dateien an. Weißt du, ob es andere Studienkliniken gibt?«

»Keine weitere Testung in Deutschland. Ungewöhnlich, ich

weiß, aber die anderen Institute liegen in der Schweiz und Österreich.«

»Sie wollen es also zeitgleich in allen drei Ländern einführen. Du siehst, da steckt eine Marketingstrategie dahinter. Wäre interessant, zu erfahren, was deren Studien aussagen. Da weiß der eine vermutlich nichts vom anderen. Die Pharmafirma kann unliebsame Ergebnisse ignorieren und mit den gewünschten Ergebnissen eine Vielzahl von Studien in unterschiedlichen Ländern veröffentlichen. Das sieht dann nach furchtbar viel aus, ist es aber nicht, da sie alles doppelt und dreifach veröffentlichen.«

Tessa zog die Augenbrauen hoch. »Eine interessante Hypothese. Kannst du dir die Patientenanzahl genau ansehen? Ich habe lange darüber gebrütet. Ich glaube, es sind Patientendaten eingegeben, die sich aus einer Kombination bestehender Daten zusammensetzen. Kann das sein? Andere Patienten sind früh wieder aus der Studie ausgestiegen. Alles Patienten von Paul. Hat er sie aus der Studie genommen? Warum?«

»Ist Paul denn an der Studie beteiligt?«

»Nicht, dass ich wüsste. Ich frage ihn. Und wenn du schon dabei bist, kannst du dir bitte auch die Nebenwirkungsanalyse genauer ansehen? Ich weiß nicht warum, aber ich habe kein gutes Gefühl. Irgendwie sind die Patienten … ich weiß nicht … anders?«

»Logisch. Sonst bräuchten sie das Medikament ja nicht. Du weißt, dass gerade zu Beginn einer Behandlung mit Antidepressiva die erhöhte Suizidalität ein besonderes Risiko ist. Die ersten Nebenwirkungen entmutigen viele Patienten: Sie nehmen die vermeintliche Wirkungslosigkeit des Medikaments als Beweis für die Hoffnungslosigkeit ihrer Situation. Dann steigen durch die Unruhe und durch den Rückgang der

Antriebshemmung die suizidalen Impulse. Das muss ich dir nicht erzählen.«

Tessa nickte bedächtig. Ging es am Ende nur um Geld? Wollte Neumann einen Posten in der Pharmafirma und war bereit, dafür Daten zu schönen? Wie weit ging er für einen lukrativen Arbeitsplatz? So weit, dass er riskante Nebenwirkungen verschwieg?

»Hast du nicht gesagt, das Essen wäre fertig?«, fragte Sascha und klappte den Laptop zu.

Tessa ging in die Küche, nahm sich die Topflappen und holte die Lasagne aus dem Ofen. Hatte Gabriele Henke irgendetwas gewusst und musste für dieses Wissen mit dem Leben bezahlen? Tessa bekam eine Gänsehaut. Sie phantasierte ihren Oberarzt gerade zum Mörder.

Nachdem sie Sascha und sich aufgetan hatte, prostete er ihr zu und machte sich gierig über die Lasagne her.

»Das schmeckt köstlich«, nuschelte er mit vollem Mund. »Ist das Hühnchenfleisch?«

Für einen Moment musste Tessa schmunzeln. Liebe ging doch immer noch durch den Magen. Und doch konnten das gute Essen und der Wein Tessas Unbehagen nicht besänftigen.

SIEBTER TAG

Tessa betrat die kleine Kapelle im westlichen Teil des Ohlsdorfer Friedhofs. Es duftete nach Tannengrün, und das gedämpfte Kerzenlicht verbreitete eine feierliche Stimmung. Ein Holzsarg war in der Mitte der Kapelle aufgebahrt. Geschmückt mit weißen Rosen und weißen Gerbera. Schlicht und schön. Das kleine Herz aus hellblauen Vergissmeinnicht war sicher von ihrem Enkel. Leises Gemurmel erklang von den bereits anwesenden Trauergästen, die in den Bänken miteinander tuschelten. Wie viele unter ihnen waren gekommen, um von Gabriele Henke Abschied zu nehmen? Es waren sicher auch Neugierige dabei. Die es nicht erwarten konnten, zu hören, was der Pastor über den Mord predigen würde. Dachten sie in ihrer Sensationsgier an die Tochter und den Enkelsohn? Vermutlich nicht.

Dabei gehörte der Tod zum Leben dazu. Das wollten die wenigsten wahrhaben. Tessa hatte die Erfahrung gemacht, dass es ihr guttat, sich mit dem Tod auseinanderzusetzen. Auch deshalb half sie im Kriseninterventionsteam. Heute musste sie sich erstmals von einer Patientin verabschieden, die in ihrer Obhut ums Leben gekommen war. Deren Mörder noch nicht gefasst war.

Sie setzte sich alleine in eine der hintersten Bänke. Sie sah Maria Rosenstein mit ihrem Mann und dem kleinen Sohn in der ersten Reihe sitzen. Der Anblick des vielleicht vier- oder fünfjährigen Jungen in seinem kleinen schwarzen Anzug rührte sie. Plötzlich blitzte ein Bild in ihrer Erinnerung auf.

Sascha in einem zerknitterten dunklen Anzug bei der Beerdigung ihres Vaters. Sie konnte sich nur schemenhaft daran erinnern. Seine Hosen waren viel zu kurz gewesen.

Die Trauerfeier begann. Leise erklang eine Musik von so intensiver Schönheit, dass Tessa sofort Tränen in die Augen schossen. Sie erkannte das Largo aus Händels Oper Xerxes. Tränen für Gabriele Henke. Und für einen anderen Toten in ihrem Leben. Für ihren Vater, den sie nie richtig kennengelernt hatte. Für einen Vater, der sich in seiner Verzweiflung das Leben genommen hatte. Jemand setzte sich neben sie. Eine Hand reichte ihr ein Taschentuch. Ein Blick zur Seite bestätigte ihr Kribbeln im Bauch. Es war Torben. Es rührte sie, dass auch er einen schwarzen Anzug trug.

Die Musik verstummte, und der Pastor stand auf, um Maria Rosenstein die Hand zu geben und ihren Sohn zu segnen. Dann begann er zu sprechen: »Gabriele Henke wurde plötzlich und unerwartet aus dem Leben gerissen. Sie sind heute hier, weil Sie sich in Trauer von ihr verabschieden müssen. Ich habe lange mit der Tochter Maria gesprochen, und dabei ist mir klar geworden: Gabriele Henke musste in ihrem Leben viel kämpfen. Lassen Sie uns heute dieser Kämpferin gedenken …«

Tessas Gedanken hingen bei ihren eigenen Kämpfen. Der tabuisierte Vater. Weder ihr Bruder noch die Mutter sprachen mit ihr darüber. Sascha hatte versucht, den Mann im Haus zu ersetzen.

Dann wieder die Stimme des Pastors. »In unseren Gesprächen über Ihre Mutter, Frau Rosenstein, offenbarte sich, dass die Depressionen Ihrer Mutter oft alle Kraft geraubt haben mussten. Dennoch hat sie ihre geliebte Tochter alleine großgezogen. Sich keine Schwächen zugestanden. Sie dachte nicht daran, anderen ihre Sorgen aufzubürden. So hat es lange gedauert, bis ihre Tochter Maria sie dazu bringen konnte, die Depression behandeln zu lassen. Dann dieses schreckliche Verbrechen.«

Koster nahm Tessas Hand und ließ sie nicht mehr los.

Der Pastor wandte sich direkt an die Familie. »Den letzten Kampf hat sie verloren. Warum hat sie ihn überhaupt kämpfen müssen? Eine Frage, auf die wir keine Antwort bekommen. Und doch müssen wir Gabriele Henke loslassen. Geben wir ihr unseren innigsten Dank mit auf die Reise. Dafür hat ihr Enkel ihr ein Bild gemalt. Denn Gabriele Henke liebte die Bilder ihres Enkels. Die frohen Farben. Die pure Lebensfreude, sagte sie immer. Lebensfreude, die ihr selber verloren gegangen war. Doch durch die Bilder ihres Enkels bekam sie ein Stück davon zurück. Sie können sich nun von Gabriele Henke verabschieden. Dazu hören wir ein Stück von Chopin, ihrem Lieblingskomponisten.«

Im Hintergrund erklang die zarte Melodie einer von Chopins Nocturnes.

Tessa erlaubte ihren Gedanken, erneut abzuschweifen. Hatte Gabriele Henke geahnt, dass sie sterben musste? Hatte sie große Ängste ausgestanden?

»Gehen Sie in Ihr Leben zurück und vergessen Sie Gabriele Henke nicht. Wenn Sie Schönes erleben, einen Kampf gewonnen haben, lassen Sie Gabriele teilhaben. Sie ist bei Ihnen.«

»Isabell Drost hat sich selbst das Leben genommen«, flüsterte Tessa.

»Ich weiß.« Er drückte ihre Hand und seine Wärme durchflutete sie.

Nach der Feier verabschiedeten sich die Trauergäste von Maria Rosenstein und ihrer Familie. Tessa wartete mit Koster, bis auch die letzten Gäste gegangen waren. Als sie vor Maria

Rosenstein standanden, fehlten Tessa die Worte. Koster überraschte sie.

»Ich wünsche Ihnen und Ihrer Familie sehr, dass sie einen Weg finden, mit diesem Schmerz umzugehen«, sagte er.

»Danke, dass Sie gekommen sind. Ich hoffe, Sie finden den Mörder bald. Bis nicht geklärt ist, warum das passiert ist, ist es unerträglich.« Maria Rosensteins Stimme brach.

»Wir geben nicht auf. Ich bin froh, dass Sie nicht alleine sind, sondern Ihr Mann Ihnen zur Seite steht. Und ich hoffe, dass ein paar der heute anwesenden Freundinnen Ihrer Mutter sich bei Ihnen melden.«

»Dann wäre sie nicht vergessen, nicht wahr? Das hat der Pastor ganz richtig gesagt.«

»Können Sie uns mit Alba, der Freundin ihrer Mutter, bekannt machen?«, fragte Tessa und spürte dabei Kosters warnenden Blick.

»Alba? Wie kommen Sie denn auf Alba?«

»Ihre Mutter hat sich in den letzten Tagen vor ihrem Tod mit Alba getroffen«, sagte Koster.

»Das glaube ich nicht«, sagte Maria Rosenstein. Nervös lächelte sie Tessa an. »Niemals.«

»So stand es in ihrem Kalender«, sagte Tessa.

»Aber das hieße ja …« Sie verstummte kurz und setzte neu an. »Alba ist keine Frau.«

Koster und Tessa sahen sich verblüfft an.

»Wie bitte? Keine Frau?«, fragte Tessa. »Aber Alba ist doch ein Frauenname.«

»Wir nahmen an, es handele sich um eine Freundin ihrer Mutter«, sagte Koster.

»Kommen Sie, wir gehen ein Stück«, sagte sie und wies auf den schmalen Weg in das Grün des Friedhofs. »Sie müssen wissen: Alba ist mein Vater!«

Sie gingen einen verwunschenen Weg zwischen Kapellbauten und prächtigen Grabsteinen entlang. Die Rhododendrenblüte begann und versprach den lang ersehnten Sommer.

»Ich habe den Namen Alba lange nicht mehr gehört«, sagte Maria Rosenstein nachdenklich.

Koster und Tessa gingen schweigend neben ihr.

»Wissen Sie, wer Albertus war? Albert der Große?«, fragte sie.

Koster und Tessa sahen sich an.

Maria Rosenstein lächelte. »Muss man nicht. Albert der Große war ein deutscher Gelehrter und Bischof. Meine Mutter hat meinen Vater Alba genannt.«

»Das verstehe ich nicht«, sagte Tessa.

»Meine Mutter hat meinen Vater sehr verehrt. Sie fand ihn sehr klug. Eben wie einen Gelehrten.«

»Warum dieser Gelehrte?«, fragte Koster.

»Komisch, dass Sie fragen. Das weiß ich auch nicht. Meine Mutter sprach nicht über meinen Vater. Dass ich diesen Spitznamen mitbekommen habe, war Zufall.«

»Wo hat Ihre Mutter Ihren Vater kennengelernt«, fragte Tessa.

»Hat sie Ihnen das nicht erzählt? Ohne mich wäre sie heute Ärztin.«

Tessa blieb abrupt stehen. Gabriele Henke hatte Medizin studiert? Sie hatte kein Wort in diese Richtung verlauten lassen. Verdammt, womit hatte Tessa in der Therapie eigentlich ihre Zeit vergeudet?

»Das hat sie nie erwähnt. Sie hat nur erzählt, dass sie sich einmal das Leben nehmen wollte, als Sie noch ein Baby waren.«

»Ja, davon hat sie mir später erzählt. Da hatte mein Vater sie schon verlassen. Ohne ein Wort verschwand er spurlos. Sie gab ihr Studium auf, brachte uns mit Aushilfs-Jobs durch. Sie hat nie einen richtigen Beruf gelernt. Deshalb lebte sie heute von Hartz IV.« Sie schluckte. »Ich wollte immer, dass sie ihr Studium nachholte. Ich hätte ihr mit Geld geholfen. Aber sie war zu stolz. Und als dann unser Sohn zur Welt kam, hatte ich kein Geld mehr übrig.«

»Könnte es sein, dass Ihre Mutter wieder regelmäßigen Kontakt zu Ihrem Vater hatte?«, fragte Koster.

Tessa musste an das Gespräch mit David Brömme zurückdenken. Er hatte ein Telefonat belauscht, in dem Gabriele Henke anscheinend jemandem die Pistole auf die Brust gesetzt hatte. Brömme hatte es eine Erpressung genannt.

»Das kann ich mir nicht vorstellen. Wie sollte sie ihn gefunden haben?« Maria schüttelte den Kopf.

»Ein Patient erzählte mir von einem Telefonat Ihrer Mutter. Sie soll gesagt haben, dass jemand zahlen solle. Für sie und ihre Tochter«, sagte Tessa.

»Was?« fragte Koster ungläubig und stoppte abrupt. »Wieso weiß ich davon nichts? Wer hat das Gespräch gehört?«

»Vielleicht ist es nur die Phantasie eines Patienten«, versuchte Tessa zu beschwichtigen.

»Wir haben auf ihrem Handy keine Telefonnummern gefunden, die wir nicht zuordnen konnten.«

»Der Patient hat sie in der Eingangshalle aus der Telefonzelle telefonieren hören.«

»Brömme, stimmt's? Dieser Wichtigtuer«, zischte Koster und wandte sich verärgert ab.

»Bevor Sie sich streiten: Sollte meine Mutter meinen Vater getroffen haben, hat sie ihn sicher nicht erpresst. Sie war nicht halb so sauer auf ihn wie ich. Warten Sie nur, bis ich den Mann in die Finger bekomme. Dann müssen Sie sich Sorgen machen.«

»Und wenn er sich von Ihrer Mutter bedroht fühlte?« Tessa sinnierte unbedacht vor sich hin. »Wenn sie irgendetwas von damals gegen ihn in der Hand hatte? Wer weiß?«

»Sie können ja vielleicht mit einer anderen Freundin meiner Mutter sprechen. Christine hat damals mit meiner Mutter Medizin studiert. Und im Gegensatz zu meiner Mutter ist sie heute Ärztin. In Berlin. Kinderärztin. Sie hatten noch sporadisch Kontakt.«

»Ich könnte nach Berlin fahren?« Tessa sah Torben an. »So von Kollegin zu Kollegin.«

Der Blick, den er ihr zuwarf, beantwortete ihre Frage mehr als deutlich.

*

Tessa war zurück an ihrem Schreibtisch, starrte aus dem Fenster in den bewölkten Himmel und rollte einen ihrer Donnerkeile in der Hand. In Gedanken verharrte sie bei der Beerdigung. Alba war also keine Frau, sondern ein Mann. Henkes Mann. Der Vater ihrer Tochter. Er war plötzlich aufgetaucht. Warum? Hatte er mit dem Mord zu tun? Plötzlich spürte Tessa wieder diesen Kloß im Hals. Ein Mord. Nicht irgendwo auf der Welt, sondern hier auf der Station. *Ihrer* Station. Mitten in ihrem Leben. Es war schrecklich.

Sie schloss die Augen und hatte plötzlich ein Bild vor sich. Torbens Hand auf ihrer. Es hatte sich ungewohnt angefühlt, ungewohnt und doch richtig. Sie war erschöpft. Es musste ein Ende haben. Torben musste herausfinden, was passiert war, damit endlich Ruhe einkehrte. Und dann …? Konnte sie einfach dort weitermachen, wo sie noch vor einer Woche gewesen war? Eine Woche nur und ihr kam es vor, als sei ihr bisheriges Leben auf den Kopf gestellt. Ihre Gefühle für Torben ließen sich nicht länger leugnen …

Jemand riss die Tür auf. Tessa hatte kein Klopfen gehört.

»Tessa, ich versuche seit zwei Tagen, dich zu erreichen. Wo bist du gewesen? Ich habe Nachrichten auf deinem Anrufbeantworter hinterlassen, dir Zettel geschrieben.« Pauls Stimme klang schneidend. »Herrgott, ich fühle mich schon wie ein verdammter Stalker!«

Tessa drehte sich zur Tür und sah, wie sein Ärger in Sprachlosigkeit umschlug. Sanft schloss er die Tür, kam langsam näher und deutete auf den Sessel. »Darf ich?«

Tessa nickte und stützte müde den Kopf auf die gefalteten Hände.

»Was ist passiert?«, fragte er.

»Ich komme gerade von der Beerdigung.«

»Hhm.« Er ließ sich tiefer in den Sessel rutschen.

»Es war sehr bewegend. Torben war auch da. Wir haben mit der Tochter gesprochen.« Sie seufzte.

»Hhm.«

»Wusstest du, dass Henke früher Medizin studiert hat?« Tessa nahm seinen fragenden Blick als Einladung an, weiterzuerzählen. »Die Verabredung mit Alba, erinnerst du dich? Auf der Vollversammlung wurde nach ihr gefragt. Alba war keine Freundin, sondern ihr damaliger Freund und Vater ihrer Tochter. Sie muss ihn wieder getroffen haben. Vielleicht ist er heute Arzt?«

»Alba?«

»Von Albert dem Großen. Egal. Vielleicht hat er Henke umgebracht!« Tessa fröstelte.

»Und wie kommst du darauf, dass er Arzt ist?«, fragte Paul. Das Entsetzen war ihm deutlich anzusehen.

»Darauf läuft es wohl hinaus. Bei allem, was in den letzten Tagen passiert ist. Isabell Drost nimmt sich das Leben, Henke wird ermordet, Philipp beklaut die Patienten …«

»Warte, warte, warte...« Er hielt eine Hand hoch, um sie zu stoppen. »Ich komme nicht mehr mit. Drost – doch Suizid? Bist du sicher? Und Philipp bestiehlt die Patienten?«

»Mathilde schmeißt ihn raus. Das hat sie mir gestern erzählt.«

»Wow!«

»Genau.« Tessa überlegte für eine Sekunde, ob sie ihm den Einbruch in Neumanns Büro beichten sollte. Sie wollte sich ihm anvertrauen, aber etwas hielt sie ab. Ein inneres Warnlicht leuchtete.

»Und was ist das mit dir und dem Kommissar?«

Tessa bewunderte, wie treffsicher Paul ihren wunden Punkt fand. Das tat er immer. Er kannte sie einfach schon zu lange und zu gut. Aber sie wollte jetzt nicht mit ihm darüber sprechen.

»Nichts. Ich versuche, eine ehemalige Freundin von Henke in Berlin aufzutreiben. Sie ist Kinderärztin. Vielleicht weiß sie, wer Alba ist und wo er sich aufhält.«

Er schnitt eine Grimasse. »Weich mir nicht aus. Was ist mit diesem Polizisten? Du hast ihn Torben genannt.«

Tessa schwieg. Kämpfte mit sich. Sollte sie es laut aussprechen? Nur einmal?

»Er ist verheiratet. Was soll ich sagen? Gefühle halten sich nicht an Regeln.«

»Wo kommen denn deine Gefühle für ihn plötzlich her? Du kennst ihn doch erst seit einer Woche.«

»Na und? Wie lange braucht man denn? Ich... Vielleicht möchte ich einfach nur eine kurze Zeit alles vergessen. Scheiße, ich weiß es nicht. Meine Gefühle gehen im Moment mit mir spazieren.« Sie seufzte entnervt. »Worüber wolltest du so dringend mit mir sprechen?«

Paul kniff die Augen zusammen. »Nichts weckt so viel Sehnsüchte wie das Unerreichbare.« Ihm war die Betroffenheit anzumerken.

Tessa steckte den Seitenhieb kommentarlos ein. Vielleicht hatte er ja recht. Sie strich sich müde die Haare aus dem Gesicht.

Zögernd redete Paul weiter. »Ich wollte mit dir über Brömme sprechen. Ich brauche deinen fachlichen Rat. Vielleicht irre ich mich, die Ereignisse gehen an uns allen nicht spurlos vorüber«, sagte er. »Ich glaube, er beginnt sich innerlich langsam von seiner Mutter zu verabschieden. Das ist gut. Er entwickelt keine Schuldgefühle ...«

»Er hat ja auch keine Schuld«, sagte Tessa.

»Aber er wirkt abgestumpft, wie betäubt.« Er zögerte kurz, bevor er weitersprach. »Wenn er erzählt, bekomme ich das Gefühl, dass es nur oberflächlich ist. Ich kann kein echtes Mitgefühl spüren. Kein warmes Mitempfinden.« Wieder hielt er inne. Er wirkte nachdenklich. »Verstehst du, was ich meine? Ich glaube, er baut keinen wirklichen Kontakt zu seinen Mitmenschen auf. Er mag sie nicht.«

Tessa konnte sich kaum auf das Gespräch konzentrieren. »Ich finde, er bemüht sich sehr. Er kam zu mir, um ...«

»Du brauchst ihn nicht in Schutz nehmen. Er ist wütend. Das spürst du doch sicher auch, oder? Aber nicht auf seine Mutter.«

»Freu dich doch, wenn deine Patienten Zugang zu ihren verschütteten Gefühlen finden.« Tessa war genervt. Sie hatte keinen Kopf für seine Probleme mit Patienten. »Ist es nicht das, was wir uns wünschen?«

Paul schien von Tessas Widerwillen nichts zu spüren. Sie versuchte, sich zusammenzureißen. »Dein Therapieansatz ist doch, ihn aus dem Autonomie-Abhängigkeits-Konflikt mit der Mutter zu lösen. Das ist ein guter Weg.«

Er schüttelte unmerklich den Kopf. »Ich mache mir Sorgen, Tessa. Er ist wie eine mechanische Puppe.«

»Hilf ihm, seine Gefühle zu verstehen.« Tessa erhob sich vom Stuhl und trat vor den Schreibtisch. Eigentlich ein eindeutiges Zeichen. Aber Paul ignorierte es.

»Ich will mich nicht zu weit aus dem Fenster lehnen, aber … aber ich glaube, er ist voller Sehnsucht. Hast du bemerkt, wie er dich manchmal ansieht?«

»Mich? Spinnst du?« Sie merkte, wie ihr die Röte ins Gesicht stieg. »Er ist ein Patient.«

Paul sah sie an. »Ja, und? Wenn er sich in dich verliebt hat, nehmen wir es nur mal für einen Moment an, dann ist er voller Sehnsucht, aber … er kann diese Sehnsucht nicht stillen. Und er muss sich vor Enttäuschung wappnen. Unbedingt. Verstehst du?«

»Paul, nein, das glaube ich nicht, das ist doch sehr weit hergeholt, er könnte …«

Er unterbrach sie. »Ich wollte eigentlich mit dir die Diagnose einer Persönlichkeitsstörung diskutieren. Aber es scheint heute der falsche Zeitpunkt für dieses Gespräch zu sein.«

»Na gut, ich bin nicht ganz bei der Sache. Aber Paul, du bist Brömme gegenüber unfair. Er hat es nicht leicht, vergiss das nicht, und erwarte nicht zu viel von ihm.«

Er wirkte bedrückt und erhob sich langsam aus dem Sessel. Tessa nahm allen Mut zusammen. Jetzt oder nie.

»Ich wollte dich auch noch etwas fragen.«

Er ließ sich wieder in den Sessel zurückfallen.

»Bist du eigentlich an Neumanns Studie zum Duoxepin beteiligt?«

»Genau wie du. Einige meiner Patienten bekommen das neue Medikament, andere nicht. Aber ich vermute, deine Frage zielt auf etwas anderes?«

»Ich fange an, mir Gedanken über ungewöhnliche Nebenwirkungen zu machen, und ich glaube, Neumann manipuliert die Studie. Seine Fallzahlen können nicht stimmen. Und auffällig viele Patienten stammen von dir …« Selbst in Tessas Ohren klangen diese Vorwürfe wie ein trotziges Aufbegehren. Unsachlich und unfair.

»Manipulation? Das ist nicht dein Ernst. Du beschuldigst mich?« Paul starrte sie mit offenem Mund an.

Verdammt, was tat sie nur? Sie beschuldigte ihren besten Freund, der über die Jahre fast schon zu einem Ersatzvater für sie geworden war. Kaum waren die Worte ausgeprochen, wusste sie, dass sie falsch waren, dass ihr Verdacht unbegründet und dumm war. Aber jetzt konnte sie es nicht mehr zurücknehmen.

*

Koster war nach Hause gefahren, um nach der Beerdigung seinen schwarzen Anzug gegen eine Jeans und ein frisches Hemd zu tauschen. Er dachte über das nach, was er von der Tochter der toten Gabriele Henke erfahren hatte. Die Trauerfeier hatte ihn aufgeweicht. Ja, genau so fühlte er sich. Weich und angreifbar. Zu gerne hätte er mit Jasmin über das gesprochen, was er diese Tage erlebt hatte. Aber sie bot ihm keinen Rückhalt mehr. Die Wohnung war leer und verlassen. Sie war noch bei ihren Eltern. Auf dem Anrufbeantworter waren keine neuen Nachrichten.

Er drehte sich im Kreis.

In seiner Not hatte er Staatsanwalt Menzel angerufen und die richterliche Anordnung für die Speichelprobenentnahme zum DNA-Abgleich erbeten. Menzel nörgelte, dass Koster DNA-Massentests nur anwenden durfte, wenn andere Mittel zur Aufklärung des Verbrechens nicht zum Erfolg führten. Er ermittelte den fünften Tag – ohne Ergebnis. Das war doch wohl erfolglos genug, oder? Er hatte sich auf Nebengleisen verfahren. Der Pfleger Philipp, die Medikamentenstudie, der Suizid von Isabell Drost, der große Unbekannte namens Alba. Andererseits konnte alles mit dem Mord an Henke zusammenhängen. Nur wie?

Die DNA-Spuren am Opfer und die DNA der Patienten und des Personals miteinander zu vergleichen war der nächste logische Schritt. Sie hatten genug Hautpartikel an Gabriele Henke gefunden, dass es für einen Abgleich reichen musste. Allerdings sahen sich dadurch unschuldige Menschen mit einem schlimmen Verdacht konfrontiert. Wenn das Speziallabor zügig arbeitete, konnten die Ergebnisse in wenigen Tagen vorliegen. Spätestens in einer Woche.

Die Ankündigung der Speichelprobenentnahme könnte zusätzlichen Schwung in die Situation bringen. Angesichts der schlechten Erfahrungen mit der Vollversammlung fuhr Koster allerdings mit sehr gemischten Gefühlen in die Klinik. Er war mit dem Chefarzt verabredet. Er bräuchte jede Unterstützung, die er bekommen konnte. Sollten sich viele Beteiligte weigern, eine Speichelprobe abzugeben, wäre er so klug wie vorher.

Nachdenklich betrat Koster den Fahrstuhl der Psychiatrischen Klinik und fuhr in den fünften Stock. Die Büros der Verwaltungsmitarbeiter und des Chefarztes lagen abgetrennt vom übrigen Krankenhausbetrieb. Hier ersetzte dicker hellgrauer Teppich den üblichen PVC-Boden und schluckte jeden Rest akustischen Lebens. Die Chefsekretärin saß hinter einem imposanten Schreibtisch aus Glas. Ihr Kopf mit den schwarzen hochtoupierten Haaren ruckte hoch, als Koster näher kam. Sie trug ein ebenso schwarzes Kostüm dazu.

»Sie müssen Kriminalhauptkommissar Koster sein. Bitte nehmen Sie Platz, Professor Gisecke kommt sofort.« Sie wies mit perfekt manikürter Hand auf das angrenzende Wartezimmer. Auf einem kleinen Tisch lagen Zeitschriften. Wasserkrug und Gläser schienen für einen längeren Aufenthalt bestimmt. In diesem Moment ging die Tür des Allerheiligsten auf und ein groß gewachsener, kantiger Typ in weißem Arztkittel, weißer Leinenhose und weißen Segeltuchschuhen trat heraus. Sein dunkles Haar hätte einen Schnitt gebrauchen können, die Brille, über die er Koster fixierte, war randlos und saß ein wenig schief auf der schmalen Nase. Der Chefarzt reichte ihm geflissentlich schwungvoll seine Hand zur Begrüßung.

»Kommen Sie herein, Herr Koster.« Er deutete auf einen Konferenztisch mit sechs Stühlen, der mitten im Büro stand. Ein Tablett mit Kaffee, Tassen und Keksen wartete. Ebenso Oberarzt Neumann. Dieser erhob sich, um Koster mit Handschlag zu begrüßen. Sie hatten sich also auf das Treffen vorbereitet. Er hatte nichts anderes erwartet. Hoffentlich machten sie es ihm nicht zu schwer.

Der riesige Schreibtisch quoll über vor Papierstapeln, Fachzeitschriften und Büchern. Professor Gisecke bot Kaffee an und fragte, ob Koster Milch oder Zucker wolle. Koster war das Lächeln des Chefarztes eine Spur zu routiniert. Aber er ermahnte sich, kein voreiliges Bild zu entwerfen. Schließlich ging es um den Leumund der Klinik.

»Herr Koster, wir hoffen, Sie können den Mord an unserer Patientin bald aufklären. Gibt es Neuigkeiten?«, fragte Gisecke.

»Wir haben eine ungefähre Vorstellung von den Ereignissen. Der Tatort ist frei zugänglich auch für Personen, die nichts auf der Station zu suchen haben, aber es ist wohl eher unwahrscheinlich, dass ein Fremder einfach so auf die Station marschiert. Alle Patienten und das gesamte Personal haben Zugang zum Lagerraum. Darüber hinaus haben wir eine Reihe von gut verwertbaren Spuren vom Tatort. Das führt mich gleich zu meinem Anliegen.« Koster hatte seinen Kaffee nicht angerührt. Auch Neumann wartete in gespannter Haltung.

Der Professor hingegen lehnte sich mit seiner Tasse im Sessel zurück. »Sie glauben ernsthaft, dass Sie den Täter hier im Haus finden? Weder die Patienten noch das Personal sind zu so einer Tat fähig. Das ist absurd.«

»Eine schlimme Vorstellung!«, bestätigte Koster nickend. »Wir untersuchen natürlich auch das private Umfeld von Gabriele Henke. Wir haben allerdings bisher keinen Anhaltspunkt für einen Täter von außerhalb. Frau Henke hat sich mit ihrem Mörder im Laggerraum am Fahrstuhl getroffen. Zufällig? Oder waren sie verabredet? Es gab eine Unterhaltung. Sie kannte ihren Mörder. Sie hat nicht geschrien oder um Hilfe gerufen. Sie war ahnungslos.« Koster zögerte kurz und griff nach seiner Tasse Kaffee. »Sie müssen sich mit dem Gedanken vertraut machen, dass es zu einem Gewaltexzess innerhalb Ihrer Klinik gekommen ist.« Er blies auf den Kaffee, der erste Schluck schmeckte erstaunlich gut. Heiß und stark. »Und klar, es gibt offene Fragen. Aber wir beantworten alle. Nach und nach.« Er war nicht halb so zuversichtlich, wie er tat.

»Sie glauben, dass der Täter weitermacht wie vorher? Ohne dass wir etwas merken? Das ist nicht ihr Ernst.« Gisecke wandte sich an seinen Oberarzt. »Gibt es denn keine Auffälligkeiten bei einem Patienten?«

Neumann griff nach dem Kaffeelöffel auf seiner Untertasse. »Na ja, aufgrund der Ereignisse sind alle durcheinander. Aufgeregt, paranoid, ängstlich. Es ist schwer zu unterscheiden, was die Auslöser sind«, wiegelte er ab.

»Ja, ja, ja. Aber wir können nicht alle zu Verdächtigen abstempeln«, sagte Gisecke und wedelte mit der Hand.

»Ich habe heute eine richterliche Anordnung beantragt, die uns erlaubt, von allen Patienten und dem Personal der Station 2 eine Speichelprobe zu entnehmen«, sagte Koster. »Wir können dann einen DNA-Abgleich mit den Spuren vom Tatort vornehmen. In spätestens einer Woche wissen wir mehr. Ich möchte Sie um Ihre Unterstützung bitten.«

So, jetzt war es heraus. Er stellte die Tasse zurück auf den Tisch.

Stille senkte sich über die Anwesenden. Koster suchte Blickkontakt zu Gisecke, um seiner Bitte Nachdruck zu verleihen. Dieser sah fast amüsiert aus. Als halte er den Vorschlag für so ungeheuerlich, dass es nur ein Scherz sein konnte.

»Machen Sie Witze?«, fragte Gisecke.

Bingo. Vielleicht lernte Koster in der Psychiatrie noch etwas dazu? Diesen Blick zu lesen war gar nicht schwer gewesen.

»Nein, ich scherze nicht. Natürlich informieren wir Ihre Patienten und das Personal ausführlich. Und wir speichern keine Daten. Die Abgabe ist freiwillig. Aber …«, er machte eine kleine Pause, »es sieht natürlich merkwürdig aus, wenn sich jemand diesem Anliegen verweigert.« Er ließ die Worte wirken. Vielleicht sprang einer der beiden darauf an?

»Was soll das denn heißen? Wenn man sich Ihrer Willkür widersetzt, ist man tatverdächtig? Das ist ja unerhört. Ich verweigere mich auf alle Fälle diesen Methoden.« Neumann war laut geworden und blinzelte hektisch.

Wieder ein Treffer. Dieser merkwürdige Tic des Oberarztes. Den hatte Koster fast vergessen. Tessa hätte es gefallen, wie Neumann sich in die Ecke gedrängt fühlte. Er musste ihr davon erzählen. Nein, das wäre wohl keine gute Idee.

»Nehmen Sie es nicht persönlich. Es ist eine effektive Methode, die laufenden Ermittlungen zu unterstützen. Ein Tatverdacht begründet sich natürlich nicht ausschließlich auf die DNA-Spuren.« Kommt Jungs, macht mir das Leben nicht unnötig schwer, dachte er und nahm sich einen Keks.

»Es ist freiwillig?« Chefarzt Gisecke hatte sich vorgebeugt und schien um Schadensbegrenzung bemüht.

Koster nickte. »Ich komme morgen früh mit einem kleinen Team auf die Station, und wir informieren jeden Einzelnen, beantworten alle Fragen.«

»Ravens und Nika sollen den Kommissar unterstützen. Ich will kein großes Aufsehen, verstanden?«, wandte sich Gisecke an Neumann. Damit schien sich die Audienz dem Ende zuzuneigen.

»Wenn Sie meinen«, sagte Neumann widerwillig und schüttelte entgeistert den Kopf.

»Also, meine Herren, hoffen wir, dass der Spuk bald vorbei ist.«

Koster sollte es recht sein. Er erhob sich. »Vielen Dank für Ihre Unterstützung.« Neumann nahm seine Hand nach kurzem Zögern, es war nur der Bruchteil einer Sekunde, doch es entging Koster nicht. Da schien er sich einen Feind gemacht zu haben. Er war sehr gespannt darauf, ob Neumann morgen seine Speichelprobe abgab. Was, wenn nicht? Nun, das wäre wirklich auffällig. Liebchen würde sich freuen, dem Oberarzt einmal auf den Zahn zu fühlen. Vielleicht sollte er sofort damit anfangen.

Mit einem Nicken ließ er die beiden Männer am Konferenztisch sitzen und trat den Rückzug an. Kaum aus dem Büro atmete er erst einmal tief durch. Geschafft. Und der Keks hatte gar nicht übel geschmeckt.

Unten auf der Station blieb Koster in der Tür zum Aufenthaltsraum stehen. Einige Patienten sorgten für eine eigentümliche Klangkulisse. Einer zupfte an einer Gitarre und sang leise dazu. Er hatte eine ganz passable Stimme, fand Koster. Eine Frau stand vor dem Gitarrenspieler und starrte ihn mit offenem Mund ehrfurchtsvoll an. Am Esstisch hockte Patrick Bollmus vor einem verspäteten Mittagessen. Er kommentierte jeden seiner Bissen: »Noch ein Löffelchen Fleisch. In fader brauner Soße. Für die Jungfrau Maria. Ein wenig Kartoffelbrei. Für den Patrick. Die Karotten müssen warten, die sind noch nicht dran. Gott wird ihn strafen.«

So richtig verstehen konnte er diese Selbstgespräche nicht. Koster ging kopfschüttelnd ins Dienstzimmer. Dort traf er Schwester Mathilde. Sie saß im angeregten Plausch mit einem hageren Mann mit schütteren Haaren. Seine Lesebrille war ihm gefährlich tief die Nase heruntergerutscht. In der einen Hand hielt er die BILD-Zeitung, in der anderen einen Becher Kaffee. Er machte nicht den Eindruck, als wolle er so bald wieder aufstehen.

Worüber sie wohl in dieser düsteren Umgebung lachten, fragte Koster sich. Er wandte sich an Schwester Mathilde. »Ich möchte mit Herrn Brömme und Doktor Ravens sprechen. Können Sie mir noch einmal einen Raum zur Verfügung stellen?«

Beide bedachten Koster weiterhin mit strahlenden Gesichtern.

»Wollen Sie nicht einfach wieder zu Tessa gehen? Die ist in ihrem Büro, Sie können einfach klopfen«, sagte Mathilde.

»Und ich suche Ihnen Herrn Brömme«, meinte der Mann und erhob sich dann doch erstaunlich schnell.

Koster wollte ablehnen. Er trug es Tessa nach, dass sie ihm nichts von dem Telefonat erzählt hatte. Aber der Mann reichte ihm bereits die Hand.

»Ich bringe Sie. Buchholz, ich bin der Sozialarbeiter der Station.«

Eine Minute später klopfte Buchholz bereits an Tessas Tür und riss sie auf. Langsam, dachte Koster.

»Hey, Tessa, die Polizei …« Buchholz stoppte abrupt. »Oh, das ist wohl kein guter Zeitpunkt?«, fragte er.

Koster sah, wie Paul Nika sich schwerfällig aus dem Sessel erhob, als ob eine große Last auf seinen Schultern lag.

»Wir sind gerade fertig«, sagte Nika. An der Tür drehte er sich noch einmal zu Tessa um. »Warum tust du das, Tessa? Das hätte ich nicht gedacht.« Er drängelte sich wortlos an Buchholz und Koster vorbei. Buchholz zog die Schultern hoch und ließ Koster in der nachfolgenden Stille zurück.

Koster hob fragend eine Augenbraue.

»Es geht schon. Mich hat die Beerdigung mitgenommen. Auch Psychoklempner haben mitunter Probleme.« Sie wies verkrampft lächelnd auf die Sessel, setzte sich aber selbst hinter ihren Schreibtisch.

»Klar. Ich möchte mit dir …« Weiter kam Koster nicht, denn in diesem Moment öffnete David Brömme die Tür und trat ein. Er blieb stehen und schaute zwischen ihnen hin und her. Jetzt stehen wir wie zwei Idioten vor ihr, dachte Koster.

»Setzen wir uns. Herr Brömme, ich möchte mit Ihnen über das Telefonat sprechen«, erklärte Koster und wartete. »Sie haben Frau Doktor Ravens erzählt, dass Sie Frau Henke dabei gehört haben, wie sie einen Mann erpresste?«

»Haben Sie geweint?« Brömme hatte nur Augen für Tessa.

»Nein, aber ich bin von der Beerdigung berührt. Sind jetzt alle zufrieden?«

Koster fand ihren Ton unangemessen ironisch.

»Was haben Sie also genau gehört? Bitte wiederholen Sie es Wort für Wort.« Koster versuchte Brömmes Aufmerksamkeit zurückzugewinnen.

»Sie hat gesagt, dass er zahlen soll, für sie und ihre Tochter.«

»Was glauben Sie, mit wem sie gesprochen hat?«, fragte Koster weiter und versuchte vergeblich Augenkontakt herzustellen.

»Ich vermute mit dem Vater ihrer Tochter?«

Brömme schien sich nicht auf das Gespräch konzentrieren zu können. Immer wieder wanderte sein Blick zu Tessa, die regungslos hinter ihrem Schreibtisch saß.

»Warum haben Sie mir das nicht erzählt?« Koster ärgerte sich über den eifersüchtigen Unterton in seiner Stimme.

»Vergessen.«

»Wollen Sie mich verarschen? Erst erzählt der Pflegeschüler uns nur Mist und jetzt Sie?« Er musste innehalten. Dieser Kerl brachte ihn jedes Mal auf die Palme.

»Was hat Philipp erzählt?« Mit einem Mal schien Brömme sehr neugierig. Er rutschte hektisch im Sessel umher.

Koster wollte gerade zu einer scharfen Antwort ansetzen, als Tessa ihm zuvorkam.

»Wir hatten alle einen langen und anstrengenden Tag.« Ihre Stimme klang ungewohnt flehend. »Lassen Sie uns für heute aufhören mit Vorwürfen. Herr Brömme, wenn Sie etwas wissen, dann helfen Sie uns. Bitte!«

Brömme nickte ernst und wandte den Kopf, um Koster erstmals direkt in die Augen zu sehen. »Ich weiß nichts.«

»Wir suchen das Tagebuch von Frau Drost. Haben Sie in der Zwischenzeit etwas darüber gehört?«, fragte Koster.

»Vielleicht hat Philipp es? Er hat hier fette Beute gemacht.«

»Na toll, das hat sich ja schnell rumgesprochen«, murmelte Tessa.

»Wussten Sie, dass der Pfleger Philipp das Tagebuch in seinem Spind hatte?«, fragte Koster.

»Hatte?« Schlagartig war Brömme wieder bei der Sache.

Er schaltet schnell, dachte Koster. »Der Spind ist aufgebrochen. Das Tagebuch ist weg.«

»Moment. Langsam. Philipp hatte das Tagebuch?« Tessas Stimme überschlug sich fast. »Und jetzt ist es wieder gestohlen? Aus seinem Spind? Das ist doch der helle Wahnsinn!« Sie starrte ihn fassungslos an.

Koster traute sich nicht, eine Antwort zu geben. Sein Ja wäre vermutlich bei Tessa nicht gut angekommen. Brömme musste es ebenso gehen, denn auch er schwieg vielsagend, zuckte nur die Achseln.

»Vielen Dank, Herr Brömme, wir sprechen später weiter.« Koster stand auf, um unmissverständlich deutlich zu machen, dass Brömme jetzt gehen sollte. Widerstrebend erhob der sich und ging mit einem letzten Blick auf Tessa.

»Tessa«, sagte Koster, als sie endlich allein waren. »Du brauchst mehr Abstand. Es tut mir leid, dass ich dich wieder einbezogen habe. Ich …«

»Ich erkenne meine eigene Welt nicht mehr.« Sie seufzte, kam hinter ihrem Schreibtisch hervor und setzte sich zu ihm in die Sitzecke. »Was sagt dir deine Intuition, was hier auf der Station vor sich geht?«, fragte sie.

»Meine Intuition hat Urlaub. Ich … brauche Fakten. Ich komme morgen früh mit Liebetrau und weiteren Mitarbeitern auf die Station und entnehme die Speichelproben für DNA-Tests. Dann wissen wir in ein paar Tagen mehr.«

»Aber damit stellst du uns alle unter Generalverdacht. Das ist nicht fair.« Ihre Augen flehten ihn förmlich an.

»Hier geht's nicht um fair. Hier gelten keine Regeln mehr. Leider.«

»Ich kann es nicht glauben. Speichelproben? Ahnst du, was das für die Patienten bedeutet?«

»Wir haben die Erlaubnis des Chefarztes.«

Sie stand auf und ging zurück hinter ihren Schreibtisch. »Na, dann brauchst du meine Erlaubnis ja nicht. Prima.« Sie wandte sich ab.

Koster erkannte eine Abfuhr, wenn sie ihm begegnete. Also ging er.

*

Er wusste, dass es ein Fehler war. Erst recht nach der Abfuhr heute Nachmittag. Natürlich wusste er das. Aber er musste den Streit mit ihr klären. Er hatte es zu Hause nicht ausgehalten. Die Wohnung leer und anklagend, doch seine Gedanken kreisten nur darum, warum er immer wieder mit Tessa aneinandergeriet. Das behinderte seine Ermittlungen. Ach was, er machte sich was vor. Die Sehnsucht nach ihr war so groß, dass er bereit war, die Konsequenzen in Kauf zu nehmen. Zumindest für heute Nacht. Keine Vernunft der Welt hielt ihn jetzt noch ab. Er ließ seinen Finger eine Sekunde über der Klingel schweben. Es war nach Mitternacht.

Ein kurzes *»Hallo?«* krächzte durch die Gegensprechanlage. Er nannte nur seinen Namen. Er wollte sich sofort umdrehen und gehen, wenn sie ein falsches Wort sagte. Doch damit belog er sich nur selbst. Der Summer ertönte, und die Haustür ging auf. Als er in der obersten Etage ankam, raste sein Herz. Nicht nur wegen der drei Stockwerke. Sie stand in der halb geöffneten Tür. Als ob sie ahnte, dass auch er auf schmalem Grat balancierte. Sie trug einen Bademantel und war barfuß. Sie wartete. Er blieb vor ihr stehen. Seine innere Zerrissenheit tat ihm nahezu körperlich weh. Sie machte einen Schritt zurück und lud ihn mit ihrem Blick ein. Er nahm die Einladung an. Als er sich an ihr vorbei in die Wohnung drückte, berührte er vage ihren Arm. Immer noch ließ sie ihm die Möglichkeit, umzudrehen. Er musste die Tür selber schließen. Es war seine Entscheidung.

Sie hatten noch kein Wort gesprochen.

Sie ging ins Wohnzimmer, setzte sich auf das Sofa und zündete eine Kerze an, die auf einem Tischchen stand. Er setzte sich neben sie. Endlich brach sie die Stille, indem sie ihn bat, ihr eine Zigarette anzuzünden.

»Du rauchst doch gar nicht wirklich«, sagte er.

»Nein, nur mit dir.«

Sie schaute ihn lange an. Er steckte zwei Zigaretten an und gab ihr eine. Dabei berührten seine Finger ihre Hand. Es war wie eine Antwort auf ihre unausgesprochene Frage.

Vorsichtig legte er ihr die Hand in den Nacken und begann sie zu streicheln, zeichnete sanft den Kragen ihres Bademantels nach. Ihr Hals fühlte sich warm und weich an. So hatte er es sich ausgemalt. Er genoss die schweigende Übereinkunft, die Zigarette, die Müdigkeit.

»Du hast einen schönen Hals, Tessa«, sagte er leise und zog sie zu sich heran, drückte sein Gesicht in ihre Halsgrube. Er spürte ihren Herzschlag an seiner Wange und atmete tief ihren Duft ein. Es war nur noch ein Hauch ihres Parfüms zu erahnen. Sie nahm seinen Kopf zwischen ihre Hände. Ihm schwindelte, als sie ihn küsste. Er riss sich los.

»Darf ich heute Nacht bleiben?« Seine Stimme klang heiser und fremd in seinen Ohren. Seine Hände zitterten auf ihrem Körper.

»Du bist verheiratet, ich bin frei. Ich möchte dir nicht schaden.« Ihr letzter Versuch zu retten, was nicht mehr zu retten war.

»Ich möchte es.«

Sie nahm ihm die Zigarette aus der Hand und ließ sie einfach in ein halb volles Wasserglas fallen. Während er jede ihrer

Regungen beobachtete, fuhr sie ganz leicht mit ihren Fingern durch sein Gesicht, beugte sich zu ihm und küsste ihn. Ihre Lippen waren weich, und er konnte nicht anders, als sie an sich zu ziehen. Atemlos löste sie sich von ihm. Ein paar quälende Herzschläge lang glaubte er, sie würde ihn nun wegschicken. Doch sie nahm seine Hand und zog ihn hoch, nahm die Kerze mit und führte ihn in ihr Schlafzimmer.

Dann standen sie voreinander. Vorsichtig löste er den Gürtel ihres Bademantels. Er legte die Arme um sie, zog sie an sich. Er wollte sie berühren, sie ganz nah an sich spüren. Ihr Haar, ihr Duft, ihre Lippen und Wimpern. Ihre weiche, zarte Haut. Nur für einen Moment ließ er sie los, riss an seinem Hemd und seiner Jeans. Er suchte ihren Blick, und das unterdrückte Verlangen darin raubte ihm den Atem.

»Wir haben Zeit,« flüsterte sie und nahm seine Hand. Als er sie auf das Bett herabsenkte, klammerte sie sich eng an ihn.

Erschöpft und still lagen sie danach ineinander verschlungen auf dem Bett. Sein Kopf ruhte auf ihrer Brust, und er hörte auf ihren Herzschlag. Auch in der Dunkelheit und mit geschlossenen Augen konnte er jede Einzelheit ihres Gesichts nachzeichnen. Ihre Augen hatten ihn berührt. Brachten eine Saite in ihm zum Klingen. In diesem Moment schien seine Welt in Ordnung. Er hielt sie ganz fest.

Er musste eingeschlafen sein, obwohl er jede Sekunde hatte genießen wollen. Neben ihm wälzte sich Tessa hin und her und murmelte Unverständliches. Er nahm sie vorsichtig an den Schultern und drehte sie zu sich um. Er konnte es keinen Moment länger ertragen, dass es ihr neben ihm schlecht ging.

Sie wachte auf und blickte ihn erschrocken an.

»Du hast geträumt. Du hast etwas gesagt, ich konnte es nicht verstehen.«

Er meinte, ein zaghaftes Lächeln in der Dunkelheit ausmachen zu können.

»Mein Bruder hat immer gesagt, wenn ich irgendetwas nicht im Laufe des Tages losgeworden wäre, käme ich ganz sicher in der Nacht zu Wort.«

Er durchschaute ihr Ablenkungsmanöver. Seine Hand hatte ihre Anspannung erspürt.

»Erzähl es mir. Hast du diesen Traum öfter?«

»Ich komme von der Schule nach Hause und klingle an der Wohnungstür. Meine Mutter macht nicht auf. Kein Problem, weil ich einen Schlüssel um den Hals trage. Er passt nicht. Von innen steckt schon ein Schlüssel. Meine Mutter ist also da. Warum öffnet sie nicht? Und wo ist mein Bruder? Dann klingle ich wieder. Diesmal macht sie auf. Sie sieht wirr aus. Zerzauste Haare, Spucke am Kinn, ein dreckiges T-Shirt an. Sie lässt mich rein und ich sehe, dass sie in einer Hand eines von unseren langen Küchenmessern hält. Das scharfe. Mit dem sie sonst das Fleisch schneidet. Es macht mir Angst.«

Er spürte, wie ihr Atem wieder schneller ging, und drückte ihre Hand, um zu signalisieren, dass er da war und zuhörte.

»Sie schaut mich an, als ob sie mich hasst. Sie geht in die Küche. Sie steht an der Spüle und richtet das Messer gegen sich. Es zeigt auf ihren Bauch. ›Ich kann nicht mehr‹, ruft sie immer wieder. Ich will ihr das Messer wegnehmen. Aber sie will es mir nicht geben. Es dauert lange, bis ich es endlich ganz in der Hand habe.«

»Gott sei Dank.« Doch Koster wusste in derselben Sekunde, dass er besser den Mund gehalten hätte. Etwas stimmte nicht. Ihr Blick war unendlich traurig. »Sprich weiter«, flüsterte er.

»Dann verschwimmt das Bild. Ich erinnere mich nur noch an meinen Bruder, der das Blut wegwischte. An mehr erinnere ich mich nicht.«

»Du erinnerst dich? Aber es ist doch ein Traum, oder … ist es real? Und wo kommt das Blut her, du hast ihr doch das Messer abgenommen.«

»Ja, aber sie hielt den Griff. Ich fasste in die Klinge und zog.«

Er atmete scharf ein. Doch er schwieg. Was hätte er auch sagen sollen? Er nahm ihre Hand und strich ihr über die Narbe.

Nur langsam normalisierte sich ihr Atem.

»Sie hat es nie wieder probiert. Es war wohl ein heilsamer Schock für sie, dass ihre Tochter …«

»Warum hat sie es getan?«

»Sie hat meinen Vater vermisst. Ein Leben lang. Deshalb liebt sie meinen Bruder Sascha so. Sie sagt, Papa sei meinetwegen gegangen. Die Sorgen wegen der Praxis, und dann noch ein zweites kleines Kind zu Hause … Das wurde ihm zu viel.«

»Du warst ein kleines Mädchen. Wie könntest du schuld daran sein, dass deine Eltern am Leben zerbrochen sind?«

»Bestimmt möchte mein Unterbewusstsein mir damit etwas sagen. Ich verstehe es nur nicht. Vielleicht muss ich besser hinhören. Keine Ahnung.« Ihr Tonfall wirkte wie beiläufig. Zu beiläufig. »Weißt du, ich verrate dir jetzt, was man über die Psychotherapie sagt: Du kannst deine eigenen Neurosen, Ängste, Zwänge und Sehnsüchte wahrnehmen. Du weißt, warum sie entstanden sind. Aber das hilft dir noch lange nicht, dich davon zu befreien. Toll, nicht wahr?«

Sie schmiegte sich in seine Arme, und er wiegte sie sanft. Er hielt sie eng umschlungen, bis sie einschlief.

ACHTER TAG

Tessa wollte sich gerade noch einmal in die Decke kuscheln, als ihr die Erinnerung an die Nacht wie ein Adrenalinschub durch den Körper fuhr. Torben. Seine Hände, seine Berührungen. Sie riss die Augen auf. Der Platz neben ihr war leer. Dafür hörte sie ihn in der Küche mit Geschirr klappern, und es roch nach frischem Kaffee. Sie musste lächeln. Wenn er ihr den Kaffee noch ans Bett brachte, müsste sie ihm einen Heiratsantrag machen. Na ja, oder so etwas Ähnliches. Sie kuschelte sich tiefer in die Decke, nur um gleich wieder daraus hervorzutauchen und sich sein Kopfkissen ins Gesicht zu ziehen. Sie suchte und fand seinen Duft. Mit einem Lächeln streichelte sie über das Kissen. Allerdings gab es anscheinend keinen Kaffee an ihrem Bett. Nur ungern löste Tessa sich von seinem Kissen, stand auf und öffnete das Fenster. Die kalte Luft ließ sie hektisch nach ihrem Bademantel suchen. Er lag vergessen auf dem Boden halb unter dem Bett. Sie hatte gestern Abend Besseres zu tun gehabt, als ihn ordentlich über einen Stuhl zu legen. Ihr Lächeln wurde noch eine Spur breiter. Barfuß tappte sie in die Küche und fand Torben frisch geduscht und angezogen in einem Haufen Papiere wühlend. Ob er wohl etwas gegen einen verschlafenen Kuss einzuwenden hatte? Tessa probierte es lieber nicht aus, sondern setzte sich artig auf den Stuhl am anderen Ende des Tisches.

»Guten Morgen. Du bist früh auf.«

»Guten Morgen. Ich habe dich schlafen lassen, du hattest eine kurze Nacht.« Für einen Augenblick verzog er amüsiert die Lippen. Dann wurde er wieder ernst. »Ich muss gleich los. Wir nehmen heute Speichelproben von allen Patienten und vom Personal eurer Station ab«, erklärte er.

Warum kam er nicht zu ihr? Sie blickte ihn an. Sie wusste, dass er noch nicht fertig war.

»Hör zu, ich bewege mich auf dünnem Eis. Genau genommen bin ich bereits eingebrochen.« Er rang sichtlich nach Worten. »Du ermittelst auf eigene Faust. Du brichst bei deinem Chef ins Büro ein und stiehlst Daten. Du besprichst das mit deinem Bruder, der eine ganz unklare Rolle spielt, ja? Ich erfahre das alles irgendwie. Das geht nicht. Es geht einfach nicht. Ich muss dich bitten, dich aus den Ermittlungen rauszuhalten. Es ist zu gefährlich. Ich durchschaue nicht, was hier vor sich geht. Bitte! Ich bin dir dankbar für deine Hilfe. Aber ich habe Angst um dich … Und jetzt ist alles anders … Ich kann dich nicht schützen, wenn ich dir so nah bin.« Er zögerte kurz, dann sagte er das, was er eigentlich meinte: »Halt dich raus aus diesem Fall.«

Ihr Lächeln erstarb.

*

Drei Stunden später versuchte Koster in dem wirren Treiben den Überblick zu behalten. Er kochte vor Wut. Er hatte sich mit einem Team auf der Station eingerichtet und Liebchen organisierte gerade die Speichelprobenabgabe des Stationspersonals. Danach sollten die Patienten an die Reihe kommen. Selbst Alexander war aus der Rechtsmedizin vorbeigekommen. Koster war ihm dankbar für dieses Signal des Beistands. Aber vielleicht war Alexander auch nur neugierig, ihn mit Tessa zu erleben. Doch genau die fehlte. Hatte er sie so sehr gekränkt?

Und Oberarzt Neumann verweigerte den Test. Er verweigerte tatsächlich als einziger Mitarbeiter der Station den Speichelprobentest. Unglaublich. Koster machte seinem Ärger Luft.

»Liebchen, tu mir den Gefallen und finde alles heraus, was es über diesen Oberarzt Neumann herauszufinden gibt. Ich bin es leid, dass der mir auf der Nase rumtanzt.«

»In ein paar Tagen wissen wir doch sowieso, mit wem Henke ihr letztes Rendezvous hatte«, antwortete Liebetrau.

»Ich meine es ernst«, sagte Koster und zog dann seinen Freund Alexander Richtung Flur.

Clement lehnte sich lässig gegen die Wand und sah ihn amüsiert an. »Beruhig dich doch mal. Alles nur, weil sie nicht da ist?«

»Auch«, antwortete Koster.

»Jetzt sag nicht, du schläfst mit ihr?« Die Neugier stand ihm förmlich ins Gesicht geschrieben.

»Nein. Tu ich nicht.«

»Sicher?« Alexander grinste.

»Herrje, Alexander! Du bist … also gut, gestern Nacht.«

»Dann hast du jetzt ein Problem«, sagte er und schnalzte anerkennend. »Ein Riesenproblem.«

»Ich weiß. Sie muss die Speichelprobe abgeben«, sagte Koster.

Der Rechtsmediziner schüttelte den Kopf. »Nein. Ich spreche von Jasmin. Du bist kein Mann für eine Nacht. Ich meine, du musst mit deiner Frau sprechen. Da liegt dein Problem.« Er legte ihm den Arm um die Schulter. »Junge, wir beide sollten was trinken gehen. Heute Abend.«

Koster nickte dankbar, als er Oberarzt Neumann um die Ecke biegen sah. Er wollte sich hinter Alexander ducken. Doch er war nicht schnell genug. Neumann hatte ihn auch erblickt und steuerte im Stechschritt auf ihn zu.

»Sie wollen tatsächlich alle Patienten dazu zwingen, eine Speichelprobe abzugeben? Wissen Sie überhaupt, was das bedeutet? Ist Ihnen auch nur annähernd klar, was für Übertragungseffekte das bei unseren Patienten auslöst?«, rief er schon von Weitem.

»Wie ich diesen Freud'schen Mist hasse. Ich mach mich aus dem Staub«, sagte Alexander und schlenderte Neumann entgegen und an ihm vorbei. Koster sah seinem Freund nach und fühlte sich im Stich gelassen. Vielleicht waren das auch Übertragungseffekte? Er musste grinsen.

»Was ist eigentlich Übertragung?«, fragte er, als Neumann vor ihm stand.

Das schien dem Arzt den Wind aus den Segeln zu nehmen.

»Äh … Übertragung ist das Erleben von Gefühlen gegenüber Menschen im Alltag, die ursprüngliche Beziehungserfahrungen mit wichtigen Personen aus der Kindheit haben und … und … na ja, diese unbewusst auf die gegenwärtigen Beziehungen verschieben.«

»Aha.«

»Das verstehen *Sie* doch nicht.«

»Sagen Sie das nicht. Ich verstehe zum Beispiel gerade, dass Sie sich weigern, eine Speichelprobe abzugeben. Entweder sind Sie der Täter, dann wäre es natürlich sinnvoll, keine Probe abzugeben. Oder Sie sind nicht der Täter, wehren aber Ihre Angst vor falscher Beschuldigung ab und verstecken sich hinter den Patienten.«

»Das ist jämmerlich. Außerdem wäre das eine Projektion. Was verstehen Sie denn davon?« Neumanns Stimme dröhnte durch den Gang.

»Schauen Sie doch selbst, die Patienten geben die Probe freiwillig ab.« Koster bekam langsam Spaß daran, Neumann zur Weißglut zu treiben. Aber tatsächlich gingen die Patienten im Behandlungsraum ein und aus. Sie schienen neugierig. Sie hielten die unterschriebene Einwilligungserklärung in der Hand und reichten sie ehrfürchtig über den Tisch. Als Kurt Mager vorbeikam, grüßte ihn Koster mit einem Kopfnicken. Mager drückte sich an Neumann vorbei und raunte Koster ins Ohr, dass er ihn kurz sprechen müsse. Der Oberarzt fuhr den Patienten ziemlich unwirsch an.

»Jetzt nicht, Herr Mager.«

»Lassen Sie nur«, unterbrach Koster zuckersüß. Seine Augen maßen sich mit Neumanns. »Wir wollen schließlich alle Fragen umfassend beantworten.« Er wandte sich Kurt Mager zu und ging mit ihm in den Behandlungsraum. Neumann drehte sich ruckartig um und stürzte davon.

Dem Patienten schien das peinlich. Er druckste herum und begann sich stotternd zu entschuldigen.

»Ist das Wattestäbchen sauber?«, fragte er dann.

Koster war verdutzt. Mit allem hatte er gerechnet, aber damit? Er versuchte sich an das zu erinnern, was Tessa ihm über Kurt Mager berichtet hatte.

»Es ist steril«, sagte er.

»Wie kommt die Spucke vom Wattestäbchen wieder runter?«

»Gar nicht. Man streicht das Wattestäbchen auf einen Objektträger aus und untersucht es sofort. Minimalste Zellen reichen unseren Kriminaltechnikern schon. Wenn Sie mehr wissen möchten, stelle ich Ihnen einen unserer Techniker vor.«

»Ich finde das so … so … eklig.« Seine Stimme kippte, und er begann zu lachen. »Entschuldigung, ich gehe jetzt das Wattestäbchen lutschen.«

»Ist gut.« Koster nickte ihm aufmunternd zu. Er mochte diesen Kurt Mager fast schon ein wenig. Er war auf seine Art charmant. Vielleicht war es das falsche Wort, aber er hatte etwas Liebenswertes …

Am Ende der Schlange sah er das junge Mädchen, welches an seinem ersten Morgen auf dem Gang gestanden hatte. War es wirklich erst eine Woche her? Es kam ihm viel länger vor. Er kannte inzwischen alle Patienten. Er wusste, dass sie Katharina hieß und ein Borderlinesyndrom hatte. Was das genau war, hatte er zwar nicht verstanden, aber dass sie sich selbst verletzte, um sich dafür zu bestrafen, dass sie ungeliebt war. Dass sie sich hasste, das hatte er begriffen. Er lächelte sie an. Und als ob sie seine Gedanken gehört hätte, lächelte sie schüchtern zurück. Fast wie ein unbeschwerter Teenager, der sie nicht war. Er hatte sich an die Psychiatrie gewöhnt. Sein anfängliches Unbehagen war aufrichtigem Interesse gewichen. Selbst der Geruch störte ihn nicht mehr. Und das konnte nicht nur an ›ihr‹ liegen. Er wusste gar nicht, warum er sich immer noch hier rumdrückte. Die Kollegen kamen wunderbar ohne ihn zurecht. Gut, wenn er ehrlich war, wartete er darauf, dass Tessa doch noch erschien. Wenn er an die letzte Nacht dachte, wurde ihm ganz flau vor Glück.

Gerade kam David Brömme an die Reihe. Er beobachtete jeden einzelnen Handgriff des Kriminaltechnikers, und als er den Mund öffnen sollte, fragte er neugierig: »Wie lange dauert es denn, bis das Ergebnis vorliegt?«

Der Techniker ließ die Hand mit dem Wattestäbchen sinken.

»Nur ein paar Tage. Wir beeilen uns. Versprochen.«

»Warum wollen Sie sich beeilen?«, fragte Brömme.

Der Techniker stutzte. »Na, damit Sie sich keinem unberechtigten Verdacht ausgesetzt fühlen.«

»Warum sollte man mich verdächtigen?«

Der Techniker schien vom Gesprächsverlauf überfordert und zuckte nur vage die Achseln. »Keine Ahnung.«

Brömme wirkte jetzt desinteressiert. Machte den Mund weit auf. Schloss ihn. Wartete auf weitere Anweisungen.

»Das war's schon. Vielen Dank!«, sagte der Kriminaltechniker.

Brömme nickte und schlenderte aus dem Raum.

*

In Tessa brodelte das schlechte Gewissen. Eigentlich war sie ganz froh, dass sie freihatte, weil sie dann Torben nicht begegnen musste. Andererseits hätte sie auf der Station sein sollen, wenn er heute Morgen die Patienten und Belegschaft informierte, dass die Polizei Speichelproben von ihnen für einen DNA-Abgleich verlangte. Aber sie hatte erst ab mittags Dienst und war auf dem Weg zu Sascha, um mit ihm über die Studie zu sprechen. Dennoch. Es wäre so einfach gewesen, heute Morgen ein paar erklärende Worte zu sagen. Sie hatte geschwiegen. Gekränkt und verletzt durch seine Zurückweisung. Der Schmerz zog sich durch ihren ganzen Körper, und ihre Hoffnung war jäher Enttäuschung gewichen. Schließlich war er verheiratet. Warum war sie nur so naiv gewesen? Nicht darüber nachdenken, ermahnte sie sich, sonst würde sie anfangen zu weinen und nicht wieder aufhören.

Jetzt musste sie erst mal herausfinden, was mit der Studie nicht stimmte. Und danach, was mit ihr nicht stimmte. Sie straffte die Schultern und ging entschlossen die Straße entlang. Sascha wohnte im Schanzenviertel. Dort wollte sie ihn treffen. Sie war lange nicht mehr in seiner Wohnung gewesen. Zuletzt vor zwei Jahren? Vielleicht war es sogar länger her.

Das Schanzenviertel passte gut zu ihm. Oberflächlich betrachtet eroberten Single-Yuppies die Szene. Man wusste nicht, woran man war. Denn das Viertel war heruntergekommen und tiefgründig. Schöne Bausubstanz wirkte vernachlässigt,

Abrisshäuser liebevoll bewohnt. Widersprüche harmonisch vereint. Sascha wohnte in einem Eckhaus einer ruhigen Nebenstraße.

Er stand in der Tür, als sie die alte Treppe hochkam, und umarmte sie zur Begrüßung. Der helle, große Raum beeindruckte sie jedes Mal. Er hatte die meisten Wände entfernt und so aus zwei Zimmern und der Küche einen einzigen großen Raum geschaffen. Jeder Maler hätte seine Freude daran gehabt. Das Tageslicht fiel durch die großen Fenster und warf Lichteffekte an die rau verputzten Wände. Die Fußbodendielen hatte Sascha weiß gestrichen. Die Farbe blätterte bereits ab. Sein Bett stand an einem Ende des Raumes. Zerwühlt. Daneben eine Kleiderstange auf Rollen. Auf dem Boden mehrere marokkanische Sitzkissen und diverse Stapel Bücher. Aus den meisten ragten Zettel heraus. Er schien sie alle gleichzeitig zu lesen. Mit seiner kleinen Handschrift dicht beschriebene Blätter lagen verstreut um die Buchstapel. Offenbar machte er sich Notizen zu den Texten, die er abends im Bett las. Tessa schaute sich die Titel genauer an und war nicht erstaunt, neben wissenschaftlichen Fachbüchern zwei Gedichtbände und einen Roman zu finden. Bertolt Brecht, Erich Fried. Sie hatte ihn nicht für so romantisch gehalten. Dann entdeckte sie das Buch von David Foster Wallace.

»Hast du Infinite Jest gelesen?«

»Das liest man nicht nur, damit lebt man. Milchkaffee?«

Tessa lachte. »Es macht süchtig. Ist Wallace nicht großartig?«

Sascha hantierte in einer kleinen Küchenzeile an der gegenüberliegenden Wand. Töpfe, Geschirr, Gläser und Lebensmittel stapelten sich in einem wilden Durcheinander. Ein vertrocknetes Töpfchen mit Basilikum stand stellvertretend für das vernachlässigte Ambiente. Davor lenkte ein langer dunkler Holztisch alle Aufmerksamkeit auf sich. Er zentrierte die Energie. Auf ihm herrschte eine Art Ordnung. Ein Laptop schnurrte leise vor sich hin. Ein paar Briefe lagen ordentlich gestapelt an einem Ende. Zwei Milchkaffeeschalen und eine silberne Zuckerdose luden ein, sich auf die beiden einzigen Stühle an einen Tisch für über zehn Personen zu setzen.

»Ich hatte vergessen, wie schön das Licht ist«, sagte sie und meinte es auch so. Trotz der Anzeichen von Verwahrlosung.

Sascha setzte sich auf einen der beiden Stühle. »Schwesterchen, dein lieber Oberarzt manipuliert. Es hat mir richtig Spaß gemacht, seine kleinen Schweinereien zu entdecken.«

Tessa seufzte. Sie war nicht überrascht. Eher entsetzt und dabei doch voller Genugtuung. Nun wurde zur Gewissheit, was sie befürchtet hatte. Bislang hatte sie geglaubt, sie stecke in Schwierigkeiten. Dabei ging es erst richtig los. Wie sollte sie mit der Datenfälschung umgehen? Sie setzte sich an den Tisch und wartete auf Saschas Erklärung.

»Wie du vermutet hast, hat er die Fallzahlen der Studie gefälscht. Es sind viel mehr Patienten in seiner Rohdatenmatrix, als an der Studie tatsächlich teilgenommen haben. Die eingegebenen Daten sind Kombinationen aus den echten Patientendaten. Das lässt sich anhand der Bluttests schön zurückverfolgen. Hässlich.«

»Gibt es keine andere Erklärung dafür?« Tessa rührte resigniert in dem Milchkaffee, den Sascha ihr hingeschoben hatte.

»Die Phantasiepatienten sind Nika zugeordnet. Sprich mit Paul. Ihr kennt euch so gut, er wird dir antworten.«

»Ich habe ihn mit meinem Verdacht gekränkt.« Sie hielt inne. »Entweder bin ich total naiv oder ich habe einen großen Fehler gemacht und einen echten Freund unnötig verletzt.«

Saschas Blick war verständnisvoll. »Darüber hinaus rechnet

Neumann munter mit den Daten der Patienten weiter, die aus der Studie bereits ausgestiegen sind«, erklärte er. »Das nennt man Last-observation-carried-foreward-Methode. Aber die sollte in einer Studie der Phase 3 nicht angewandt werden. Er tut so, als ob die Patienten noch dabei wären. Weißt du, warum so viele aus der Studie aussteigen?«

Tessa schüttelte den Kopf.

»Lange beschäftigt hat mich deine Frage nach den Nebenwirkungen des Präparats. Damit bin ich noch nicht fertig. Ich habe Kontakt zu einem befreundeten Pharmakologen aufgenommen. Im provisorischen Beipackzettel stehen nur die üblichen Verdächtigen. Allen voran Magen-Darm-Probleme. Das ist bei Serotonin nicht anders zu erwarten. Die Blut-Parameter sehen gut aus. Was mich verwirrt hat, sind die Fragebogenergebnisse. Da geht Neumann drüber weg, als gäbe es die nicht. Aber sie sind interessant.«

»Was meinst du? Hast du auf Suizidalität geachtet?«

»Ich bin mir nicht sicher. Aber, nein, Suizidalität ist nicht das Problem.« Er stockte. »Gib mir ein paar Tage Zeit.«

»Jetzt mach es nicht so spannend.«

»So ganz bin ich noch nicht dahintergekommen. Es hat mit Expressivität zu tun. Verstehst du?«

»Nein, kein Wort. Können wir Neumann an der Veröffentlichung hindern?«

»Er will jetzt schon loslegen?«, fragte er verblüfft. »Hhm, dann wählt Neumann also den Zeitpunkt nach den Ergebnissen aus und nicht umgekehrt.«

»Sascha! Kannst du bitte mal deutlich werden.«

»Er wartet auf einen Zeitpunkt im Verlauf der Studie, an dem die Ergebnisse gut sind. Dann geht er an die Öffentlichkeit. Vielleicht ist der Langzeitverlauf mit dem Medikament aber viel schlechter. Und die ungünstigen Befunde, die er in einem halben Jahr erhebt, kann er so prächtig in der Schublade verschwinden lassen.«

»Gibt es dafür keine Vorschriften? Für die Zeitpunkte, meine ich?«

Sascha zuckte nur mit den Schultern. »Was wirst du tun?«

»Ich habe keine Ahnung. Können wir die Manipulation beweisen?« Tessa drehte ihre Tasse in den Händen, dann blickte sie ihren Bruder an. »Andererseits kann ich nicht wegsehen. Das kann ich einfach nicht.«

»Aber du bist dir schon im Klaren, wie sehr du dir selbst damit schadest?« Er wirkte plötzlich sehr ernst. »Deine Zeit in der Uniklinik ist vorbei, wenn du damit an die Öffentlichkeit gehst. Du musst dir sicher sein, dass du es willst … und dass du es durchstehst.«

Tessa seufzte. »Ich bin sicher. Ich habe zwar Angst, aber ich habe keine Wahl. Ich könnte mir nicht mehr ins Gesicht sehen. Ich muss doch mit dem leben können, was ich tue, auch wenn's schwerfällt, oder?«

Sascha nickte. »Ich helfe dir, so gut ich kann. Aber du solltest dich jetzt schon mit beruflichen Alternativen beschäftigen.«

Tessa wollte das nicht hören. Sie fühlte sich überfordert. »Ich muss zurück in die Klinik. Koster nimmt heute Speichelproben von Patienten und Personal. Sie wollen einen DNA-Abgleich vornehmen.«

»Wer ist Koster?«

»Der ermittelnde Hauptkommissar. Danke für deine Hilfe.«

»Wie alt ist er?«

»Wie bitte?«

»Deine Stimme hat dich verraten. Wie du seinen Namen aussprichst … Ist er älter? Wie Bruno?«

Tessa konnte nicht anders, als Sascha mit offenem Mund

anzustarren. Ihre Beziehung zu Bruno, in den sie sich mit siebzehn verliebt und um den sie viele Jahre gekämpft hatte, war damals Anlass zum Streit mit ihrem Bruder gewesen. Bruno war fünfzehn Jahre älter als sie. Ein erfahrener, erfolgreicher Mann, der sie vergötterte. Zum ersten Mal erfuhr sie Liebe von einem Mann. Dachte sie. Aber für ihn war die Beziehung nur ein netter Zeitvertreib, schnell war er von ihrer Jugend und ihrer Schönheit gelangweilt und beendete die Beziehung nach fünf Monaten. Für Tessa brach eine Welt zusammen, und sie setzte alles daran, ihn zurückzugewinnen. Ihrem Bruder war diese Geschichte von Anfang an ein Dorn im Auge gewesen. Er wollte sie davon abhalten und warf ihr vor, sich an einen alten Mann zu verkaufen. Tessa ignorierte ihn. Sie wollte Bruno nur wiederhaben. Und es gelang ihr auch. Was folgte, war eine zermürbende On-off-Beziehung, in der Tessa alles tat, um Bruno zu gefallen. In dem Maße, in dem sie ihm hinterherlief, stieß er sie grob zurück. Unglücklich und verzweifelt war sie irgendwann so weit, dass sie glaubte, für niemanden liebenswert zu sein. Nach vier Jahren verließ er sie endgültig. Und sie? Sie musste schmerzhaft lernen, dass sie sich um sich selber kümmern musste und nicht nur die Erwartungen und Wünsche der anderen erfüllen durfte. Sie stand mitten im Medizinstudium und glaubte sich am Ende ihres Lebens angelangt. Niemand hatte ihr geholfen. Einen Blick nach vorn gab es nicht.

»Du hast Bruno nie gemocht.«

»Er hat dich nur benutzt, um seine eigene Orientierungslosigkeit zu überwinden. Ohne Rücksicht auf deine Gefühle.«

»Das hast du mir nie gesagt.« Tessa fühlte sich ihrem Bruder plötzlich nah. »Ich dachte immer, du interessierst dich nicht besonders für mich.«

Sascha wiegelte ab. »Was ist denn jetzt mit diesem Kommissar? Wieder einer, dem du helfen sollst, sich zurechtzufinden? Lass mich raten: Er ist verheiratet.«

Tessa wandte den Blick ab. »Ich versuche mich nicht einzumischen. Aber es ist nicht so einfach, wie du denkst.«

»Vielleicht nicht. Aber du brauchst jemanden, der dich wirklich liebt. Will er dich?«

Tessa zuckte die Achseln. »Ich weiß es nicht.«

»Dann pass gut auf und lauf, solange du noch kannst. Wenn wir unsere Fehler ignorieren, sind wir dazu verdammt, sie zu wiederholen.«

»Du sprichst von dir, oder?« Tessa spürte seine Einsamkeit.

»Ich genieße die schnelle Abwechslung.« Er zeigte mit einer hilflosen Geste auf die Küchenzeile. »Wem sollte ich das zumuten?« Unter der Spüle stand eine Batterie leerer Bierflaschen.

»Sie käme wohl nicht wegen deiner verkümmerten Ordnungsliebe.«

»Jetzt kommt erst mal dein Oberarzt. Und zwar in Bedrängnis. Langsam fängt es an mir richtig Spaß zu machen, hinter seine kleinen Gaunereien zu kommen. Ich brauche noch ein paar Tage für die Recherche. Unternimm nichts, ehe wir nicht ganz sicher sind.«

Sie freute sich, dass er *wir* gesagt hatte. »In der Zwischenzeit sehe ich mir seinen Lebenslauf an. Seine Veröffentlichungen. Vielleicht erfahre ich etwas.« Sie zögerte kurz und suchte nach den richtigen Worten. »Ich danke dir. Vielleicht darf ich mal wieder auf einen Kaffee vorbeikommen?«

»Schau'n wir mal.«

Tessa war sich sicher, in seinen Augen ein freudiges Blitzen gesehen zu haben.

*

Auf der Station herrschte hektisches Treiben, als Tessa ankam. Über die zarte Annäherung an ihren Bruder hatte sie die Polizeiaktion fast vergessen. Sie ging sofort ins Dienstzimmer, um sich nach dem Stand der Dinge zu erkundigen. Dort traf sie als Erstes ein ärgerlicher Blick von Torben.

»Wir sind gerade fertig. Wenn die Frau Doktor auch so freundlich wäre, ihre Speichelprobe abzugeben? Im Behandlungsraum warten die Kollegen.«

Tessa drehte sich wortlos um und verließ das Dienstzimmer. Gut, er war sauer auf sie, sein Gesicht sah blass und enttäuscht aus. Aber dieser Sarkasmus vor ihren Kollegen war unnötig – und noch dazu unverschämt. Sie klopfte an die Tür des Behandlungszimmers und brachte die Prozedur in kürzester Zeit hinter sich. Sie leistete alle Unterschriften vorbehaltlos. Doch ins Dienstzimmer wollte sie nicht zurückgehen. Sollte er doch bleiben, wo der Pfeffer wächst. Gleichzeitig schmerzte sie die Sehnsucht nach seiner Nähe, nach seinem Duft. Besser nicht daran denken. Sie musste sich zusammenreißen.

Auf dem Flur traf sie auf den Patienten Bollmus, der mit gebeugten Schultern und gesenktem Kopf im Kreis herumlief. Als sie näher kam, hörte sie ihn leise beten: »O Herr, hilf, er war da. Er wird kommen und mich holen.« Dazu wedelte er mit der rechten Hand, als ob er imaginäre Passanten aufforderte, weiterzugehen. Sie blieb stehen und sprach ihn an. Er fuhr erschrocken zusammen und entschuldigte sich.

»Ich wollte fragen, ob alles in Ordnung ist?«, sagte Tessa.

»Die haben unsere Spucke mitgenommen.« Er rieb sich angewidert über den Mund.

Tessa lachte. »Das stimmt!«

»Ganz dicht stand er bei mir. Warum müssen alle spucken?«

»Ich verstehe nicht? Wer stand bei ihnen?«, fragte Tessa skeptisch.

»Es war real. Liebe Jungfrau Maria. Ich kann das beurteilen! Sie war schon tot.« Er zitterte vor Aufregung.

»Warten Sie, reden Sie von Frau Henke?« Tessa war alarmiert. »Sie sind an dem Mittag hier auf Station gekommen, stimmt's? Haben Sie etwas gesehen?«

»Oh, oh, oh, gesehen. Heilige Mutter Gottes. Oje, jetzt müssen wir aber beten. Beten. Sonst kommt er zurück!«

Tessa war eine Idiotin, ihn so mit Fragen zu bombardieren. Was, wenn er wirklich etwas wusste? Sie durfte ihn nicht so unter Druck setzen. Herrje, hatte sie denn alles vergessen, was sie jemals gelernt hatte? »Warten Sie, wir reden ein wenig in Ruhe, ja, bei mir im ...«

Patrick Bollmus ging bereits den Flur hinunter und war in Selbstgesprächen versunken.

»Mist.« Sie musste es später noch einmal versuchen.

In ihrem Büro fuhr sie den Laptop hoch. Was war nur in den letzten Tagen los mir ihr? Erst Bollmus und jetzt setzte sie an, ihrem eigenen Oberarzt hinterherzuspionieren. Trotzdem gab sie seinen Namen bei Google ein.

Die Tür sprang auf und Torben trat ungefragt ein. Betont langsam schloss er die Tür wieder, blieb davor stehen und sah sie mit glänzenden Augen stumm an.

»Mach mir bloß keine Vorwürfe«, fauchte Tessa. Ihre Stimme brach. Sie hasste sich dafür. Sie wollte souverän bleiben, sich nicht angreifbar machen. Sie räusperte sich.

»Du hättest mir sagen können, dass du nicht da bist. Ich hätte es als Verweigerung auslegen können, dann wärst du jetzt eine Verdächtige!«

»Dann bin ich eben verdächtig.« Sie wollte ihm nicht entgegenkommen. Er hatte sie leidenschaftlich geliebt und dann zugebissen, als sie ihren Hals gezeigt hatte. Er hatte sie weggeschoben, nachdem er bekommen hatte, was er wollte.

»Tessa, bitte, es tut mir leid. Ich hätte nicht sagen sollen … versteh mich doch. Ich …«

Wie sollte sie darauf reagieren? Sie war nicht sicher, ob er das, was sie sagen konnte, auch hören wollte. Also schwieg sie. Sie würde sich nicht noch einmal ausnutzen lassen.

»Ich möchte das in Ruhe mit dir klären. Ich rufe dich später an.« Er verharrte ein paar Sekunden. Vielleicht wartete er auf ein Zeichen. Dann drehte er sich um, und die Tür klappte hinter ihm zu.

Tessa biss sich auf die Lippen. Sollte er doch gehen. Sollte er den Mörder finden. Verdammt. Nicht mal das schaffte er. Sie wandte sich ihrem Laptop zu und haute auf die Tasten, als könnten die etwas dafür. Auf der Homepage der Universitätsklinik fand sie Informationen über ihren Oberarzt. Auf dem Foto war er schlecht getroffen. Sein schütteres Haar ließ ihn alt aussehen, und durch die Reflexion seiner Brille konnte man die Augen nicht erkennen. Das rosa Hemd passte nicht zur breiten grünen Krawatte. Schauderhaft. Familienstand – ledig, keine Kinder. Stimmt, sie hatte ihn nie von einer Frau sprechen hören. Er war Single. Nicht schlimm. War sie auch.

Weiter unten fand sie einen kurzen Lebenslauf: 1966 in Dresden geboren. 1984 bis 1986 Medizinstudium in Dresden, dann Wechsel an die Humboldt-Universität. 1995 bis 1999 Aufenthalt in Australien. Er hatte dort auch promoviert. Davon hatte er geschwärmt. Nächste Station war die Schweiz. Dort hatte er bis 2003 in einer Suchtklinik gearbeitet. Dann Wechsel in die Neurologie. Die Kontakte hatte er vermutlich aus seiner Facharztausbildung zum Psychiater. Erst 2009 war er zurück nach Deutschland gekommen. Gleich auf die jetzige Stelle. So weit, so gut. Hier war überhaupt nichts auffällig. So kam sie nicht weiter. Sie klickte sich durch zur Übersicht seiner Publikationen. Fein säuberlich getrennt waren Buchbeiträge und Artikel für Fachzeitschriften aufgelistet. Eine beeindruckende Liste. Tessa kam nicht umhin, ihrem Oberarzt für diese Veröffentlichungsrate Respekt zu zollen. Ihre eigenen Veröffentlichungen konnte sie an zwei Händen abzählen. Sie forschte einfach nicht gerne. Vermutlich sollte sie in die ambulante Patientenbehandlung wechseln. Wenn sie gegen ihn Stellung bezog, waren ihre Tage in der Klinik ohnehin gezählt. Vielleicht hatte Sascha recht, Neumanns Forschungstätigkeit prädestinierte ihn für eine Arbeit in der Pharmaindustrie.

Sie suchte in ihrer Handtasche den USB-Stick mit den geklauten Daten von Neumanns Laptop. Sie öffnete als Erstes den Privat-Ordner seiner Festplatte. Noch gestern hatte sie sich nicht getraut, den Ordner zu öffnen. Heute hatte sie eine Grenze überschritten. So vollgestopft mit Dateien seine Forschungsordner waren, so leer war der Privatordner. Mietvertrag, Korrespondenz mit Versicherungen, ein Briefwechsel wegen einer überhöhten Rechnung der Autowerkstatt, mehr nicht. So langweilig konnte kein Mensch sein. War er aber.

Tessa wandte sich ab, um aus dem Fenster zu starren. Neumann schien ein einsamer Mann. Er hatte eine gradlinige Karriere gemacht, er hatte eine Täuschung überhaupt nicht nötig. Warum also? Ein Gedanke blitzte auf: Hatte die Tochter von Henke nicht erzählt, dass ihre Mutter in Dresden begonnen hatte, Medizin zu studieren? Wann war das gewesen? Vielleicht kannte Neumann sie zufällig? Aber das hätte er gesagt, oder? Und Gabriele Henke hatte jedenfalls nichts davon erwähnt. Also unwahrscheinlich. Das erinnerte Tessa daran, dass sie Kontakt zu der Berliner Kollegin aufnehmen wollte. Die wusste den genauen Zeitpunkt des Studiums. Tessa drehte sich zum Schreibtisch und öffnete Google. Kinderärztin. In Berlin. Wie hieß sie doch gleich? Mist, Tessa hatte den Namen vergessen. Oder Maria Rosenstein hatte ihn nicht genannt. Im Internet kam Tessa so nicht weiter. In den Gelben Seiten und bei Med-Kolleg waren zu viele Kollegen gelistet. Sie brauchte einen Namen.

Kurze Zeit später hatte sie sich die Patientenkurve von Gabriele Henke aus dem Dienstzimmer geholt und blätterte in ihren Notizen, bis sie auf die Telefonnummer der Tochter stieß. Sie hatte Glück, Maria Rosenstein ging an ihr Handy und wusste sofort, wen Tessa meinte. Christine Schefika in Berlin-Marzahn. Eine Telefonnummer hatte Maria Rosenstein nicht, aber es sei sicher kein Problem, die herauszufinden. Tessa bedankte sich, und sie sprachen kurz darüber, wie die Tochter den gestrigen Tag der Beerdigung verbracht hatte.

Dann suchte sich Tessa Informationen über die Praxis der Kinderärztin aus dem Internet. Sie hatte sofort einen Treffer, aber was sollte sie die Ärztin fragen? Tessa nahm sich einen Notizzettel. Sie wollte sich sortieren, bevor sie ins Telefon stammelte.

Kann sie sich überhaupt an Gabriele Henke erinnern?
Wann haben sie zusammen studiert?
Kennt sie Henkes damaligen Freund und Vater ihrer Tochter?
Wie heißt der mit bürgerlichem Namen (≠Alba)?
Was weiß sie über den Verbleib von Alba?

Mehr fiel ihr nicht ein. Es war mehr als genug. Vielleicht hatte die Frau keine Zeit. Oder keine Lust zu antworten. Tessas Hand schwebte zögerlich über dem Telefon. Plötzlich verließ sie der Mut. Wozu das alles? Was ging es sie an? Am besten, sie ginge nach Hause, machte sich eine Riesenportion Pasta und verkroch sich im Bett. Eine wunderbare Vorstellung. Also gut, nur ein Versuch. Wenn sie sie nicht erreichte, war es entschieden. Sie griff nach dem Telefon, tippte die Ziffern ein. Das Freizeichen ertönte. Tessa legte schnell wieder auf. Mist. Was sollte sie sagen? Ich hätte da mal ein paar Fragen zu Ihrer Vergangenheit? Auf meiner Station werden Patienten ermordet, und ich verdächtige den Oberarzt der Studienmanipulation im großen Stil! Verdammt! So machte sie sich keine Freunde.

Als bei ihrem zweiten Versuch das Freizeichen ertönte, setzte sie sich gerade hin und versuchte sich zu konzentrieren. Nachdem sie der Sprechstundenhilfe gesagt hatte, wer sie war, wurde sie prompt durchgestellt. Sie holte tief Luft.

»Guten Tag, Frau Doktor Schefika, hier spricht Doktor Tessa Ravens aus dem Universitätsklinikum Hamburg. Ich habe Ihre Telefonnummer von Maria Rosenstein.« Tessa legt eine Kunstpause ein, und am anderen Ende der Leitung erhörte die Frau ihre Gebete.

»Maria! Ist alles in Ordnung mit ihr? Ich habe vom Tod ihrer Mutter gelesen. Und mich noch nicht bei ihr gemeldet. Ich bin gerade erst von einem Kongress zurück. Es ist so furchtbar.«

Tessa hakte schnell den ersten Punkt ihrer Liste ab.

»Ich wollte Sie fragen, ob Sie mir vielleicht kurz ein paar Fragen über Gabriele Henke beantworten können?« Und setzte schnell hinterher: »Ihrer Tochter geht es soweit gut.«

»Was denn für Fragen? Ich habe Gabriele leider seit einigen Jahren nicht mehr gesehen. Wir haben den Kontakt verloren.«

»Sie haben doch zusammen studiert, oder? Ich wüsste gerne mehr über die Zeit ihres Studiums.« Tessa versuchte, sich die Frau am anderen Ende der Leitung vorzustellen. Sie wirkte etwas burschikos, vermutlich mit raspelkurzen Haaren. Eine nüchterne Pragmatikerin?

»Ach herrje, das ist aber lange her. Und es waren ja auch nur vier Semester, dann ist Gabriele schwanger geworden.«

»In welchem Jahr haben Sie zu studieren begonnen und an welcher Universität?«

»Na, 1984. In Dresden. Warum ist das so wichtig für Sie?«

»Ich bin auf der Suche nach dem Vater von Maria«. So, jetzt war es heraus. »Kennen Sie ihn?«

Ein paar Atemzüge herrschte Stille am Telefon.

»Sind Sie noch dran?«, fragte Tessa.

»Über den Mann habe ich seit Jahrzehnten nicht mehr nachgedacht. Ein merkwürdiger Mann. Besessen ehrgeizig. Was wollen Sie von ihm? Hat er …?«

»Ich weiß es nicht. Ich versuche ihn zu finden. Kennen Sie seinen Namen?«

»Alba. Gabriele hat ihn Alba genannt. Sie hat ihn angebetet. Wirklich.«

»Ja, das wissen wir. Aber wie war sein bürgerlicher Name?«

»Oje, da fragen Sie mich was nach all der Zeit. Darüber müsste ich nachdenken. Der Vorname ist klar, der Nachname …«

Tessa unterbrach sie. »Wieso ist der Vorname klar?«

»Na, Alba. Sagte ich schon. Von Albertus Magnus. Er heißt Magnus mit Vornamen. Ist doch logisch.«

Blitzartig schoss Tessa die Erkenntnis durch den Kopf.

Das konnte nicht wahr sein. Niemals.

Sie hielt die Luft an. Zögerte noch eine Sekunde und platzte dann heraus: »Magnus Neumann?«

»Ja, genau. Sie wissen es doch, wozu fragen Sie mich dann?«

»Ich wollte nur sichergehen.« Tessas Stimme krächzte. »Ich danke Ihnen sehr für Ihre Hilfe.«

»Sagen Sie Maria, ich melde mich bei ihr. Ich bin jetzt wieder in Berlin, und ich melde mich.«

Tessa legte auf und ließ sich im Sessel zurückfallen. Sie hatte die ganze Zeit schon über diesen seltsamen Kosenamen gebrütet. Alba. Albertus Magnus. Der große Gelehrte. Magnus. Magnus Neumann. Ihr Oberarzt und die Henke. Die ermordete Henke. War Neumann der Vater von Maria Rosenstein? Und er hatte nichts gesagt. In all der Zeit nicht. Nicht nach dem Mord. Nicht, als er wusste, dass die Tochter nach Hamburg kommen würde. Hatte er Gabriele Henke umgebracht? Tessa begann zu zittern. Ein nächster Gedanke stürmte auf sie ein. Sie kramte aus ihrer Handtasche den Zettel mit den Codes hervor. Den Zettel, der es ihr erst ermöglicht hatte, in Neumanns Laptop einzubrechen. Er war klein gefaltet. Sie zerriss ihn fast mit ihren zitternden Fingern.

ABLA: ICD = 934? / DSM = 41913?

Das erste Wort: ABLA. Ein Anagramm. ALBA. Verdammt!

*

Ihr Oberarzt und Kollege! Was, wenn Neumann der mysteriöse Fremde war, mit dem sich Gabriele Henke verabredet hatte? Was wusste sie denn schon über ihn?

Das Klopfen an der Tür unterbrach ihre düsteren Grübeleien. Bevor Tessa antworten konnte, wehte der Hauptdarsteller ihrer Katastrophenszenarien herein. Ihr lief ein kalter Schauer über den Rücken. Hatte er ihre Gedanken gehört?

»Alles in Ordnung mit Ihnen?«, fragte Neumann. »Sie sehen aus, als wären Sie einem Geist begegnet.«

Tessa starrte ihn noch einen Moment länger an, ehe sie sich gefangen hatte. »Ja, äh, nein … nichts von Bedeutung.« Ihre Hände waren plötzlich schweißnass.

»Na dann. Ich komme ein letztes Mal wegen Kiana Chavari. Ich habe Ihnen schon vor ein paar Tagen gesagt, dass Sie einen anderen Behandlungsplatz finden sollen. Stattdessen belegt die Patientin immer noch ein Bett. Muss ich Ihnen erst eine Dienstanweisung geben?«

Tessa glaubte, Zorn in Neumanns Gesicht zu entdecken, während er sie eingehend musterte. Er war wütend auf sie? Weil sie sich für ihre Patienten einsetzte, während er die Patienten benutzte, um seine eigene Karriere voranzutreiben? Was glaubte er eigentlich, wie er mit ihr umgehen konnte? So wie er mit Gabriele Henke umgegangen war? Sie spürte die Hitze der Angst in sich hochkriechen. Sie ballte die Fäuste. Trotzdem … »Es geht Ihnen nur um die Studie, nicht wahr? Schicksale wie Kianas sind Ihnen doch völlig gleichgültig. Ihnen geht es nur um Ihre Karriere!«

Neumann sah sie überrascht an. »Doktor Ravens, könnten Sie mir freundlicherweise mal erklären, was Sie von mir wollen? Noch dazu in diesem Ton!«

»Sind die Studienergebnisse gefälscht?« Jetzt war es heraus. Tessa hatte alles auf eine Karte gesetzt. Nicht besonders geschickt formuliert, aber es tat gut, es endlich auszusprechen.

»Nein.« Die Antwort kam prompt. Der Tonfall war eisig.

»Kann ich die Daten einsehen?«, krächzte sie. Der Mut war verflogen, nur der Trotz trieb sie voran.

»Nein! Es reicht! Wissen Sie, ich hatte mir vorgenommen, Geduld mit Ihnen zu haben, da Sie offensichtlich seit dem Suizid Ihrer Patientin mit der ganzen Situation überfordert sind. Aber das geht wirklich zu weit.« Seine Stimme klang gefährlich leise, und er baute sich drohend vor ihrem Schreibtisch auf. Tessa schrumpfte in ihrem Stuhl.

»Irgendetwas stimmt aber mit der Studie nicht«, murmelte Tessa. Selbst in ihren eigenen Ohren klang dieser Satz jämmerlich.

»Sie beschuldigen mich, Ihren Oberarzt, der Urkundenfälschung? Mir reicht's. Das hat Konsequenzen, das verspreche ich Ihnen!«

Auch wenn seine Stimme ruhig blieb, so spürte Tessa den Zorn unter der Oberfläche brodeln. Sie konnte den Blick nicht von seinem zuckenden Augenlid abwenden.

»Wissen Sie, wie viele Menschen dieses neue Präparat von ihren Depressionen befreien könnte? Es ist das Medikament der Zukunft. Wir haben zusammen mit der medi-pharma AG millionenschwere Forschungsprogramme laufen lassen!« Seine Stimme klang schneidend. »Wir haben alle gravierenden Nebenwirkungen ausgeschlossen. medi-pharma könnte sich keinen ähnlichen Skandal wie damals die Contergan-Affäre leisten.« Neumann blickte starr geradeaus. »Wir haben Jahre investiert. Viele Jahre. Mühe von vielen engagierten Forschern. Vergessen Sie das nicht. Sie haben ja keine Ahnung.«

Sollte er doch unschuldig sein? Tessa schwankte. Sie hatte aufmerksam seine Körpersprache beobachtet, seinem Tonfall während des Monologs gelauscht. Die Art und Weise, wie er sie belehrte, ließ bei ihr ein Warnlicht aufleuchten. Und die Daten. Sie waren manipuliert. Warum sollte er das tun, wenn er keinen Dreck am Stecken hatte? Und zu allem Überfluss hatte er verschwiegen, dass er Gabriele Henke kannte. Nein, irgendwas war faul. Sie nahm ein letztes bisschen Trotz zusammen.

»Ich habe Unterlagen gefunden, aus denen eindeutig hervorgeht, dass Sie die Studiendaten manipuliert haben.«

Neumann versuchte offensichtlich nicht mehr länger, ruhig zu bleiben. Er ließ die Wut in seiner Stimme zu und giftete Tessa an. »Glauben Sie wirklich, ich hätte nicht bemerkt, dass Sie in mein Büro eingebrochen sind?«

Er beugte sich zu ihr über den Schreibtisch, dass Tessa unwillkürlich bis ans Fensterbrett zurückwich. Woher wusste er das?

»Sie sind eine Verbrecherin, eine Denunziantin und ein hinterlistiges Biest. Ich sorge dafür, dass Sie keinen Fuß mehr auf den Boden bekommen«, stieß er zwischen zusammengebissenen Zähnen hervor.

»Woher wissen Sie, dass ich …«

»Sie sind so naiv! Glauben Sie wirklich, mein Mitarbeiter hätte mir nicht brühwarm erzählt, dass Sie sich unbefugt im Labortrakt aufgehalten haben? Aufgeregt und schwitzend wie das leibhaftige schlechte Gewissen? Glauben Sie wirklich, ich kann auf dem Computer nicht erkennen, welche Dateien Sie aufgerufen haben?« Neumanns Stimme klang heiser. »Glauben Sie wirklich, ich bin so blöd wie Sie und kann nicht eins und eins zusammenzählen?« Er hob drohend die Hand. »Ich weiß nicht, wie es Ihnen gelungen ist, an mein Passwort zu kommen, aber ich schwöre Ihnen, ich mach Sie fertig, wenn Sie nur eine einzige Beschuldigung gegen mich erheben! Fix und fertig!«

»Aber Sie haben die Daten manipuliert«, wisperte sie.

»Sie können mir gar nichts beweisen. Es ist nichts gefälscht. Gar nichts! Stecken Sie Ihre Nase in Ihre eigenen Angelegenheiten, oder Sie lernen mich kennen.« Mit einer einzigen ruckartigen Bewegung fegte er einen Aktenstapel von ihrem Schreibtisch. Er hob die Faust, als ob er sie schlagen wollte. Doch dann wischte er brutal ihren Kaffeebecher, die Schreibtischlampe und die restlichen Papiere vom Tisch. Er drehte sich um, stürmte raus und schlug die Tür hinter sich zu, dass es krachte.

Zitternd blieb Tessa sitzen. Ihre Beine hätten sie nicht getragen. Sie hatte einen bitteren Geschmack im Mund und Mühe, zu atmen. Panik stieg in ihr auf. Ihr Sichtfeld verdunkelte sich an den Rändern. Das unerträgliche Gefühl, keine Luft mehr zu bekommen, zu ersticken, nahm zu. Tessa riss das Fenster auf und schnappte hektisch nach Luft. Sie hatte eine Panikattacke – oder war zumindest auf dem besten Weg dorthin. Sie stützte sich mit beiden Armen auf dem Fenstersims ab. Versuchte nicht zu hecheln, sondern einen Atemzug auszusetzen, dann tief Luft zu holen. Aussetzen – atmen. Hätte er sie geschlagen? Ja, sie war fest davon überzeugt. Sein Gesicht war zu einer hässlichen Fratze verzogen gewesen. Er hatte die Kontrolle verloren. Tessa wollte nicht mehr weiterdenken. Sie konnte ihren Oberarzt nicht zum Mörder stilisieren. Das war aberwitzig – und ergab überhaupt keinen Sinn. Er tötete doch nicht die Mutter seines Kindes. Für Geld. Nach all den Jahren. Aber Gabriele Henke war tot. Und Neumann wusste jetzt, dass Tessa von der Studienmanipulation wusste. Allerdings nicht, dass sie die Verbindung zu Gabriele Henke kannte.

Sie wollte nur nach Hause – in Sicherheit.

*

Koster war auf dem Weg in die *Bar du Nord*. Die kleine Bar in der Dorotheenstraße lag um die Ecke von Alexanders Wohnung. War es Zufall, dass sein bester Freund und Tessa im gleichen Stadtteil wohnten? Winterhude war eine gute Wohngegend. Die Alster auf der einen Seite und auf der anderen Seite der Mühlenkamp mit allen Geschäften, die man sich nur wünschen konnte. Kleine Läden, keine großen Ketten. Wenn man von den Bäckereien einmal absah. Alexander hatte die *Bar du Nord* vorgeschlagen. Koster war noch nie da gewesen. Nicht seine Kragenweite. Aber er wollte sich inspirieren lassen.

Er hatte alle Speichelproben bekommen – außer der von Oberarzt Neumann. Das wurmte ihn. Und Neumann machte es verdächtig. Er war gespannt auf Liebchens Recherche-Ergebnisse. Der Streit mit Tessa steckte ihm in den Knochen. Der einzige Lichtblick des Tages waren die Telefonate mit einem Kumpel von der Ausländerbehörde gewesen. Noch immer spürte er die Erleichterung und die Dankbarkeit, die das junge afghanische Mädchen verströmt hatte, als er ihr von seinen Ergebnissen berichtete.

Als er die wenigen Stufen ins Souterrain der Bar hinunterging, empfing ihn gedämpfte Musik, heiseres Lachen und Frauenparfüm. Er hätte es sich denken können: Alexanders Jagdrevier. Im schummrigen Licht bahnte sich Koster einen Weg durch den engen Raum, als er Alexander in einer hinteren Ecke vor einem Cocktail sitzen sah. Er musterte ungeniert eine blonde Schönheit hinter dem Tresen.

»Du sabberst«, frotzelte Koster.

»Ich freu mich auch, dich zu sehen.«

Alexanders Umarmung fiel herzlich aus, und Koster fühlte, wie seine Anspannung sich löste.

»Was macht eigentlich deine junge, wissbegierige Studentin von neulich?«

»Das entwickelt sich ganz vielversprechend. Du weißt ja, ich suche *die Eine.*« Alexander grinste. »Auch Sex on the beach?«

»Was bitte?«

Alexander lachte. »Der Cocktail, du Kerlchen. Was willst du trinken?«

»Gibt es hier auch was Alkoholfreies? Oder was mit Ananas, das mag ich.«

»So schlimm?« Alexander zog fragend eine Braue hoch.

Koster wiegte nachdenklich den Kopf. »Ich weiß nicht. Ich bin verwirrt.«

»Dann fang mal vorne an. Ich bin ganz Ohr.«

Alexander bestellte einen Sweet Pineapple für Koster, und der begann von seinem ersten Treffen mit Tessa zu erzählen. Von ihrer gemeinsamen Nacht. Seinem Zwiespalt. Er liebte doch seine Frau, oder?

Ob Jasmin nicht bemerkt habe, dass er in der Nacht nicht nach Hause gekommen sei, legte Alexander den Finger in die Wunde.

»Musst du sofort mit den unbequemen Fragen anfangen? Hast du nicht eine leichtere zum Aufwärmen?« Koster lachte gequält. »Jasmin ist vor drei Tagen mit den Kindern zu ihren Eltern gefahren. Sie … wir brauchten Abstand.« Er nickte der Blonden dankbar zu, als sie ihm seinen Cocktail brachte. Sie allerdings hatte nur Augen für Alexander.

»Heute Morgen habe ich Tessa gesagt, dass ich Angst um sie habe und sie sich aus dem Fall zurückziehen soll«, fuhr er fort.

»Mit diesen Worten?«

»So ähnlich. Ich hab ihr gesagt, sie soll sich von mir fernhalten.«

»Autsch.«

Koster guckte Alexander irritiert an.

Sein Freund schüttelte den Kopf und nahm einen langen Schluck seines farbigen Getränks, bevor er ernst wurde.

»Ich versteh dich ja. Tessa ist schön und klug und bestimmt noch eine Menge mehr. Weißt du, ich glaube aber, du musst erst mal für dich selber klären, was du eigentlich willst, bevor du ihr vorschreibst, was sie tun soll. Du musst mit Jasmin sprechen. Ist eure Ehe vorbei? Reicht deine Verliebtheit für mehr? Du musst dir deiner Gefühle sicher sein. Bist du das? Willst du neu anfangen?«

»Jetzt fängst du auch schon damit an. Sezierst meine Gefühle …«

»Keine Sorge. Mein Job ist es, Leichen zu sezieren und zu

verstehen. Bei den Lebenden lege ich mich nicht so gerne fest. Und die Male, die ich mich mit ihnen auseinandergesetzt habe, musste ich allerdings *durch* meine Gefühle hindurchgehen. Drum herumlaufen klappt nicht. Leuchtet dir das nicht ein?«

»Doch, doch, es leuchtet …«

»Du darfst sie nicht wiedersehen. Gib den Fall ab. Du bist verstrickt bis über beide Ohren.«

»Ich kann den Fall nicht mehr abgeben! In allerspätestens drei Tagen haben wir das Ergebnis des DNA-Abgleichs. Wenn es nicht mit dem Teufel zugeht, dann haben wir dann den Mörder! Drei Tage, die kann ich wohl …«

Der Klingelton des Handys unterbrach seine Rechtfertigung. Koster erkannte die Nummer auf dem Display sofort.

»Tessa«, erklärte er seinem Freund entschuldigend und ging ran. Er hörte nur zu, sein Blick verdüsterte sich.

Alexander lächelte ironisch, als Koster das Telefonat mit den Worten »Ich bin gleich da« beendete.

»Ich muss gehen. Sie braucht mich.«

»Wo die Liebe hinfällt, da wächst kein Gras mehr!«, lautete Alexanders trockener Kommentar. »Pass gut auf dich auf!«

Koster klopfte seinem Freund auf die Schulter und sagte mit einem Blick auf die Gläser: »Ich zahle das nächste Mal.«

Alexander nickte ergeben, nahm sein Glas und schlenderte Richtung Bartresen.

Tessa wohnte nur wenige Straßenzüge weiter, am Ende der Andreasstraße. In dem stattlichen Altbau aus der Gründerzeit waren alle Fenster dunkel. Leise eilte er die Treppen hoch ins Dachgeschoss. Dann stand er ihr im gedämpften Licht des Wohnzimmers gegenüber … und erschrak. Sie sah erbärmlich aus. Ihre Augen hatten dunkle Ringe und wanderten unruhig hin und her, sie trug Jogginghosen und ein verwaschenes Kapuzenshirt, ihre Arme hatte sie um sich geschlungen, als ob ihr kalt wäre. Verführen wollte sie ihn offenbar nicht.

»Was ist passiert?«, fragte er besorgt.

»Ich habe ihn mit der Studienmanipulation konfrontiert. Er ist ausgerastet. Ich habe meine Zukunft ruiniert. Ich bin ein kompletter Vollidiot. Komm rein, ich betrinke mich gerade.«

»Wer ist ausgerastet?«, fragte er und setzte sich zu ihr aufs Sofa.

Tessa schenkte ihm ein Glas Wein aus der Flasche auf dem Tisch ein und setzte sich mit untergeschlagenen Beinen auf das Sofa.

»Neumann hat gesagt, ich wäre eine Denunziantin!«

»Langsam. Du hast mit Neumann gesprochen?«

»Und er hat recht. Ich bin eine Denunziantin. Genau das bin ich. Schrecklich.«

»Quatsch, niemand ist ein Denunziant, nur weil ein Ignorant ihn so nennt«.

»Hoppla. Woher hast du das denn?« Leises Erstaunen zeichnete sich in ihrem Blick ab.

»Es muss ja etwas von deiner Klugheit auf mich abfärben.« Er rückte etwas näher an sie heran und strich ihr über das Haar.

»Im Ernst«, fragte Tessa, »auf einer Skala von eins bis zehn. Wie schlimm ist es? Habe ich alles versaut?«

»Neun.« Was sollte er auch anderes sagen.

»So schlimm!«

»Du tust das Falsche. Vielleicht aus den richtigen Gründen, aber es bleibt das Falsche.«

Er legte seinen Arm um sie. Erleichtert stellte er fest, dass sie keinen Widerstand leistete, sondern sich an ihn kuschelte. Jetzt oder nie. »Ich möchte mich bei dir entschuldigen. Für heute Morgen. Ich bin durcheinander. Du bringst mich durcheinander. Ich habe Angst, deine Erwartungen nicht zu erfüllen. Ich …«

»Es ist meine Schuld. Ich hätte dich nicht mit meinen Gefühlen überfallen dürfen. Ich wünschte, ich könnte es zurücknehmen. Aber manchmal überschreitet man eine Grenze und merkt es erst, wenn man auf der anderen Seite steht. Dann ist es zu spät.«

Koster wurde sich der Trauer, die in ihrem Blick flackerte, schmerzlich bewusst.

»Aber ich kann es nicht mehr ändern. Auch wenn du gleich zu deiner Frau nach Hause gehst … Du musst damit klarkommen, dass ich dich liebe.«

Er beugte sich zu ihr, suchte und fand ihren Mund. Sie küsste ihn leidenschaftlich und verzweifelt zugleich, während er sie fest an sich zog. Er wollte diesen Kuss nicht enden lassen und flüsterte ganz nahe an ihren Lippen: »Manche Menschen werden nie geliebt. Ich habe Glück. Ich brauche Zeit, ich möchte …«

Er kam nicht mehr dazu, den Satz zu beenden. Es klingelte an der Tür. Er sah Tessa fragend an. Die hatte die Augen weit aufgerissen. »Neumann?«

Er signalisierte ihr sitzen zu bleiben, löste sich von ihr und ging die Tür öffnen. Vor ihm stand nicht Oberarzt Neumann, sondern David Brömme. Der schaute mindestens so überrascht wie Koster selber. Tessa war ebenfalls zur Tür gekommen.

»Was macht der denn hier?«, wandte sich Brömme direkt an Tessa. Auf seinem Gesicht lag ein Ausdruck zorniger Empörung.

»Nicht frech werden, mein Freund«, zischte Koster. »Was wollen Sie? Stellen Sie Ihrer Therapeutin nach?«

»Doktor Ravens ist nicht meine Ärztin.« Brömme wedelte mit der Hand, als verscheuche er ein lästiges Insekt. Er drängelte sich an Koster vorbei. »Ich muss mit Ihnen reden. Es ist wirklich dringend.«

»Wir hatten doch vereinbart, dass Sie nicht mehr hierherkommen! Wir können morgen in der Klinik sprechen, okay? Ich kann heute nicht mehr.« Tessa schüttelte resigniert den Kopf.

Der Ausdruck jäher Hoffnungslosigkeit in Brömmes Gesicht ging Koster auf die Nerven. Gestern schon hatte Brömme nur Augen für Tessa gehabt. War er verliebt in sie?

»Und genau dahin bringe ich Sie jetzt zurück. Wir können uns dann auf der Fahrt unterhalten«, sagte Koster entschlossen und schnappte sich seinen Mantel.

NEUNTER TAG

Tessa saß am nächsten Morgen nach einer weitestgehend schlaflosen Nacht in ihrem Büro. Sie wollte heute Entscheidungen treffen. So konnte es nicht weitergehen. Erst die Zurückweisung von Torben, dann die Konfrontation mit Neumann und wieder Brömme vor ihrer Tür. Damit musste Schluss sein. Als Erstes wollte sie beschließen, wie sie mit dem Wissen um die Beziehung zwischen Neumann und der toten Henke umgehen sollte. Gestern Abend war sie nicht dazugekommen, Torben alles zu erzählen. Er wusste noch nichts davon.

Was er und Brömme wohl miteinander besprochen hatten? Sie hatte gehofft, dass Torben sie nachts noch einmal anriefe, aber das Telefon war stumm geblieben. Die Sehnsucht nach ihm nagte an ihr. Aber: Er war vergeben. Sie musste aufhören zu träumen. Sie musste mit ihren Gefühlen auf dem Boden der Tatsachen bleiben.

Sie fühlte sich ausgeliefert und unglücklich. Aber sie wollte sich zusammenreißen. Sie brauchte Rat und jemanden, der ihr bestätigte, dass sie das Richtige tat. Auch wenn sie alles falsch machte. Aber diesen Menschen gab es nicht.

Was hatte Brömme gestern Nacht von ihr gewollt? Er hatte versprochen, nie wieder zu ihrer Wohnung zu kommen. Sie rief im Dienstzimmer an und bat eine Krankenschwester, Brömme zu suchen. Sie musste wieder handlungsfähig werden, und mit Brömme würde sie anfangen. Sie konnte es gerade noch schaffen, ihm ins Gewissen zu reden, bevor es Zeit für die Therapiestunde mit Kiana Chavari war.

Dann wanderten ihre Gedanken weiter zur Studie. Das neue Präparat wirkte. Nur wie? Die Patienten bemerkten bereits nach wenigen Tagen eine deutliche Entspannung. Sie waren gelassener und nicht mehr so dünnhäutig. Die Stimmungskurve stieg langsam, aber stetig nach oben. Nicht bei allen. Isabell Drost hatte an der Studie teilgenommen. Und sich das Leben genommen. Keine Erfolgsgeschichte. Trotz des Duoxepins. Sascha hatte Suizidalität als Nebenwirkung nicht weiter in Erwägung gezogen. Er sprach von Expressivität. Tessa verstand es einfach nicht. Gabriele Henke war ebenfalls in der Studie gewesen. Auch ihr ging es besser. Dann schien sie jemanden zu erpressen. Na ja, das musste ja keinen Zusammenhang haben. Kurt Mager? Er war ein glänzender Beobachter. Vielleicht wusste er mehr? Warum hatte sie nicht gleich an ihn gedacht? Tessa machte sich Notizen.

Gabriele Henke hatte ihren Ex erpresst. Vielleicht. Und dieser Ex war ihr Oberarzt Magnus Neumann. Der hatte kein Sterbenswörtchen darüber verloren. Jemand tötete Henke. Neumann? Nein, das konnte nicht sein. Weil es nicht sein durfte. Eine lächerliche Idee. Sollte sie Neumann danach fragen? Sie hatte ihn sich ohnehin schon zum Feind gemacht. Dann kam es darauf auch nicht mehr an. Aber sie konnte doch nicht mit einem Mörder verhandeln. Sie musste dringend Torben einweihen. Zu blöd, dass Brömme sie gestern Nacht gestört hatte. Wo blieb er eigentlich? Und wie kam er wohl mit dem Medikament zurecht?

Die Fallzahlen der Studie waren manipuliert. Dank ihres Einbruchs und Saschas Hilfe war das zur Gewissheit geworden. Alle falschen Patienten waren Paul zugeordnet. Was hatte er damit zu tun? Wusste er von nichts, oder machte er mit Neumann gemeinsame Sache? Tessa merkte, wie sie immer ärgerlicher wurde. Auf Neumann, auf sich selbst. Sie verdächtigte ihren liebsten Kollegen, Mentor, Freund und Ersatzvater. Gut, dann wollte sie die Energie des Ärgers wenigstens nutzen, um herausfinden, was verdammt noch mal hier vor sich ging. Sie griff zum Telefon.

Nach dem dritten Läuten nahm ihr Bruder das Telefon ab.

»Na, hast du deine Speichelprobe abgegeben?«, neckte er sie.

»Klar. Hör zu: Neumann kannte die Henke. Er ist der Vater ihres Kindes! Was sagst du dazu?«, fragte Tessa.

»Wow.«

»Das finde ich auch. Und er hat kein Sterbenswörtchen darüber verloren. Zu keinem Zeitpunkt. Was geht hier vor?«

»Tessa, ich sag's dir nicht gerne, aber das bedeutet nichts Gutes! Halt dich bloß fern von ihm.«

Sie schwieg betreten.

»Tessa?«

»Ich habe ihm gesagt, was ich weiß.«

Am andern Ende der Leitung stöhnte Sascha auf.

»Er wusste sowieso, dass ich die Daten geklaut habe.« Tessa bekam erst durch Saschas Schweigen eine Ahnung von der Tragweite ihrer blinden Aktion. »Ich stecke in der Klemme, oder?«

»Ich finde, du solltest ganz schnell mit deinem Kommissar sprechen. Sofort. Das ist nicht lustig, Tessa. Wenn … und ich sage wenn … dein Oberarzt etwas mit dem Mord an der Henke zu tun hat, dann bist du in Gefahr. Sorgen hatte ich schon gestern, jetzt habe ich Angst um dich.«

Es tat gut zu hören, dass Sascha sich um sie sorgte, dass sie ihm nicht gleichgültig war. »Ich mache alles falsch, oder?«

»Du machst es eben so, wie du bist. Undiplomatisch. Immer geradeheraus. Dann weiß dein Gegenüber zwar, woran er ist, aber du machst dich zur Zielscheibe.«

»Ich will es wissen. Ich muss es wissen, Sascha. Ich wollte dich fragen, ob du herausgefunden hast, warum die falschen Studienpatienten bei Paul waren? Hat er etwas damit zu tun?«

»Keine Ahnung. Ich habe mir die Fragebögen vorgenommen. Du solltest jetzt nicht mehr auf der Station herumfragen. Bring dich aus der Schusslinie, klar?«

»Was ist mit den Fragebögen?«

»Was weißt du über Expressivität?«

»Wenn du mich so fragst: Vermutlich zu wenig.«

»Hast du je bemerkt, dass die Patienten sich unter dem Duoxepin verändert haben? Zum Beispiel in ihrem Aussehen? Oder in ihrer Konzentrationsfähigkeit? Ihrem Antrieb? Reizbarkeit?«

»Manche sind konzentrierter. Manche haben mehr Power, ja. Aber das ist doch gut. Das wollen wir. Das ist die verloren gegangene Energie in der Depression. Worauf willst du hinaus?«

»Ich weiß es selber noch nicht, aber die Patienten haben sich unter der Medikamentengabe verändert. Ihre Persönlichkeitsprofile haben sich gewandelt. Die Trait-Variablen. Also die, die eigentlich stabil sind. Das stimmt mich nachdenklich. Und die Symptome. Ich weiß nicht, Tessa, ich ...«

»Warte mal ...« Tessa hielt die Hand über die Muschel des Telefonhörers und rief ein »Moment bitte« in Richtung Tür. »Es hat geklopft. Ein Patient. Ich muss Schluss machen.«

»Versprich mir, vor Neumann in Deckung zu gehen und mit dem Kommissar zu sprechen, okay?«

»Ja. Das tue ich. Ruf an, sobald du etwas für mich hast.«

»Pass auf dich auf, Schwesterchen.«

Dankbarkeit durchflutete Tessa. »Das mache ich, Sascha.« Sie legte auf.

David Brömme blickte sie kaum an, als er in ihr Zimmer trat. »Sie wollten mich sprechen?«

Tessa wusste sofort, dass er gekränkt war. Na gut, sie hatte ihn praktisch rausgeschmissen, aber schließlich konnte er nicht einfach bei ihr aufkreuzen. Und Torben hatte ihm vermutlich den Kopf gewaschen.

»Ich wollte Sie fragen, was Sie gestern zu mir geführt hat? Obwohl wir vereinbart hatten, dass Sie nicht mehr zu mir nach Hause kommen, stimmt's?«

Er schmollte weiter.

Tessa winkte ihn in die Sitzecke. Sie wusste nicht, wie sie anfangen sollte. »Sind Sie gestern gut in der Klinik angekommen?«

Brömme schob die Unterlippe etwas vor und blieb stumm.

»Was haben Sie denn mit Kommissar Koster gesprochen?«

Keine Antwort.

»Herr Brömme? Ich möchte Antworten. Also: Fangen wir ganz von vorn an. Mit Isabell Drost. Sie haben mir gesagt, sie hätte sich entschieden. Was meinten Sie damit?«

»Isabell hat sich entschieden, ihr Leben zu beenden. Basta.«

Immerhin fing er an zu sprechen. Tessa war erleichtert. »So einfach war es wohl nicht. Es ging ihr besser mit dem neuen Medikament. Sie hatte Hoffnung.« Sie sah ihn erwartungsvoll an.

»Mag sein.«

Tessa seufzte.

»Und wie kommen Sie mit dem Medikament zurecht?«

»Ich denke gut.«

Dann eben nicht. Sackgasse. Hör auf, Tessa. Das ist doch kein Verhör. Du fällst total aus der Rolle.

»Darf ich Sie mal was fragen?«, sagte er plötzlich ganz kleinlaut.

Wurde Brömme etwa gerade rot? Tessa wappnete sich für die persönliche Frage, die jetzt kommen würde, und nickte.

»Was muss ich tun, damit ich eine Chance bekomme?«

»Eine Chance?« Was für ein jämmerlicher Versuch, sich Zeit zu verschaffen. Doch was sollte sie ihm sagen?

»Eine Chance bei Ihnen. Sie sind etwas Besonderes. Ich möchte Sie glücklich machen«, sagte er verlegen.

Tessa hatte es geahnt. Sie hätte ihn vor fünf Tagen nicht in ihre Wohnung lassen dürfen. Niemals. Mit diesem unprofessionellen Verhalten hatte sie ihn dazu eingeladen, seine Wünsche auf sie zu phantasieren. Das war nicht fair gewesen. Sie musste wenigstens jetzt klar Stellung beziehen.

»Ich weiß Ihre Gefühle für mich sehr zu schätzen, aber ich kann nicht darauf eingehen.«

»Warum nicht?«

»Ich kann mir vorstellen, dass das schwer für Sie ist, … aber … also, ich erwidere ihre Gefühle nicht!« Sie räusperte sich. »Schauen Sie, Sie sind Patient auf dieser Station. Ich bin Therapeutin. Ich darf meine Rolle Ihnen gegenüber nicht verlassen. Das gilt auch für die Zeit nach Ihrer Behandlung.«

»So wie Sie mich gerade ausgefragt haben? Ihre Rolle, ja?«

Er hatte recht. Verdammt. Gab es irgendetwas, was sie dieser Tage richtig machte? Tessa spürte die Hitze in sich aufsteigen. Ihr fiel nichts ein, wie sie sich schlagfertig aus der Situation hätte retten können. Blieb also nur der Rückzug.

»Vielleicht haben Sie recht und ich hätte Sie nicht so mit Fragen bedrängen dürfen. Die Situation auf der Station ist für uns alle ziemlich irreal. Ich möchte mich bei Ihnen entschuldigen. Es tut mir leid. Aber: Das ändert nichts daran, dass ich Ihre Gefühle nicht erwidere. Ich bin …«

Bei dem Blick, den Brömme ihr zuwarf, blieb ihr das Wort im Hals stecken. Er wandte sich mit einem Gesichtsausdruck ab, in dem Tessa nur Verachtung erkannte. »Warten Sie, gehen Sie nicht…« Aber er ließ sich nicht aufhalten. Er stürmte zur Tür, riss sie auf und verschwand. Sie hörte noch, wie er vor der Tür jemanden angiftete. »Na, heute schon geschnippelt?«

Tessa fror plötzlich. Und das nicht wegen der Tür, die offen stehen geblieben war.

»Darf ich reinkommen?« Ein schüchternes Stimmchen holte Tessa wieder zurück in die Realität. Kiana Chavari war pünktlich zu ihrer Therapiestunde erschienen.

»Entschuldige bitte, was David Brömme gerade zu dir gesagt hat. Er ist sauer auf mich – und hat es an dir ausgelassen«, sagte Tessa und seufzte. »Es ist meine Schuld.«

Sie saß Kiana in der Sitzecke gegenüber, und erstmals ging das Mädchen direkt darauf ein.

»Ich fühle mich auch schuldig. Heute besonders. Ich weiß nicht, warum.«

»Was wirfst du dir denn vor, Kiana?«

»Ich hätte niemals in das Auto der Männer einsteigen dürfen. Ich hätte mich wehren müssen. Dann wäre das alles nicht passiert.« Sie verschränkte die Arme vor der Brust. »Und vor allem hätte ich meiner Mutter nie etwas davon erzählen dürfen. Nur deshalb hat meine Mutter die Schuld und Schande, die ich über die Familie gebracht habe, mit in den Tod genommen.«

»Du wirfst dir also vor, dass du hättest wissen müssen, was passiert, wenn du zu den Männern ins Auto steigst, richtig? Und du hättest also die Aufforderung nicht annehmen sollen?« Tessa hielt kurz inne, um die entscheidende Frage zu formulieren. Sie wollte Kiana nicht mit ihrer Sichtweise konfrontieren, sondern ihr helfen, eine eigene, neue Perspektive zu entwickeln. »Welche Gründe hattest du, ins Auto zu steigen?«

»Ich hatte Angst vor ihnen. Sie haben mich angeschrien.« Kiana rutschte auf die vordere Kante des Sessels.

Sie ist kurz davor zu flüchten, dachte Tessa. »Du musstest in einer Extremsituation schnell reagieren. Du hattest keine Zeit. Wer war sonst noch da? Was war um dich herum?«

»Nichts. Ich ging auf der kleinen Schotterstraße, die zu unserem Haus führt. Da war niemand.«

»Es hätte also niemand bemerkt, wenn du nicht eingestiegen wärst? Niemand hätte helfen können?« Tessa versuchte, die übertriebenen Schuldgefühle von Kiana in ein neues Licht zu rücken. Sie sah nicht, dass die Männer sie missbrauchen *wollten.* Sie hatten sich bereits über alle Tabus hinweggesetzt. Bei mehr Widerstand hätten sie Kiana vermutlich einfach erschossen. Sie jedoch glaubte, jedes andere Verhalten wäre besser gewesen.

»Nein.«

»Was passierte dann?«

»Sie haben mich zwischen sich gesetzt.« Kiana hielt sich die Hand vor den Mund. »Sie haben gesagt, sie töten mich, wenn ich nicht mache, was sie sagen.«

»Was weißt du heute?« Tessa bekam keinen Augenkontakt zu Kiana.

»Was meinen Sie?« Sie starrte auf den Boden.

»Du hast es überlebt. Kannst du noch etwas weitererzählen?«

»Sie haben angehalten. Sie haben mir den Mund zugehalten, ich habe kaum Luft bekommen.«

»Du hattest das Gefühl zu ersticken?«

Kiana wiegte den Kopf. »Mir ist schlecht.«

»Was denkst du jetzt gerade?«

»Ich konnte nichts tun.« Kiana würgte.

»Ja. Du konntest nichts tun und musstest es über dich ergehen lassen. Du konntest dich nicht wehren.«

»Ich hatte solche Angst. Sie haben gedroht, mich umzubringen.«

»Und hast du geglaubt, dass sie dich töten?«

»Ja, das habe ich.« Kiana stutzte. »Es war real.«

»Schau es dir an, Kiana: drei Männer. Weit und breit keine Hilfe, keine anderen Menschen. Du hattest wahnsinnige Angst, dass sie dich umbringen. Sie waren zu dritt. Sie waren stärker. Sie waren bewaffnet. Das war real. Diese große Angst hat zum Aushalten geführt. Wie sehr kannst du dir dafür Vorwürfe machen, dich nicht gewehrt zu haben?«

»Bedeutet das, dass ich nichts hätte ändern können?«

»Was meinst du?«

»Es wäre passiert.« Kiana schluckte. »Ja, es wäre so oder so passiert.«

»Was bedeutet das?«

»Dass ich keine Schuld habe. Die Taliban sind schuld.«

»Ja. Genau. Du hast keine Schuld.« Kianas Anspannung schien etwas nachzulassen. Die Beine zitterten nicht mehr. Tessa gab ihr einen Moment, um die Erkenntnis sacken zu lassen. Dann fragte sie behutsam: »Kannst du noch etwas weiter?«

Kiana nickte stumm.

»Was passierte dann?«

»Ich wollte nur nach Hause. Zu meiner Mama.«

»Deine Mutter war zu Hause? Sie machte dir die Tür auf. Du warst verletzt, deine Kleidung zerrissen, blutig, dreckig …«

»Ja.« Kiana sank in sich zusammen. »Ich wollte nur in ihre Arme.«

»Was glaubst du, hat deine Mutter gedacht, was dir passiert ist?«, fragte Tessa leise.

»Sie wusste es«, flüsterte Kiana.

»Genau. Sie wusste es. Du hast keine Entscheidung getroffen.«

»Ich hätte lügen können.«

»Wirklich?«

»Sie wusste es.« Erstmals blickte Kiana wieder hoch und Tessa direkt in die Augen. »Sie wusste es sofort.«

Eine simple Feststellung. Und doch von weitreichender Bedeutung für ihr weiteres Leben. Beide genossen ein paar Minuten die Stille, die dieser Gewissheit folgte.

»Aber mein Bruder darf es nie erfahren. Deshalb habe ich gesagt, dass Philipp bei mir war.«

Tessa nickte nur. Natürlich. Kiana schützte ihren Bruder und die Tradition um jeden Preis.

»Helfen Sie mir?«, fragte Kiana.

»Kiana, ich möchte dir gerne helfen. Aber es ist ein langer Weg, und den kann ich nicht mit dir gehen. Du brauchst eine ambulante Therapie. Jemanden, der dir lange – vielleicht sogar über Jahre – zur Seite steht. Ich bin das nicht. Stationäre Aufenthalte dauern immer nur wenige Wochen. Wir haben einen Anfang gemacht. Einen guten Anfang. Nun müssen wir uns nach einer Fortführung umsehen. Verstehst du?«

»Können Sie mich nicht weiterbehandeln?«

Tessa zögerte eine Sekunde. Nichts täte sie lieber. Ihr war das Mädchen ans Herz gewachsen. Aber die Tage in dieser Klinik waren nicht nur für Kiana gezählt. Eine ambulante Niederlassung wäre eine berufliche Perspektive, über die Tessa zunehmend nachdachte. Doch es wäre zu diesem Zeitpunkt viel zu früh, Kiana Hoffnungen auf einen Therapieplatz zu machen.

»Ich empfehle dir eine nette Kollegin. Eine Frau, der ich sehr vertraue und bei der ich sicher bin, dass du dich bei ihr wohl fühlen wirst.«

Kiana nickte, als ob sie nichts anderes erwartet hätte, ihr Gesichtsausdruck erstarrte. »Ja, gut.«

Da war sie wieder: Die erlernte Hilflosigkeit, die Selbstaufgabe. Tessa konnte sie verstehen. Sie hatte Gewalt und Brutalität erlebt, die so groß waren, dass sie jegliche Phantasie überstiegen. Sie hatte Jahre auf der Flucht verbracht und saß in Deutschland wieder mit der Angst, abgeschoben zu werden. Dazu kamen die Demütigung und Scham, nicht wie die Familie gestorben zu sein, sondern überlebt zu haben. Und damit auch die irrationale *Schuld*, überlebt zu haben.

»Die Seele schwebt manchmal in höheren Sphären. Gleichsam über den Dingen. Die Realität spielt sich leider auf dem Boden der Tatsachen ab. Und hier gehen wir zu Fuß. Die Seele kommt da oft nicht mit. Sie läuft hinterher. Zwei Schritte vor und einen zurück. Deshalb brauchen wir Geduld. Vor allem mit uns selbst. Verstehst du? In unseren Träumen gehen die Dinge in wundersamer Weise immer gut aus. Aber die Wirklichkeit ist viel kleiner. Da gibt es keine Helden. Da gibt es nur den Alltag der eigenen kleinen Welt.«

Kiana sah sie mit großen Augen an. Sie schien zu verstehen, denn sie nickte langsam. »Es gibt Wunder«, sagte sie.

»Nein«, sagte Tessa »die gibt es wohl nicht.«

»Kommissar Koster hat mir gesagt, dass ich nicht abgeschoben werde. Unsere Asylanträge sind endlich bewilligt.«

Tessa blickte sie ungläubig an. Ihr fehlten die Worte.

»Der Kommissar hat uns geholfen. Er hat mit jemandem bei der Behörde gesprochen. Mein Bruder und ich dürfen bleiben.« Sie begann zu weinen. Eine Zentnerlast schien ihr vom Herzen zu fallen.

»Das ist ja großartig! Ich freue mich für dich, Kiana.« Tessa war fassungslos. Das Gespräch glich einer Achterbahnfahrt. Und plötzlich war sie glücklich.

»Es gab Probleme, weil ich keine Geburtsurkunde mehr habe. Aber jetzt ist alles gut. Er hat mir geholfen«, erklärte Kiana.

Tessas Kehle schnürte sich zusammen bei dem Gedanken an Torben. Er hatte ihr nichts davon erzählt, dass er sich für Kiana eingesetzt hatte. Sie hatten ein schlechtes Timing. Verbrachten mehr Zeit damit, sich gegenseitig zu verletzen, als über die wichtigen Dinge zu sprechen.

»Ich rufe die Frau an, die mich behandeln soll«, sagte Kiana.

»Das freut mich.« Tessa ging zum Schreibtisch, um die Telefonnummer aufzuschreiben. Sie hatte die Kollegin nach einem freien Therapieplatz gefragt. Sie war bereit, das Mädchen zu behandeln. Kiana würde überleben, auch wenn sie nie wieder vertrauen konnte. Tessa kam das Gespräch mit Brömme in den Sinn. Er hatte ihr vertraut. Und sie … hatte sie sein Vertrauen missbraucht? Plötzlich kam ihr eine Idee, und sie wusste, mit wem sie sprechen konnte. Er würde sie verstehen.

*

Sie fuhr in den Süden von Hamburg. In die Viermarschlande. Hier wohnte Paul mit seiner Frau und den zwei Hunden. In Curslack, auf einem kleinen Restbauernhof inmitten von grünen Wiesen und Feldern. Immer wenn Tessa den alten Backsteinbau mit seinem reetgedeckten Steildach sah, fühlte es sich ein bisschen so an, als würde sie nach Hause kommen.

Sie war oft hier gewesen in den Jahren, die sie ihn jetzt kannte. Sie hatte ihn im Studium in einem seiner Fallseminare gehört und war fasziniert gewesen von seiner unkomplizierten Nähe und Menschlichkeit zu den Patienten. Das war es wohl auch, was es dem Patienten ermöglicht hatte, über seine Erkrankung vor den Studenten zu sprechen und sich dennoch geschützt zu fühlen. Nach dem Seminar hatte sie ihn angesprochen und ein Praktikum in der Psychiatrie vereinbart. Es gefiel ihr so gut, und Paul war so begeistert von ihr, dass sie nach dem Examen auf seiner Station eingestellt worden war.

Noch bevor man auch nur in die Nähe des Hauses kam, vermittelten einem kleine liebevolle Details, wie die hochgebundenen Kletterrosen oder die kleine Holzbank vor der Tür, dass die Bewohner warmherzige Menschen sein mussten. Tessa hatte kaum die Gartenpforte hinter sich geschlossen, als zwei kleine Beagles auf sie zugesprungen kamen und sie mit fröhlichem Gebell begrüßten. Gleich dahinter bog Paul um die Ecke. Tessa hob lachend die Hand und beugte sich zu den beiden Hunden runter, die sich, bereit für eine Streicheleinheit, erwartungsvoll vor sie hinsetzten.

»Lass dich nicht von ihnen einwickeln. Sie haben das mit dem Kindchenschema gut raus. Immer wenn sie mit den Augen kullern, wollen sie was!«

Paul nahm Tessa in die Arme, und Tessa verharrte einen kleinen Moment. Dann betraten sie gemeinsam das Haus und gingen gleich linker Hand in das Kaminzimmer, wie Paul sein Arbeitszimmer nannte. Es war ein kleiner Raum voller Bücherregale und mit einem wundervollen Lesesessel direkt vor einem geschlossenen dänischen Kaminofen. Die Hunde waren draußen geblieben.

»Paul, ich bin gekommen, um mich zu entschuldigen. Ich hätte dich nie verdächtigen dürfen«, sagte Tessa kleinlaut. »Ich hatte einen furchtbaren Tag, und ich muss dir so vieles erzählen.«

»Und jetzt vertraust du mir wieder?«, fragte Nika.

»Ich habe dir immer vertraut, ich habe mir nur selber nicht mehr geglaubt. Ich wusste einfach nicht mehr, wem ich glauben soll und wem nicht. Aber ich kann mich auf meine Gefühle verlassen. Das ist das Einzige, auf das ich mich wirklich verlassen kann. Und du bist mein Freund – nicht mein

Feind!« Tessa nahm seine Hand. »Kannst du mir verzeihen?«

Pauls Augen funkelten amüsiert. »Jetzt werd mal nicht gleich theatralisch. Natürlich nehme ich deine Entschuldigung an. Erzähl, was dich sonst herführt.«

Die Tür ging langsam auf, und Liz, die Frau, die es seit über fünfundzwanzig Jahren an seiner Seite aushielt, balancierte mit zwei Schalen Milchkaffee herein. Die beiden Beagles nutzten die Gelegenheit und stoben durch die offene Tür hinterher. Für Tessa war die gut aussehende Frau mit dem feinen Gesicht, in das Weisheit und Nachsicht gezeichnet waren, wie eine Ersatzmutter. Sie nahm Tessa in die Arme und meinte, sie hätten wohl etwas Wichtiges zu besprechen, sie käme später wieder. Die Hunde ließen sich neben Pauls Sessel fallen.

»Alle Ladys liegen dir zu Füßen.«

»Tja, was soll ich sagen … wo du recht hast, hast du recht.« Er grinste und rührte sich drei Löffel Zucker in seinen Kaffee. »Sag nichts, Liz guckt grad nicht, dann kann ich mir einen mehr gönnen.«

»Als ob sie das nicht wüsste. Liz weiß alles. Und das wiederum weißt du.«

»Verdirb mir nicht den Spaß. Es gibt wohl keinen Keks dazu?« Sein Blick wanderte suchend umher.

»Mir ist nicht nach Spaß. Ich habe großen Mist gebaut. Alles fing mit Isabell Drost an. Dann bin ich in ein Büro eingebrochen, habe einem Patienten womöglich falsche Hoffnungen gemacht, unseren Oberarzt der Studienmanipulation bezichtigt und mich in den ermittelnden Beamten verliebt.«

»Beeindruckende Liste! Das muss ich langsam verdauen. Reichst du mir mal die Zigaretten?«

Während er sich genüsslich eine Zigarette anzündete und

den Rauch einatmete, als ob es seine erste Zigarette seit Tagen wäre, nippte Tessa an ihrem Milchkaffee.

»Hast du Beweise, dass Neumann die Studie manipuliert hat? Das ist eine sehr ernste Beschuldigung. Mindestens einer von euch verliert seinen Job!«

Tessa nickte.

»Hhmm. Ich mochte ihn nie, aber das hätte ich ihm nicht zugetraut«, sagte Paul. »Wozu tut er das? Wo will er hin?«

»Die Frage lautet eher: Wo kommt er her?«, entgegnete Tessa.

Er legte fragend die Stirn in Falten.

»Er kannte Henke von früher! Sie haben ein gemeinsames Kind.«

Paul bekam einen Hustenanfall, als er sich am Rauch seiner Zigarette verschluckte. Eine Hündin sprang alarmiert auf und bellte, während er versuchte zu Atem zu kommen. Als er wieder sprechen konnte, wollte er es nicht glauben: »Du machst Witze.«

»Nie. Ich verderbe die Pointen.« Tessa hörte auf, in ihrem Milchkaffee zu rühren.

»Mein Gott. Das ist wirklich stark.« Er zupfte die Hündin gedankenverloren am Ohr. »Was sagt denn der Kommissar dazu?«

»Tja, na ja, er … er weiß es noch nicht.«

»Tessa!«

Ich habe es immerhin gestern Abend versucht, dachte sie. »Ich fahre gleich zu ihm ins Polizeipräsidium. Ich wollte zuerst mit dir sprechen. Nimm es als Wiedergutmachung.«

»Wenn Neumann mit Gabriele Henke ein Kind hat … Maria Rosenstein, nehme ich an? Dann kannte er sie also sehr gut. Er muss einen Grund haben, warum er das verschweigt. Erst recht, nachdem sie tot ist. Was verbindet die beiden? Hat

Henke dir irgendetwas über ihre Vergangenheit mit dem Vater ihrer Tochter erzählt?«

»Im Gegenteil. Sie hat einen Bogen um den Teil ihrer Biografie gemacht. Heute weiß ich, warum: Sie wollte sich nicht verplappern.«

Paul sinnierte: »Wenn die beiden also etwas verbindet, dann etwas, das niemand wissen soll. Etwas, was vermutlich Neumann schaden könnte?«

»Das passt! Erinnere dich: Brömme hat ein Telefonat belauscht, in dem Henke jemanden erpresst hat – das war Neumann, ich rieche es.«

»Das sind die Hunde.«, sagte er und rümpfte die Nase.

»Ach, Paul…« Tessa lachte. »Ich habe mir mal Neumanns Lebenslauf angesehen. Er hat Gabriele Henke 1984 oder 1985 in Dresden getroffen. Dann hat er nach Berlin und ins Ausland gewechselt. Er ist erst letztes Jahr nach Deutschland zurückgekommen, um mit einem Paukenschlag die Studie aus dem Hut zu zaubern. Er muss gute Kontakte zur medi-pharma AG haben, dass sie ihn aus dem Ausland mit einem solchen Projekt ködern. Vielleicht könnten wir Chefarzt Gisecke fragen?«

Sein Blick und der geringschätzig ausgespuckte Rauch sprachen Bände.

»Nein, keine meiner besten Ideen. Vielleicht sollte ich noch einmal die Ärztin in Berlin anrufen?«

»Welche Ärztin? Tessa, hör auf, mit einem alten Mann Rätselraten zu spielen.«

Tessa berichtete von ihrem Telefonat mit der ehemaligen Freundin und Studienkollegin von Henke und Magnus Neumann. Es ging nur um die ersten beiden Jahre bis zum Physikum. Danach hatte Neumann die Universität gewechselt, Gabriele Henke war schwanger, und die damalige Freundin hatte alleine weiterstudiert. Paul stand auf und ging wortlos das Telefon holen. Sie suchte die Telefonnummer in ihrem Filofax und wählte dann. Die Ärztin war in der Sprechstunde und Tessa musste warten. Dann endlich war sie am Apparat. Sie freute sich, dass Tessa noch einmal anrief, hatte aber nicht viel Neues zu berichten.

»Ehrlich, ich mochte ihn nicht besonders. Er war so von sich überzeugt. Na ja, stammte aus gutem Elternhaus. Aber Charme lässt sich nicht kaufen, wenn Sie verstehen, was ich meine. Und dass er dann durchs Physikum gerasselt ist, hat er nicht sehr souverän genommen. War eben ein kleiner Wichtigtuer.«

»Er ist was …?« Tessa blieb der Mund offen stehen.

»War ein ziemlicher Dämpfer für ihn. Er hat die Universität gewechselt, um was anderes zu studieren. Hat sich wohl geschämt. Ich muss jetzt weitermachen, die Sprechstunde ist voll.«

Mit dem Telefonhörer in der Hand starrte Tessa Paul an. Sie brauchte einen Moment, um sich wieder zu fangen, dann gab sie ihm das Telefon zurück und wiederholte, was die Ärztin ihr gerade erzählt hatte.

Sie saßen sich eine Weile gedankenverloren gegenüber. Jeder kraulte einen Hund, die abwechselnd zufrieden seufzten. Wenn Neumann durch das Physikum gefallen war, war er also nicht das Ass, für das ihn alle hielten. Und er sich selbst am allermeisten. Wenn Tessa daran dachte, wie er mit den Studenten umging, wie abwertend er auf den kleinsten Fehler reagierte. Dennoch hatte er sein Studium schnell durchbekommen. Hatte die Kurve gekriegt. Immerhin.

»Wenn er kein Physikum hat … wie konnte er dann die Uni wechseln und weiterstudieren?«, fragte Tessa.

»Er hat es nachgeholt. Das geht.«

»Ich glaube, das geht nur an der gleichen Universität. Und er wäre nicht so schnell fertig gewesen. Die Ehrenrunde kostet Zeit.«

Tessa erinnerte sich plötzlich wieder. Neumanns Versprecher … Sie spann den Faden weiter: »Urkundenfälschung. Das hat er gesagt, als ich ihn der Studienmanipulation bezichtigt habe. Urkundenfälschung. Eine Freud'sche Fehlleistung. Ich habe sie erst nicht bemerkt. Was, wenn er sein Physikum gefälscht hat? Und Henke …«

»Sie hat es gewusst und ihn gedeckt. Er war der Vater ihrer Tochter, sie hat ihn geliebt«, ergänzte Paul.

»Und er hat es ihr gedankt, indem er auf Tauchstation gegangen ist. Und dann steht sie auf einmal auf seiner Station. Zufällig. Oder geplant.«

»Und sie setzt ihn unter Druck.«

»Will alles verraten«, sagte Tessa.

»Dann hätte Neumann ein Motiv, Henke zu ermorden!«

»Damit wäre sein Rennen gelaufen.«

Tessa sah aus dem Fenster und dachte nach. Dann schüttelte sie den Kopf und sagte: »Ich glaube, wir reden totalen Unsinn. Ich meine, wir spinnen uns was zurecht. Nur weil der Kerl seine erste Vorprüfung vergeigt hat. Das ist doch heute kein Makel mehr.«

»Eben: heute! Er kommt aus guter Familie. Er hat Erwartungen enttäuscht.« Paul schien sich ganz sicher. »Wir können es doch überprüfen. Fragen wir bei der Ärztekammer nach, in der Personalabteilung der Klinik, im Arztregister. Überall, wo wir unser Examen vorlegen mussten. Ich habe einen guten Freund in der Personalabteilung, den rufe ich an.«

»Ich möchte jetzt zu Torben. Der muss sich um Neumann kümmern.«

»Torben, ja? An dem Punkt waren wir doch schon einmal!«

Paul rutschte in seinem Sessel zurück und schaute Tessa eindringlich an. Die gab schnell auf und wich dem Blick aus.

»Warum gönnt mir eigentlich niemand ein bisschen Liebe, ist das zu viel verlangt?« Tessa war es leid, dass alle versuchten, sie von Torben abzubringen.

»Kann er dir denn Liebe geben? Er ist doch verheiratet …«

»Es klingt vielleicht seltsam, weil ich ihn noch nicht lange kenne, aber … Ich fühle mich angekommen, wenn ich bei ihm bin. Selbst wenn wir uns streiten. Es ist … ach, ich weiß doch auch, dass er vergeben ist. Ich will etwas, das ich nicht kriegen kann, und das ist hart. Ich weiß sehr gut, wie es ist, wenn man sich etwas von ganzem Herzen wünscht – und nicht bekommt. Und Liebe habe ich nie geschenkt bekommen.« Sie schluckte die aufkommenden Tränen herunter. »Also muss ich der Wahrheit ins Auge sehen. Er ist vergeben. Aber ich bin verliebt, und der Verlust ist real«, sagte sie.

»Nichts, was du sagen kannst, bringt ihn dazu, etwas gegen seinen Willen zu tun. Du kannst ihn nicht zwingen.«

»Aber ich brauche ihn«, insistierte Tessa.

»Nein, du *willst* ihn. Was du *brauchst*, ist jemand, der dich auch liebt und der dir das zeigt. Jemanden, der frei ist für dich. Jemanden, der dich wirklich will«, antwortete Paul.

»Du bist keine Hilfe.« Tessa kämpfte immer noch mit den Tränen. Selbst Sascha hatte etwas Ähnliches gesagt. War es wirklich so eindeutig für die anderen?

»Doch. Ich helfe dir zu erkennen, was du wirklich brauchst, und nicht zu bekommen, was du willst.«

»Das ist doch Psychokacke«, rief Tessa so laut, dass die Hunde plötzlich aufsprangen.

»Ganz genau.« Paul grinste breit.

Tessa musste nun doch lächeln. Auch wenn ihr wirklich nicht danach zumute war. »Ich fahre jetzt zu ihm.«

»Warum hören Frauen nicht auf mich?« Paul schüttelte ungläubig den Kopf, als beide Hunde zu Tessa liefen.

*

Koster saß an seinem Schreibtisch im Polizeipräsidium und arbeitete die neuesten Informationen durch, die seine Mitarbeiter im Mordfall Henke ergänzt hatten. Ein Räuspern ließ ihn hochschrecken. Er blickte auf und sah Tessa in der Tür lehnen. Er war so überrascht, dass er nur verlegen lächeln konnte.

»Darf ich reinkommen?«, fragte sie. Ohne die Antwort abzuwarten, schloss sie die Tür hinter sich und kam auf ihn zu.

Ihre Blicke trafen sich.

Tessa rückte sich einen Stuhl zurecht und er ertappte sich dabei, wie er einen schnellen Blick über seinen Schreibtisch warf, um zu sehen, wie viel Chaos herrschte. Dabei fiel ihm auch das Foto seiner Frau und der Kinder auf, und es war ihm peinlich.

»Schön, dass du gekommen bist. Ich konnte dir noch gar nicht von meiner Fahrt mit Brömme erzählen. Ein merkwürdiger Junge.«

»Ja, ein interessanter Mann.«

»Junge! Und die Adjektive suche ich aus.«

»Bist du eifersüchtig?«, fragte Tessa.

Ihr Tonfall war neckend, aber ihr Blick ernst. Sie biss sich auf die Lippe.

»Nein«, log er. »Es gefällt mir nur nicht, dass er mitten in der Nacht bei dir vor der Tür steht. Das habe ich ihm unmissverständlich klargemacht, und es sollte sich nicht wiederholen.« Koster dachte an den Disput zurück, den er mit dem Patienten im Auto hatte. Brömme hatte gefordert, dass Koster sich aus Sachen raushalten sollte, die ihn nichts angingen. Damit hatte er sich und Tessa gemeint. Er hatte angedeutet, dass es zwischen den beiden eine Art Annäherung gegeben hatte. Obwohl Koster ihm kein Wort glaubte, nagte ein leiser Zweifel irgendwo hinten an seinem Herzen. Jetzt nur nicht eifersüchtig werden. Das konnte er wirklich nicht gebrauchen.

»Hörst du mir zu?«, riss ihn Tessas Stimme plötzlich aus seinen Gedanken.

»Ja, ja, entschuldige … Was hast du gerade gesagt?«

»Ich wollte dich bitten, Neumann zu verhaften. Oder festzunehmen – oder wie ihr das nennt.« Tessa wirkte sehr entschlossen und streckte den Rücken noch gerader.

Koster musste unwillkürlich schmunzeln. Wenn sie sich für etwas entschieden hatte, dann kannte sie wirklich kein Zurück mehr. Sie stand dafür ein, egal welche Konsequenzen es hatte. Das würde ihr im Leben viele Schwierigkeiten bereiten, da war er sicher.

»Warum?«, fragte er.

»Die Kurzversion? Weil er die Studie manipuliert, weil er ein Motiv hat, Henke zu ermorden, und weil er mir gedroht hat.«

»Warte. Die Langversion ist besser. Ich rufe schnell Liebchen dazu, er soll Bescheid wissen.« Er griff zum Telefon.

»Liebchen?« Ihre Augenbrauen blieben hochgezogen, bis er antwortete.

»Meinen Kollegen Liebetrau. Ich nenne ihn Liebchen. Kaffee?«

Kaum hatte er zwei Tassen Kaffee eingeschenkt, als Liebetrau auch schon ins Büro stürzte.

»Hallo Doc. Ich bin mit meinen Recherchen zu Ihrem Oberarzt fast fertig. Interessant. Sehr interessant.« Liebetrau wedelte mit seinem Notizblock.

»Tessa möchte auch über Neumann sprechen. Ein begehrter Mann, wie mir scheint. Gut, Tessa, leg los.«

»Neumann kam mit der Duoxepin-Studie vor neun Monaten an die Klinik. Das Medikament wirkt sehr gut, dennoch habe ich Hinweise, dass die Daten manipuliert sind. Ich habe … ich bin … also jedenfalls habe ich das überprüfen können an den Originaldaten, und es hat sich bestätigt: Er will die Studie gefälscht zum Abschluss bringen.«

»Warum?«, nuschelte Liebetrau. Er fischte aus einer Dose ein Magenglobuli und steckte es in den Mund.

Tessa zuckte die Achseln: »Geld vermutlich. Für die Pharmafirma zählt jeder Monat. Das weiß ich aber nicht genau.« Sie zeigte auf Liebetraus Dose. »Sie sollten nicht so viel von dem Zeug schlucken. Ist nicht gut für den Magen.«

»Hä? Ich nehme es doch für den Magen!«, sagte Liebetrau verdutzt.

»Weiter.« Koster wollte mehr hören.

»Also: Ein gestandener, erfolgreicher Arzt manipuliert eine Studie. Nun gut, das soll es ja geben. Aber der gleiche Arzt hat uns nicht erzählt, dass er Gabriele Henke kannte!«

»Natürlich kannte er sie. Er ist doch der Oberarzt der Station.« Liebetrau nahm es wieder ganz genau.

Klugscheißer, dachte Koster und grinste. Tessa hielt sich tapfer.

»Ja, aber er kannte sie von früher! Er ist der Vater ihrer Tochter Maria Rosenstein!«, triumphierte sie.

»Wie bitte?« Kosters Stimme war ruhig, was er von seiner innerlichen Verfassung nicht behaupten konnte. »Ich hör wohl nicht richtig? Er ist der Ex unserer Toten?«

»Albertus Magnus der Große. Alba. Magnus Neumann. Ein seltsamer Kosename, ich weiß. Die Freundin aus Berlin hat mich drauf gebracht«, sagte Tessa.

»Ohh, er ist Alba – da hab ich sie ja endlich«, rief Liebetrau dazwischen. »Oder ihn, besser gesagt. So ein krummer Hund.«

»Brömme hat ausgesagt, dass Henke den vermeintlichen Vater ihrer Tochter am Telefon erpresst hat«, murmelte Koster.

»Und damit hat er doch ein Motiv, oder?«, fragte Tessa.

Koster antwortete nicht gleich. Er sah aus dem Fenster, musste seine Gedanken ordnen. Dann sagte er zögerlich: »Er hat seine Speichelprobe als Einziger nicht abgegeben.«

»Nicht?« Davon hatte Tessa offensichtlich nichts gewusst. »Das spricht ja wohl Bände!«

Auch Liebchen hatte etwas beizusteuern. Er berichtete, dass Neumann aus einer alten Ärztefamilie stamme. Als einziger Sohn lasteten alle Erwartungen auf ihm. Erst Internat, dann Studium und Auslandsaufenthalte. Der Sohnemann sollte groß Karriere machen.

»Haben Sie etwas über sein Studium recherchiert?«, fragte Tessa.

»Studium in Dresden, Berlin und Melbourne. Dann Zürich und Hamburg. Ist rumgekommen, der Mann.« Liebetrau blätterte noch ein paar Seiten weiter in seinem Notizbuch, fand aber offensichtlich nichts mehr. »Warum fragen Sie?«

Tessa druckste. »Ich glaube, er … hat kein Examen.«

Koster musste beinahe lachen. »Wie kommst du denn da drauf? Das klingt ja abenteuerlich.«

Tessa blieb ernst. »Ich weiß, ich überprüfe es. Ich habe bei der Ärztekammer angerufen.«

Koster konnte es kaum glauben. »Du meinst es tatsächlich ernst. Ein erfolgreicher Arzt ohne Studium?«

»Nicht ohne Studium, nur mit gefälschtem Examen. Er war durchs Physikum gefallen, und ohne konnte er nicht weiterstudieren. Wenn er nachgeholfen hat …?«

»Das wären alles nur Indizien, keine Beweise. Das reicht nicht, um Neumann des Mordes an Gabriele Henke zu überführen, wenn er nicht gesteht, Tessa. Ich kann ihn nicht verhaften. Kein Staatsanwalt der Welt stellt mir einen Haftbefehl aus. Ich kann ihn nur zur Vernehmung einbestellen. Das wird ihm einheizen. Mal sehen, wie er auf eine offizielle Einladung ins Polizeipräsidium reagiert.« Er wandte sich an Liebetrau. »Liebchen, lass ihm das gleich zustellen. Morgen früh um zehn Uhr will ich ihn hier im Vernehmungsraum haben!«

»Jau. Nichts lieber als das.« Liebchen schnappte sich seine Globuli-Dose und verschwand mit neu entfachtem Eifer.

Nachdem Liebetrau gegangen war, stand Koster auf und ging zu Tessa. Er zog sie aus dem Stuhl hoch und nahm sie in den Arm. Er war froh, dass sie es zuließ.

»Ich möchte, dass du nach Hause gehst. Nicht in die Klinik! Sei morgen Vormittag erreichbar. Schalt dein Handy in der Klinik auf Empfang, wann immer du dein Büro verlässt, okay?«

»Glaubst du, dass ich in Gefahr bin?« Ihr Blick flackerte ängstlich.

»Nein, Neumann ist morgen früh hier. Aber ich möchte ab sofort jedes Risiko ausschließen. Wenn du nicht in deinem Büro zu erreichen bist, möchte ich dich auf dem Handy anrufen können. Tag und Nacht!«

Sie kuschelte sich noch tiefer in seine Arme.

Nach einer Pause fragte sie leise: »Willst du mit zu mir kommen?«

Nichts hätte er lieber getan. Gar nichts. Aber er durfte nicht. Nicht heute Abend.

»Nein, es geht leider nicht.« Er sah ihr direkt in ihre warmen braunen Augen. »Heute Abend kommt meine Frau mit den Kindern zurück, und ich muss mit ihr sprechen«, sagte er ernst.

ZEHNTER TAG

Koster hatte die halbe Nacht mit seiner Frau gestritten und war müde und gereizt, als er das Präsidium betrat. Die Vernehmung von Doktor Neumann wartete auf ihn, und er wollte sich vor Staatsanwalt Menzel keine Blöße geben. Daher war er nach vier Stunden Schlaf wieder aufgestanden, um sich auf das Verhör vorzubereiten. Zusammen mit Liebetrau und Staatsanwalt Menzel betrat er das Vernehmungszimmer und setzte sich mit einem kurzen Gruß Neumann gegenüber. Dessen Überheblichkeit war sichtbarer Unruhe gewichen. Der ängstliche Ausdruck verlieh seinem Gesicht fast etwas Sympathisches. Koster rückte seine Akten zurecht und schaltete den digitalen Rekorder an. Als er sich versichert hatte, dass das rote Aufnahme-Licht leuchtete, begann er mit den üblichen Formalien. Er nannte die Namen der anwesenden Personen, Neumanns Alter, seinen Beruf sowie dessen Wohnort.

»Ist das alles korrekt?«, fragte er.

Neumann nickte. Sein Augenlid zuckte.

»Für das Protokoll, Doktor Neumann nickt. Doktor Neumann ist Oberarzt an der Universitätsklinik und arbeitet auf der Station, auf der das Opfer, Gabriele Henke, ermordet aufgefunden wurde. Ist die Beziehung, die Sie zum Opfer hatten, richtig dargestellt, Doktor Neumann?«

»Wenn Sie damit meinen, dass sie Patientin auf meiner Station war, dann ja.«

»Sie werden heute als Beschuldigter vernommen, ist Ihnen das klar, Doktor Neumann?«, fragte Koster.

»Sie brauchen mir nicht zu drohen, Kommissar Koster.«

Koster blickte kurz zu Staatsanwalt Menzel. Doch der reagierte nicht. Neben Menzel blätterte Liebchen unbeeindruckt in den Akten.

»Ich werde Sie jetzt über Ihre Rechte belehren: Es steht Ihnen nach dem Gesetz frei, sich zur Beschuldigung zu äußern oder nicht zur Sache auszusagen. Sie können außerdem zuvor und jederzeit einen von Ihnen zu wählenden Verteidiger befragen sowie einzelne Beweiserhebungen zu Ihrer Entlastung beantragen.« Koster las den Text von einer Karteikarte ab. Nicht, dass er ihn nicht auswendig kannte, aber er wollte keinen Fehler machen, nicht ein Wort verdrehen, damit ein Rechtsanwalt nicht am Ende einen Formfehler daraus stricken konnte oder seine Aussage nicht gerichtsverwertbar war. Oberarzt Neumann hatte keinen Anwalt hinzugezogen und wollte auch jetzt keinen. Das konnte sich natürlich jederzeit ändern. »Haben Sie das alles verstanden?«, fragte Koster zur Sicherheit nach.

»Ich bin ja nicht blöd. Und für das Protokoll: Ich empfinde es als reine Schikane, dass Sie mich verhören, nur weil ich keine Speichelprobe abgegeben habe.«

Da ist sie wieder, die alte Überheblichkeit, dachte Koster. »Wie kommen Sie darauf, dass wir Sie wegen der fehlenden Speichelprobe vernehmen?«, fragte er.

»Na, weswegen denn sonst?« Neumann erblasste.

»Wir ermitteln im Mordfall Gabriele Henke.« Er ließ Neumann keine Pause zum Nachdenken. »Wie haben Sie den Tag verbracht, an dem Frau Henke starb?«

»Das habe ich doch alles schon erzählt.«

Er versuchte offenbar, Zeit zu gewinnen. Kosters Eröffnung hatte seine Wirkung nicht verfehlt.

»Dann erzählen Sie es jetzt noch mal. Der Staatsanwalt hat es noch nicht gehört«, sagte Koster.

Neumann antwortete nicht gleich. Dann fing er zögernd an zu berichten. Er war an dem Tag seit acht Uhr in der Klinik gewesen. Hatte im Büro gearbeitet. Am frühen Nachmittag kam dann der hysterische Anruf einer Krankenschwester, dass eine Patientin tot im Fahrstuhl lag. Er war sofort hochgeeilt und hatte die Bescherung mit eigenen Augen gesehen. Die Mitarbeiter hatten die Polizei bereits verständigt. Er hatte nichts mehr tun können.

Koster fand Neumanns Bericht hartherzig. Die Mutter seiner Tochter lag ermordet im Lastenfahrstuhl, und er bezeichnete sie als »Bescherung«. Oder war es ein jämmerlicher Versuch, so zu tun, als ginge ihn das alles nichts an?

»Haben Sie Ihr Büro zwischen zwölf und vierzehn Uhr verlassen?«

»Das habe ich bestimmt. Kaffee holen, auf Toilette gehen, mit Kollegen sprechen. Ich weiß es nicht mehr. Termine hatte ich jedenfalls keine, falls Sie das meinen.«

»Sie haben also kein Alibi für diese Zeit?«

»Ich war in meinem Büro – wie schon gesagt. Dort haben mich bestimmt Mitarbeiter gesehen. Fragen Sie die.«

»In welchem Verhältnis standen Sie zu Frau Henke?«

»Sie war Patientin auf meiner Station. Das sagte ich schon.«

»Sonst nichts?«

Neumann beugte sich vor und echauffierte sich: Ob Koster ihm unterstellen wollte, dass er Patienten bevorzuge?

Koster zog eine Augenbraue hoch. »Nun, Frau Henke war doch eine Ihrer Studienpatientinnen, oder?«

»Ja, natürlich«, erwiderte Neumann und lehnte sich wieder bequem zurück, als sei die Gefahr gebannt.

»Berichten Sie uns ein bisschen über ihre Studie«, schlug Koster einen versöhnlichen Ton an.

Neumann war in seinem Element. Er lobte Duoxepin als

das »Medikament der Zukunft«, durch das Depressionen endlich besser geheilt werden könnten.

»Wann kommt denn das Medikament auf den Markt?«, fragte Liebetrau und mischte sich damit erstmals ein.

Neumann reagierte ungehalten. »Das dauert noch. Sie haben ja keine Ahnung, welche Vorlaufzeiten die Entwicklung von Medikamenten hat. Jahre. Duoxepin steht kurz vor der Freigabe durch die Behörden.«

»Und hält es, was es verspricht?«, fragte Liebetrau.

»Ja.« Über Neumanns Gesicht ging ein Strahlen. »Es ist das Beste, was seit der antiviralen Therapie gegen den HI-Virus auf den Markt gekommen ist.«

Er glaubt wirklich an das Medikament, dachte Koster. Er glaubt daran, egal, was dagegen spricht.

»Stimmt es, dass es gravierende Nebenwirkungen gibt, die in Ihrer Studie nicht erwähnt werden? Dass Patientendaten gelöscht und andere erfunden wurden?«, fragte Liebetrau.

Neumann sprang auf und lief gestikulierend Richtung Tür. »Das ist ja infam. Das brauche ich mir von Ihnen nicht unterstellen lassen.«

»Setzen Sie sich!« Liebchens Ton war plötzlich schneidend scharf.

»Wie kommen Sie nur auf einen solchen Unsinn?« Neumann setzte sich zögerlich. Er wirkte plötzlich verunsichert. Erholte sich aber rasch. »Diese Unterstellungen haben Sie von Doktor Ravens, stimmt's?«, fragte er. »Dieses Biest.«

»Wir haben uns gefragt, warum ein so renommierter Arzt wie Sie so etwas wohl tut? Da fiel uns nichts anderes als Geld ein. Ist das so?« Koster übernahm jetzt wieder das Ruder.

»Was?«

Neumann stellte sich also dumm. Na gut, dann eben die harte Tour. »Ist es nicht so, dass Sie mit der Markteinführung des Medikaments viel Geld verdienen werden? Dass Sie so überzeugt von dem Medikament sind, dass Sie alle anderen Daten und Hinweise ausblenden? Dass Sie nicht gestört werden dürfen in Ihrem Tun?«

»Ich weiß nicht, wovon Sie sprechen.«

Koster klopfte mit dem Stift auf die Akte, die geschlossen vor ihm lag. »Hier steht, dass Sie mit Gabriele Henke eine gemeinsame Tochter haben.«

Mit einem Mal wurde Neumann aschfahl. Sein Augenlid zuckte inzwischen ununterbrochen. »Dann steht da was Falsches drin.« Er hielt inne. »Was hat das mit der Studie zu tun?«

»Unsere Unterlagen sind jedenfalls nicht manipuliert«, sagte Liebchen und stand auf ein Zeichen von Koster hin auf. »Dann will ich unseren Besuch mal hereinbitten.«

Neumann blickte ihm nervös hinterher. Er schwitzte stark und versuchte, seine Hände unauffällig an den Hosenbeinen abzuwischen. Koster bemerkte, dass sie zitterten.

Als die Tür zum Vernehmungsraum wieder aufging, trat eine übergewichtige Frau mit auffallend langen Haaren vor Liebetrau in den Raum. Sie blieb abrupt in der Tür stehen.

»Ja, natürlich ist er das. Du hast dich gar nicht verändert, Magnus. Schade, dass wir uns unter diesen Umständen wiedersehen. Ich will hoffen, dass du nichts mit Gabrieles Tod zu tun hast.«

Neumann hatte es die Sprache verschlagen. Er sank in sich zusammen, während Liebchen die Frau wieder hinausbugsierte.

»Ergänzen Sie das bitte für das Protokoll.« Menzel sprach das erste Mal. Seine tiefe Stimme klang angenehm ruhig.

»Ergänzung für das Protokoll…«, sagte Koster in das Mikrofon. »Kommissar Liebetrau hat Frau Doktor Schefika, wohnhaft in Berlin-Marzahn, zu einer Gegenüberstellung hereingeführt. Sie hat den Beschuldigten sofort und ohne zu zögern als ihren alten Studienkollegen aus Dresden identifiziert.« Koster machte eine Pause. »Also, jetzt wird es wirklich schwierig zu behaupten, Sie hätten Gabriele Henke nicht schon seit vielen Jahren gekannt.«

»Ich habe nichts mit dem Mord an Gabriele zu tun. Glauben Sie mir.« Neumann zögerte einen kurzen Moment. Er schien abzuwägen, knickte dann aber ein. »Lassen Sie mich erklären.« Stockend begann er zu erzählen, dass er aus einer guten Familie stamme, die seit Generationen Ärzte hervorbrachte. Auch sein Vater war ein anerkannter Chirurg, der allerdings wegen einer Parkinsonerkrankung nicht mehr arbeiten konnte. Schon seit Jahren vegetierte der Vater zu Hause vor sich hin. Keiner konnte ihm helfen. Er wollte sich auch nicht helfen lassen. Neumann wuchs in dem Wissen auf, die Stelle des Vaters einnehmen zu müssen. Es stand außer Frage, dass er als der einzige Sohn, als der »Mann im Haus«, die Familientradition aufrechterhalten und auch Arzt werden musste. Er hingegen sei an der Verantwortung fast zerbrochen. Noch heute träume er nachts vom leidenden Blick seiner Mutter. So habe er Medizin studiert, um Karriere zu machen und viel Geld zu verdienen. Ebenfalls als Chirurg. Plastische Chirurgie. Damit ließe sich gutes Geld verdienen.

»Psychiatrie ist aber nicht gerade Schönheitschirurgie«, bemerkte Liebetrau ironisch.

»Ich wollte auch gar nicht in die Psychiatrie.« Neumann lachte bitter. »Aber wen hat es denn interessiert, was ich wollte? Ich hatte nur eine Verpflichtung zu erfüllen. Etwas anderes gab es nicht.« Er schluckte und fügte leise hinzu. »Verstehen Sie das nicht?«

Liebchen ermunterte ihn: »Doch, sprechen Sie weiter.«

»Anfangs gefiel mir das Studium. Ich redete mir ein, dass ich wirklich Arzt werden will.« Wieder lachte Neumann.

Koster fand das Lachen langsam auffällig. Der Mann würde hoffentlich nicht durchdrehen. »Wollten Sie kein Arzt mehr werden?«

»Nein. Ich kam mit den Kranken nicht zurecht. Mit dem vielen Blut, den Schmerzen, dem Leid. Ist das nicht komisch? Wo ich doch von zu Hause so viel Erfahrung mit Leiden hatte. Vielleicht gerade deshalb. Sei es drum, ich glaubte, ich könne mich dran gewöhnen. Dann habe ich mich in Gabriele verliebt. Alles lief gut. Bis das Lernen für das Physikum anfing. Ich … ich … hab es einfach nicht gepackt. Der Druck von zu Hause, die ganzen Formeln, die Stoffmenge. Vielleicht wollte ich auch nicht … ich weiß es nicht. Ich bin durch die Prüfungen gefallen. Was sagen Sie nun?« Wieder lachte Neumann hysterisch auf.

»Das wissen wir bereits.« Das müsste ihm eigentlich den Boden unter den Füßen wegziehen, dachte Koster.

Tatsächlich starrte Neumann ihn entgeistert an. Flüsterte etwas, was Koster nicht verstand. »Wie bitte?«

»Sie wussten es? … Wussten Sie auch, dass ich einfach weitergemacht habe? Ich musste. Ich konnte ja niemandem sagen, dass ich ein Versager bin! Es hätte meinen Vater umgebracht. Und Mutter gleich dazu. Das war der Anfang vom Ende.« Neumann schluckte trocken. »Und dann wurde Gabriele schwanger … Das war zu viel. Ich wollte nur noch weg. Ich bin nach Berlin geflohen.«

»Zum Zigarettenholen gegangen und nicht wiedergekommen?«, ätzte Liebetrau.

»Ich habe gute Kopien der Prüfungszeugnisse eines Kommilitonen gemacht. Er hat es gar nicht gemerkt. Dann habe ich meinen Namen eingesetzt. Keiner prüft die Urkundennummer. Ich habe einfach weitergemacht, als hätte ich die Prüfung bestanden. Seminare, Vorlesungen, Scheine. Wie alle anderen.«

»Ganz schön abgebrüht.« Liebchens Abneigung war deutlich spürbar.

»Zum Examen konnte ich mich nicht anmelden. Da wäre ich aufgeflogen. Ich habe noch einmal gefälscht und bin damit ins Ausland.« Seine Schultern zuckten verräterisch. »Ich hatte mich verstrickt in einer Welt der Selbsttäuschung. Darin bin ich Profi. Es gibt niemanden, der das besser kann.«

»Warum haben Sie nicht irgendwann die Notbremse gezogen?«, fragte Koster. Neumann hob den Kopf und sah ihn gequält an. Koster bekam beinahe Mitleid mit ihm. Aber hatte er Mitleid mit seiner schwangeren Freundin gehabt? Mit all den Menschen, die er betrogen hatte? Nein!

»Um die Notbremse zu ziehen, braucht man Mut. Ich bin ein Feigling. Ja, ich sitze hier und sage es Ihnen. Ich bin ein Feigling. Schon immer gewesen. Ich hatte nicht den Mut und die Kraft, mich aus meiner Scheinwelt zu lösen. Und warum auch? Es klappte doch alles. Es war gar nicht so schwierig. Man muss nur regelmäßig alle Brücken hinter sich abbrechen. Dann fragt keiner. In all den Jahren nicht.« Neumann war vollends eingebrochen. Er ließ den Kopf sinken.

Liebetrau blätterte in der Akte. »Dresden, Berlin, Sydney, Melbourne, Zürich. Hab ich was vergessen?«

»Sie haben Ihre Hausaufgaben gemacht.« Seine Stimme klang sarkastisch. »In Zürich habe ich erstmals Kontakt zur Pharmaindustrie bekommen. Es war eine neue Welt für mich. Endlich keine Kranken mehr. Kein Siechtum, sondern Forschung. Dort wollte ich hin. Endlich hatte ich meinen Platz gefunden. Das Angebot von medi-pharma war die Lösung für all meine Probleme. Leider hatte nur die hiesige Universitätsklinik noch keinen Studienleiter. So ging ich das Risiko ein. Ohne dieses Angebot wäre ich nie nach Deutschland zurückgekommen.«

»Das verstehe ich nicht«, sagte Koster.

»Im Ausland werden die Approbationsdokumente nicht so streng geprüft. Ich hatte Angst, dass es in Hamburg auffliegt. Deshalb will ich die Studie so schnell wie möglich abschließen. Die Ergebnisse sind wirklich fantastisch. Und ja, ich habe einige Daten dupliziert, um schneller die Gesamtanzahl an Patienten zusammenzubekommen. Mehr aber nicht!«

»Trotzdem bleibt es Manipulation. Sind Sie nicht aufgeflogen?«, fragte Liebetrau.

»Nein. Wer sollte das merken? Das ist ja der beschissene Witz. Und dann steht plötzlich Gabriele vor mir. Wie ein Geist. Jetzt weiß ich, was es heißt, wenn man sagt, dass einen ›der Schlag trifft‹.« Wieder lachte er verbittert auf und fuhr sich mit beiden Händen durch die Haare. Es schien fast so, als durchlebe er die Situation noch einmal.

Koster fing einen besorgten Blick von Staatsanwalt Menzel auf. Schüttelte aber den Kopf. So einfach käme der Arzt nicht davon.

»Es war ein grauenhafter Moment. Das viele Blut. Wie sie da lag.«

»Sie hatten Angst, dass Gabriele Henke Sie verrät. Dann wäre es aus mit Ihrem Traum vom großen Pharma-Geld.«

»Geld?« Neumann wirkte vollkommen verblüfft. Als er sich wieder gefangen hatte, sagte er: »Das ist doch Irrsinn.«

»Wollen Sie einen Schluck Wasser?«, fragte Menzel versöhnlich.

»Jetzt nicht«, fuhr Koster dazwischen. »Sie hatten sich mit ihr am Lastenfahrstuhl verabredet. Sie hatten eine Stinkwut.

Diese Frau hätte alles auffliegen lassen können! Und sie hat Sie erpresst. Was wollte sie? Wie viel Geld?«

»Sie verstehen gar nichts.«

»Sie haben sie zur Rede gestellt.« Koster erhöhte das Tempo. »Ihr klargemacht, dass Sie ihr das Geld nicht geben wollen. Sie hat Ihnen gedroht, stimmt's? Gedroht, dass sie alles sagen würde. Das war bitter. Da sind Sie ausgerastet und haben die Flasche genommen …«

»Nein, das ist totaler Unsinn.« Der Oberarzt schlug verzweifelt die Hände vors Gesicht.

Liebetrau griff nach seiner Akte und holte Fotos heraus. »Sie hat Sie nicht ernst genommen.« Er schleuderte die Tatortfotos verächtlich in Neumanns Richtung. »Sie hat Sie ausgelacht, stimmt's? Haben Sie sie deshalb angegriffen?«

»Was?« Zitternd nahm Neumann ein Foto. »Nein … ich … ja, gut, ich war da. Aber nur kurz. Wir hatten uns schon die Tage vorher getroffen. Ich dachte, wir wären uns einig. Plötzlich hat sie darauf bestanden, mehr Geld zu bekommen. Es war nicht mit ihr zu reden.« Er ließ das Foto sinken. Schob die Bilder zusammen. »Ich hab gesagt, ich würde sehen, wie viel ich zusammenbekomme. Dann musste ich raus … an die frische Luft.«

»Ja, das glaube ich. Nachdem Sie sie umgebracht haben, voller Wut, mussten Sie weg vom Tatort …«

»Nein … nein … glauben Sie mir doch. Ich habe nie … ich hatte doch gar keinen Grund …«

»Wir wissen, dass Frau Henke Angst vor Ihnen hatte.« Kosters Stimme klang auf einmal ganz verständnisvoll. »Sie hat es uns gesagt. Am Tag nach Isabell Drosts Tod.«

»Angst vor mir? Aber warum denn?«

»Sie haben ihr gedroht! Das waren Sie doch, auf dem Anrufbeantworter, oder?«

Neumann nickte resigniert. »Sie hatte aus meinem Büro Papiere mitgehen lassen. Ich habe es nicht gleich bemerkt.«

»Frau Henke dachte, Sie wären im Zimmer gewesen, und Frau Drost … sie wusste ja über Sie Bescheid.«

»Nein! Ich war niemals in ihrem Zimmer. Nicht mal bei der Visite. Bitte glauben Sie mir.«

»Schauen Sie mal, Doktor Neumann, es ist doch wirklich ganz einfach. Noch heute entnehmen wir von Ihnen die Speichelprobe. Die forensischen Beweismittel werden Sie zweifelsfrei als den Täter überführen. Machen Sie es sich selbst doch nicht so schwer. Legen Sie ein Geständnis ab, und entlasten Sie Ihr Gewissen.« Die Worte, die Staatsanwalt Menzel an den Verdächtigen richtete, hingen bedeutungsvoll im Raum. »Vielleicht als eine Art späte Wiedergutmachung. Machen Sie endlich Schluss mit Ihrem Lügengebilde. Machen Sie reinen Tisch.«

Es sollte der Schlusspunkt sein, doch Neumann schüttelte nur entkräftet den Kopf. »Sie liegen völlig falsch.«

So schwer es ihm fiel, aber jahrelange Erfahrung und seine Intuition verrieten Koster, dass Neumann nicht log. Er glaubte ihm. Seine Mimik war über die ganze Aussage hinweg konstant geblieben. Er zeigte auch keines der typischen körperlichen Lügensymptome. Er hatte weder den Blickkontakt vermieden noch die Stimmlage abrupt gewechselt. Auch der Kontakt zwischen Hand und Gesicht hatte nicht zugenommen, kein Fingertrommeln. Entweder war Neumann ein besonders raffinierter Lügner oder er sagte die Wahrheit. Da Koster wusste, dass der Pflegeschüler Philipp in der Nacht die Drost beklaut hatte, tendierte er dazu, Neumann zu glauben, dass dieser das Zimmer nicht betreten hatte. Und er hatte den Betrug seiner Ausbildung zugegeben. Dann hätte er auch gleich weitersprechen können. Neumann hatte nur seinen Ehrgeiz, die Arbeit und die Aussicht auf Geld. Jetzt war seine Karriere so oder so ruiniert.

»Warum haben Sie nicht mit Ihrer Tochter gesprochen?«

In Neumanns Gesicht las Koster Erstaunen.

»Ich kenne sie nicht. Wie hätte ich…« Er schüttelte den Kopf. »Ich fühle mich nicht als Vater. Ich hätte meine Verpflichtung damals annehmen müssen, aber ich…«

Koster war skeptisch. Er traute Neumann zu, dass er es sich selbst schönredete, aber er hakte nicht nach. Den Punkt konnte er später klären. Vielleicht war es jetzt Zeit für einen letzten Versuch.

»Wann hatten Sie sich entschieden, mit der Flasche anzugreifen?«

Einen Moment lang schien Neumann ihn nicht zu verstehen. Koster meinte Angst in seinen Zügen zu erkennen, aber Neumann wiegelte ab.

»Sie müssen mir glauben«, sagte er eindringlich. »Ich habe nur mit Gabriele geredet. Ich habe sie nicht getötet. Der Täter wird die Flasche genommen haben, weil sie da war. Die Wasserkästen lagern dort. Ich wünschte, ich wäre nicht gegangen, vielleicht hätte ich sie retten können.«

Späte Einsicht, dachte Koster. Wenn also Neumann nicht der Mörder war, wer war es dann? Sie ermittelten schon seit einer Woche, und der Täter lief immer noch frei herum. Wer war so kaltblütig und schlitzte mit einer abgebrochenen Flasche einem anderen Menschen die Kehle auf? Eine abgebrochene Flasche… Hatte Neumann nicht gerade etwas über die Wasserkästen gesagt?

»Wer ist eigentlich für die Wasserkästen verantwortlich?«, fragte er.

Neumann zuckte die Achseln. »Was meinen Sie? Das Pflegepersonal bestellt wöchentlich Vorräte, und die Versorgungsstelle beliefert die Stationen.«

»Und dann?«

»Dann tauschen sie die vollen gegen die leeren Kästen aus. Oder was wollen Sie wissen?«

»Und wie kommen die Patienten an die Getränke?«

»Der Tischdienst bringt immer zwei oder drei Kästen in den Aufenthaltsraum. Aber die Patienten wissen, dass sie sich auch selbst was holen können. Wieso?«

»An welchem Wochentag bekommen Sie die Getränkelieferung?«

»Da müssen Sie Schwester Mathilde fragen. Ich glaube dienstags.« Neumann stutzte. »Dienstag… der Tag, an dem Gabriele…«

»Genau. Alle Kästen waren gefüllt. Es fehlte keine einzige Flasche.«

»Was bedeutet das…?«, fragte Staatsanwalt Menzel irritiert.

»Das bedeutet, dass der Täter die Wasserflasche mit in den kleinen Lagerraum und zum Lastenfahrstuhl genommen hat. Er muss sie in der Hand…«

Neumann unterbrach ihn aufgeregt. »Wir dürfen nicht davon trinken.« Seine Stimme brach.

»Im Lagerraum waren alle Wasserkisten gefüllt«, sagte Koster. »Das Krankenhaus wird von einem im normalen Handel nicht käuflichen Hersteller beliefert. Die Flaschen sind also leicht zu identifizieren. Nur die Patienten haben diese Flaschen, denn…«

»… wir dürfen nicht davon trinken«, wiederholte Neumann und führte Kosters Satz weiter. »Sparmaßnahmen. Das Personal bringt sich seine eigenen Getränke mit. Alles unterschiedliche Flaschen. Die Glasflaschen sind nur für die Patienten. Es muss ein Patient… O Gott. Ein Patient von unserer Station. Ich habe es die ganze Zeit geahnt. Aber ich weiß doch nicht…«, wisperte Neumann.

»Wer? Welcher Patient ist es?« Koster rutschte ganz dicht an die Tischkante und durchbohrte Neumann förmlich mit seinem Blick.

»Ich weiß nicht… sie muss…«, stotterte Neumann.

»Er tat es im Affekt. Der Mörder hat es nicht geplant. Wer? Denken Sie nach, welcher Ihrer Patienten ist zu so etwas fähig?«

»Keiner. Sie sind… er war wütend… sie hat ihn vielleicht abgewiesen… nein, ich weiß es nicht.«

*

Die junge Katharina Waag riss die Tür auf und stand atemlos vor Tessa. »Mager und Brömme kloppen sich. Die Show sollten sie nicht verpassen.«

Tessa sprang auf und hastete mit Katharina den Flur hinunter in Richtung Dienstzimmer. Mitten auf dem Gang rangelten David Brömme und Kurt Mager miteinander. Drum herum tänzelten die anderen Patienten lautlos aus dem Weg, je nachdem, wohin sich die Kontrahenten bewegten. Es war ein ungleicher Kampf, denn Brömme war über zwanzig Jahre jünger und darüber hinaus wesentlich fitter als Kurt Mager.

Tessa hörte den Sozialarbeiter Holger Buchholz »Schluss jetzt!« rufen, aber niemand nahm davon Notiz.

Plötzlich stolperte Mager und fiel. Er versuchte sofort sich wieder aufzurappeln, aber Brömme hatte sich schon mit einem Schrei auf ihn geworfen und zerrte Mager an den Haaren.

»Fass mich nicht an, du tuntiger Knirps!«, keuchte Mager und versuchte sich aus Brömmes schmerzhaftem Griff zu befreien.

Einige Patienten kicherten. Den großen, schlanken und recht männlich aussehenden David Brömme als tuntigen Knirps zu titulieren hatte schon etwas unfreiwillig Komisches. Das schien Brömmes Wut nur noch mehr anzufachen.

Patrick Bollmus ballte die Fäuste und tänzelte, wie ein Schattenboxer Schläge in die Luft austeilend, vor den beiden auf und ab: »Hautse, hautse, immer auffe Plautze!«

Tessa starrte ihn sprachlos an.

Ineinander verkrallt wälzten sich Mager und Brömme auf dem Boden, versuchten sich zu treten und schlugen sich abwechselnd die Fäuste in den Leib. Brömme rammte Mager gerade seinen Ellenbogen in die Magengrube, als Tessa sich gefangen hatte und Brömme an der Schulter zog.

»David, lassen Sie ihn sofort los. Sofort!« Tessa schrie ihn an und packte seinen Arm. »Himmel, Schluss jetzt!«

Mager japste nach Luft und nutzte den Moment der Ablenkung, um Brömme einen rechten Haken mitzugeben.

Auch Buchholz schien jetzt den Mut gefasst zu haben, Tessa zu helfen. Er stellte sich zwischen die beiden und nahm Brömmes anderen Arm. »Komm, lass gut sein. Hast ja gewonnen …«

Brömme ließ von Mager ab. Der kam taumelnd wieder auf die Beine und versuchte, seinem jungen Gegner hinterherzukommen. Noch bevor er seinem Ziel nahe genug gekommen war, hatte Brömme sich Buchholz' Griff entwunden und schickte Mager mit einem gezielten Kinnhaken erneut zu Boden. Magers Unterlippe platzte auf, und diesmal blieb er einfach stöhnend liegen.

»Es reicht!«, schrie Tessa. Plötzlich sah sie ein Taschenmesser in Brömmes Hand blitzen. Langsam näherte er sich mit stierem Blick dem auf dem Boden liegenden Kurt Mager.

»Tu's doch!«, schrie Mager mit Tränen in den Augen. »Tu's

doch, dann haben wir es hinter uns. Hier lässt doch sowieso jeder die Sau raus, seit wir das Teufelszeug schlucken.«

In diesem Moment umklammerte Buchholz das Handgelenk des Patienten und nahm ihm das Messer ab.

»Genug.« Er war bedrohlich leise und schien Brömme damit zu erreichen. »Sofort in Ihr Zimmer! Ich komme mit.«

Mit einem letzten Blick auf den blutenden Kurt Mager auf dem Boden wandte sich Brömme ab, schob die Patienten weg und ging in sein Zimmer. Buchholz schickte kurz einen Blick zu Tessa und bedeutete ihr, dass er sich um ihn kümmern würde.

Tessa nickte. So energisch hatte sie Buchholz noch nie erlebt. Sie half Kurt Mager wieder auf die Beine.

»Kommen Sie, ich versorge Ihre Lippe. Die kann's gebrauchen.« Wortlos ließ sich der zitternde Mager in den Behandlungsraum führen. »Und die anderen trollen sich wieder, die Show ist vorbei. Los, los.«

Während Tessa Kurt Mager das Blut aus dem Gesicht tupfte, stöhnte dieser leise vor sich hin. »Haben Sie noch woanders Schmerzen?«, fragte sie nach.

»Nein. Sehen Sie nur zu, dass das Blut weggeht. Ich will duschen.«

»Was ist denn nur in Sie gefahren?« Sie konnte es nicht fassen. Er hatte immer äußerst friedfertig auf sie gewirkt.

»Nichts.«

»Kommen Sie, raus mit der Sprache. Wer hat angefangen?«, wollte Tessa wissen.

Mager schüttelte den Kopf. »Er hat mich angefasst. Er war total wütend. Nicht auf mich.« Er zuckte zusammen, als Tessa versuchte, mit etwas Betaisadona die Schrammen in seinem Gesicht zu reinigen.

»Das brennt …«, stöhnte er.

»Das ist kein Jod, das kann nicht brennen.« Sie fasste sein Gesicht ganz behutsam an und tupfte die Stellen nur ab. »Ich bin ganz vorsichtig.«

»Er hat mich eine arme Wurst genannt und mich überall angefasst. Ich habe ihm gesagt, er soll das lassen.«

»Und das hat er nicht getan.«

»Ich habe gesagt, er soll sich waschen. Aber das wollte er auch nicht tun. Er muss sich aber reinigen, wenn er mich anfasst, sonst …«

»Stopp! Sie wissen, dass das ein Zwangsgedanke ist. Das ist nicht real. Seit wann zwingen Sie anderen Menschen Ihre Zwangsgedanken auf? Das passt gar nicht zu Ihnen.«

Mager schwieg.

»Was?«

»Der innere Drang quält mich. Es wird immer schlimmer. Ich will die Medikamente nicht mehr nehmen.«

»Was hat das mit dem Duoxepin zu tun?«

»Ich muss was ändern. Ich kann so nicht mehr weitermachen. Ich will, dass meine Frau zurückkommt«, sagte er mehr zu sich selbst als zu Tessa. In seiner Stimme lag eine Mischung aus Verzweiflung und Entschlossenheit. »Wissen Sie was? Lassen Sie das Blut dran. Ich muss es ändern, jetzt.«

»Okay. Klingt gut. Denken Sie dran: Das sind nicht Sie, das ist der Zwang!«

»Ich muss jetzt los«, sagte Mager und sprang von der Liege auf.

»Stopp. Was hat das alles mit Duoxepin zu tun?«, fragte Tessa erneut.

»Ich will keine Medikamente mehr nehmen! Gar keine!« Mager drängte Richtung Tür. »Und ich rufe jetzt meine Frau an und mache reinen Tisch. Dann ist es endlich vorbei.«

»Was ist vorbei? Warten Sie …« Sie erhielt keine Antwort.

Als Tessa wieder in der Ruhe ihres Büros saß, schüttelte es sie innerlich. Buchholz hatte mit Brömme gesprochen: Der hatte sich beruhigt, und es war ihm anscheinend alles ziemlich peinlich. Der Sozialarbeiter hatte Brömme angewiesen, in seinem Zimmer zu bleiben. Mager war losgestürmt, um zu seiner Frau zu fahren. Tessa überlegte, in welchem Zimmer sie Kurt Mager nun unterbringen sollte. Die beiden konnten sich auf jeden Fall kein Zimmer mehr teilen. Oder sollte sie die Medikamente erhöhen? Quatsch. Das Duoxepin musste weg. Sie erinnerte sich, wie begeistert sie noch vor wenigen Wochen von diesem neuen Wirkstoff gewesen war. Und wie zweifelnd sie heute hier saß. Wunder gab es eben nicht. Auch nicht in der Medizin. Manchmal hatte man nur etwas mehr Glück als die anderen. Sie versuchte, sich an etwas zu erinnern, was Sascha zu ihr über Expressivität gesagt hatte. Die Steigerung der Affekte. War es deshalb zu der Prügelei gekommen? Verstärkte das Duoxepin Gefühle ins Unermessliche? Sie würde das Duoxepin bei allen ihren Patienten absetzen. Am besten noch heute!

Das Telefon klingelte. Es war Paul.

Er rief aus der Personalabteilung an, wo er mit seinem alten Kumpel einen Kaffee trank. Er klang gehetzt, als ob er nicht viel Zeit hatte. Sein Kumpel war nur kurz auf der Toilette, und da er ganz alleine in diesem schönen Büro saß, hatte er ganz zufällig einen Blick in die besagte Personalakte werfen können.

Tessa mochte es kaum glauben, aber alle ihre wilden Phantasien wurden plötzlich Wirklichkeit. Paul bestätigte, dass Neumann bis heute seine Abschlusszeugnisse nicht im Original vorgelegt hatte.

»Er hat nur Kopien abgegeben. Auch nicht schlecht, aber die Personalabteilung hat ihn mehrfach aufgefordert, die Originale vorzulegen«, berichtete er.

»Lass mich raten, das hat er nie getan«, sagte Tessa.

»Treffer, versenkt. Schlamperei oder Strategie? Das ist noch offen. Kannst du klären, ob er bei der Ärztekammer die Approbationsurkunde vorgelegt hat?«, fragte Paul.

Natürlich, das war eine der leichteren Aufgaben, die Tessa derzeit zu bewältigen hatte. Sie legte auf und atmete tief durch. Sie drehte sich mit ihrem Stuhl zum Fenster und blickte in den wolkenverhangenen Himmel. Sie musste die Tatsachen zur Kenntnis nehmen: Alles deutete darauf hin, dass Neumann ein Hochstapler war. Und ein Mörder. Denn Henke hätte ihn auffliegen lassen können, dann wäre sein Kartenhaus eingestürzt. Doch das war es jetzt auch. Also doch kein so gutes Motiv? Und wenn es nicht Neumann gewesen war, wer dann?

Morgen würden die Ergebnisse der Speichelproben vorliegen und der Spuk hoffentlich ein Ende haben! Tessa war müde. Sie nahm sich eine Muschel von der Fensterbank. Die Muschel von Kurt Mager. Er hatte sie ihr geschenkt. Sie hatte sie nicht selbst gesammelt. Daher gehörte sie eigentlich gar nicht auf ihre Fensterbank. Sie hätte sie nicht annehmen dürfen. Plötzlich mochte sie die Muschel nicht mehr in der Hand haben. Sie warf sie in den Papierkorb.

Die Gedanken wirbelten durch ihren Kopf. Ihr fiel gerade etwas ein, was Mager gerufen hatte, als er mit Brömme im Clinch lag: … dass alle »die Sau rauslassen würden«. Was hatte er damit gemeint? Wollte er andeuten, dass sie aggressiv geworden wären von dem Medikament? Tessa überlegte weiter. Sollte das Medikament aggressiv machen, hätten auch die Frauen darauf reagieren müssen. Nicht nur Brömme und Mager. Isabell Drost hatte sich das Leben genommen, auch ein Akt der Aggression – gegen sich selbst. Aber Gabriele Henke nun wirklich nicht. Sie war nicht auffällig gewesen.

Oder doch? Immerhin hatte sie Neumann erpresst. Nicht gerade sanftmütig. Tessa kam eine Idee. Sie griff zum Telefon.

»Hey, ich bin's. Ich wollte dich fragen, ob du noch etwas herausgefunden hast?«

»Immer mit der Tür ins Haus! Wie läuft es denn bei euch? Gibt es Neuigkeiten?«, fragte Sascha.

»Ich kann jetzt nicht darüber reden, Sascha. Hier geht es drunter und drüber. Morgen sollen die DNA-Auswertungen vorliegen, und dann wissen wir mehr.«

»Hmm. Du klingst nicht gut. Fahr mal in den Urlaub, wenn alles vorbei ist. Okay, ich will dich nicht auch noch quälen. Ich bin immer noch nicht ganz durch, aber ich weiß inzwischen, dass Neumann die Daten von Patienten manipuliert hat, die die Studie nicht zu Ende geführt haben. Ich kann nicht sagen, ob das überhaupt etwas mit dem Wirkstoff zu tun hat, aber er unterschlägt die Daten. Als ob sie ihm nicht in den Kram passten.«

Weitere Bestätigungen für Neumanns groß angelegten Betrug. Tessa schwieg in der Hoffnung, dass Sascha weiterreden würde. Was er auch tat.

»Und dann sind da noch die Persönlichkeitsfragebögen. Ich formuliere es mal ganz vorsichtig. Ich habe eine vage Idee, dass das Duoxepin wie ein Verstärker wirkt. Stell es dir so vor: Deine ureigensten Persönlichkeitseigenschaften werden verstärkt und deine Kontrolle verringert. Also Ärger wird zu Wut, Ordnungsliebe zum Zwang, Extraversion zur Hysterie. Verstehst du?«

Tessa verstand. Sie spielte kurz mit dem Gedanken, jetzt einfach aufzulegen und sich einzureden, dass es sie alles nichts anginge, aber sie musste es wissen. »Wie sieht es mit Impulsivität aus?«

»Denk dran, im Moment sind das alles Spekulationen. Aber

ja, auch eine unkontrollierte Impulsivität könnte die Folge sein.«

Dann herrschte Stille zwischen den beiden. Die Brisanz der Überlegungen war nahezu greifbar. In Tessa wuchs ein Gedanke. Hatte Kurt Mager nicht von einem »inneren Drang« gesprochen.

»Was, wenn ein Patient der Mörder ist?« Es auszusprechen tat weh.

»Hast du einen Verdacht?«

»Kurt Mager oder David Brömme?«, flüsterte sie.

»Sprich sofort mit dem Kommissar, und sieh dir die Krankengeschichten an. Was ist ihr Primäraffekt?«

»Du meinst, die Emotion, unter der die Patienten hauptsächlich leiden und die das Medikament dann so unglücklich verstärkt? Du glaubst also, dass es möglich ist?«

»Lass es mich mal so formulieren: Chemie kann großen Schaden anrichten.«

Nachdem Tessa aufgelegt hatte, blieb sie erstarrt sitzen. Sie selbst hatte bei einigen Patienten festgestellt, dass das Duoxepin den Antrieb steigerte – im positiven Sinne. Doch es verstärkte offenbar bei anderen gerade das negative Gefühl, wegen dem sie überhaupt erst in Behandlung waren. Kurt Magers innerer Zwang wurde immer stärker. Und Brömme? Er litt unter Minderwertigkeitsgefühlen und der daraus resultierenden Angst vor Zurückweisung. Sascha hatte recht: Sie hatte sich vom Charme der beiden blenden lassen wie eine Anfängerin.

Selbst Paul hatte schon in die richtige Richtung gedacht. Sie hatte nur nicht zugehört. Sie starrte auf den Aktenberg, der vor ihr lag. Sie fischte zwei Pappdeckel heraus. Eigentlich musste sie gar nicht mehr hineinsehen. Aber sie konnte es nicht glauben. Sie würde den Abend nutzen, alles noch einmal zu durchdenken. Zu Hause. In Sicherheit. Und dann würde sie mit Torben sprechen.

Tessa wartete auf den Fahrstuhl, der sie in den Fahrradkeller bringen würde. Sie sehnte sich nach der Entspannung in der Badewanne. Sie würde sich ein Lavendelbad gönnen. Danach würde sie ihren Kopf wieder einschalten, die Akten studieren, Sicherheit gewinnen und Torben anrufen. Der Fahrstuhl kam und war brechend voll. Sie quetschte sich mit hinein und drückte den Knopf für das Kellergeschoss. Bis zum Erdgeschoss stand Tessa eingekeilt zwischen einer dicken Frau, die nach Knoblauch stank, und einem Jugendlichen, aus dessen Ohrstöpsel lauter Hip-Hop drang. Dann stiegen alle aus. Endlich bekam sie Luft. Sekunden später gingen die Fahrstuhltüren erneut auf und entließen Tessa in die Kellergewölbe. Gleich rechts ging es zum Fahrradkeller und einer Tür, die ins Freie führte. Es war still, dunkel und roch muffig. Tessa war es egal. Sie wollte gerade die Tür zum Fahrradkeller aufschließen, als sie plötzlich jemanden hinter sich spürte.

»Da bist du ja endlich, ich …«

»Was …« Erschrocken wirbelte sie herum.

»… warte schon so lange auf dich«, flüsterte ihr eine bekannte Stimme ins Ohr. Sie wurde gegen die Tür gedrängt.

»Psst. Komm, gehen wir.« Seine Stimme klang leise und bedrohlich. Eine Hand packte schmerzhaft ihren Oberarm und zog sie mit sich fort. Tiefer in den Keller. Er machte kein Licht und bewegte sich doch so sicher, als kenne er sich hier unten aus. Tessa konnte kaum etwas erkennen. Sie hatte keine Ahnung, wo er sie hinführte. Dann öffnete er eine Tür, und im Licht der Taschenlampe, mit der er erstmals leuchtete, erkannte sie einen verwahrlosten Raum, in dem leere Krankenhausbetten standen. Er schubste sie hinein. Das Adrenalin sorgte dafür, dass Tessas Müdigkeit verflogen war, nur denken konnte sie noch nicht richtig. Und als ob ihr seine Stimme nicht genug Angst gemacht hätte, sah sie aus den Augenwinkeln ein Messer in seiner Hand. Hatte Buchholz ihm das nicht abgenommen? Ihre Beine versagten. Sie lehnte sich gegen eines der Betten.

»Herr Brömme, was soll das? Ich verstehe nicht.«

»Du verstehst vieles nicht. Du hast vor allem nicht verstanden, wie sehr ich dich begehre, Tessa.«

Er kam ihr so nahe, dass sie seinen Atem riechen konnte. Er roch frisch. Nach Pfefferminze.

»Dabei habe ich mich dir offenbart. Was für ein Fehler. Man soll seine Gefühle für sich behalten, das hat schon meine Mutter gesagt. Gefühle bringen nur Ärger.« Er nahm ihre Hand und streichelte sie zärtlich, während in der anderen die Klinge des Messers blitzte. »Und sie hatte recht.«

Tessa spürte, wie sich ihr vor Angst der Magen zusammenzog. »Bitte, tu mir nichts, David«, flehte sie.

Zum gefühlt tausendsten Mal versuchte Koster Tessa auf ihrem Dienstapparat zu erreichen. An das Handy ging sie nicht, sie musste also noch im Haus sein. Einer der Patienten war der Mörder. Wo blieben die DNA-Ergebnisse? In der forensischen Molekularbiologie war das Telefon ständig besetzt. Es war zum Verrücktwerden.

Ihm riss der Geduldsfaden, und er rief die Telefonzentrale der Klinik an. Der störrische Pförtner wollte ihn einfach nicht schnell genug in das Dienstzimmer von Station 2 der Psychiatrie durchstellen. Bis der Mann die Telefonnummer rausgesucht hatte, war Koster kurz vor einem Herzinfarkt. Schneller. Dann endlich die erlösenden Worte: »Wir versuchen es mal mit dieser Nummer, ja? Wenn es nicht klappt, können Sie ja noch mal anrufen.«

Wenn es nicht klappt, dachte Koster, raste ich aus. Das Freizeichen ertönte. Immerhin eine Verbindung. Nur wohin? Es nahm jemand ab. Station 2. Gott sei Dank. Allerdings wusste Schwester Mathilde nur, dass Tessa sich bereits verabschiedet hatte. Das konnte nicht sein, sie musste noch in ihrem Büro sein, sonst wäre sie an ihr Handy gegangen. Das hatte sie ihm versprochen. Er bat Schwester Mathilde, noch einmal in Tessas Büro nachzusehen.

Wieder warten. Gefühlte Stunden später kam die Schwester mit schlechten Nachrichten zurück. Die Tür sei abgeschlossen, sie habe sogar durchs Schlüsselloch gespäht, das Büro sei still, dunkel und verlassen. Ob er es nicht mal bei ihr zu Hause versuchen wolle? Vielleicht sei sie gerade mit dem Rad auf dem Weg dorthin. Sie könne ihm gleich mal die Telefonnummer raussuchen. Die gäben sie normalerweise nicht heraus, aber bei ihm könnte sie wohl mal eine Ausnahme …

Koster legte auf. Er hielt es nicht mehr aus. Er würde zur Klinik fahren. Sie musste dort irgendwo sein. Hoffentlich in Sicherheit und nicht mit ihm …

»*Oh, tu mir nichts, David*«, äffte er sie nach. »Jetzt bin ich auf einmal nicht mehr *Herr Brömme*, ja?« Endlich hatte er sie für sich allein. Aber das ganze Gerede nervte ihn. »Du verstehst überhaupt nichts, Tessa!« Sie hatte Angst. Sollte sie doch. Er bekam Kopfschmerzen. In letzter Zeit hatte er die häufig. Und auf einmal waren die Bilder und Sätze von damals wieder da.

»Es tut mir leid, Herr Brömme… Wir können nichts mehr für Ihre Mutter tun.« Das viele Blut und ihre Augen, ihre weit aufgerissenen Augen. Der widerliche Kerl, der seiner Mutter das angetan hatte, saß wimmernd im Streifenwagen. »Ich wollte das

nicht… bitte, ich wollte das nicht…« Wie ein Baby hatte er geflennt und gesabbert. Warum hatte sie sich von diesem Kerl vögeln lassen? Er hatte nur so dagesessen. Auf dem Sofa. Seine Kleidung voller Blut. Das Blut seiner Mutter.

Was starrte ihn die blöde Kuh so an? Vielleicht sollte er ihr erzählen, wie Gabriele ihn ausgelacht und wer dann das letzte Wort gehabt hatte? Vermutlich konnte sie sich das denken. Sie war ja nicht dumm. Aber dieses Betteln. Das nervte.

»Halt die Schnauze. Ich kann ja meine eigenen Gedanken nicht verstehen.« Er rieb sich die Schläfe. Es kam ihm vor, als ob der Druck etwas nachließe. Er musste damit aufhören. Sie war eine so schöne Frau. Endlich hatte er sie gefunden. Was machte er hier? Sie wollte ihm vermutlich gar nichts Böses. Nur wenn sie ständig mit diesem Kommissar zusammenhing, musste sie sich nicht wundern, wenn er eifersüchtig war. Welcher Mann wäre das nicht? Zuerst lässt sie ihn in ihre Wohnung und dann den Kommissar. Wahrscheinlich hatte sie sich von ihm flachlegen lassen. Schlampe. Gott sei Dank war sie endlich still. Er musste nachdenken. Darüber, was er mit ihr machte, wenn er mit ihr fertig war. Hinterher.

»Warum bist du nicht zu mir gekommen?«, fragte Tessa. Sie zwang sich, ihre Stimme ruhig klingen zu lassen. Wie jemand, der sich im Nebel verlaufen hatte und sich nun selbst beruhigen wollte. Sie hatte den kurzen Moment, den er unruhig vor ihr gestanden hatte, genutzt, um ihre Atmung in den Griff zu bekommen. Sie musste ihre Angst besiegen und ihn zum Reden bringen. Irgendwie.

Die Antwort kam ohne Zögern. »Halt's Maul, ich brauche Ruhe.« Der Schlag schleuderte sie durch den halben Raum. Tessa bekam nur einen kurzen Schrei heraus, bevor der Schmerz in ihrer linken Gesichtshälfte explodierte. Sie schmeckte Blut.

»Tessa, Tessa, du warst so beschäftigt mit diesem überheblichen Kommissar. Gar nicht gut. Du weißt nicht, mit wem du dich einlassen kannst. Das wisst ihr Frauen ja nie.«

Ein weiterer Schlag traf sie ins Gesicht, und vor ihren Augen verschwamm alles. Ihr wurde schwindelig, der Raum drehte sich, und sie sackte auf den Boden. Doch sie wurde nicht ohnmächtig, der Schmerz hielt sie wach. Dann plötzlich eine Bewegung. Er zerrte sie auf die Knie. Sie versuchte halbherzig, ihre Augen wieder zu öffnen. Er hielt ihr das Messer an den Hals, die scharfe Klinge ritzte ihr immerhin so tief in die Haut, dass sie zu bluten begann. Sie fühlte es warm an ihrem Hals herunterlaufen. Würde sie wieder mit einer Narbe für ihre Naivität bezahlen müssen oder diesmal mit ihrem Leben? Er zerrte weiter an ihr, bog ihr die Arme auf den Rücken und versuchte, ihre Hände mit einem Klebeband zu fesseln. Sie hatte nicht gesehen, dass er es dabeihatte. Sie hatte so vieles nicht gesehen. Sie, die immer dachte, dass sie eine gute Beobachterin sei. Sie war so blind gewesen. Dabei hatte Paul es ihr im Grunde schon gesagt. Brömme suchte eine neue Mutterliebe und glaubte sie in Tessa gefunden zu haben. »David, bitte, lass uns reden. Ich weiß doch, dass du mich magst. Du willst das hier doch gar nicht.«

Er fuchtelte mit dem Messer vor ihrem Gesicht herum.

»Jetzt willst du reden? Jetzt ist es zu spät. Dein Psychogelaber kannst du dir sparen. Halt einfach dein Maul.« Er verzog keine Miene. Er war wütend, doch ansehen konnte sie ihm die Wut nicht. War er gekränkt? Sie wollte es lieber nicht herausfinden. Sie wusste, dass sie eine Kränkung verhindern musste, dass sie ihn zum Reden bringen musste. Um jeden Preis.

Er zog sie an den Haaren hoch und warf sie auf das Bettgestell.

»Bildest dir viel auf deine Haare ein, ja?«

Wieder schlug er zu und ihr Kopf prallte hart gegen die Wand. Sie schrie vor Schmerzen auf.

»Halt die Schnauze, hab ich dir doch schon mal gesagt, sonst…« Er zeigte ihr das Messer, als wollte er damit Worte sparen. Und es funktionierte.

»Ja. Aber bitte tu mir nicht weh.« Verzweifelt überlegte sie, was sie tun konnte, um ihn aufzuhalten. Wie konnte sie Zeit schinden? Zeit, die sie Torben verschaffte – in der Hoffnung, dass er ihr inneres Schreien hörte.

David Brömme schaute sie aus unergründlichen kalten Augen an. Sie versuchte, darin zu lesen. Nichts. Sie waren nur blau. Kein Spiegel zur Seele. Einfach tot. Sie konnte es sich sparen, an sein Mitgefühl zu appelieren. Er empfand es nicht. Noch während sie das dachte, spürte sie, wie er sich auf sie rollte und anfing sie zu küssen.

Sie kämpfte, um ihn loszuwerden, wandte sich unter seinem Gewicht, aber seine Finger krallten sich in ihre Haare, und er riss ihren Kopf zur Seite. Ihre gefesselten Hände drückten qualvoll in ihren Rücken, sein Kuss schmerzte auf ihren Lippen, aber sie unterdrückte einen Laut. Sie musste die Hände freibekommen. Plötzlich ließ er von ihr ab.

»Pah, du schmeckst eklig.«

Er behandelt mich wie ein Stück Dreck, dachte Tessa. Doch sie durfte nicht aufgeben, musste um ihr Leben reden. Wenn sie ihn zurückwies, würde sie hier unten sterben.

»Was willst du, David?«, keuchte sie.

»Dich. Ich werde dich ficken und dich dann dafür bestrafen, dass du's mit diesem Kommissar getrieben hast. Dann ist alles zu Ende. Du weißt, dass ich nichts zu verlieren habe. Schon lange nicht mehr.«

»Du kannst mich haben. Aber, David, du hast etwas zu verlieren. Vergiss das nicht. Du hast ein Leben. *Wir*… haben ein

Leben.« O Gott, betete Tessa, bitte lass ihn darauf eingehen. Keine Kränkung, keine Zurückweisung, keine Wut provozieren. Bitte …

Auf der Fahrt in die Universitätsklinik kam Koster für seinen Geschmack trotz Blaulicht und Martinshorn nicht schnell genug voran. Wieder zwang ihn eine rote Ampel zu einem haarigen Überholmanöver. Dann hatte er freie Fahrt und nahm noch einmal sein Handy. Bei Tessa landete er wieder nur auf der Mailbox. Er hinterließ die dritte Nachricht. Das war vollkommen sinnlos. Aber er musste irgendetwas tun. Er drückte auf eine andere Nummer in der Wahlwiederholungsliste: Schwester Mathilde nahm diesmal sofort ab.

»Ach, Sie schon wieder. Was ist denn das für ein Lärm bei Ihnen? Haben Sie Tessa …«

Er unterbrach sie rüde und schrie ins Telefon, ob sie wisse, wo sich Brömme und Mager aufhielten.

»Nun brüllen Sie doch nicht so. Ist aber auch ein Lärm bei Ihnen. Sitzen Sie im …«

»Wo sind sie?«

»Wissen Sie, Herr Brömme hat sich heute Nachmittag mit Kurt Mager geprügelt. Herr Mager ist gerade wieder zurückgekehrt, aber David Brömme hat seither niemand mehr gesehen. Seine Medikamente hat er auch noch nicht abgeholt. Also wenn er nicht bald …«

Wieder legte Koster einfach auf. Für mehr reichten seine Nerven nicht. Verdammt, verdammte Scheiße. Er wählte Liebchens Nummer und flehte, dass dieser trotz des Verhörs mit Neumann sein Telefon beachtete. Er wurde belohnt.

»Liebchen, ich kann Tessa nicht erreichen. Sie muss noch in der Klinik sein. Es ist David Brömme! Ich bin mir sicher! Er ist seit einer Prügelei mit Mager verschwunden. Lass ihn sofort zur Fahndung ausschreiben. Wir wissen, wozu er fähig ist. Und frag nach dem DNA-Ergebnis. Im Labor ist ständig besetzt.«

Liebchen verstand sofort. »Ist in ein paar Sekunden erledigt. Wir machen uns auf den Weg zur Klinik. Ich bin gleich da.«

Auf Liebchen ist Verlass, dachte Koster dankbar und gab Gas.

Er sah die Angst in ihrem Gesicht. So ähnlich hatte Gabriele ihn auch angesehen. Aber nur ganz kurz. Nach dem Kuss. Nachdem sie ihn ausgelacht hatte. Nachdem die Flasche zerbrach.

Als die Männer kamen, um seine Mutter zu holen, war er wirklich wütend geworden. Sie wollten sie in einen kalten Zinkkasten stecken und mitnehmen. Seine Mutter. Sie wollten sie ihm einfach wegnehmen! Er hatte sich auf sie geworfen, um die Männer daran zu hindern, sie mitzunehmen. Die Polizisten mussten ihn ganz schön hart anpacken, um ihn von seiner Mutter runterzuholen. Einfach hatte er es ihnen nicht gemacht. Und sie bekamen ihn nicht aus dem Wohnzimmer raus. Er setzte sich aufs Sofa und sah zu. Er beobachtete, wie sie die Mutter in den Zinksarg wuchteten und den Deckel verschlossen. Sie hatten ihm noch einen Flyer auf den Tisch gelegt: »Die Polizei informiert: Hilfe für Angehörige.« Sie waren auf alles vorbereitet. Er nicht.

Sie hätte sich nicht mit dem Kerl einlassen dürfen. Sie war doch auch nur eine Schlampe wie alle anderen auch. Aber sie war schwach. Und sie war seine Mutter. Es gab noch eine andere Stimme. Die hörte er nicht gerne. Er hätte sie schützen müssen. Er hätte kommen sollen, als sie anrief. Er war der Versager, nicht sie. Er hasste sich dafür.

»Was hat Gabriele Henke dir angetan?«

Er brauchte einen Moment, um die Stimme wahrzunehmen. Sie war halb von der Matratze heruntergerutscht. Die Beine am Boden.

»Ich dachte, sie mag mich. Ich war doch für sie da gewesen. Wusstest du, dass die kleine Schlampe euren feinen Oberarzt erpresst hat? Nein? Das dachte ich mir.«

»Das wusste ich nicht. Erzähl mir davon«, flüsterte Tessa.

»Er ist der Vater ihres Balgs. Sie hat ihn zufällig wiedergetroffen. Aber er wollte nichts von ihr. Und die blöde Kuh lässt ihn nicht in Ruhe, sondern erpresst ihn, das muss man sich mal vorstellen. Ich hab ihr gesagt, dass sie das nicht tun soll. Ist doch richtig, oder? Wenn sie ihn liebt?«

»Ja, da hast du recht. Liebe kann man nicht erzwingen.«

»Jetzt sprichst du aber von dir, du gerissenes Luder.« Er merkte, wie die Wut langsam wieder hochkam. Frauen konnte man nicht trauen, nicht einen Moment lang.

»Sie hat mich ausgelacht.«

»Aber deine Einstellung war doch ehrenhaft. Warum hat sie gelacht?«

»Hab ich dir erzählt... Nein, das habe ich wohl nicht.« Er konnte sich nicht daran erinnern. Die Kopfschmerzen waren wirklich unerträglich.

»Erzähl es mir. Du hast sie geküsst, nicht wahr? Und... und sie wollte nicht, oder?«

Eine Ewigkeit schien vergangen, als Koster endlich die Universitätsklinik erreichte. Schon von Weitem sah er die geschlossenen Schranken und fluchte. Eine Sekunde zögerte er, dann drückte sein Fuß das Gaspedal entschlossen nach unten, und er durchbrach die geschlossenen Schranken. Er duckte sich hinter das Lenkrad, aber alles ging gut. Die Frontscheibe hielt – wenn auch mit einem Riss. Im Rückspiegel sah er den Sicherheitsmann wild gestikulierend aus seinem Häuschen springen und hinter ihm herlaufen. Gut so! Sollte er nur mit Verstärkung hinter ihm herkommen. Vor der Psychiatrie ließ er den Wagen am Eingang mit laufendem Blaulicht stehen und sprintete durch den Eingang zum Treppenhaus. Als er auf der Station 2 angekommen war, war er so außer Atem, dass er anhalten musste. Schwester Mathilde trat aus dem Dienstzimmer in den Flur und sah ihn verständnislos an.

»Suchen Sie sie immer noch?«

»Sie ist in Gefahr! Wo ist sie?«

»Oh. Ich weiß es doch nicht! Was soll ich denn jetzt tun?«

»Wie komme ich zum Fahrradkeller?«

»Na, in den Keller eben. Gleich neben den Fahrstühlen.«

Er lief los. Wieder durchs Treppenhaus. Runter ging es wie von selbst. Immer zwei Stufen auf einmal. Er riss die Tür zum Keller auf. Nichts. Stille. Nervenzerfetzende Stille.

»Die blöde Kuh stand doch auf mich! Wochenlang schmachtet sie mich an, und dann bekommt sie endlich ihren Kuss und will ihn nicht? Und ich dachte, ich hätte sie endlich wieder…« Sein Blick verlor sich kurz. Doch dann lachte er höhnisch auf. »Und dann hat diese Schlampe behauptet, ich wäre ein egoistisches Monster und würde alle manipulieren, ich sei ein Schlappschwanz. Sie hat ihre Strafe wirklich verdient. Und hätte sie mich nicht so dreckig ausgelacht…« Er erinnerte sich an diesen Moment. Es hatte einen richtigen Stich in seinem Herzen gegeben. Qualvoll hatte er in ihren weit aufgerissenen Mund gestarrt, der ihn auslachte. »Tessa, ich kann mich gar nicht mehr erinnern, dass ich die Flasche mitgebracht hatte. Ich weiß nicht, wie die Flasche zerbrochen ist, ehrlich.« Er rieb sich die Stirn, aber dieser Teil war weg. Nur an den kurzen

Moment der Erkenntnis in Gabrieles Gesicht konnte er sich erinnern. Die Sekunde, bevor er zugestoßen hatte. »Dann war sie endlich ruhig.«

»Du bist nicht schuld, David. Es sind die Medikamente. Sie verändern dich. Das haben sie auch bei Gabriele Henke getan«, sagte sie leise. »Hör zu. Sie haben ihre schlechte Seite zur Entfaltung gebracht. Ihre Verbitterung. Sie wollte dich nicht verletzten. Bei dir lösen die Medikamente Wut aus. Auf jede Form der Kränkung und des Verlassenseins. Verstehst du, das Medikament ist schuld!«

»Hat sich Isabell deshalb den Strick genommen? Weil ihr euren Patienten so ein Dreckszeug gebt? Und ich dachte, es hätte mit mir zu tun.«

»Mit dir?«

»Tja, weißt du, da war noch ein Fünkchen Leben in ihr. Ich wollte sehen, ob ich aus dem Funken ein Feuer machen konnte. Aber es war langweilig. Daher habe ich es ausgeblasen.« Er schnaubte gelangweilt.

»Du meinst … Du hast sie …?«

»Nein, du Dummchen. Ich hab ihr nur gesagt, dass sie sowieso nie von den Drogen und Depressionen loskommt. Dass ihr Leben ein sinnloses kleines Scheißleben ist. Sie hat sich den Strick schon selber genommen. Vielleicht hat euer hübsches Medikament sie dazu gebracht? Wer weiß?«

»Nein, bitte nicht.« Tessa wimmerte nur noch.

»Hab ich dir übrigens erzählt, dass ich das Medikament gar nicht nehme?«

»Was? Das kann nicht sein …« Sie starrte ihn an.

Er konnte sie kaum noch verstehen. Sie würde doch wohl nicht ohnmächtig werden?

»Ich nehme nie Medikamente. Niemals. Nicht mal gegen meine Kopfschmerzen. Und die sind wirklich schlimm. Ich habe die Pillen einfach im Klo runtergespült. War wohl auch besser so.« Er konnte sich ein Kichern nicht verkneifen.

»Und die Blutproben?«

»Keine Ahnung? Ist mir doch egal.« Jetzt war aber genug geredet. »Komm, Tessa, ich will dich vögeln.« Er riss sie hoch, drückte sie auf das Bett und warf sich auf sie.

In ihr war etwas zerbrochen. Sie bekam keine Luft mehr. Sie hatte sich schuldig gemacht. Sie hatte nichts gemerkt, niemandem geholfen, alles falsch gemacht. Sie würde jetzt hier sterben. Und zu Recht. Sie hatte es nicht besser verdient. Sie war so nutzlos. Sie konnte nur hoffen, dass es schnell ging.

Die Tragweite ihrer Entscheidung ließ sie plötzlich wieder klarer denken. Er wollte sie besitzen, ja. Aber er hatte noch mehr Angst davor, dass sie ihn enttäuschte. Sie würde ihn niemals mit Worten erreichen. Es war zu spät. Schluss damit.

Während Brömme seine Hände brutal unter ihr T-Shirt schob, zerrte sie ein letztes Mal am Klebeband. Und tatsächlich, die Fessel gab nach. Dann endlich gelang es. Als David kurz von ihr abließ, um den Reißverschluss seiner Hose zu öffnen, riss Tessa sich los. Mehr aus Panik als aus Berechnung stieß sie ihn weg und rannte los. Hinter sich hörte sie ihn lachen. Er kam ihr langsam hinterher.

Tessa lief. Durch die nächste Tür tiefer in den Keller. Auch dieser Gang lag in Finsternis. Sie wusste, dass zu ihrer Linken sowohl die Archivräume begannen als auch weitere Labore. Aber die Dunkelheit nahm ihr die Orientierung. Sie kannte sich hier unten nicht aus. Sie war ein paarmal im Archiv gewesen. Das musste rechts von ihr liegen. Oder? Ein plötzlicher Schmerz schoss ihr wie ein Messer ins Auge und nahm ihr für eine Sekunde den Atem. Sie war gegen eine Wand geprallt. Benommen tastete sie nach ihrer Nase. Wieder schmeckte sie

Blut und taumelte verwirrt zur Seite. Sie bekam schlecht Luft. Wo lang? Sie ruderte mit den Armen in der Dunkelheit. In ihrer Erinnerung wäre hier der Gang zu den Laboren abgegangen. Stattdessen diese Wand. Sie musste zurück. Doch in der Schwärze hinter ihr wartete Brömme. Er würde nicht aufgeben, ehe er sie erwischt hatte. Denn jetzt, jetzt hatte sie ihn enttäuscht und gekränkt und abgewiesen und überhaupt. Er wollte sie mitnehmen in den Tod. Das wusste sie. Sie rüttelte an einer Tür. Die war verschlossen. Es gab keinen Ausweg.

Von Angst getrieben kauerte sie sich auf den Boden und fing an, auf allen vieren zurückzurobben in der Hoffnung, dass er sie übersehen würde. Sie versuchte, ganz flach durch den Mund zu atmen. Die Nase bereitete ihr unerträgliche Schmerzen. Ein Gedanke schoss ihr durch den Kopf, der sie fast hätte auflachen lassen. Wenn er den Lichtschalter fand, würde sie auf dem Präsentierteller hocken. *Häschen in der Grube …*

Sie kroch vorwärts und spürte einen kleinen Lufthauch. Sie robbte weiter und ertastete endlich eine angelehnte Tür. Das musste das Archiv sein. Sie krabbelte so schnell sie konnte hindurch und schloss sie leise hinter sich. Kein Schlüssel. Eine einfache Türklinke. Von beiden Seiten zu öffnen. Tessa durchzuckte wieder der Gedanke: Sie würde heute sterben. Hier unten im dunklen, miefigen Keller. Zwischen Tausenden Schicksalen, auf Papier niedergeschrieben und zwischen Aktendeckel gepresst. Vergessen und verstaubt. So wie ihr Leben. An sie würde sich niemand erinnern. Ein bitterer Geschmack. Vielleicht sollte sie ihm doch entgegengehen? Der Sache ein schnelles Ende machen. Warum eigentlich nicht?

Nein, sie konnte sich nicht der panischen Angst überlassen. Sie musste sich zusammenreißen. Jetzt bettelte sie in Gedanken schon um einen schnellen Tod. Sie würde nicht aufgeben.

Sie wollte kämpfen. Sie wusste zwar nicht, wie, aber sie wollte leben. Sie blinzelte ihre Tränen weg und schüttelte die Benommenheit ab. Wenn sie starb, dann nicht, weil sie aufgegeben hatte. Das wäre der einfache Weg. Den war sie noch nie gegangen. Sie würde jetzt nicht damit beginnen.

Tessa robbte auf den Knien weiter. Ihr kam der Gedanke, sich unter einem Regal zu verstecken. Aber wenn er das Licht anschaltete, wäre sie schnell entdeckt. Vielleicht konnte sie ein Regal umkippen, wenn er nah genug bei ihr war? Unfug. Die Regale waren mit Tonnen von Papier gefüllt und unmöglich umzustürzen. Ob die Regale vielleicht am Boden gesichert waren, wollte sie gar nicht wissen. Alles sinnlos. Es gab kein Versteck. Nirgendwo. Sie war in einer Sackgasse gelandet. Eine Waffe. Sie brauchte eine Waffe. Sie konnte ihn nicht mit Akten erschlagen. Sie hatte Panik. Sie konnte einfach nicht mehr klar denken. Ihre Hände glitten an den Regalen entlang auf der Suche nach etwas, was sie gegen ihn einsetzen konnte.

Das durfte nicht wahr sein. Wo war sie? Koster wandte sich nach rechts, suchte den Lichtschalter. Im aufflackernden Licht der Neonröhren sah er sie. Sein Herzschlag setzte aus. Nein. Bitte nicht. Doch es gab keinen Zweifel. Tessas Handtasche. Ein Henkel abgerissen, ein Lippenstift und ihr Handy waren herausgefallen, die Schlüssel lagen wenige Zentimeter entfernt. Und Patienten-Akten. Er hob sie auf: Kurt Mager und David Brömme. Tessa war hier unten. Und Brömme auch. Daran hatte er keinen Zweifel. Er ging zur Glastür, die ins Freie führte. Verschlossen. Sie mussten also noch hier unten sein. Ohne Schlüssel kamen sie hier nicht raus. Aber das wollte Brömme vielleicht auch gar nicht.

Er musste einfach lachen. Er konnte nicht anders. Sie rannte vor ihm weg. Also wirklich. Wo wollte sie denn hin? Oder wollte sie mit ihm spielen? Eine Jagd. Warum nicht. Am Ende würde er sowieso bekommen, was er sich so sehr wünschte, und dann … Wieder nervte der Gedanke, was er danach mit ihr tun sollte. Aber jetzt musste er sich erst mal auf das Spielchen konzentrieren. Also, Tessa, ich komme. Sollte er Licht machen? Nein, das wäre ja kein Spaß. Er hatte immerhin eine Taschenlampe. Und das Messer. Sie hatte nichts. Er lief los, rüttelte an Türen – bis sich eine öffnete. Er spürte sie.

»Tessa? Böses Mädchen. Komm, bleib bei mir.«

Er hörte sie atmen. Ging langsam in den Raum und drückte den Lichtschalter. Er wollte sein Reh erstarren sehen. Die Neonröhren der Deckenbeleuchtung flackerten auf.

Die blanke Todesangst verlieh Tessa neue Kraft. Sie sprang ihm entgegen. Der Schrei, den sie dabei ausstieß, musste ohrenbetäubend sein. Sie wusste nicht, ob der Lärm ihr Mut oder ihm Angst machen sollte. Sie schrie einfach immer weiter und schlug wie von Sinnen auf ihn ein.

»Du Miststück!«

Seine Stimme klang zornig und Tessa spürte in der Sekunde einen brennenden Schmerz am Arm. Sie hatte sich gerade noch rechtzeitig weggeduckt, um dem Messer auszuweichen, das er ihr in den Hals stoßen wollte. Automatisch hatte sie die Schulter hochgezogen, und dort musste das Messer sie getroffen haben. Der Schmerz war unerträglich. In ihrem Kopf drehte sich alles, und sie wollte aufgeben. Sie erstarrte.

Koster sah sich um, versuchte zu erfassen, wohin die verschiedenen Gänge führen mochten. Ein Kellerlabyrinth. Er hatte keine Ahnung, wohin er lief, als er plötzlich ihren Schrei hörte.

Ein Ziehen ging durch seinen Magen, und er fühlte, wie ihm der Schweiß ausbrach. Dann Brömmes Stimme. Er konnte nichts verstehen. Sein Puls raste. Er zog vorsichtig seine Waffe aus dem Holster. Bei der Dunkelheit konnte er verdammt noch mal nicht genug sehen. Dann sah er einen Lichtschimmer. Zügig pirschte er sich voran.

»Du zwingst mich dazu, Tessa. Es ist deine eigene Schuld!« Er hielt sie fest in seinen Armen.

In ihr pochten entsetzliche Schmerzen. Ihre Augen suchten das Messer. Und fanden es nicht. Sie wusste, dass das Ende nahte. Er würde ihr wehtun. Es gab nichts mehr, was sie tun oder sagen konnte …

»Legen Sie das Messer weg. Sofort. Polizei! Ich habe eine Waffe«, schrie eine Stimme.

Torben. Mein Gott, er ist da, dachte Tessa und schloss für einen Moment dankbar die Augen. Brömme riss sie herum. Hielt ihr das Messer an den Hals. Sie zwang sich, nicht darauf zu starren. Sie suchte Torbens Blick.

»Das würde ich besser nicht tun, sonst ist Ihre Kleine tot.«

Endlich war er hier. Und doch kam er zu spät. Tessa zitterte. Sie hatte keine Kraft mehr, sich gegen David zu wehren. Aber es musste sein.

»David. Lass. Mich. Los. Es ist zu spät. Du kannst mich nicht lieben. Es ist vorbei. Du musst loslassen. Mich und deine Mutter. Lass. Los. Jetzt.« Sie versuchte, ihrer Stimme einen festen Klang zu geben, aber es kam nur noch ein heiseres Krächzen. »Du kannst dich nicht mehr rächen. An niemandem. Lass. Los.«

Koster verfluchte sich. Er hatte den entscheidenden Augenblick zu lange gezögert. Brömme hielt Tessa mit dem linken

Arm im Schwitzkasten und mit der rechten Hand das Messer an den Hals gedrückt. Ein Schuss könnte Brömme oder Tessa treffen. Und selbst wenn er Brömme träfe, wäre dieser vielleicht nicht sofort tot. Er könnte Tessa mit dem Messer verletzen. An Schlimmeres mochte Koster nicht denken. Der Gedanke lähmte ihn. Er konnte nicht entscheiden. Er … Mein Gott, er versaute es.

»Lassen Sie Tessa los, sofort«, rief er.

»Du bist nicht mehr am Drücker, Mann, schieb die Waffe rüber.«

»Lassen Sie sie gehen.« Koster sah Tessas vor Panik aufgerissene Augen.

»Worauf wartest du, Mann?« Brömme schob Tessa langsam vorwärts. »Leg die Waffe auf den Boden. Und dann mit dem Fuß zu mir rüberschieben. Ganz langsam.«

»Bleiben Sie ruhig. Ich tue, was Sie verlangen. Ruhig. Tun Sie ihr nichts. Lassen Sie sie los.« Koster bückte sich langsam und legte seine Waffe auf den Boden. Jetzt hatte er gar nichts mehr in den Händen. Und Brömme hielt das Messer an Tessas Hals. Er war ein Idiot.

»Zurück.« Brömme zwang Tessa, in die Knie zu gehen. Immer noch hielt er sie mit einem Arm umfangen und musste nun das Messer loslassen, wenn er die Waffe vom Boden aufheben wollte. Ein Fehler.

Instinktiv sprang Koster auf die beiden zu. Dann fiel ein Schuss.

Tessa hatte plötzlich einen komischen Geschmack im Mund.

Jemand stieß sie. Sie prallte gegen eine Wand. Knallte auf den Boden.

Torben. Wo war er?

Er kniete rechts von ihr. Starrte auf Brömme … der lag

schräg vor ihr … er hatte die Hand an der Pistole. Sie streckte den Arm nach ihm aus.

War sie getroffen? Tessa versuchte sich an der Wand aufzurichten. Sie kam nur zum Sitzen. Komisch, sie fühlte nur wenig Schmerz. Sie hörte, wie jemand »Liebchen« schrie.

Torben war bei ihr. Er sprach mit ihr. Sie konnte ihn kaum verstehen.

»Er hat geschossen. Er hat Brömme erschossen.«

Sie sah den Schrecken in seinem Blick.

»Es ist vorbei, Tessa.«

Tessa spürte, wie etwas tief in ihr drinnen losbrach. Sie legte die Finger auf die Lippen, um die Laute zu unterdrücken, die sich ihren Weg bahnten. Es klang wie ein Heulen. »Geh nicht.« Tränen liefen ihr über den Handrücken, und das Weinen tobte Welle für Welle durch ihren Körper. »Bleib …«

»Es ist vorbei. Ich bin bei dir. Ich lass dich nicht allein.« Sie spürte, wie er sich neben sie an die Wand setzte. Sie in den Arm nahm. Vor ihnen lag der tote David Brömme.

Nach einer Weile ließen die Tränen nach. Ihr war kalt. Entsetzlich kalt. Und der Schmerz kam zurück. Wieder bebten ihre Schultern, und noch immer strich Torben beruhigend über ihr Haar, murmelte unverständliche Worte, während um sie herum plötzlich Menschen auftauchten. Polizisten. Jemand legte eine Decke um sie beide, und es fühlte sich an wie ein Schutz gegen die Welt. Dann kamen die Notärzte. Und Torben ließ sie los.

DIE NÄCHSTEN TAGE

Tessa lag im Krankenhaus. Die Verletzung durch das Messer hatte eine tiefe Wunde an der Schulter hinterlassen. Sie wusste, dass sie operiert und die gebrochene Nase gerichtet worden war. Nun lag sie benommen im Bett und grübelte. Immer wieder versuchte sie, die letzten Minuten im Keller zu rekonstruieren. Als ob sie dadurch die Ereignisse verändern könnte. Sie konnte sich an das Echo des Schusses erinnern. Das Aufblitzen des Mündungsfeuers. Aber sie konnte Brömme nicht fallen sehen. Vielleicht gaben sie ihr Medikamente? In ihrer linken Hand steckte eine Braunüle, an der ein Infusionsschlauch hing. War deshalb alles so verschwommen? Sie wollte es gar nicht wissen.

Sie hatte ein Einzelzimmer bekommen. Wenn sie nicht döste, starrte Tessa gegen die weißen Wände und verfluchte ihr gestörtes Erinnerungsvermögen. An der Zimmerdecke war ein kleiner schwarzer Fleck. Auf den konzentrierte sie sich, bis sie müde wurde. Sie schloss die Augen.

Sie hatte so viele Fehler gemacht. Sie hatte nicht erkannt, dass Isabell Drost sich unglücklich in Brömme verliebt hatte. Wo war sie nur mit ihrer Aufmerksamkeit gewesen? Sie hätte es sehen müssen. Tessa riss die Augen wieder auf. Starrte auf die weiße Wand.

Brömme hatte Isabell verhöhnt. Ihr gesagt, dass sie nie von den Drogen loskommen würde. Und die verzweifelte Isabell hatte ihm geglaubt und keinen Ausweg mehr gesehen. Keinen Wert mehr in ihrem Leben. Dafür die Freiheit des Suizids. Um

Ruhe zu finden. Trügerische Ruhe. Wenn Isabell Drost die Zurückweisung doch nur als Anfang einer Wende hätte begreifen können. Vielleicht … Es war sinnlos. Tessas Gedanken wanderten weiter.

Brömme hatte nichts empfunden, schon gar nicht für Isabell Drost. Auf Gabriele Henke und sie selbst hatte er seine gestörte Mutterliebe projiziert. So wie Paul es geahnt hatte. Er war zum Mörder geworden, weil er keine Empfindungen für seine Mitmenschen aufbringen konnte. Als Gabriele Henke ihn auslachte und kränkte, war sie in seinen Augen selbst schuld daran, dass er sie bestrafte. Tessa war sich inzwischen sicher, dass es so gewesen sein musste. Hatte Paul nicht versucht, mit ihr über genau dieses Empathiedefizit zu sprechen? Sie hatte Brömme noch in Schutz genommen und nicht richtig zugehört. Wenn sie Paul doch nur ernst genommen hätte …

Es war dunkel geworden. Die Schwestern hatten schon vor längerer Zeit das Licht gelöscht.

*

Tessa wachte erfrischt auf. Sie hatte gut geschlafen. Keine Albträume. Danach fragten die Kollegen immer wieder. Tessa glaubte, dass sie nur gut schlief, weil die Schläuche endlich gezogen waren und sie sich etwas bewegen konnte. Das schmerzte zwar, war aber auszuhalten. Und sie bekam jeden Abend eine Schlaftablette. Wer würde da nicht gut schlafen. Die Träume würden schon noch kommen.

Die Wunde juckte. Und gestern hatte sie einen Blick in den Spiegel riskiert. Ihr Gesicht hatte eine hübsche grünlich-gelbe Färbung. Die Nase war stark geschwollen. Herzallerliebst. Heute würde sie sich den Anblick ersparen.

Es klopfte. Tessa richtete sich auf und knüllte sich das Kopfkissen in den Rücken. Torben. Endlich kam er. Ihre Enttäuschung und die Sehnsucht nach ihm zerfraßen sie. Warum kam er erst jetzt? Die Schwestern hatten ihr erzählt, dass er zwar mehrmals angerufen und sich nach ihrem Befinden erkundigt hatte. Aber besucht hatte er sie nicht.

»Hallo. Komm rein.« Die Erleichterung musste ihr anzuhören sein.

Und ihm war der Schock anzusehen. Verlegen stand er in der Tür und hielt einen kleinen Strauß korallenroter Ranunkeln in der Hand.

»Starr mich nicht so unhöflich an. Ich weiß, wie ich aussehe. Wird schon wieder. Dort auf dem Tisch steht noch eine Vase.« Tessa fühlte sich plötzlich unsicher. »Sie sind wunderschön«, flüsterte sie und zog ihre Wolljacke enger um sich. Er hatte noch kein Wort gesagt.

»Es tut mir leid, was passiert ist«, murmelt er leise.

Er zog sich einen Stuhl ans Bett und begann mit gesenktem Kopf flehentlich auf sie einzureden. Für Tessa klang es, als wolle er beichten.

»Es ist alles meine Schuld. Ich habe es vermasselt. Ich habe wichtige Dinge übersehen, die falschen Schlüsse gezogen und meine Waffe aus der Hand gegeben. Ich bin schuld, dass du verletzt worden bist und Brömme tot ist. Verzeih mir.«

Wehmütig sah sie, wie er seine Hände rang. Er hatte also auch Schuldgefühle. Schon wieder Schuld.

»Du bist nicht schuld. Hör auf. Ich war überzeugt davon, dass Neumann verantwortlich ist. Ich habe dich beeinflusst.« Tessa lachte verlegen und fing erstmals seinen Blick auf. Merkte er denn nicht, dass das jetzt nicht wichtig war?

Er erzählte, wie er panisch geworden war, als er Tessa nicht erreichen konnte. Wie er ihren Schrei im Keller gehört hatte. Wie er für einen Moment geglaubt hatte, dass der Schuss Tessa getroffen hätte. Jetzt wandte er seinen Blick nicht mehr von ihr ab, und sie konnte sehen, dass er noch einmal durch die Hölle ging. Und die hatte ihn verändert. Er war ihr näher als je zuvor. Und weiter weg, als sie es je für möglich gehalten hatte.

»Liebchen hat den Mut gehabt, zu schießen. Er hat alles mobilisiert, was Beine hatte. Daher waren die Kollegen und Ärzte so schnell da. Selbst Schwester Mathilde hat schnell geschaltet und alle in den Keller geschickt. Sie haben dir das Leben gerettet.«

»Komisch, ich dachte, du hast mir das Leben gerettet.«

»Nein, wegen mir wärst du fast gestorben.«

»So verschieden können die Blickwinkel sein.« Tessa ließ sich tiefer in die Kissen sinken. Nach einer Weile hielt sie die Stille, die sich ausbreitete, nicht mehr aus.

»Brömme hat Gabriele Henke getötet. Er hat es mir im Keller gestanden.«

»Ich weiß, der DNA-Abgleich war eindeutig.«

»Kann man ihn dafür verantwortlich machen? Er hat nichts empfinden können. Wie finden wir die Wahrheit heraus?« Tessa schaute Torben ratlos an.

»Wahrheit gibt es nicht. Wahrheit ist subjektiv. Recht und Unrecht wird immer wieder neu definiert.«

»Es hat ewig gedauert, bis ich kapierte, dass er sich auf mich fixiert hat. Da war es zu spät. Ich habe nicht auf Paul gehört. Er hatte so recht. Weißt du, er kam zu mir. Er wollte es mit mir diskutieren. Er hat mir auf den Kopf zugesagt, dass Brömme in mich verliebt ist. Ich habe gelacht. Dabei wusste ich es besser. Die Spaltung des Schizoiden ...« Tessa überlegte einen Moment. »Brömme hat sich so nach mir gesehnt wie nach seiner Mutter, aber er hatte unendliche Angst vor Enttäuschung. Davor, dass ich ihn nicht ernst nehmen könnte. Und er hat es vor mir bemerkt ...«

»Was?«, fragte er.

»Das zwischen uns beiden, Torben.«

Stille.

»Das konnte er nicht ertragen. Er konnte diese erneute Kränkung nicht ertragen. Deshalb ist er auf mich losgegangen.«

»Nein, Tessa. Nur weil man schizophren ist oder depressiv oder was weiß ich, gibt einem das noch lange nicht das Recht, ungestraft zu töten. Versuch nicht, ihn zu rechtfertigen.«

»Er war schizoid, Torben. Im Keller hat er mir erzählt, dass er die Medikamente gar nicht genommen hat. Er dachte, dass er richtig handelt. Aus seiner Sicht hatte er Gründe. Ich glaube nicht, dass ihm wirklich klar war, was er tat, als er Gabriele Henke ermordete.«

Sie schwiegen eine Weile.

»Ich habe dir etwas mitgebracht«, sagte er dann und holte ein schmales Büchlein aus seiner Jackentasche. »Wir haben es unter Brömmes Sachen gefunden.«

»Hast du es gelesen?«

»Ja, das musste ich. Es hätten noch weitere Hinweise auf ihren Tod drinstehen können. Oder über Brömme. Das ist mein Job.«

Tessa strich sanft mit der Hand über den Einband. »Das Tagebuch.«

Er nickte. »Es steht … Aber lies selbst. Ich lasse es dir hier.«

»Vielleicht tue ich das.« Sie seufzte.

Er blieb noch eine Weile. Hielt ihre Hand. Aber sie sprachen nicht über sich. Und nicht über die Zukunft.

Als er ging, wollte Tessa an nichts mehr denken müssen. Nicht an die beiden toten Frauen, nicht an den toten Brömme und erst recht nicht an Torben Koster und ihre Gefühle.

Jetzt wollte sie nur noch chemische Ruhe.

Heute wurde sie entlassen. Obwohl ihre Schulter noch wehtat und es kaum möglich war, irgendeine vernünftige Bewegung zu machen, ohne damit Schmerzen zu verursachen, wollte Tessa nur noch nach Hause. Ihr Arm war in einer Schlinge ruhiggestellt, und sie hatte die Ärzte überredet, sie früher gehen zu lassen. Immerhin hatte sie versprochen, auch brav zu allen Nachuntersuchungen zu kommen. Ärzte sind eben immer noch die schlimmsten Patienten. Gerade versuchte sie die wenigen Kleidungsstücke, die sie im Krankenhaus hatte, in ihre Reisetasche zu packen, als es an der Tür polterte und sich ein großer Blumenstrauß durch den Türspalt schob. Dahinter kam die massige Statur von Michael Liebetrau zum Vorschein.

»Wie schön, dass Sie kommen!«, rief Tessa.

Liebetrau schob sich langsam näher. »Die sind für Sie«, sagte er und übergab ihr die weißen Pfingstrosen.

»Herrlich. Die darf ich doch mit nach Hause nehmen, oder?«

»Natürlich. Die gehören Ihnen!«

»Ein Sprichwort sagt, dass es einen unglücklich macht, Blumen aus dem Krankenhaus mitzunehmen. Man käme schnell zurück. Und darauf habe ich keine Lust.«

»Quatsch, Überlieferung. Das sind Ihre Blumen. Basta.«

Tessa lächelte. »Ich danke Ihnen. Ich habe Ihnen für vieles zu danken …«

Er unterbrach sie. »Ich wollte nur schnell erzählen, dass sich die Täter aus dem Stadtpark gestellt haben. Wissen Sie noch, Ihr KIT-Einsatz?«

»Ja, natürlich! Wie könnte ich das vergessen.«

»Drei einschlägig Vorbestrafte. Nachdem durch die Presse gegangen ist, dass die Täter gut beschrieben wurden, sind sie mit ihren Anwälten zur Polizei gekommen. Das wollte ich Ihnen nur sagen.«

Er wandte sich Richtung Tür.

Doch Tessa konnte ihn nicht so einfach gehen lassen. »Warten Sie, ich wollte Sie fragen … ich … Sie haben mir das Leben gerettet … dafür mussten Sie … der Schuss … ach verdammt, ich wollte Sie fragen, wie es Ihnen geht?«

»Jau. Alles klar.« Liebetrau wischte mit der Hand alle Bedenken vom Tisch. »Darüber darf ich nicht reden. Die Staatsanwaltschaft ermittelt noch.«

Tessa ahnte, dass zwischen Ihnen nicht nur das Krankenhausbett stand.

»Eine offizielle Untersuchung. Daran habe ich gar nicht gedacht«, sagte sie. »Ich hoffe, man behandelt Sie gut?«

»Jau. Also dann … alles Gute.« Er zeigte auf ihren Arm.

»Ich danke Ihnen für die Blumen. Und für alles andere, Herr Liebetr…« Tessa setzte neu an: »Danke, Liebchen.«

Er strahlte sie an. Sie fing für einen Moment seinen Blick auf und lachte zurück. Und dann war er auch schon wieder weg.

Tessa seufzte. An die internen Ermittlungen der Behörden hatte sie nicht gedacht. Klar, nach Schusswaffengebrauch musste die Staatsanwaltschaft gegen den Polizisten ermitteln. Erst recht nach einem tödlichen Ausgang. Vielleicht war sie noch nicht wieder so fit, wie sie dachte.

Sie seufzte noch einmal und wandte sich ihrer Reisetasche zu, als es an der Tür klopfte. Er kam zurück. Sie wollte ihn fragen, wie die Untersuchung lief …

»Liebchen, wie gut, dass Sie … Oh, du bist es.«

Paul Nikas Strahlen verdunkelte sich zu einem gekränkten Ausdruck.

»Du hattest ein Liebchen hier? Störe ich?«, sagte er mit gespielter Strenge.

»Kommissar Liebetrau. Du weißt schon, der Polizist, der geschoss…« Tessa konnte es nicht aussprechen.

»Hhm.« Paul nickte. »Für dich geht's jetzt nach Hause. Bist du sicher, dass du nicht noch ein paar Tage zu mir und Liz kommen möchtest? Sie würde sich riesig freuen. Und die Hunde erst.« Er grinste. »Ich natürlich auch.«

»Nein, ich möchte nur noch nach Hause. Sascha hat versprochen, regelmäßig vorbeizukommen. Und in ein paar Tagen schaffe ich es vielleicht an den Strand. Ich möchte ans Meer. Den Wind spüren, das Salz riechen, Muscheln sammeln. Ich brauche etwas heile Welt.«

»Ach, Sascha. Ich meine, schön, dass ihr euch wieder näherkommt. Aber er kann nicht halb so gut kochen wie Liz. Und an der Ostsee riecht es sowieso nur nach Tang.« Er ließ sich auf das Bett plumpsen. »Ich habe Neuigkeiten für dich: Neumann hat eine Anklage wegen Betrug, Urkundenfälschung und unberechtigter Ausübung des Arztberufs am Hals. Das dürfte das vorläufige Ende seiner Karriere sein.«

»Vorläufig? Also ich finde, endgültiger geht es gar nicht«, erwiderte Tessa. Sie wankte zum Fenster und ließ die erste Frühlingsluft herein.

»Brauchst du Hilfe?« Er schmunzelte, machte aber keine Anstalten aufzustehen. »Man munkelt, dass Neumann zur medi-pharma AG als Berater wechselt. Er scheint den Deal schon gemacht zu haben, bevor er nach Hamburg kam. Er wäre so oder so nicht lange geblieben.« Paul konnte seine Geringschätzung nicht verbergen.

»Muss er nicht ins Gefängnis?«, fragte Tessa.

»Ich glaube nicht. Es ist nur eine geringe Haftstrafe denkbar. Und er hat niemandem geschadet…«

»Nicht geschadet? Na, also weißt du…«, ereiferte sie sich.

»Der Staatsanwalt wollte sogar wegen Körperverletzung in

Dutzenden Fällen gegen ihn ermitteln. So nach dem Motto: Jede Spritze, die Neumann gesetzt hatte, wäre eine Körperverletzung. Aber das hätte wohl keine Aussicht auf Erfolg. Schließlich hat er ja keine Behandlungsfehler gemacht, er ist ein guter Arzt. Nur ohne Approbation.«

Tessa schüttelte befremdet den Kopf. Ein Schmerz schoss ihr durch die Schulter.

Erneut klopfte es an der Tür. Der reinste Bahnhof, dachte Tessa und freute sich.

Sascha schlenderte herein.

»Hey, Schwesterherz. Interessante Tragetasche«, sagte er und deutete auf ihren Arm. »Hallo Paul, lange nicht gesehen.«

Sie begrüßten sich mit einem festen Händedruck. Paul lächelte ihn warmherzig an. Nachdem er sich immer mehr zu Tessas Mentor entwickelt hatte, hatte er irgendwann auch Sascha kennengelernt. Sie sahen sich zwar selten, aber sie verband eine unausgesprochene Sympathie.

»Ich berichte Tessa gerade über die neuesten Entwicklungen in der Klinik.«

Männer, dachte Tessa, nur nicht über sich sprechen.

»Was ist aus der Studie geworden?«, fragte Sascha.

»Die Universität hat eine Kommission eingerichtet, die auf den Rückzug der Publikationen entschieden hat. Die medipharma AG scheint dadurch aber nicht sehr beunruhigt. Die Studie wird an einer anderen Universität wiederholt. Nun dauert es allerdings noch etwas länger, bis sie auf den Markt können. Alles eine Frage des Geldes. Ihr Ruf bleibt jedenfalls gewahrt.« Paul stand auf und nahm die Reisetasche. »Apropos Ruf. Chefarzt Gisecke hat eine Pressekonferenz gegeben, die hätte dir einen Herzinfarkt beschert.«

»Nein danke, ich bin noch bedient«, sagte Tessa.

Er runzelte die Stirn. »Stimmt.«

»Was hat er gesagt?«, fragte Tessa.

»Na, er hat seine Wahrheit verkündet: Er habe nichts von der Studienmanipulation gewusst, und Doktor Neumann sei ein exzellenter Mediziner, der sehr beliebt gewesen sei. Es sei kein Schaden für die Klinik entstanden.«

Tessa schloss für einen Moment die Augen. Dafür hatte sie keine Worte mehr. Sie nahm ihre Tasche, drückte sie Sascha in die Hand und entschied: »Kommt Jungs, wir gehen.«

Sie griff nach ihren Blumen und versuchte nicht länger die Welt zu verstehen.

*

Tessa kehrte an einem tristen Tag Ende Mai an ihren Arbeitsplatz in die Klinik zurück. Sie hatte ihre Kündigung geschrieben. Die lag vor ihr auf dem Schreibtisch. Sollte sie wirklich?

In der vorherigen Woche hatten schon sommerliche Temperaturen geherrscht, und sie hatte einige wundervolle Tage am Ostseestrand verbracht. Sie hatte viel Zeit gehabt Muscheln zu suchen und über alles nachzudenken. Über die Toten und die Überlebenden. Über die letzten Wochen und darüber, wie es in Zukunft weitergehen sollte. Sie konnte nicht länger in der Klinik bleiben. Sie wollte versuchen, sich auf eigene Beine zu stellen. Eine eigene Praxis. Warum eigentlich nicht? Es fiel ihr nicht leicht, alle Sicherheiten aufzugeben.

Heute war der Himmel trostlos grau geworden, und kalter Regen hatte eingesetzt. Sie war plötzlich wieder unsicher, ob sie das Richtige tat. Eine neue berufliche Zukunft? Eine Zukunft mit Torben? Wo war der Weg?

Als es an der Tür klopfte und Torben langsam hereinkam, wunderte sie sich nicht. Obwohl er sich nach seinem Krankenhausbesuch nicht mehr bei ihr gemeldet hatte, wusste sie, dass er auf ihre Rückkehr wartete.

Er sah unverschämt gut aus. Müde. Ernst. Ihr Herz begann zu rasen. Diesen Moment hatte sie so ersehnt.

»Hey.« Mehr fiel ihr nicht ein. Sein Anblick dampfte ihr Sprachvermögen auf Ein-Wort-Niveau zusammen. Stattdessen lächelte sie ihn zaghaft an.

Sein Blick verriet ihn. Tessa verstand sofort. Gerade als er ansetzen wollte, unterbrach sie ihn.

»Du kommst, um dich zu verabschieden?« Ihre Stimme zitterte.

»Nein.« Sein erstes Wort. Und vielleicht das Wichtigste, was Tessa je von ihm gehört hatte. Sie wollte erleichtert aufspringen, zu ihm rennen und die Müdigkeit aus seinem Gesicht küssen, aber etwas hielt sie ab. Er war noch nicht fertig.

»Ich liebe dich, Tessa.« Er stand vor ihrem Schreibtisch. In seinem Blick lag Traurigkeit. »Du hast mein ganzes Leben durcheinandergewürfelt. Mich daran erinnert, was mir fehlt. Aber ich brauche Zeit. Ich muss mich meinen Problemen stellen. Anders kann ich es nicht.«

»Sie ist eine glückliche Frau«, murmelte Tessa und wandte ihren Blick ab. Trotz ihrer Verzweiflung spürte sie auch so etwas wie Bewunderung für ihn. Er machte es sich nicht leicht. Er gab sich alle erdenkliche Mühe. Liebte sie ihn nicht gerade dafür? »Ich wünschte, ich wäre sie.« Ihre Stimme brach.

»Das wünschte ich auch.« Er streckte die Hand nach ihr aus.

Sie nahm sie nicht. Das konnte sie nicht. Nicht, bevor er sich entschieden hatte. Sie blieb hinter ihrem Schreibtisch sitzen. Ihre Beine hätten sie nicht getragen.

»Ich melde mich bei dir, versprochen«, sagte er leise.

Sie nickte, weil sie nicht wusste, was sie sonst hätte sagen sollen. Sie wusste auch nicht, ob sie diese Ungewissheit ertragen konnte. Sie versuchte ihre Tränen zurückzuhalten.

Langsam drehte er sich um, und sie betete, dass er an der Tür stehen bleiben und zurückkehren würde.

Er schloss die Tür hinter sich.

Tessas Blick klebte an der Türklinke, aber die bewegte sich nicht mehr. Sie spürte die Tränen kaum.

Liebe tat manchmal weh.

ZITATE

Aphorismus von Georg Simmel (1858–1918): *Gebildet ist, wer weiß, wo er findet, was er nicht weiß.* (Zitiert nach: »Lebensweisheiten berühmter Philosophen: 4000 Zitate von Aristoteles bis Wittgenstein«, Humboldt-Verlag 2009), S. 17

Mascha Kaléko (1907–1975): *Den eigenen Tod, den stirbt man nur – doch mit dem Tod der anderen muss man leben.* (Gedichtzeile aus *Momento,* zitiert nach: »Verse für Zeitgenossen«, rororo 1980), S. 36.

Albert Camus (1913–1960): *Mitten im Winter habe ich erfahren, dass es in mir einen unbesiegbaren Sommer gibt.* (Zitiert nach: Herbert R. Lottmann, »Camus. Eine Biographie.« Hoffmann und Campe 1986), S. 102.

DANK

Zu tiefstem Dank bin ich dem preisgekrönten Schrifststeller Bernhard Jaumann verpflichtet. Danke für die vielen Tipps, Bernhard!

Dank an Lars Schultze-Kossack, meinen Literaturagenten, und sein Team, der in seiner ansteckenden Begeisterung sogar mich davon überzeugt hat, dass mein Buch veröffentlicht werden soll.

Das gilt auch für das ganze Team vom btb-Verlag, allen voran meiner Lektorin Martina Igel. Sie haben mir den Druck genommen und kümmern sich rührend um mich.

Meiner Schreibgruppe, den »Wörtermördern«, sei gedankt für das unermüdliche Bestreben, meinen Szenen immer wieder den Hals umzudrehen: Jürgen Müller, Petra Wilson und Olaf Wulf.

Dank auch meinen ersten Lesern für ihre schonungslose Offenheit, die mir dennoch Mut und Zuversicht gaben: Oliver Ahrens, Susanne Bilz, Dieter Fasel, Nicole Münchau und Nico Schröder.

Dank dem Hamburger Kriseninterventions-Team KIT des Deutschen Roten Kreuz. Sie leisten großartige Arbeit für die Bürger unserer Stadt und lehren mich Demut an das Leben! Sie erhalten in mir den Glauben, dass jeder Einzelne etwas dazu beitragen kann, »die Welt ein kleines bisschen besser zu machen«.

Nicht zuletzt gebührt meinen Patienten ein großer Dank. Sie schenken mir ihr Vertrauen und ihre Träume, Wünsche,

Sehnsüchte und Ängste. Sie lassen mich Anteil nehmen an ihrer inneren Stärke, egal wie schwer die Zeiten sind. Ihnen sei garantiert, dass ihre Gefühle und Gedanken bei mir sicher verwahrt sind. Die Patientengeschichten in dem vorliegenden Buch entspringen meiner Phantasie und sind nicht realen Personen zuzuordnen.

Tatort Psychotherapie – Interview mit Angélique Mundt

Frau Mundt, Sie sind Psychotherapeutin und arbeiten ehrenamtlich in der Krisenintervention – wie viel davon fließt in Ihre Kriminalromane?

Sehr viel – allerdings auf eine indirekte Art. Ich bin nahezu täglich mit Leid und Kummer, Sorgen und Nöten, den schwarzen Stunden des Lebens konfrontiert. Ich habe einen Weg gesucht, diese Eindrücke zu verarbeiten, die Gefühle zu sortieren und mich letztlich auch davon zu distanzieren. Schreiben hilft mir dabei!

Aber ich schreibe nicht über das, was tatsächlich passiert ist. Ich versuche Worte zu finden für das, was mich berührt und bewegt hat. Über die vermeintlichen Kleinigkeiten am Rande einer Katastrophe: Der Apfel, der aus einer in Panik fallengelassenen Einkaufstüte über die Straße rollt, neben das Autowrack mit dem toten Menschen darunter. Oder über die ehrliche Verzweiflung eines Zwangspatienten, der sich zweihundertmal am Tag die Hände waschen muss, aus Angst, er könne durch bloßen Körperkontakt todbringende Viren verteilen.

Ich bin Psychotherapeutin und ich liebe meinen Beruf. Und ich liebe es, Geschichten zu erzählen. Geschichten die unspektakulär daherkommen und doch einen Blick gewähren in die dunklen Ecken unserer Gefühlswelt, die inneren Konflikte und Zerissenheiten, die unseren langweiligen Alltag bestimmen. Klarheit gibt es selten.

Für mich schließt sich durch die Psychotherapie, die Krisenintervention und das Schreiben der Kreis. Ich liebe Spannung, intensive Gefühle und die wunderbare menschliche Fähigkeit, mit dem Leben zurechtzukommen. Und genau das finde ich in diesen drei Bereichen. Es ist wie eine Einheit. Das eine geht ohne das andere nicht halb so gut.

Wie haben Sie sich beim Schreiben motiviert?
Motivieren muss ich mich selten. Wenn eine Geschichte in meinem Kopf wächst, dann will sie auch erzählt werden. Manchmal hardere ich, dass ich viel zu wenig Zeit zum Schreiben habe. Und es gibt die Momente, in denen ich genau weiß, was ich sagen will, aber keine geeigneten Worte finde, die mein Gefühl ausdrücken können. Dann schimpfe ich vor mich hin, tigere um den Schreibtisch herum, mache mir einen Milchkaffee und gönne mir ein Franzbrötchen oder Schokolade. Ab und an küsst mich dann die Muse. Und wenn nicht, bin ich wenigstens satt und glücklich.

Man merkt, dass Ihrer Hauptfigur Tessa das Wohl der Patienten sehr am Herzen liegt. Sie ist mit Leib und Seele Therapeutin. Doch genau das bringt sie manchmal in schwierige Situationen. Was mögen Sie an Tessa besonders gern?
Tessa ist schön, klug und alles, was man sich wünschen kann. Doch das hilft ihr nichts. Gar nichts. Sie versucht im Irrsinn der Psychiatrie, ihre Menschlichkeit zu bewahren. Sie wankt auf dem schmalen Grad zwischen Wahnsinn und Normalität, zwischen Schuld und Scham. Sie ist nicht stark, aber sie glaubt stets an das Gute im Menschen. Und das tröstet mich.

Zu guter Letzt: Wie geht es weiter mit Tessa?
Tessa steht vor einer Reihe wichtiger Entscheidungen. Sie muss sich überlegen, ob sie noch in der Psychiatrie arbeiten kann. Sie wird herausfinden müssen, ob sie auf Torben Koster warten will.
Und so viel sei verraten, Tessa hat zwar dazu gelernt, aber trotzdem bringt sie ihr warmes Mitgefühl wieder in große Schwierigkeiten. Sie hat, wie die meisten Menschen, Angst vor den Gefahren, die von außen, aus der Dunkelheit, kommen. Aber was, wenn die Gefahr von innen kommt? Im nächsten Buch begreift Tessa etwas über die Zerbrechlichkeit unserer kleinen heilen Welt.